KB238258

# 고교생과 함께하는
# 김윤식 교수의 한국고전 특강

엮은이 / 김윤식

문학평론가

주요 저서에 『한국 근대소설사 연구』『작가와 내면풍경』
『현대소설과의 대화』와 고등학교 『문학』 교과서(한샘출판) 등
80여 종이 있고, 1985~90년까지 약 5년 간
KBS TV 교양 프로그램 「고전백선」을 진행한 바 있음.

고교생과 함께하는
# 김윤식 교수의 한국고전 특강 ②

1998년  9월  1일 초판 1쇄 발행
2002년 12월 20일 초판 3쇄 발행

엮은이 : 김윤식
펴낸이 : 홍정균
펴낸곳 : (주)한국문학사

주소 : 서울특별시 마포구 대흥동 433-2 한상빌딩 8층
전화 : 편집 / (02) 706-8541~3
영업 / (02) 706-8545
팩시밀리 : (02) 706-8544

출판등록 1979. 8. 3. 제16-15호

값 7,000원



ISBN 89-87527-18-2  04810
89-87527-16-6  (세트)

통합교과형 수능 · 논술 대비

# 고교생과 함께하는
# 김윤식 교수의 한국고전 특강

**김윤식 엮음**
(문학 평론가)

(주)한국문학사

# 책을 펴내며

고전(古典)이란, 오랜 세월이 흘렀음에도 불구하고 여전히 인류의 귀중한 정신적 자산으로 남아 있는 작품을 말한다. 선인들이 고전 속에서 인생의 숭고한 가치를 배워야 한다고 말하는 것은 이 때문이다. 그러나 고전을 읽는 사람은 그리 많지 않다. 고전은 오히려 골치 아픈 책, 재미없는 책으로 취급받기 일쑤다. 고전을 읽지 않는 이유에는 여러 가지가 있을 것이다.

첫째, 고전 읽는 일 자체의 어려움을 들 수 있다. 상당한 정신집중이 필요하며, 때에 따라서는 그 고전이 씌어졌던 당대의 시대 상황이나 정신 풍토에 대해서도 풍부한 지식이 있어야 한다. 예를 들어, 실학파들의 작품을 제대로 읽기 위해서는 그 당시의 정치 상황에 대한 이해가 있어야 한다. 그러나 대부분의 사람들은 고전을 읽을 때, 그 책 한 권이면 모든 내용을 충분히 이해할 수 있으리라고 기대한다. 이러한 기대감이 곧바로 실망감과 연결되는 것이다. 고전을 읽을 때는 충분한 해설이 부가된 작품을 골라 읽는 일이 필요한 것은 이 때문이다.

둘째, 고전의 현대적 의의에 대한 적극적 관심의 부족을 들 수 있다. 고전은 역사 속에 갇혀 있는 화석이 아니다. 고전의 현재적 의미를 이해하고 끊임없이 우리 생활에 응용하는 창조적 자세가 필요하다.

누군가는 '고전'을 '모든 사람이 말하는 책, 그러나 아무도 읽지 않는 책'이라고 지적하여, 고전을 읽지 않는 풍토에 대해 재치 있는 비판을 가하기도 했다. 이제 고전이 독자에게 친숙한 책, 현대인들에게 가치 있는 책이 되기 위해서는 어떤 식의 독서가 필요할 것인가에 대해 고민할 시점이 되었다. 이 책은 이러한 문제의식 속에서 편집된 것이다. 다행히 대학입시 논술고사가 '고전을 대상으로 출제한다'는 원칙을 천명하고 있어, 고전 읽기가 그들 수험생에게도 많은 도움을 줄 수 있으리라 생각된다.

편자가 1985년부터 1990년까지 약 5년 간에 걸쳐 진행했던 KBS TV 교양 프로그램 「김윤식의 고전백선」을 기반으로 하고, 아울러 「서울대 선정 고전 200선」 자료도 참고로 하여 작품을 선정하였다. 그러나 이러한 기준을 기계적으로 적용한 것은 아니다. 고등학생의 눈높이에 맞춰 지나치게 전문적이거나 어려운 고전은 제외했고, 최근 저술 중에서도 고전적인 의의를 가진다고 생각하는 책들은 과감하게 수록하였다.

이 책을 집필하면서 한 가지 아쉬움으로 남는 것은 분량 관계상 고전 작품의 전체 내용을 게재하지 못하고 부분적으로 예시할 수밖에 없었다는 점이다. 길고 중량감 있는 고전을 처음부터 끝까지 인내심을 가지고 읽으면서, 인류의 스승이라 할 만한 그들 저자들과 내면의 대화를 나누는 것이 가장 바람직한 고전 읽기 방식임에는 틀림없다. 그러나 방대한 양의 고전을 읽는 데 있어 절대적인 시간이 부족하거나, 또는 고전이라는 중압감 때문에 선뜻 고전 읽기를 겁내 하는 청소년들에게도 고전에 대한 이해가 필요하리라는 생각에서 이러한 편집체제를 택했다. 따라서 이 책은 고전의 세계를 향해 가는 안내서의 일종이다. 이 책을 읽고 난 다음에, 왜 우리에게 고전이 절실히 필요한지 이해할 수 있을 정도만이라도 된다면, 이 책의 편집의도는 실현된 셈이다.

이 책은 크게 세 부분으로 나누어져 있다. 첫째, 작가와 작품의 개요를 설명하는 부분이다. 독자들은 이 대목에서 고전이 탄생하게 된 시대적 사상적 배경을 이해하게 된다. 둘째, 고전작품의 한 대목을 발췌한 부분이다. 해당 작품 중에서 가장 중요하다고 생각되는 부분을 발췌한 이 대목을 읽으면서 작품 전체의 모습을 생각해 보는 것도 좋은 공부거리가 될 것이다. 셋째, 통합형 문·답 부분이다. 이 대목은 대입 논술고사를 준비중인 수험생들에게 도움이 될 것이다. 그러나 독자들에게 이 책을 단순한 수험서로 읽지 말아 줄 것을 당부드린다. 책을 읽는다는 것은 결국 '저자와 독자 간의 대화'이다. 저자의 견해에 대해 질문하고 비판하는 것이야말로 독자를 또 한 사람의 저자로 만들어 주는 요소이기 때문이다.

우리는 고전의 저자들에게 존경심을 표하기 위해 책을 읽는 것은 아니다. 그들의 견해는 분명 지혜롭고 통찰력으로 가득 차 있지만, 우리는 그들과 다른 환경에서 살고 있다. 그러므로 우리는 우리 자신을 위해서 책을 읽는 것이고, 따라서 우리 식으로 읽을 자유가 있는 것이다. 고전이란 소문만 무성한 책이 아니다. 우리 현대인들에게 귀중한 토론의 장을 제공하는 귀한 자료로 거듭날 때 비로소 고전은 고전다워질 것이다.

1998년 여름

김 윤 식

**차 례**

# 고전문학

# 2권의 체제와 내용

　이 책은 한국의 고전문학 작품들을 제시하고 이를 소개·해설하면서 고전문학 작품을 이해·감상하는 능력을 배양하는 데 목표를 두었다. 나아가 현재 삶의 지침이 될 만한 문제들을 살펴보는 내용을 풍부하게 담아 내려고 노력하였다. 고전이 고전일 수 있는 이유는 아무래도 시공을 초월하여 현재 삶을 풍부하게 만들어 주는 데서 찾아야 할 것이다. 이런 문맥에서 우리는 한국 고전문학 작품들을 두루 독해하는 시간을 가질 필요가 있다. 이 책은 많은 고전문학 작품들 가운데 대표적인 작품을 영역·장르·시대를 모두 고려해 선정한 다음, 인간 생활이라는 시각에서 새롭게 점검하고자 하였다.

　한국문학은 크게 보아 세 영역으로 나눌 수 있다. 국문문학, 한문문학, 구비문학이 그 영역들이다.

　국문문학은 말 그대로 국문으로 표기된 문학이다. 순수 국문으로 이루어진 작품과 외국의 문자를 빌려[借字] 표기한 문학이 여기에 해당된다. 국문문학이 한글 창제 이후에야 발달했음은 당연하다 하겠다. 국문시가, 국문소설, 국문수필이 국문문학의 대표적 장르들이다. 국문시가는 고대 가요, 향가, 고려가요(경기체가·속요), 시조, 가사, 악장 등으로 이루어져 있다. 국문소설은 대개 『금오신화』를 시발점으로 삼는데, 『홍길동전』『구운몽』 등을 거쳐 조선 후기에 주도적인 문학으로 군림하였다. 국문수필은 그 양이 그다지 많지 않으나, 「의유당관북유람일기」「계축일기」「산성일기」「한중록」 등이 유명하다.

한문문학은 한자·한문으로 창작한 문학을 지칭하는 말이다. 한자는 지배층을 중심으로 활용되었으므로, 한문문학은 기본적으로 상층 지식인들의 문학이라 할 수 있다. 이는 근대에 접어들면서 국문이 공식문자로 인정됨에 따라 자연스럽게 퇴보하였다. 오래전부터 한문문학이 국문학의 일부냐 아니냐 하는 문제를 놓고 많은 논란을 벌였다. 요즈음은 한문문학도 국문학이라는 인식이 지배적이다. 한문문학이 국문학일 수 있는 근거는 한자·한문이 단순히 중국의 것이 아니라 한국을 위시하여 일본·베트남 등지에서 함께 공유하던 공동문어였다는 데서 찾을 수 있다. 한 나라에 제한되는 의미가 아니라 한자문명권이 두루 공유하는 성격이었던 것이다.

국문문학·한문문학과 더불어 독자적인 영역을 차지하는 부분이 바로 구비문학이다. 구비문학이란 사람들의 입을 통해 전승되어 온 문학을 의미한다. 문학이란 반드시 문자로만 표기되어야 하는 것은 아니다. 글뿐만 아니라 말도 언어이므로, 구비문학도 문학인 것은 당연하다. 구비문학이란, 말로 된 문학이고, 입으로 구연되는 문학이고, 개인이 아니라 많은 사람들이 공동으로 짓는 문학이고, 단순하고 보편적인 문학이며, 구연의 주체가 하층민을 위주로 이루어지므로 민중적 성격을 다분히 내재한 문학이다. 속담·수수께끼·설화·민요·서사무가·판소리·꼭두각시놀음·탈춤 등이 모두 구비문학의 일부를 구성하는 것들이다. 구비문학은 한국문학의 당당한 일원이고 국문문학의 모태가 된다.

이 책에 담긴 여러 작품들은 각각 국문문학·한문문학·구비문학 영역의 고전들로서, 각 영역과 영역 내부의 장르를 대표할 만한 작품들이다. 이제 각 작품들을 간략하게 소개하기로 한다. 먼저 국문문학부터 살펴보자.

국문문학을 구성하는 주요 부분 가운데 하나가 바로 고전시가이다. 한자의 유입으로 차자문자가 발명되기 이전에도 문학이 존재했던 것은 엄연한 사실이다. 그러나 그 노래는 입으로 구연되었을 것이기에 현재 그 원형을 찾아보기는 어렵다. 다만 한자로 번역된 노래가 몇 수 전해지고 있다. 「공무도하가」는 우리 나라 최초의 서정시라고 평가되는 작품이다. 「황조가」와 더불어 고대가요를 대표하는 작품이다. 「공무도하가」는 애정과 이별을 다룬 작품인데, 특히 물을 중심 제재로 활용하고 있다. 여기서 「공무도하가」의 문학적 성격을 이해하는 단서를 엿볼 수 있다. 「정읍사」는 백제시대의 노래로 알려져 있으나, 사실은 여러 가지 설이 분분한 상태이다. 고려시대의 작품으로 보자는 견해도 있고 정읍이 백제의 정읍이 아니라는 주장도 있다. 그렇지만 통설을 좇아 일단 삼국시대의 가요로 인정하였다. 「정읍사」의 주제는 달을 매개로 이루어진다. 「정읍사」를 이해하는 첩경이 바로 달의 의미를 파악하는 데 있을 것이다.

향가는 신라의 시가로서 출발하였다. 다양한 내용과 세계관을 담은 작품이 25수 전하고 있으며, 특히 『삼국유사』에 실린 14수가 주목받는다. 「찬기파랑가」는 매우 독특한 작품으로, 문학적 우수성을 인정받고 있다. 작자는 충담사인데, 「안민가」를 지은 사람이기도 하다. 「찬기파랑가」의 전체 구성을 이해하고 해석상의 쟁점을 간략히 살핌으로써 향가 전체를 이해하는 단초를 마련할 수 있다. 융천사의 「혜성가」는 혜성이 나타나 심대성(心大星)을 범하므로 노래를 지어 부르니 혜성이 사라지고 왜구도 물러갔다는 배경설화를 갖춘 작품이다. 천체 현상을 이해하는 당시의 우주관과 세계관이 담겨져 있다. 「헌화가」는 '수로부인'으로 더욱 유명한 작품이다. 배경설화에 담긴 내용을 역사적 사실로 이해할 것인지 문학적 상상으로 이해할 것인지에 따라 「헌화가」를 이해하는 방식이 판연히 달라지게 된다.

고려가요로는 「청산별곡」 「가시리」 「서경별곡」을 수록하였다. 이 세 작품은 고려가요 가운데서 특히 문학성이 뛰어난 작품으로 평가된다. 「청산별곡」은 작품의 화자가 과연 어떤 인생관을 지닌 사람인지 알아내는 것이 작품 이해의 관건이다. 「가시리」와 「서경별곡」은 이별을 제재로 하여 님에 대한 사랑의 정서를 노래한 작품이다. 두 작품은 표현 방식이나 작중 화자의 정서적 태도 면에서 상당히 다른 성향을 보이고 있다. 두 작품의 서로 다른 표현방식이나 작중 화자의 정서적 태도를 대비함으로써 웃음이 유발되는 동기와 그 과정에 대한 암시도 얻게 될 것이다.

악장으로는 「월인천강지곡」을 제시하였다. 세종이 지은 것으로 알려진 「월인천강지곡」은 「용비어천가」와 더불어 악장문학의 쌍벽을 이루는 작품이다. 「월인천강지곡」에서는 작품의 시적 구성이 가져다주는 시적 효과가 어떠한 것인지 살펴보고, 그 내용을 기독교 『성서』와 함께 대비하였다. 공통점과 차이점을 모두 느끼는 계기가 될 것이다.

시조에는 「어부단가」 「도산십이곡」 및 '사설시조'를 들었다. 「어부단가」는 이현보가 새롭게 개작하여 만들어 낸 시조 작품이다. 「어부단가」에서 작자는 인간 사회의 정치현실과 자신이 현재 살고 있는 자연 속의 삶을 대립적으로 인식하고 있다. 그러면서 자연으로의 완전한 귀일을 이념형으로 내세우고 있다. 여기서 자연친화적인 삶의 관념을 만날 수 있다. 이 문제는 비단 과거의 문제에 그치는 것이 아니라 현대의 환경문제에 대해서도 시사하는 바 적지 않다. 「도산십이곡」은 퇴계 이황이 지향하던 바 시가의 참된 가치와 인생의 목표를 확인하는 작품이다. '사설시조'에서는 조선 후기의 세태를 비판적으로 바라보는 풍자 정신과 더불어 사설시조의 미의식이 무엇인지 알아보도록 하였다.

가사에서는 「상춘곡」「사미인곡」「속미인곡」「규원가」를 수록하였다. 최초의 가사 작품으로 알려진 정극인의 「상춘곡」은 대우법을 사용한 구성의 묘라든지 자연찬미의 선명한 주제, 유연한 율조와 우아한 풍류미 등으로 후세 가사문학에 지대한 영향을 미쳤다. 「사미인곡」과 「속미인곡」은 송강 정철의 가사 중 빼어나기로 그 이름이 높다. 「사미인곡」은 조선 전기의 작품이다. 이 당시 창작의 담당자였던 사대부 계층은 표면적인 정신적 이념으로 철저하게 성리학을 표방했다고 할 수 있다. 그런데 「사미인곡」에서는 불교라는 이질적 사상을 드러내고 있다. 이러한 상황을 「사미인곡」의 표현방식과 이념에 비추어 서술하고 현대 사회에서 이와 같은 상황의 예를 들고 그 대응방식을 서술해 보기로 한다. 「속미인곡」에서는 전통적인 이별 정서의 차이를 검토하고 순수 국문표기의 의미를 알아보았다. 허난설헌의 「규원가」는 현존 최고의 내방 가사이다. 조선 시대의 모순된 사회 제도하에서 규방에 갇혀 외롭게 살아가는 여인의 한(恨)을 여성적 감각으로 표현하였다.

김시습의 『금오신화』는 최초의 소설로 평가되는 작품으로, 모두 다섯 편의 소설이 실려 있다. 작품의 전개 과정을 이해하고 문화적 자존을 내세우는 대목을 현재적 관점에서 해석해 보았다. 허균의 『홍길동전』은 한국 고전소설 가운데 가장 잘 알려진 작품 가운데 하나이다. 서자로 태어난 홍길동이 사회적인 천대와 제약에 반발, 집을 뛰쳐나와 도적의 우두머리가 된 후 전국을 무대로 의적 활동을 벌임으로써 지배층에 경각심을 불러일으키고, 해외로 나가 한 나라의 왕이 되어서는 그 나라를 율도국이라는 이름의 이상국(理想國)으로 만든다는 내용이다. 『구운몽』은 한국의 고전소설과 현대소설을 통틀어 해외에도 가장 많이 알려진 소설이다. 그것은 그만큼 이 작품이 한국인의 보편적인 정서에 들어맞는 동시에 세계적인 보편성을 갖고 있다는 말이 된다. 『구운몽』에서는 등장인물의 특성을 파악하면서 읽으면 흥미롭다. 「허생전」은 박지원의 한문 소설 가운데 하나이다. 박지원의 북학사상이 잘 담겨 있는 작품이기도 하다. 여기서는 그 양상을 이해하고, 국제 관계 문제를 현재적 관점에서 논의해 보았다. 『심청전』은 그 연원을 범세계적인 설화에 두고 있으면서도 우리 민족의 감정과 정서를 절실하게 담고 있는 작품이다. 이 작품은 조선 후기에 생성되어 서민사회에서 이야기로 구연되기도 하고, 소설로 읽히기도 하고, 판소리로 공연되기도 하면서 서민적 정서를 그 안에 수용해 왔다. 『심청전』에서는 자식의 죽음을 대가로 눈을 뜨게 되는 상황이 설정되어 인신공희의 의미를 되새겨 볼 수 있다. 『흥부전』은 조선 후기 농촌 사회의 계층 분화 속에서 가난하게 살아가는 서민들의 현실의식과 정서, 오락성이 짙게 나타난 민중문학이다. 「토별가」는 신재효에 의해 정리된 판소리 사설의 하나로써, 일명 「수궁가」라고도 한다. 원래 외국의 전래설화가 토착화되어 구토설화(龜兎說話)나 기타 구전설화로 되고, 이것이 다시 판소리 사설로 되어 「수궁가」가 되었다가, 판소리 대본이 문자로 정착되는 과정에서 『토끼전』으로 소설화한 것으로 추측된다. 「토별가」에서는 토끼의 고난이 무엇을 뜻하는지 살펴보았다.

고전수필로는 의유당 남씨의 작품으로 알려진 「동명일기」를 수록하였다. 「동명일기」는 일출의 장관에 대한 기대와 기다림을 서술한 부분과 해돋이 광경의 아름다움을 서술한 부분으로 이루어져 있다. 특히 해돋이 광경을 묘사한 부분은 여성 특유의 섬세한 필치와 사실적 묘사 능력으로 인해 탁월한 문학적 효과를 드러냈다는 평가를 받는다. 국문수필과 여성문학의 백미에 해당하는 작품이라 할 만하다.

한문학은 한시와 한문산문으로 나누어 볼 수 있다. 한시로는 정지상과 정몽주의 작품을 살펴보았다. 「송인」이 왜 우수한 작품이라 평가되는지 알아보고, 유사한 설정이지만 표현이 어떻게 다른지도 함께 살펴보면 흥미롭다. 산문으로는 이규보의 「경설」을 수록하였다. 등장인물들 간의 관계가 어떻게 설정될 수 있는지를 통해 다양한 해석의 가능성을 찾아보기를 바란다. 홍대용의 「의산문답」에서는 자연과학적 인식의 문제를 논의할 필요가 있다.

구비문학은 그 부분이 다채롭지만 여기서는 설화·민요·탈춤을 중심으로 삼는다. 설화는 우선 『삼국유사』에 실린 몇 작품을 중심으로 그 의미를 살펴보았다. 민요는 「시집살이 노래」를 통해 여성이라는 존재의 사회적 위상을 알아보는 자리가 될 것이고, 탈춤은 「봉산탈춤」을 통해 풍자정신의 의미를 재음미해 보는 기회가 될 것이다.

위에서 살펴본 바와 같이 비록 제한된 수의 작품들이지만 그 문학성과 문제성은 고전작품 일반을 대표하기에 충분하다고 여겨진다. 학생 여러분은 글자의 자구 하나하나에 얽매여 숲을 보지 못하는 우를 범하지 말고 전체적인 이해를 바탕으로 그 속에 담긴 내용이 무엇이고 현재 삶과 어떤 관련을 맺을 수 있는지 생각해 보는 계기로 삼기를 바란다.

끝으로 〈고전특강 시리즈〉 발간에 있어, 고교생의 눈높이에 맞춰 읽기 쉬운 텍스트로 윤색하기 위해 원본 및 여러 자료를 참조하였기에 원 자료의 출처를 일일이 밝히기 어려운 점이 있었음을 밝혀 둔다.

# 공무도하가

## 백수광부의 아내

백수광부의 아내란 고조선 때 전설로만 전하는 신원 미상의 여인을 일컫는
다. 백수광부는 고유명사로서의 인명이 아니고 '머리가 하얀 미친 이' 라는 뜻
이다. 이 노래의 작자에 대하여는 백수광부의 아내라는 것이 통설로 되어 있
으나, 남편이 죽는 광경을 보고 악기(공후)를 들고 와서 노래를 부른다는 것
은 이치에 맞지 않으므로 뱃사공 곽리자고의 아내 여옥(麗玉)으로 보아야 한
다는 설도 있다.

「공무도하가(公無渡河歌)」는 백수광부의 아내가 지었다고 하나 그 창작연대는 알려지지 않고 있다. 대략 고조선 시기로 추정될 따름이다. 전체 4구체의 한역시로 개인적인 서정시며 일종의 삽입가요다. 「공무도하가」는 「황조가(黃鳥歌)」와 함께 우리 나라 최고(最古)의 서정가요로 꼽히며 원시 고대문학의 집단 가요에서 개인적 서정 가요로 넘어가는 시기의 대표적 작품이라 할 수 있다. 남편의 죽음에 대한 애도와 그것으로 인한 자신의 고독감을 직서적이며 절박한 표현으로 애절하게 드러내고 있다. 원가(原歌)는 전하지 않지만 그 한역(漢譯)인 「공후인(箜篌引)」이 진나라 최표(崔豹)의 『고금주(古今注)』에 설화와 함께 채록되어 있다. 그것을 조선시대 문인들이 『해동역사(海東歷史)』『대동시선(大東詩選)』『청구시초(靑丘詩抄)』『열하일기(熱河日記)』 등에 옮겨 전하고 있다. 채록자, 채록 양식, 창작 지역 등이 중국이라는 점에서 중국 작품이라는 견해가 대두되기도 하였으나 창작 지역인 중국의 직례성(直隷省) 조선현(朝鮮縣)이 고조선 이래로 한인(韓人)들이 잔류하면서 독자적인 문화양식을 유지하던 곳이어서 「공무도하가」의 원작자는 우리 나라 사람이라 할 수 있으므로, 그러한 점에서 우리의 고대가요라 할 수 있다. 또한 우리의 서정시가 한역되어 중국에 전승된 것이며 이백의 시에까지 영향을 미친 것으로 보는 주장도 있다.

작품의 1구는 이별을 두려워하여 만류하고 있으며 2, 3구에서는 임의 죽음을 직서적으로 표현하였다. 마지막 구에서는 사별의 슬픔을 절박한 심정으로 토로하였다. 이 시에는 다음과 같은 배경설화가 있다.

  조선의 뱃사공 곽리자고가 아침에 일찍 일어나 배를 손질하고 있었
다. 그때 머리가 허옇게 센 미치광이 한 사람이 머리를 풀어 헤친 채
술병을 쥐고는 어지러이 흐르는 강물을 건너고 있었다. 그의 아내가
그 뒤를 따르며 말렸으나 미치지 못해 그 미치광이는 끝내 물에 빠져
죽고 말았다. 이에 그의 아내는 공후를 뜯으면서 공무도하의 노래를
지었는데, 그 목소리가 아주 슬펐다. 노래가 끝나자 그의 아내 또한 스
스로 물에 몸을 던져 죽었다. 이러한 광경을 처음부터 목격한 곽리자
고는 돌아와 자기 아내 여옥에게 이야기를 하면서 노래를 들려 주었
다. 여옥은 몹시 슬퍼하며 공후를 뜯으면서 그 노래를 불렀다. 그러자
듣는 사람들 중에 눈물을 흘리지 않은 사람이 하나도 없었다. 여옥은
이 노래를 이웃에 사는 여용에게 전하여 널리 퍼지게 하였으니 이를
「공후인」이라 불렀다.

  한편 이 시에는 '물'이라는 말이 세 번 나오는데 첫 행의 물은
'사랑', 둘째 행의 물은 '이별', 셋째 행의 물은 '죽음'의 이미지
를 담고 있다. 남편의 죽음을 보고 뒤따라 죽는 아내의 모습에서
기다림과 한, 체념에 묻혀 살아 온 인종(忍從)의 한국 여인의 마
음을 느낄 수 있다. 우리 나라 서정시의 출발이라 할 이 노래는
한국적 정서인 한의 원류라고도 할 수 있을 것이다. 또한 이 노래
에서 다루어지는 중요한 제재인 강물은 훗날 고려 속요의 「서경
별곡」이나 정지상의 「송인」 등 많은 이별가에 등장한다.


공무도하가

| | |
|---|---|
| 公無渡河 | 임이여, 물을 건너지 마오. |
| 公竟渡河 | 임이 그예 물을 건너시네. |
| 墮河而死 | 물에 빠져 돌아가시니, |
| 當奈公何 | 임이여, 이 일을 어찌할꼬. |

(「공무도하가」 전문)

통합형 문·답

「공무도하가」는 4구체의 한역가로 죽은 남편을 애도하는 시다. 이 시에서는 '물'이란 말이 세 번 나오는데 '물'에 대한 작자의 심정 변화와 그토록 희구하던 남편이 자신에게서 떠나간 후에 보이는 태도를 서술하고 이것을 건전한 삶의 태도라는 측면에서 비판해 보자.

위 작품에서 작자는 사랑하는 남편을 잃게 되는 과정을 자신의 감정 변화와 함께 애절하게 표현하고 있다. 특히 전체 4행 중에 세 번에 걸쳐 나오는 '물'이라는 이미지는 작자의 감정에 따라 변화하며 작자의 심리적 상태를 적절하게 표현하고 있다. 첫 행에서 작자는 '임이여, 물을 건너지 마오'라고 행동의 중지를 요구한다. 그런데 이것은 단순히 자연의 일부인 '물'을 지칭하는 것이 아니다. 작자가 넘지 않길 바라는 것은 '물'로서 표현된 자신의 사랑인 것이다. 물로 표현된 임에 대한 자신의 사랑을 물을 건너듯 저버리지 말아 달라는 것이다. 둘째 행에 나오는 '물'은 그 의미가 조금 더 변화한다. 둘째 행에서 작자는 '임이 그예 물을 건너시네'라고 하여 물을 건너는 임을 묘사한다. 이것은 물을 건너

버린 임과 작자와의 이별을 의미하는 것이다. 언제 다시 만나게 될지 모르는, 그저 애절하기만 한 이별을 하게 된 것이다. 한편 셋째 행에서 임은 '물'에 빠져 죽게 된다. 생과 사의 갈림이자 불가항력인 물로 임이 들어가게 된 것이다. 물로 들어간 임을 이제는 다시 볼 수 없게 되어 셋째 행에서의 '물'은 죽음의 이미지를 가지게 되는 것이다.

무슨 이유인지 모르지만 임은 작자에게서 떠나고 말았다. 거부하고 싶지만 현실이 되어 버린 이러한 상황을 맞이한 작자는 마지막 행에서 '임이여, 이 일을 어찌할꼬'라고 말하고 있다. 자신이 당한 상황 이외에 어떠한 것도 염두에 둘 만한 겨를 없이 낙심하고 있다. 낙심과 슬픔의 정도가 너무나도 커서 작자는 체념을 한 것이다. '어찌할꼬'라고 반문해 보지만 어떠한 대답도 들을 수 없고, 밀려 오는 것은 세상의 전부를 잃은 듯한 상실감뿐이다.

사람은 살아가다 보면 갖가지 고난과 역경에 부딪히게 마련이다. 어떠한 경우에는 각각의 문제점을 파악하고 강인한 노력으로 어려움을 극복해 내기도 하지만 어떤 때는 괴로운 자신의 처지에 매몰되어 능동적인 노력을 조금도 경주하지 못하기도 한다. 「공무도하가」의 작자는 후자의 태도를 보이고 있다. 상실감이라는 자신의 감정을 절제하지 못하고 체념적 태도를 드러내고 있는 것이다. 이것은 현대인의 건전한 삶의 태도라는 측면에서 몇 가지 비판받을 만한 요소를 지니고 있다. 우선 지나치게 감정에 얽매여 새로운 시도를 위한 노력을 포기한다는 것이다. 물론 자신에게 소중한 무엇을 잃게 되어 느끼는 슬픔은 개인에게 있어 치명적일 수도 있다. 그러나 이러한 태도는 사태를 해결하는 데 전혀 도움을 주지 못할 뿐더러 이로 인해 잃지 않을 수도 있는 것마저 포기해야만 할지도 모른다. 따라서 자신의 감정을 절제하여 어느 한 방향으로 과도하게 흐르는 것을 방지할 수 있어야 하겠다.

# 정읍사

## 행상인의 아내

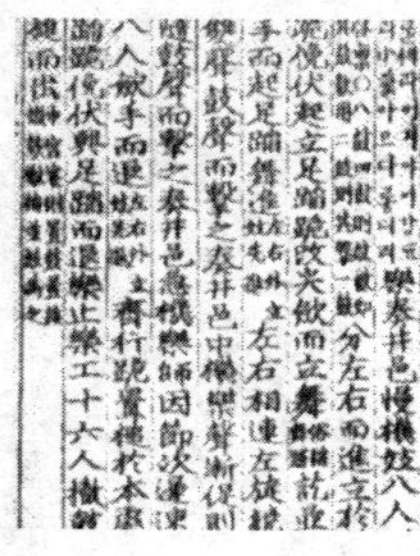

정읍사

작자와 정확한 연대는 밝혀져 있지 않으나, 다만 백제시대 어느 행상인의 아내가 지은 노래일 것으로 추정하고 있다. 현존하는 유일한 백제 가요로서, 한글로 기록되어 전하는 가요 중 가장 오래된 것이다. 그 가사는 『악학궤범(樂學軌範)』 권5에 실려 있다.

「정읍사(井邑詞)」의 정확한 작자는 알려져 있지 않으나 어느 행상인의 아내일 것으로 추정되고 있다. 정확한 창작 연대 또한 알려져 있지 않으나 백제시대라 여겨진다. 전체 3연 6구의 서정시다. 이 노래는 정읍의 한 사람이 행상을 나가 오랫동안 돌아오지 않자 그의 아내가 산 위의 바위에 올라 남편의 신변에 대한 염려를 진흙에 빠지는 것에 비유하여 부른 노래라고 한다. 이런 의미에서 이 노래는 망부석 전설과 관련이 있으며 신라의 부전가요인 「치술령곡」과도 유사하다. 현존하는 유일한 백제 노래이며 동시에 한글 표기로 전하는 가장 오래된 노래이다.

「정읍사」의 창작 연대와 관련해 여러 의견이 있지만, 『삼국사기』 악지와 『고려사』 악지가 다같이 재래속악에 대한 편차방식이 같은 점으로 보더라도 삼국속악조에 백제속악으로 기록된 「정읍사」는 고려속악과 구별하여 기록한 것으로 편찬자의 잘못이 아니라 백제속악으로 인정함이 옳을 것이다. 이 노래의 가사는 『악학궤범(樂學軌範)』 권5 시용향악정재조(時用鄕樂呈才條)에 「동동」 「처용가」 「정과정」 등 고려가요와 함께 실려 전하고, 『고려사』 악지 2 삼국속악조에도 「정읍사」에 관한 기록이 있다. 「정읍사」는 삼국속악의 하나로 전승되어 고려와 조선시대를 통하여 무고의 무의(舞儀) 때 가창되었고, 특히 조선시대에 와서는 섣달 그믐날 밤에 궁중에서 마귀와 사신(邪神)을 쫓기 위하여 베풀어진 의식인 나례(儺禮) 후에 거행된 '학연화대처용무합설(鶴蓮花臺處容舞合設)'에서 「처용가」 등과 함께 연주되었다.

「정읍사」의 형식은 전강(前腔), 후강(後腔), 과편(過篇)의 3연체(聯體)로 되어 있으며, 후렴을 뺀 기본 시행(詩行)만으로 본다면 3연 6구의 형식이 되고 또 각 연의 음절수가 3음 또는 4음을 바탕으로 하고 있다 하여 시조의 3장 6구 형식의 근원을 「정읍사」에서 찾고자 하는 경향이 많다.

「정읍사」의 내용은 먼저 제1연에서 행상을 나가 오래도록 돌아오지 않는 남편의 무사안녕을 광명과 길경(吉慶)의 상징인 달에게 기원하는 간절한 발원으로부터 시작된다. 곧 어디서 무엇을 하고 있기에 오랜 세월이 지나도록 돌아오지 않는지 몰라 초조하고 안타깝고 불안한 심정을 달에 의탁하여 노래하되, 단순한 서정의 표출이 아니라 광명한 달에게 남편의 안녕까지 도모해 주기를 바라는 고대인의 소박한 발원의 형식을 취하고 있는 것이다. 제2연에서는 그러나 현실적으로 오래도록 돌아오지 않는 남편의 행방도 소식도 몰라 애태우며, 불안과 의념(疑念)에 사로잡히려는 자신의 마음을 붙들고자 '전주 저자에 나가 계시는지요'라는 가정(假定)의 의문으로써 마음의 안정을 희구하는 가냘픈 여심(女心)의 발로로써 시작된다. 이와 같이 자위적(自慰的)인 마음의 안정을 애써 도모해 보기도 하나, 남편 신변에 대한 불안과 초조는 더욱 걷잡을 수 없어 이윽고는 마음속 깊이에서 일어나는 심리적 갈등을 실토하고 만다. '즌 디'는 '진 데' '진 곳' 즉 '수렁물(진탕물)이 고인 곳'으로 해석되나, 이 말의 상징적인 뜻은 주색(酒色) 또는 화류항(花柳巷)을 비유한 것으로 풀이된다. 제3연에서는 남편 신변에 관한 걷잡을 수 없는 불안과 의구심이 절정에 이르고 보니, 행상을 해서 번 돈도 재물도 아랑곳없이 한시바삐 남편이 무사히 돌아오기만을 바라는 간절한 마음에서 '어느 것이나 다 놓아두고 한시바삐 집으로 돌아와 주소서.' 하고 절박한 하소연을 부르짖고는, 다시 한숨을 들이켜 '어긔야 내 사랑하는 당신의 마음 어두워질까 두렵소이다그려' 하는 걱정과 자탄과 애원의 말로서 끝을 맺고 있다.

이 노래에서 '달'은 남편의 귀가길과 아내의 마중길의 어둠을

물리치는 광명한 상징으로 '즌 디'와 대조를 이루고 있다. 안녕의
수호자격인 '달'은 우리의 소원 성취를 기원하던 전통적인 달이
기도 하지만, 이 노래에서는 아내의 애정이 서려 있는 좀더 함축
성이 내포된 달이다. 이러한 달이기에 그것은 남편의 귀가길과 아
내의 마중길, 나아가 그들 인생 행로의 어둠을 물리치는 광명의
상징일 수도 있다. 다시 말해 달의 광명은 남편이 무사하기만을
비는 간곡한 여인의 심정을 순박하게 형상화하여 표현한 것이라
하겠다. 한편 이 노래는 여음구를 제외하면 3행 6구의 형식이 되
어 시조 형식의 연원으로 보기도 한다. 조선 중종 때까지도 궁중
나례 후에 궁중에서 연주되기도 하였다.

「정읍사」는 그 내용에 있어서 배경설화를 가지고 있는데, 『고려
사』에 소개된 내용은 다음과 같다.

정읍은 전주의 속현이다. 이 고을 사람이 행상을 떠나 오래도록
돌아오지 않으므로, 그 아내가 산석에 올라 남편 간 곳을 바라보
며 남편이 밤에 해를 입지 않을까 두려워하여 진흙에 빠짐에 의
탁하여 노래를 불렀다. 세상에 전하기를 등점산(登岾山)에 망부석
이 있다고 한다. (井邑 全州屬縣 縣人爲行商久不至 其妻登山石以望
之 恐其夫夜行侵害 托泥水之汚以歌之 世傳有登岾望夫石云.)

■ 작품 읽기 ■

前　腔　　돌하 노피곰 도ᄃᆞ샤,
　　　　　어긔야 머리곰 비취오시라.
　　　　　어긔야 어강됴리
小　藥　　아으 다롱디리
後腔全　　져재 녀러신고요.

어긔야 즌 디를 드디욜셰라.
어긔야 어강됴리
過 篇　어느이다 노코시라.
金善調　어긔야 내 가논 더 졈그롤셰라.
어긔야 어강됴리
小 葉　아으 다롱디리


달님이시여, 높이높이 돋으시어
멀리멀리 비치어 주소서.
저자에 가 계신가요?
진 곳을 디딜까 두렵습니다.
어느 곳에나 놓으십시오.
내 님 가는 곳에 날이 저물까 두렵습니다.

(「정읍사」 전문)


통합형 문·답

「정읍사」에서 작자가 돌아오지 않는 남편을 걱정하고 있는 상태에서 '달'에 대해 취한 태도는 어떠한가? 또한 이런 태도는 현대 종교의 구복적, 주술적 성격과 유사하다고 할 수 있는데 과학적이며 합리적인 사고가 발달한 현대 사회에서 종교의 효용과 종교에 대한 바람직한 태도에 관해 논해 보자.


'달'은 찼다가는 기울고 다시 차는 속성을 지니고 있어서 분리와 합일, 충만함과 이지러짐의 이미지를 가지고 있다. 그리고 어둠 속에서 빛을 발하는 속성 또한 지니고 있어서 소망과 기원의 이미지도 가지고 있다. 그런데 「정읍사」에서 '달'은 단순한 '달'이 아니라 남편의 안전을 빌고 있는 아내의 따뜻한 애정이 서려 있는 달이다. 작자는 '돌하 노피곰 도드샤／어긔야 머리곰 비취오시라'라고 하여 남편이 귀가하는 데 조금이라도 더 도움이 되어 달라고 '달'을 향해 간절히 애원하고 있는 것이다. 안녕의 수호자격인 '달'은 작자의 소원 성취를 기원하는 전통적인 달인 동시에 아내의 애정이 서려 있는 함축적 의미가 내포된 달이다. 작자와 그녀의 남편에게 있어서 '달'은 남편의 귀가길과 아내의 마중길, 더 나아가 그들 인생 행로의 어둠을 물리치는 광명의 상징이기도 하다. 이러한 의미의 '달'에 대해 작자는 자신의 희망 성취를 위해 정성껏 기도하며 전적으로 의존하고 있다.

　종교는 기본적으로 맹목적인 믿음을 그 바탕으로 삼고 있다. 종교를 믿는 사람의 입장에서는 자신의 소망을 이루기 위해 특정 종교에 대한 헌신적인 믿음을 갖고 있다고 할 수 있다. 이런 측면에서 볼 때 「정읍사」의 작자가 자신에게 있어서 소망의 구원체인 '달'에 대해 갖는 태도와 일반인이 종교에 대해 갖는 태도는 구복적이며 주술적이라는 점에서 유사하다고 할 수 있다. 그런데 현재 고도로 발달된 현대 과학에 의해 종교의 미신적, 신비적 요소는 점차 그 근거를 잃어 가고 있다. 따라서 현대인들은 종교에 대한 태도를 올바르게 가질 필요가 있는데, 우선 종교를 종교 자체로 이해할 수 있어야 하겠다. 종교의 신비적인 특성을 지나치게 강조하여 종교 생활과 현실 생활 간에 혼란을 일으키는 등의 일을 경계하고 종교는 일종의 정신적 문화라는 것을 객관적으로 인정할 수 있어야 하겠다. 불확실한 미래가 주는 불안감을 덜고 자신의 마음가짐을 살피는 도구로서 종교를 이해해야지, 자신의 운명을 전적으로 기탁하는 대상으로 종교를 대하는 태도는 바람직하지 못하다.

　현대인들은 쉴 새 없이 바쁘게 살아가고 있어서 종종 그 자신
의 정체감을 느끼지 못하게 될 때가 있다. 그에 따라 삶의 근원적
인 문제를 고민하기도 하고 죽음에 대한 두려움을 막연하게 느끼
기도 한다. 이러한 상황에서 종교는 사람들의 마음에 위로가 될
수 있으며 미래를 설계하는 일종의 동력원으로 작용할 수 있는
것이다. 따라서 신비적인 요소가 많은 종교를 정신문화 그 자체라
는 객관적 인식을 할 때 현대 생활에서 갖는 종교의 효용을 얻을
수 있을 것이다.

# 찬기파랑가

## 충담사
### 忠談師

충담사는 신라 경덕왕 때의 승려다. 경덕왕(재위 742~764년)이 나라를 다스린 지 24년에 오악(五嶽) 삼산(三山)의 신들이 이따금 궁전 뜰에 나타나고 여러 형태로 천재지변이 일어나자, 삼월 삼짇날을 택해 나라를 편안하게 하는 의식을 거행하기 위해 기다리고 있을 때 충담사가 나타났다. 충담사는 매년 중삼일(重三日 : 3월 3일)과 중구일(重九日 : 9월 9일)에 차를 달여서 남산(南山) 삼화령(三花嶺)의 미륵세존에게 드리며, 미륵에게 차를 끓여 공양하고 오는 길이라고 했다. 충담사는 정권에서 소외된 채 화랑의 전통을 자기대로 이으면서 미륵을 숭상하는 국선지도(國仙之道)의 승려였다. 이때 경덕왕의 부탁을 받고 「안민가(安民歌)」를 지었으며, 이미 「찬기파랑가(讚耆婆郎歌)」의 작가로서 유명했다.

균여(均如)가 지은 11수의 향가(鄕歌)를 제외한 현전 향가 14수는 모두 『삼국유사(三國遺事)』에 수록되어 전한다. 그런데 『삼국유사』는 고려시대의 승려 일연(一然, 1206~1289)이 지은 야사(野史)의 기록이며, 애당초 문학적 텍스트를 기록한다는 의식에서 향가를 적어 둔 것이 아니라 어떤 설화의 끄트머리에 관련된 노래를 적는 식으로 기록해 두었다. 따라서 향가의 배경 지식을 이해하는 데는 도움을 줄 수 있지만 그것이 신라 당대에 불리던 작품의 원래 모습이라고 볼 수 있을지에 대해서는 의심이 생길 수 있다. 이것은 현전하는 『삼국유사』에 많은 오자(誤字)들이 포함되어 있으며, 일연의 시대는 이미 향가가 창작·향유되던 시기로부터 길게는 수백 년이 지났다는 역사적 상황 때문이기도 하다. 실제로 향가 연구자 홍기문은 다음과 같이 지적했다.

신라 향가가 『삼국유사』 중에 게재되어 있는 바 『삼국유사』의 현행하는 간본(刊本)에는 오자(誤字)가 심히 많다. 가령 제2권 「가락국기(駕洛國記)」 중 '自來七八年間 未有玆子生'이란 구절이 있으니 여기의 '玆子'는 '挈' 한 글자를 두 글자로 만든 예며, 제3권 「어산불영(魚山佛影)」 중 '遠瞻卽現 近瞻不見 或見覓等 是一也'란 구절이 있으니 여기의 '覓'은 '不見' 두 글자를 한 글자로 만든 예며, 제3권 「낙산 이대성(洛山 二大聖)」 중 '梵日在於會去之後相昌 一百七十歲'란 구절이 있으니 '去'과 '昌'을 서로 뒤바꾼 예며, 제2권 「남부여(南扶餘)」 중 '구당서운 백제부부지별종(舊唐書云 百濟扶夫之別種)'이란 구절이 있으니 '부(夫)'는 '여(餘)'의 잘못 쓴 예 등이다. 『삼국유사』에 이렇게 오자가 있는 것으로 미루어서 향가 원문에도 오자가 있을 것은 물론이거니와 문맥이 통하는 한문에서 이렇게 오자를 내고 있는 것으로 미루어서 전연 부적(符籍)과 같이 취급되어 온 이두(吏讀)에는 더 많은 오자를 내고 있을 것만 사실이다. 오직 한문에서는 전후 문맥에 의해서 그런 오자도 오자로 입증할 수 있지만 이두에서는 그렇게 입증할 길이 없는 그뿐이다.

「찬기파랑가(讚耆婆郎歌)」는 경덕왕 때의 승려이자 향가 작가인 충담사가 지은 작품으로, 기파랑(耆婆郎)이라는 화랑의 높은 정신을 찬미한 것이다. 그러나『삼국유사』에도 기파랑이 누구이며 왜 충담사가 그 노래를 지었는가에 대해서는 나타나 있지 않다. 이는 『삼국유사』가 향가를 기록하는 데 주목적이 있었던 책이 아니었기 때문이다. 따라서 이 노래와 관련된 배경은 추측할 수밖에 없으며, 그 때문에 작품을 해석하는 데도 다양한 차이들이 나타나고 있다.

작품을 해석하는 데 차이가 생겨난다는 것은 단순히 작품의 보존상태에서만 비롯하는 것은 아니다.『삼국유사』는 한문으로 된 기록이고 일연의 시대에는 아직 우리말을 표기할 수 있는 수단이 발명되지 않았기 때문에, 「찬기파랑가」와 같은 우리말 노래를 표기하기 위해서 한자를 이용할 수밖에 없었다. 한자를 이용하되 한자의 뜻과 음을 동시에 사용해서 우리말을 표기하는 데 사용한 것이다. 이것을 이두(吏讀)라고 하는데, 원효대사의 아들인 설총(薛聰, 660?~730?)이 집대성하였다고 알려져 있다.

이두는 백성을 상대로 하는 공문서를 작성하는 데 사용되었을 뿐만 아니라 향가와 같은 문학작품을 기록하는 데도 쓰였을 것으로 짐작된다. 그 중 향가를 적는 데 쓰인 이두가 특별히 향찰(鄕札)이라고 불린다. 그런데 삼국시대의 단어와 한자음의 정확한 발음, 이두의 한자 이용 방법을 정확히 파악하지 못하는 오늘날에 향찰을 해석하는 것은 매우 어려운 작업이다. 실제 작품을 보면서 이러한 어려움을 직접 느끼게 될 것이다.

　충담사는 경덕왕 시대의 승려이다. 경덕왕 시대는 통일신라시대의 흥성기가 끝나 가는 시기로, 화랑이 국가적 의식에서 배제되고 새로운 지배층이 권력을 잡으며 불교에서도 귀족불교의 화엄사상(華嚴思想)이 두드러지기 시작한다. 이에 비해서 충담사는 미륵사상(彌勒思想)을 지켰던 것으로 보인다. 이러한 상황에서 충담사는 이미 죽고 없거나 비참하게 된 기파랑을 찬양하는 개인적인 노래를 지었던 것으로 추정해 볼 수 있다. 실제로 경덕왕 이후에는 귀족들 내부에서 왕권 다툼이 일어나. 경덕왕의 아들 혜공왕이 피살되고 내물왕 계열의 귀족이 왕통을 차지하는 등 통일신라는 쇠일로를 걷게 된다.

## 작품 읽기

(가) 咽嗚爾處米

　　露曉邪隱月羅理

　　白雲音逐于浮去隱安支下

　　沙是八陵隱汀理也中

　　耆郎矣貌史是史藪邪

　　逸烏川理叱磧惡希

　　郎也持以支如賜烏隱

　　心未際叱肹逐內良齊

　　阿耶

　　栢史叱枝次高支好

　　雪是毛冬乃乎尸花判也

(「찬기파랑가」 원문)

충담사

(나) 열치매
　　나토얀 ᄃ리
　　힌구룸 조초 뻐가ᄂ 안디하
　　새파론 나리여히
　　耆郎의 즈싀 이슈라
　　일로 나릿ㅅ 지벽히
　　郎의 디니다샤온
　　ᄆᆞᄉᆞ믹 ᄀᆞᆫ홀 좇ᄂ우아져
　　아으
　　잣ㅅ가지 노파
　　서리 몯누올 花判이여
(고전 한국어 표기 — 양주동)

(다) 열치매
　나타난 달이
　흰 구름을 좇아 떠가는 것 아니야?
　새파란 내[川]에
　기랑(耆郎)의 모양이 있어라!
　이로 냇가 조약[小石]에
　낭(郎)이 지니시던
　마음의 끝을 좇고저.
　아으,
　잣[栢 : 잣나무]가지가 높아
　서리를 모르올 화반[花郎長]이여!
(현대 한국어 번역 (1) — 양주동)

(라) 흐느끼며 바라보매

이슬 밝힌 달이

흰 구름을 따라 떠간 언저리에

모래 가른 물가에

기랑(耆郎)의 모습이올시 수풀이여.

일오(逸烏:땅이름) 내 자갈 벌에서

낭(郎)이 지니시던

마음의 갓을 좇고 있노라.

아아,

잣나무 가지가 높아

눈이라도 덮지 못할 고깔이여.

(현대 한국어 번역 (2)— 김완진)

(마) 이두(吏讀)란 것은 결국 그 당시 한자의 음이나 뜻을 가지고 그 당시의 우리말을 기록한 것이다. 이제 이르러 우리말이 많이 변한 것과 같이 한자의 음이나 뜻도 적지 않게 달라졌을 것은 당연한 일이다. 향가 번역이 우선 그 언어의 판정 작업으로부터 시작되어야 하건마는 그 판정에 임하여 어느 한편으로도 안정된 거점(據點)을 가지지 못한다. 더구나 우리말의 역사는 다른 말과 비교해서 그 변천의 자취가 넓이로나 또 깊이로나 다 함께 현저한 것이라 그 언어의 판정이 용이할 까닭은 조금도 없다.

그런데 종래의 몇 연구가들은 훈민정음 창제 직후의 문헌으로부터 15세기 말과 현대어가 차이나는 것을 발견하고 드디어 15세기 말을 발판으로 디디어서 향가의 번역을 시도하였다. 그들의 업적을 무조건 말살하기 어려운 이상 이러한 방법에도 일정한 타당성이 있었다는 것은 부인하지 못한다. 단지 그들은 15세기 말과 현대어의 차이는 인정하면서 향가를 마치 15세기 말로 기록된 것처럼 착각하고 있다. 또 그들은 비록 15세기 이후에 한해서나마 우리말의 역사적 발달을 인

34<br>충담사

정하면서 한자의 음이나 뜻에는 전혀 발달 과정이 없었던 것처럼 착각하고 있다. 그들은 한걸음 더 나아가 한자는 전연 중요시하지 않고 오직 의미상 그곳에 적합한 15세기 말을 찾는 데만 열중하였다.

　이러한 언어의 판정이 정확할 수 있는가? 물론 없다. 그 정확성을 제고키 위해서 어떠한 교정이 필요한가? 첫째, 15세기 말과 현대어가 차이난다면 향가와 15세기 말도 꼭 동일하지 않다는 것을 알아야 하며, 둘째, 우리말이 발달 변천해 왔다면 한자의 뜻과 음도 마찬가지라는 것을 알아야 한다. 그 결과는 매개 한자의 음이나 뜻으로 용인되는 범위에서만 그곳에 적당한 의미의 말을 탐색하게 될 수 있을 뿐이다. 반대로 그 적당한 말로는 15세기의 좁은 범위로 한정할 것 없이 고대어의 전모를 탐색하는 광범한 작업과 직접 결부하는 것이 필요하다.

(홍기문,『이두연구』,<br>'고가요(古歌謠)를 어떻게 번역 또는 주석할 것인가' 중에서)

　(바) 이 노래「찬기파랑가」는 진작 그 '높은 뜻' —— 고매한 시상(詩想)으로 신라 당시에 국내에 훤전(喧傳 : 야단스레 전해짐)되었던 명가(名歌), 그러기에 경덕왕의 말에도 '朕嘗聞師讚耆婆郎歌, 其意甚高(내 일찍이 스님의「찬기파랑가」가 그 뜻이 높음을 들었으니)' 운운이라 한 것이다.

　우선 그 기상천외의 시법(詩法)! 작자는 기파랑이란 젊은 화랑장(花郎長)의 드높은 인격과 이상, 지조를 기림에 있어서 한마디도 그것에 직접 언급함이 없이 돌연히 벽공선출(劈空撰出 : 하늘을 쪼개어 시문을 지음. 기발하고 놀라운 표현을 일컬음)의 '달(月)'과의 문답체를 빌어와 전팔구(前八句)에서 그것을 은연중 암유(暗喩 : 은밀한 비유)로 방서(傍敍)하고(얼마나 적확한 이미지를 주는 효과적 수법인가!), 결이구(結二句)에서 '잣가지'를 빌어 그것을 정서(正敍)했다. 그러나 우선 그 문답체의 천의무봉(天衣無縫)한 솜씨를 보라! 독자의 편의를 위하여 내가 인용부호를 사족으로 덧붙여 제1~3구가 '달에게 시문(試問 : 시험삼아 물음)'하는 말, 제4~8구가 '달의 비답(批答)'임을 보였으나, 원시(原詩)에는 물론 그런 것이 있을 리가 없고, 오로지 독자들의 문학적 상상력을 기다릴 뿐.

앞 8구의 의미 ——
'구름 장막을 확 열어젖히매 둥두렷이 나타나는 달아,
너는 흰 구름을 좇아 서쪽으로 떠감이 아니냐?'
(달이 대답하되)
'나는 흰 구름을 좇아감이 아니로세.
멀리 지상(地上)을 굽어보니, 새파란 알천(閼川) 냇가에
기랑(耆郞)의 모양이 있어라! 이제로부터 냇가 모래벌 위에
낭(郞)의 가지고 있던 그 마음의 끝을 좇으려 하옵네.'
후 2구 —— 「亂」(결사(結辭))에 가로되,
'아아, 잣가지가 드높아 서리를 모르올 花郞長이여!'

우선 문·답·결사로 된 삼부체(三部體). 이는 저 희랍희곡의 '남·녀·합'창과 불기이동(不期而同 : 기약하지 않았음에도 같아짐)되는 희한한 기법이다. 또 이 시 벽두에 법다 던지는 '열치매'라는 '아닌 밤중에 홍두깨' 같은 이양(異樣 : 이상한 모양)의 수법. 내가 위에 '구름 장막을 확 열어젖히매'라는 구구한 주석을 더했으나, 그런 부질없는 '객어(客語)'까지를 사족으로 덧붙임은 용재(庸才 : 평범한 사람)의 수법. 저 정송강(鄭松江, 정철)의 네 장가(長歌) '관동별곡·사미인곡·속미인곡·성산별곡'의 멋들어진 각 허두(虛頭 : 첫머리) —— '강호(江湖)에 병이 기퍼' '이 몸 삼기실 제' '뎨 가는 뎌 각시' '엇던 디날 손이' 등도 이에 비하면 당초 문제가 안 되는 범용한 발성법이랄 수밖


충담사

에.

　그러나 이 노래의 최고의 묘처(妙處), 기절(奇絶)한 시상(詩想)은 물론 저 제8구 '마음의 끝을 좇과저'(ᄆᆞᅀᆞᄆᆡ ᄀᆞᆺᄒᆞᆯ 좇누아져)의 '마음의 끝'이란 한 구에 있다. 달이 서쪽으로 감은 그저 뜻없이 감이 아니다. '벗가 모래 위에 기랑의 모습이 서서 지녔던 마음의 끝을 좇아감'이라고 달이 답하는 것이다. 이로써 천년 뒤에 나서 이 시를 읽는 독자 우리들은 눈을 감으면 문득, 천년 전 어느 달밤 동방 신라 서울 알천 벗가 흰 모래 위에 홀로 우뚝, 혹은 고개를 약간 뒤로 젖힌 채 멀리 아득히 서천(西天)을 바라보며 무한한 동경과 머나먼 이상을 그곳에 부쳐 보내며 외로이 섰던 젊은 화랑장 기랑의 그 곱고도 고고(孤高)한 자태, 그 드높은 포부와 교양과 인격이 눈앞에 역력히 나타날 만큼 그 이미지가 실로 놀랍게 선연(鮮妍)하지 않은가! 하필 서방(西方)은? 분명 정토(淨土)에의 동경·상념일 것이 분명하나, 구태여 불설(佛說)에만 의지할 것도 아니다. 현실의 세계를 초월한 미지의, 불가견(不可見)의, 영원한 궁극적 피안(彼岸)의 세계.

(양주동,『고가연구』(박문서관) 중에서)

통합형 문·답

**1** 제시문 가운데 (마)는 (가)~(라) 중 어느 특정한 한 가지를 비판하고 있다. 그것이 어느 것인지 찾아보자. 또한 (마)의 밑줄 친 부분과 같은 말이 나오게 된 표기상의 증거와 이러한 문제점이 생겨난 근본적인 원인을 살펴보고, (마)의 서술이 가지고 있는 문제점에 대해서도 지적해 보자.

　(마)는 고전가요, 특히 향찰로 기록된 향가를 어떻게 번역할 것인가의 문제를 다룬 글이다. 이것은 고전을 어떻게 번역할 것인가

하는 일반적인 물음일 뿐만 아니라, 한국어의 전개가 갖는 특수성 때문에 생겨나는 부수적인 문제점을 포괄하는 물음이기도 하다. 먼저 향가는 우리말 노래이다. 그러나 향가의 우리말을 표기할 수단이 없었기 때문에 부득이 한자의 음과 뜻을 빌어서 우리말을 표기할 수밖에 없었다. 이것은 우리말을 한문으로 번역하는 것과는 차원이 다른, 우리 나라 고유의 한자 이용 방식이다. 그러나 이렇게 표기된 향찰을 완벽하게 이해하기 위해서는 향찰의 구성 원리와 당대의 한자음, 당대의 국어 단어의 정확한 발음을 알고 있어야 한다.

그러나 천년의 세월이 지난 오늘날 이러한 정보를 알려 주는 자료들은 거의 찾을 수 없다. 따라서 향찰을 한글로써 복원시킬 경우 그것이 과연 천년 전의 우리말과 일치하는 것인지 확인할 방법이 없다. 한글을 써서 향찰을 복원한다는 것도 사실은 오늘날의 관점에서 하는 일일 뿐이며, 그것은 필연적으로 복원을 넘어서서 번역의 과정을 포함하게 된다. 향찰을 한글로써 복원할 수 있으려면, 고대어에 대해 지금보다 훨씬 더 많은 지식이 필요할 것이며, 한글은 오늘날의 문법에 구애받지 않고 고대어의 음가(音價)를 표시해 주는 기능만 해야 한다.

(마)는 이러한 문제에 대한 인식을 기반으로 해서 (나) 식의 표기를 비판하고 있다. (나)는 향찰을 15세기 한글로 복원한 것임이 분명하다. '일로 나리ㅅ 지벽희'의 '지벽희'에서 쓰인 'ᄫ'은 훈민정음 창제 초기인 15세기에 잠시 쓰이다가 소실된 문자기 때문이다. 그렇다고 해서 (나)의 작업을 한 양주동이 15세기 사람인 것도 아니다. 양주동은 일제 시대의 향가 연구가이다. 그럼에도 불구하고 그가 향찰을 국어로 옮길 때 15세기 표기를 따른 것은 그다지 근거가 확실한 것이라고 볼 수 없다. 15세기 국어가 현대 국어에 비해 신라어와 시간적으로 가까운 것은 사실이겠지만, 그 이

유만으로 15세기 표기를 이용한다고 하면 논리가 궁색해진다.

　이러한 문제점이 생긴 궁극적인 이유는 15세기 이전에 우리말을 표기할 수 있는 독창적인 문자 체계가 존재하지 않았다는 점, 그러한 어려움을 해결하기 위해 사용한 향찰이 한자라는 전혀 다른 체계의 문자를 이용했기 때문에 혼란을 가중시켰다는 점, 따라서 오늘날 향찰로 표기된 신라어를 복원하기 위해서는 향찰에 쓰인 한자의 음과 한자가 표현하는 뜻을 당대의 단어로 표현할 때의 정확한 음가(音價) 및 향찰의 운용원리에 대한 지식이 아울러 필요하다는 점에 있다. (나), (다), (라)는 모두 향찰 표기를 한글로 옮긴 시도들이지만, 그 어느 것도 이러한 문제점들에서 완전히 벗어나 있지는 못하다. 그럼에도 불구하고 (마)에서 특별히 (나)를 비판한 것은, (나)가 취한 15세기식의 한글 표기가 향찰이 표기했던 신라어와는 사실 아무런 관련이 없는 것이기 때문이다.

　하지만 애당초 완전한 복원이란 것이 불가능하다고 해서 조금이나마 향찰을 신라 당대 언어로 복원시키려는 노력이 무의미하다고는 볼 수 없을 것이다. 15세기 국어와 그 표기가 현대어에 비해 신라어의 모습을 더 많이 갖고 있다고 말할 수 있다면, (나)와 같은 시도도 의미를 가질 수 있을 것이다. (나)의 작업을 한 사람이 이처럼 어설프게 15세기 국어 표기를 고집한 까닭도 여기에 있을 것이다. 따라서 (나)와 같은 작업이 '향가를 15세기 말로 기록된 것처럼 착각'하고 있다고 한 (마)의 논리도 지나친 것이라고 할 수 있다. 물론 (나)가 신라어에 조금이라도 더 근접한 표기일 수 있는가 하는 점에 대해서는 충분히 의심해 볼 수 있다.


찬기파랑가

양주동의 「찬기파랑가」 비평이 갖는 가장 큰 특징은 작품을 문답체 형식으로 보고 있다는 점이다. 그러나 향가의 수사법과 시상 전개 방법을 구체적으로(예컨대 통계적인 방법 등으로) 확인할 길이 없는 상태에서 이러한 해석은 위험할 수 있다. 게다가 행을 바꾸면서 이어지는 문답체는 매우 어색하게 느껴진다. 찬미의 노래는 개인의 감정 상태를 표출하는 것으로서, 거기에 여러 가지 비유 방식을 끌어들일 수는 있겠지만 달을 대화 상대로 끌어들이고 달로 하여금 기파랑을 좇고 싶다고 말하게 하는 것은 해석에 감정이입(感情移入)이 개입된 것이라 할 수 있다.

해석상의 쟁점을 피하고 시상의 덩어리만을 살핀다면 흰 구름을 따라 떠가는 달, 물가, 거기에서 무엇인가에 연상되어 떠오르는 기랑의 모습, 기랑의 높은 정신적 경지, 그리고 그에 대한 비유를 통한 찬미가 공통적으로 발견된다. (나), (다)의 차이는 이러한 시상을 연결시키는 방법에 있다. 달밤과 물가는 이 시의 배경을 이루는 중요한 설정이다. (나)에서는 달이 직접 물가에서 기랑의 모습을 본 것으로 되어 있고, (다)에서는 물가의 수풀이 기랑의 모습을 연상시킨다고 본다. (나)를 따르면 기랑 자신이 물가에 있는 반면, (다)를 따르면 물가는 서정적 자아가 기랑을 그리워하는 공간이 된다. (나), (다)는 모두 기랑의 높은 정신적 경지를 찬미하고 있지만, (나)는 그 경지를 좇는(遂) 주체가 달이라는 점이 다르다.

각각의 해석은 모두 나름대로의 타당성을 갖지만, 시상의 전개는 (다)가 더 자연스럽다. (나)는 첫 줄 '열치매'의 해석이 구차

할 뿐만 아니라, 기랑이 지금 물가에 있다는 사실과 그의 정신의 경지를 따라 다른 곳으로 이동하는 달의 이미지가 서로 어울리지 않기 때문이다. 반면에 (다)는 기랑이 곁에 없는 서정적 자아가 달도 떠난 밤중에 물가에 갔다가 수풀을 보고 기랑의 모습을 떠올려 물가에서 내내 기랑의 높은 정신적 경지를 그리워하며 방황하는 모습이 잘 전개되고 있다. 마지막 두 구에서 기랑을 찬미하는 것은 동일한 인물의 어조가 점점 상승하여 최고에 이른 것으로 보는 것이 적절하며, (나)처럼 달의 말에 대한 응답으로 보기에는 지나치게 영탄적이다.

흐느껴 우는 서정적 자아, 달빛이 사라져 버린 강가의 어두움은 기랑을 잃은 슬픈 분위기에 대응한다. 이 노래의 미의식 가운데 비장미(悲壯美)를 지적한 것은 적절한 일이다. 쇠퇴기에 접어들어가는 통일신라 경덕왕 시대에 화랑이 고난을 겪고, 그러한 고난에 임해서 숭고한 이상을 비장하게 확인하고자 한 작품이 바로 이 「찬기파랑가」라고 본다면, 이러한 해석은 확인되지 않은 고대 시가의 시적 기교를 논하는 (나) 류의 논의보다는 발전할 가능성이 높을 것이다.

# 혜성가

## 융천사
**融天師**

융천사는 신라 진평왕 때 승려로 생몰연대는 알려져 있지 않다. 다만 『삼국유사』에 융천사가 지었다는 「혜성가」와 그 배경설화가 실려 있어 이를 짐작케 한다. 어느 날 화랑들과 함께 금강산에 놀러 가던 융천사는 혜성이 나타나 심대성을 침범하는 것을 보고 이상히 여겨 유람을 그만두고 노래를 지어 불렀다. 그러자 괴변이 없어지고, 침범했던 왜병들도 돌아갔다고 한다. 이 노래가 바로 「혜성가」이다.

「혜성가(彗星歌)」는 신라 진평왕 때 융천사가 지은 향가로서, 현전하는 10구체 향가 가운데 그 연대가 가장 오래된 작품으로 인정되고 있다. 노래 이름에 대하여 양주동은 「혜성가」, 일본인 학자 오구라 신페이는 「융천사 혜성가」라 하였다. 사서의 기록에 의하면, 혜성은 요성(妖星)으로, 혜성이 나타나면 천재나 병화가 있거나 나라가 망할 조짐이라 하였다. 또, 심대성(心大星)은 28수 중 심수의 대성으로 신라의 중심지 경주를 상징한다. 이 설화의 주제는 혜성의 변괴를 없애고 왜병의 침략을 막은 것으로 풀이된다. 이 노래는 세 화랑의 공덕을 칭송하여 부른 노래라는 설도 있고, 혜성의 출현과 왜구의 침입을 막았다는 점에서 주술 가요로 해석하기도 한다.

「혜성가」가 실려 있는『삼국유사』에는 배경설화가 함께 기록되어 있는데, 관련 설화의 문맥이 전혀 논리적이지 못해 그 참 의미를 파악하기가 참으로 어려운 작품이다. 세 사람의 화랑이 금강산을 유람하려고 하였는데 혜성이 출현하는 흉조가 생겨서 유람을 중단하였고, 이에 융천사가 노래를 지어 불러 변괴가 사라졌다는 것이 배경설화의 내용이다. 그런데 앞서 왜구가 등장했다는 언급이 전혀 없는 상태에서 느닷없이 왜구도 물러갔다는 이야기가 이어진다. 아울러 「혜성가」 본문에도 왜구의 침입이 있었다는 구절이 들어 있다. 배경설화와 「혜성가」를 긴밀하게 연결시켜 해석해야 그 의미에 접근할 수 있다는 주장이 설득력 있게 들리는 작품이다. 아직도 정확한 해독을 기다리는 구절이 많아 계속적인 연구가 요청되는 작품이기도 하다.

  (가) 제5거열랑 제6실처랑 제7보동랑 등 화랑의 무리 세 사람이 풍악에 놀러 가려는데 혜성이 심대성(心大星)을 범했다. 낭도들은 이것을 이상스럽게 생각하여 그 여행을 중지하려 했다. 이때 융천사가 노래를 지어서 부르니 별의 변괴는 사라지고 일본 군사도 저희 나라로 돌아가니 도리어 경사가 되었다. 임금이 기뻐하여 낭도들을 풍악에 보내서 놀게 했다. 노래는 이렇다.

  옛날 동해가의 건달바가 놀던 성을 바라보고
  ‘왜군이 왔다’고 회를 든 변방이 있어라.
  세 화랑이 산구경 오심 듣고 달도 부지런히 빛을 펴는데,
  살별을 바라보며 ‘혜성이여!’ 하며 알린 이가 있구나.
  아아, 달은 저 아래로 지누나. 이바 무슨 혜성이 있을까.

  (『삼국유사』의 「융천사 혜성가」)


  (나) 뉴턴이 물리학의 역사에 길이 남을 법칙에 착안하게 된 날이었다. 뉴턴은 혼자 이렇게 되뇌었다. ‘내가 공을 던진다면, 그 공은 땅에 떨어질 것이다. 그 공을 더 힘있게 던진다고 생각해 보자. 그 공은 더 멀리 가서 떨어질 것이다. 그러니, 지평선이 떨어지는 만큼 빠르게 떨어지도록 힘을 주어 던진다면, 그 공은 이 세계를 빙빙 돌게 될 것이다.’ 멋진 착상이다. 세계가 둥글다는 것에 대한 가정과, 공이 어떻게 움직일 것인가에 대한 가정으로 가득 차 있는 상상이기는 하지만, 화려하고 장대한 상상력의 구상이며 대단한 시각적 상상이다. 뉴턴은 이런 상황을 눈으로 보듯 그려낼 수 있었다. 뉴턴은 잘 그려진 도해(圖解)를 만들었다. 공은 지구를 돌며 떨어질 것이다. 그 시간은 얼마나 될까? 계산은 어렵지 않다. 대략 구십 분 정도 걸릴 것이다. 그러

나, 이것을 직접 시험해 볼 도리는 없었다. 할 수 없이 뉴턴은 다른 방식으로 이 문제의 해결책을 마련했다. 뉴턴은 공을 달로 대치하였다. 뉴턴은 다음과 같이 생각하였다. '지구 둘레를 돌 수 있도록 내가 공을 던진다는 것은 불가능하다. 그러나, 방법이 없는 것은 아니다. 달을 지구 둘레를 돌 수 있도록 던져진 공이라고 여기면 된다. 결국 마찬가지의 결론을 유도할 수 있을 것이다. 달이 지구의 주변으로 던져진, 25만 마일 저쪽의 공이라고 가정하자.' 이렇게 가정하면서, 뉴턴은 지구 표면의 중력의 값에 대하여 자승의 역의 법칙을 가정하여 계산하여 보았다. 그 결과가 스무여드레로 대충 맞아 들어가는 것이었다. 이러한 비유적인 사고로부터 출발하여 뉴턴이 이르게 된 결과가 바로 중력에 관한 이론이었다.

(김우창, 「법 없는 길」(민음사) 중에서)

통합형 문·답

(가)의 작품을 현대인들은 '비과학적'이고 있을 수 없는 일이라 생각할 것이다. 현대 과학 신봉자들은 (가)에서 보이는 천체 현상은 자연적으로 일어나는 것이지, 인간 사회의 질서와는 아무 상관이 없다고 한다. 아울러, 「혜성가」를 불렀기 때문에 혜성이 사라진 것은 아니라 한다. (나)의 내용은 이 문제와 관련해서 시사하는 바가 많다. 자연과학적 지식이 문학적 상상력과 깊은 관련이 있음을 보여 주는 것이다. 이에 대하여 자신의 견해를 밝혀 보자.

일반적으로 자연과학적 지식은 엄밀성과 객관성을 그 근간으로 한다고 받아들여진다. 그래서 아무래도 객관성과 엄밀성의 확보가 어렵고 주관적인 요소에 영향받기 쉬운 비자연과학 분야(인문·사

회과학)와 자연과학 사이에는 직접적 상관 관계를 찾기 어려울 듯
하다. 그러나, 자연과학적 지식이라는 것도 자연과학에 종사하는
과학자들의 인간적 활동의 결과물일 수밖에 없으므로, 인간정신의
활동이라는 더 큰 시각에서 보자면 결국 동일한 차원에 위치한다
고 하겠다. 아울러, 통념과는 달리 자연과학적 발견의 배후에는 언
제나 비자연과학적인 영역의 직접적 도움 내지는 적어도 비자연
과학적 지식이나 믿음과의 밀접한 연관이 놓여 있다.

　우선 과학이나 과학자들의 성장에 정신적 영향을 미치는 요인
들로 다른 분야의 문화적 자극을 들 수 있다. 가령 과학자들의 지
적 성장에 있어서, 대체로 인문적 영역의 일들에 지적 호기심을
갖는 일이나 과학적인 사실들에 호기심을 갖는 일은 별개의 것이
아니다. 우주 탐험의 길을 연 로켓 연구가 고다드로 하여금 우주
공단에 최초로 관심을 가지게 한 것은 공상과학 소설인 『우주전
쟁』이었다. 또 보다 밀접하게 과학적 사고의 복잡한 연계를 보여
주는 예로서, 케플러의 인력에 대한 관념을 들 수 있다. 모든 것은
신의 사랑에 이끌리며 또 서로 이끌린다는 믿음에서 출발한 케플
러의 사고는, 비록 과학적으로 그릇된 것일지라도, 과학적 사고와
비과학적 상상력 사이의 친화성을 보여 주는 좋은 예라 하겠다.

　이를 통해 짐작할 수 있듯이, 과학적 사고나 비과학적 상상력은
그 근원이 동질적이라 볼 수 있다. 위의 예보다 더 확실한 경우를
뉴턴에게서 찾을 수 있다. 뉴턴이 이론화한 중력의 법칙은 아주
간단한 비유적 사고 능력으로부터 도출된 것이다. 뉴턴은 지구 둘
레를 돌고 난 다음 떨어지는 공에 관한 상상을 하다가 그 공의
자리에 달을 대치하면 된다는 사실을 깨달았던 것이다. 이러한 착
안이 뉴턴으로 하여금 인력에 관한 일반 법칙을 만들도록 하였다.
뉴턴에 의해 이루어진 위대한 발견이 상상적 구성에서 나온 것이
라면, 과학적 사고와 비유적 상상력 사이에는 모종의 필연적 관계


웅천사

가 있음을 뜻하는 것이다.

그렇다면, 뉴턴의 상상력 같은 자질은 어떻게 해서 가능해지는 것인가. 이에 대해서 간단히 답하기는 어렵다. 다만, 단순히 과학적 훈련만이 그러한 자질이나 능력을 제공해 줄 수 없다는 점은 분명하다. 사실 뉴턴의 삶을 구성하는 많은 요소가 그 비유적 사고 속에 들어 있다. 어린 시절에 공을 가지고 놀아 본 경험이 거기에 들어 있음은 분명하다. 지평선의 경험은 높은 산악 지대나 깊은 숲에 둘러싸인 환경에서만 자란 사람이라면 얻기 어려운 체험일 것이다. 그러나, 무엇보다 중요한 것은 이러한 일상 속에서 겪는 세부적 체험들을 하나의 시각적 도해 속에 종합화할 수 있는 능력이다. 달과 공의 관련을 이끌어 낼 수 있는 비유적 상상력이나 그 상상적 구성을 시각적인 형태로 그려 낼 수 있는 시각화의 능력은 과학적 사고와는 직접적 관련이 없는 듯 보이지만, 창조적인 과학적 발견을 가능하게 하는 근원적이면서도 결정적인 힘이라 하겠다.

자연과학적 사고와 상상력과 같은 비과학적 능력은 전혀 이질적인 것처럼 보이는 것이 사실이다. 그러나 위대한 과학적 발견의 이면에는 언제나 비과학적인 성격의 요소가 매우 결정적인 힘으로 작용하였다. 이는 상상력과 과학, 문화적 요인이나 인문과학적 요인과 과학의 관련이 겉으로는 잘 드러나지 않지만 근원적인 연관을 이루고 있음을 알려 준다. 나아가, 시대적 환경과 조건이 과학의 발전에 결정적인 역할을 한다는 것은 의심의 여지가 없다. 그러므로, 자신의 체험을 종합화할 수 있는 정신 능력을 배양하고 적절한 문화적 사회적 토양을 조성하는 것이야말로 참된 과학의 발전을 이끌어 낼 수 있는 길일 것이다.

# 헌화가

어느 노인

「헌화가」는 신라 제33대 성덕왕(재위 702~737년) 때 어느 노인이 지은 4구체의 향가로 알려져 있다. 이 노래는 『삼국유사』 권2 「수로부인」 부분에 배경설화와 함께 수록되어 있고, 이에 얽힌 또다른 향가인 「해가(海歌)」도 같이 소개되어 있다.

「헌화가(獻化歌)」는 신라 성덕왕 때 어느 노인에 의해 불려진 향가로서, 4구체이다. 『삼국유사』에 그 노래가 배경설화와 함께 실려 있는데, 내용을 보면 다음과 같다.

성덕왕 때 순정공이 강릉 태수로 부임하던 도중 해변에서 점심을 먹게 되었다. 그 곁에는 천길이나 되는 돌산봉우리들이 병풍처럼 바다에 닿아 있었는데, 그 위에 철쭉꽃이 피어 있었다. 순정공의 부인 수로가 그 꽃을 보고 좌우의 종자들에게 꽃을 꺾어 바칠 자가 없느냐고 물었다. 모두가 불가능하다고 하였다. 마침 암소를 끌고 그 곁을 지나던 노인이 그 말을 듣고 그 꽃을 꺾어 바치며 노래를 함께 불렀다. 그 노래가 바로 「헌화가」이다.

「헌화가」에 대한 다양한 해석은 기실 배경설화의 다양한 해석 때문에 생겨났다고 해도 과언이 아니다. 일상의 인간적 욕망이 담긴 세속적인 노래로 「헌화가」를 규정하기도 하고, 고대의 종교적·주술적 제의와 관련하여 무속적인 노래로 해석하는 경우도 있고, 소를 끌고 간다는 내용과 꽃의 의미에 담긴 불교적 성격에 주목하여 선승(禪僧)의 노래로 해석하기도 하며, 초자연적인 신이나 신격화된 인물이 부른 노래라고 해석하기도 한다. 다른 향가 작품들과는 달리 비교적 어학적 해독에서 합의점을 찾았다고 할 수 있는 「헌화가」의 문학적 해석은 시각에 따라 다양하게 분기되어 있는 상태이다.

　　성덕왕 때에 순정공이 강릉태수로 부임을 할 때 바닷가에서 점심을 먹었다. 그 곁에 있는 바위의 봉우리가 바다를 병풍처럼 둘러쳐서 굽어보고 있었는데, 그 높이는 천장(千丈)이나 되고 그 위에는 철쭉꽃이 만발하였다. 공의 부인 수로가 그것을 보고 좌우를 둘러보고 말을 하였다.

　　"어느 누가 저 꽃을 꺾어다 나에게 주겠는가?"

　　종자들이 대답하였다.

　　"저곳은 사람의 발자취가 이르지 못하는 곳입니다."

　　그리고 모두 할 수 없는 일이라고 하였다. 그때 한 노인이 암소를 몰고 그곳을 지나다가 부인의 말을 듣고 꽃을 꺾어 가지고 와 노래를 지어 바쳤다. 그 노인이 어떤 사람인지는 알 수 없었다.

　　또 이틀을 순행하며 임해정에 다다라 점심을 먹을 때 바다의 용이 나타나 홀연히 부인을 끌고 바닷속으로 들어가 버렸다. 공이 땅을 치며 주저앉았으나 아무런 계책이 없었다. 이때 한 노인이 나타나서 말했다.

　　"옛사람이 말하기를 여러 사람의 입이면 쇠도 녹인다 하였으니 바닷속의 짐승이 어찌 여러 사람을 두려워하지 않겠습니까? 마땅히 계내(界內)의 사람을 모아 노래를 지어 부르면서 막대기로 언덕을 치면 부인을 찾을 수 있을 것입니다." 하였다. 공이 그 말을 좇아 행하였더니 용이 부인을 받들고 나와 바치었다. 공이 바닷속의 일을 물으니 부인이 대답하였다.

　　"7보(寶)로 장식된 궁전에 음식은 달고 향기로운 것이 인간의 음식은 아니었습니다."

　　부인의 몸에서 기이한 향기가 풍기었는데 세상에서 맡아 보지 못한 향기였다. 수로부인은 그 용모가 세상에서 견줄 이가 없었으므로 번번이 깊은 산이나 큰 못을 지날 때는 신물(神物)들에게 붙들림을 당하곤 하였다. 여러 사람들이 「해가(海歌)」를 불렀는데 가사는 다음과 같다.


거북아 거북아 수로부인을 내어 놓아라
남의 부인을 앗아간 죄가 얼마나 큰지 아는가.
만약에 거역하여 놓지 않는다면
그물로 너를 잡아 구워 먹으리.


노인의 「헌화가」는 다음과 같다.


붉고 짙은 바위 가에
잡은 암소 놓게 하고
나를 부끄럽다 아니하시면
꽃을 꺾어 바치오리라.

(『삼국유사』,「수로부인」 전문)


**통합형 문·답**

「헌화가」는 역사책 『삼국유사』에 실려 있다. 또한, 노래만 있는 것이 아니라 노래가 불리어진 배경을 설명한 배경설화도 있다. 그렇기에, (가) 이 글은 실제로 있었던 일을 그대로 기록한 것이라고 볼 수도 있고, (나) 이 글은 실제로 있었던 일을 설화로 바꾸어 전하는 것이라고 볼 수도 있으며, (다) 이 글은 지어낸 설화일 따름이라고 판단할 수도 있다. 이 각각의 견해에 대하여 설명해 보자.

  이 글을 (가)로 읽으려면, 철쭉꽃을 꺾어 바친 노인도 실제로 있었고, 수로부인을 잡아간 용도 실제로 있었다고 해야 할 것이다. 그런데 천길이나 되는 바위 위에 노인이 올라갔다는 것도 믿을 수 없는 일인데다가, 용이 수로부인을 잡아갔다거나 용궁에 잡혀 간 수로부인이 되돌아왔다는 것은 더욱 인정할 수 없는 일이다. 그러니 이 글을 (가)로 읽는 것은 마땅한 방법이 아니다. 이 글은 사실의 기록이 아니고 설화이며, 설화이면서 사실과 어떤 관계를 가지고 있는가 하는 문제는 (나), (다)를 살펴서 따질 일이다.

  이 글을 (나)로 읽으려면 어디까지가 실제로 있었던 일이고, 어디서부터가 지어낸 일인가 하는 것이 문제가 된다. 성덕왕 때 순정공이 강릉 태수로 부임한 사건은 사실일 것이다. 순정공의 부인이 수로부인이었다는 것도 사실로 인정해도 좋다. 부인이 순정공과 함께 강릉으로 가면서 여러 가지 시련을 겪었다는 것도 믿을 수 있을 것이다. 그렇게 보면 시련의 성격과 내용이 무엇이었던가 하는 데 관심이 집중된다. 바위 위에 핀 꽃을 꺾어 줄 사람이 없었다든가, 용에게 잡혀갔다든가 하는 것은 실제로 있었던 일을 그대로 전하지 않고 윤색해서 전하는 설화적 표현이라고 해야 할 것인데, 설화적 표현의 이면에 존재하는 실제로 있었던 일을 알아내는 것이 긴요한 과제이다. 그런데 실제로 있었던 일을 찾아낼 수 있게 하는 단서는 순정공이 강릉 태수로 부임했다는 데서 발견된다. 태수의 임무는 지방을 통치하고 지방에서 일어날 수 있는 중앙정부에 대한 항거를 막는 것이다. 시련은 강릉으로 부임하기도 전에 이러한 임무 수행에 차질이 생겼다는 것을 의미할 수 있다. 꽃을 가지고 싶은데 꺾어 줄 사람이 없었다는 것만 해도 태수로서 응당 지녀야 할 권위가 이루어지지 않았다는 뜻일 수도 있다. 수로부인을 잡아간 용은 지방에서 일어난 항거 세력일 수 있다. 상대방이 용이라고 한 것을 보면, 해안에서 세력을 구축하고

있는 집단의 지도자가 순정공에게 항거를 했을 것 같다. 흉년이
들고 동요가 일어나서 중앙정부에 항거하는 세력이 나타났으므로,
순정공 같은 사람을 파견해서 진압했다는 뜻일 것이다. 진압은 평
화적으로 이루어졌다고 볼 수 없다.

  그런데 꽃을 꺾을 수 없어서 고민하고 있을 때, 따르는 무리는
꽃을 꺾는 것이 불가능하다고 했지만, 어떤 노인이 나타나서 꽃을
꺾어 바쳤다고 한다. 이 노인은 순정공을 도와 주고 중앙정부에
충성하는 세력이라고 생각된다. 꽃을 바치면서 부른 「헌화가」는
암소, 꽃, 수로부인같이 여성적인 것들을 소재로 하고 있지만, 사
실은 중앙정부의 통치질서가 지방에까지 파급되는 것을 겸허한
자세로 받아들이고 찬양하는 노래라고 해도 좋다. 용이 수로부인
을 잡아갔을 때도 어떤 노인이 나타나서 해결의 방도를 알려 주
었다. 노인의 말에 따라서 백성들을 모아 노래를 부르자, 용이 이
에 굴복해서 수로부인을 되돌려 주었다고 한다. 이것은 상당히 복
잡한 싸움을 나타낸다. 순정공에겐 용으로 표현된 반란 세력과 맞
설 수 있는 힘과 용기가 없었는데, 노인으로 묘사된 지지 세력의
도움을 얻고, 또한 지지 세력이 일러주는 바에 따라서 백성을 군
사로 동원해 싸운 결과, 반란 세력의 항복을 받았다는 말일 것이
다. 백성들이 부른 「해가」는 용에게 위협을 주는 군가라고 할 수
있다. 그런데 결국 반란 세력이 항복을 함으로써 화해가 성립되었
다. 수로부인이 용궁의 음식을 칭찬하고 옷에서 이상한 향내가 났
다는 것은 화해를 하면서 반란 세력의 위풍을 무찔러 버리지 않
고 그대로 인정했다는 표현으로 생각할 수 있다. 진압이 평화적으
로 이루어질 수 없었더라도 평화적으로 이루어진 것처럼 서술해
야 진압의 효과가 온전할 수 있는 것이다.

  이 글을 (다)로 읽으면, 이와는 아주 다른 각도에서 해석할 수
있다. 순정공이라는 역사적 인물이 수로라고 하는 부인과 함께 강


헌화가

릉 태수로 부임했다는 것은 사실일 수 있으나, 도중에 겪은 일은 모두 사실이 아니고 꾸며낸 설화에 불과한 것이 된다. 그러므로 실제로 있었던 역사적인 사건과 결부해서 해석하려는 것은 지나친 수고일 뿐만 아니라, 설화의 의미를 왜곡하는 결과에 이른다. 꽃이니 용이니 하는 것도 다른 무엇을 나타낸다고 우의적으로 해석할 것이 아니고, 꽃은 어디까지나 꽃이고, 용은 어디까지나 용이라고 하면서, 꽃이나 용의 의미를 상징적으로 해석하는 것이 온당한 방법이다. 『삼국유사』가 역사책이므로 이 설화를 역사적으로 해석해야 한다는 것은 상당한 착각이다. 『삼국유사』는 역사책이기는 해도 사실만 전하는 역사책이 아니고, 믿음이나 상상, 신화와 전설까지 두루 포괄하는 역사책이어서, 역사에 대한 좁은 소견을 가지고 읽을 것은 아니다.

수로부인이 벼랑 위에 핀 철쭉꽃을 가지고자 했을 때, 암소를 끌고 오던 노인이 철쭉꽃을 꺾어 바쳤다. 그리하여 사람과 동떨어져 있던 꽃이 사람의 꽃으로 되고, 꽃의 아름다움과 수로부인의 아름다움이 하나가 되었다. 여기서 자연과의 거리를 극복하려는 의지를 엿볼 수 있다. 수로부인을 따르던 무리들은 꽃을 꺾을 수 없다고 했으며, 수로부인도 그럴 수 있는 능력을 지니지 못했다. 그런데 노인은 그렇게 할 수 있었다. 이 노인은 사람과 자연이 하나가 될 수 있게 하는 능력을 지니고 있는 존재이다. 암소를 끌고 왔다고 했는데, 암소는 생산을 할 수 있는 자연의 힘을 상징한다고 할 수 있다. 암소뿐만 아니라, 활짝 피어 있는 꽃이나 아름다운 여성인 수로부인이 모두 생산을 할 수 있는 힘은 생생력(生生力)을 상징한다고 할 수 있다. 생생력을 지닌 것들을 하나로 아우르면 아름다움의 극치가 이루어지는데, 이 노인은 그렇게 할 수 있는 존재이다. 노인과 같이 초월적인 능력을 가진 존재의 힘을 빌어서 생생력을 지닌 것들이 하나로 아울러진다는 생각을 나타내고 있는 것이다.

용이 수로부인을 잡아갔다는 것은 흔히 볼 수 있는 설화의 유형이다. 용이 부인을 잡아가면 장수가 나타나 용을 굴복시키고 부인을 되찾는 것이 이 유형의 설화에서 보이는 공식적인 구성이다. 그런데 여기서는 수로부인을 되찾아오는 장수의 모습이 뚜렷이 부각되어 있지 않다. 노인의 말에 따라서 뭇 백성을 모아서 노래를 부르니 용이 굴복했다고 한다. 노인과 백성이 장수의 구실을 함께 나누어 가지고 있다. 장수의 지혜는 노인이 발휘하고, 장수의 힘은 백성들이 발휘하고 있다. 수로부인을 잡아간 것은 자연의 재앙을 상징하는 악룡의 횡포이다. 이러한 자연의 재앙과 싸우기 위해서는 지혜와 힘이 필요하다. 그런데 힘은 일반 백성이라도 지닐 수 있지만, 지혜는 보통 사람의 것일 수 없고 노인과 같은 초월적인 존재가 제시해 주는 것이라는 사고방식이 여기서 재확인된 셈이다. 「해가」라는 노래는 악룡을 위협하기 위해서 부른 것으로서, 용을 잡아서 구워 먹겠다고까지 하니, 그만큼 강하고 도전적이다. 그런데 싸움의 결과는 용을 죽이는 데 이르지 않고, 용이 스스로 수로부인을 되돌려주었다고 하며, 용과의 화합이 강조되어 있다. 용을 용왕으로 인정하고, 용궁의 보배와 향기도 찬양한다. 이러한 결말은 용을 악룡으로만 보지 않고 선룡으로도 보고, 용이 지닌 생생력이 수로부인이 지닌 생생력과 함께 아름답다고 하는 사고방식을 나타내는 것이다.

# 청산별곡

## 작자 미상

「청산별곡」은 고려가요 가운데 문학성이 가장 뛰어난 작품이기에 일반 민중의 노래가 아닌 개인 창작의 노래로 보기도 하고, 궁중으로 유입된 민요 계통의 노래이므로 다소 변개를 겪은 민중의 노래로 보기도 한다. 애달픈 가운데 해학이 있는 이 노래는 우수의 일면에도 낙천적이고 명랑한 기조(基調)와 그윽한 정조를 담고 있다.

　「청산별곡(靑山別曲)」은 전 8연의 분절체 고려가요로, 『악장가사(樂章歌詞)』에 실려 있다. 청산에 묻혀 살아가는 생의 고독과 비애를 흥을 돋우는 후렴구와 조화시켜 표현하고 있다. 당시는 척신들의 횡포와 무신들의 무단 통치, 내우 외환의 정세 등으로 세상이 매우 시끄러웠다. 이러한 당시의 상황을 반영하듯 작품에서는 현실 도피와 은둔의 경향이 나타나지만, 이를 표현하는 방식은 반대로 고려인들의 생에 대한 강한 집념과 낙천적 의식을 잘 보여 준다.

　고려의 속악으로 유입된 많은 고려가요와 마찬가지로 「청산별곡」은 궁중에서 기녀들에 의해 가창되었다. 여인들이 주로 가창하였던 탓에 여성 화자가 등장하여 자신의 사연을 토로하는 작품으로 수용되었을 가능성이 크다. 전체적으로 보아 「청산별곡」은 작품의 통일성이 그다지 긴밀하게 유지되는 작품이 아니다. 「청산별곡」을 두고, 유랑민의 비애를 담은 노래로 보기도 하고 님을 잃은 여인의 하소연으로 이해하기도 하지만, 그 내용이 매우 심각하고 처절하게 느껴진다는 점은 공통적으로 인정할 수 있다. 반면에 형식은 매우 우아하고 안정적으로 짜여져 있다는 점에서 대조를 이룬다.

작품 읽기

　(가) 살어리 살어리랏다, 청산에 살어리랏다.
　　　멀위랑 ᄃᆞ래랑 먹고 청산에 살어리랏다.
　　　얄리얄리 얄랑셩, 얄라리 얄라.

　　　우러라 우러라 새여, 자고 니러 우러라 새여,

널러와 시름 한 나도 자고 니러 우니노라.
얄리얄리 얄라셩, 얄라리 얄라.

가던 새 가던 새 본다, 믈 아래 가던 새 본다.
잉무든 장글란 가지고 믈 아래 가던 새 본다.
얄리얄리 얄라셩, 얄라리 얄라.

이링공 뎌링공 ᄒᆞ야 나즈란 디내와손뎌,
오리도 가리도 업슨 바므란 ᄯᅩ 엇디 호리라.
얄리얄리 얄라셩, 얄라리 얄라.

어듸라 더디던 돌코, 누리라 마치던 돌코,
믜리도 괴리도 업시 마자셔 우니노라.
얄리얄리 얄라셩, 얄라리 얄라.

살어리 살어리랏다. 바ᄅᆞ래 살어리랏다.
ᄂᆞ모자기 구조개랑 먹고 바ᄅᆞ래 살어리랏다.
얄리얄리 얄라셩, 얄라리 얄라.

가다가 가다가 드로라, 에졍지 가다가 드로라.
사ᄉᆞ미 짒대예 올아셔 ᄒᆡ금을 혀거를 드로라.
얄리얄리 얄라셩, 얄라리 얄라.

가다니 비 브른 도괴 설진 강수를 비조라.
조롱곳 누로기 ᄆᆡ와 잡ᄉᆞ와니, 내 엇디 ᄒᆞ리잇고.
얄리얄리 얄라셩, 얄라리 얄라.

(「청산별곡」 전문)

(나) 뭔가 아쉬운 것을 남겨 둬라. 완전히 행복하면 불행해지기 쉬우므로, 육체는 숨을 쉬고 정신은 노력해야 한다. 모든 것을 가지면 실망이 오고 만족하지 못한다. 우리의 오성에는 뭔가 알고 싶은 것이 아직 남아 있어야 한다. 그래야 호기심이 일고 희망이 되살아날 수 있다. 칭찬할 때도 완전한 만족을 주지 않는 것이 수완이다. 더 이상 원할 것이 없으면 모든 것이 두려워진다. 이 얼마나 불행한 행운인가! 소망이 그치는 곳에서 바로 두려움이 시작된다.

　(발타사르 그라시안(Baltasar Gracián y Morales), 『신탁의 말씀과 신중함의 기술』 중에서)

---

**논점**　발타사르 그라시안(Baltasar Gracián y Morales)은 스페인의 대표적인 바로크 산문작가이다. 그의 사상은 삶에 대한 비판적 시각과 지적인 태도로 요약할 수 있다. 당시의 스페인이 물질적인 부의 쇠퇴와 윤리의 타락으로 매우 혼란스러웠던 탓에, 인간과 삶에 대한 그의 태도는 본질적으로 부정적인 것이었다. 강한 풍자성을 견지하고 있는 그의 문체는 17세기 스페인 바로크의 특성인 무수한 대조, 언어의 유희, 난해함 등을 포함하고 있다. 1647년에 나온 이 작품의 초판은 전해지지 않아, 현재에는 모두 1653년 판에 의존하고 있다. 쇼펜하우어(Schopenhauer)는 이 작품을 ‘인간에 대한 통찰이 가득한 작품’이라 칭송하였고, 직접 독어로 번역하기도 하였다. 삶에 대한 교훈을 실은 경구집이라 할 수 있는 이 작품에는 역설, 위트, 재치 있는 표현들이 간명하게 실려 있다.

## 통합형 문·답

> 제시문 (가) (나)에서 내용의 전개과정에 나타난 유사점을 설명하고, 그러한 유사점이 가장 잘 집약된 문장을 (나)에서 찾아보자.

얼핏 보아 「청산별곡」은 시끄러운 세상을 떠나 모든 세속적인 것을 멀리하려는 심정을 노래한 것처럼 보인다. 멀위(머루)와 ᄃ래(다래) 등은 비세속적인 것으로 청산에 귀의하려는 뜻으로 해석할 수 있으며, 후반부의 바롤(바다)도 절속(絶俗)의 새로운 은닉처로 형상화되어 있다. 그러나 삶에 필요한 도구인 '잉무든 장글(이끼 묻은 쟁기)'을 들고서 지난날에 갈던 밭을 생각하는 것에서 알 수 있듯이, 청산에서 사는 고독과 비애는 속세에 관한 미련이 남아 있기 때문이다. 특히 올 사람도 갈 사람도 없는 밤의 암흑과 정적을 괴로워하는 모습은 더욱 처절한 고독에 대한 두려움, 달리 말해 삶에 대한 강한 의지를 보여 주는 것이다. 그래서 서정적 자아는 청산에 와서도 속세에서 얻은 상처를 치유하지 못한 채 괴로워 울고 있으며, 그 고뇌를 술로 달래려 하고 있다.

이렇듯 속된 세상과의 연을 끊지 못하는 전체 작품의 시상을 이해하고 나면, 청산이나 바다에 살겠다고 반복하는 부분이 오히려 삶에 대한 애착으로 해석되는 역설적 구조임을 알 수 있다. 이처럼 밝고 명랑한 느낌을 주는 후렴구인 '얄리 얄리 얄라셩, 얄라리 얄라' 역시 단순히 속세를 떠나서 자연에서 느끼게 된 즐거움을 표현하는 것은 아니다. 이 후렴구는 속세에 대한 애착과 미련을 버리지 못하는 작중 화자의 고통을 상쇄시키는 효과를 넘으로써, 오히려 더욱 깊고 처절한 고독과 비애를 느끼게 한다.

이제 이러한 「청산별곡」의 특성을 발타사르 그라시안의 작품과 관련지어 생각해 보자. 완전히 행복하면 불행해지기 쉽고, 모든 것을 다 가지면 실망이 온다는 사실을 표현하기 위해, 그라시안은 본질상 모순된다 할 수 있는 두 가지 요소를 한데 묶는다. '더 이상 원할 것이 없다면 두려워진다. 이 얼마나 불행한 행운인가!' 원래 불행하다는 사실과 행운은 배제적인 것들의 결합이지만, 완전히 충족되지 않은 상태에서만이 인간은 생산적인 노력을 경주

할 수 있다는 전체의 뜻을 생각해 보면 예상했던 대립과 모순은 새로운 상황에서 화해하게 된다. 이처럼 모순된 양자가 자연스레 결합되는 지점에서, 독자는 예기치 않은 호소력을 감지하게 되는 것이다. 마찬가지로 청산과 바다에 살겠다고 반복한 점은 밤의 고독함을 두려워하는 심정과 모순되게 보이지만, 전체의 시상을 고려해 볼 때 자연에 귀의하겠다는 외침은 되려 삶에 대한 체념이 아닌 삶에 대한 강한 의지의 반증으로 들린다. 따라서 위의 두 글에서 나타난 전개과정의 유사성이 가장 잘 집약된 문장은 (나)의 '이 얼마나 불행한 행운인가!'라 할 수 있다.

# 가시리/서경별곡

## 작자 미상

「가시리」와 「서경별곡」은 둘 다 고려가요로서 이별을 노래한 작품이며, 그 화자가 여성이리라고 판단되는 점에서도 공통적이다. 그러나 「가시리」가 자기 희생과 감정의 절제를 통해서 재회를 기약하는 이별가라면, 「서경별곡」은 이별을 적극적으로 거부하고 함께 있는 행복과 애정을 강조한 이별가라고 하겠다.

　‘귀호곡(歸乎曲)’이라고도 불리는 작품 「가시리」는 작자·연대 미상의 고려 가요로 『악장가사(樂章歌詞)』와 『시용향악보(時用鄕樂譜)』에 실려 있으며, 사랑하는 사람과의 이별을 안타까워하는 애절한 심정을 표현하고 있다. 형식은 모두 4연으로 된 연장체(聯章體)로서, 매 연은 2행으로, 각 행은 3음보격의 율격을 이루고 있다. 특히 각 연이 끝날 때마다 ‘위 증즐가 대평성대(大平聖代)’라는 후렴구가 뒤따르며, 각 행의 제3음보가 기준음절수보다 적은 소음보일 경우 의미상 별 상관이 없는 ‘나는’이라는 투식어(套式語)가 맨 끝에 덧붙여진다. 이러한 후렴구와 투식어를 모두 제외하고 가사를 재구성해 보면, 4행을 1연으로 하는 2연의 민요체 가요가 되는데, 이것이 원가(原歌)였음을 추측케 한다. 즉 4행체 기조의 민요가 고려의 궁중음악인 속악으로 개편되면서 위의 후렴구와 투식어가 첨가된 것이다. 따라서 작품의 원가가 가지는 의미와 후렴구의 내용이 일치하지 않는 경향이 있다. 민요로서의 원가는 사랑하는 임을 떠나 보내는 이별의 슬픔을 비극적 정조로 노래하고 있지만, 그러한 비극적 분위기와 관계없이 첨가된 태평성대의 후렴구는 왕실에서 향유되었음을 말해 준다.

　그러므로 작품의 주제와 의미에 있어서도 민요로서의 관점과 궁중 속악으로서의 관점이라는 이원적인 해석이 가능하다. 즉 민요로서의 이 작품은 남녀간의 이별의 정한(情恨)을 노래한 것으로 해석할 수 있으나, 궁중의 속악가사로 이해할 경우 작품의 주제는 임금님의 총애를 잃지 않으려는 신하의 애틋한 충절로 해석된다. 이는 마치 정철(鄭澈)의 「사미인곡」에 나타난 서정적 자아와 임과의 관계가 임금과 신하의 관계로 설정될 수 있는 것과 유사하다. 결국 이 노래의 형성과정도 다른 속요와 마찬가지로 기존의 전승

민요 사설을 새로 들여온 궁중 음악의 가락에 맞춰 편사(編詞)한 것이라 할 수 있다.

　「서경별곡(西京別曲)」은 『악장가사』와 『시용향악보』에 전하는 고려 속요의 하나이다. 악보가 『대악후보(大樂後譜)』와 『시용향악보』에 실려 있어 악곡 구조를 알 수 있으나, 작자와 제작동기에 관한 기록이 없어 작품을 이해하는 데 어려움이 많다. 「청산별곡(靑山別曲)」과 더불어 궁중악장 가운데 대표적인 속악의 하나로 조선 전기까지 궁정에서 애창되었다. 작품의 형식은 3음보 율격구조에다 매연 끝에 후렴이 붙는 연장체(聯章體) 가요로서 전형적인 속요의 형태를 보인다.

　이 작품은 음악적 측면에서는 『악장가사』에 수록된 형태대로 13연으로 분석되며, 그 여음과 후렴 또한 질서정연한 규칙성을 보여 준다. 이와는 달리 여음을 제외하고 통사론적으로 분석할 때는 3연의 구조를 갖는 것으로 해석된다. 즉, 서경으로 시작되는 1연, 같은 속요인 「정석가」와 사설이 일치하는 2연, 대동강이 작품의 공간적 배경이 되는 3연으로 구조가 분단된다. 이런 연유로 작품 구조에 있어서 형태상·의미상의 괴리와 이질성을 보이는데, 이것은 곧 이 작품이 제1연의 서경의 노래, 제2연의 당대에 유행했던 민요, 제3연의 대동강 노래, 이렇게 세 가요(민요)를 당대에 새로 유입된 궁중의 속악 악곡에 맞추어 연마다 여음과 후렴을 붙여 합성·조절한 가요임을 보여 주는 방증으로 삼기도 한다.

(가) 가시리 가시리잇고 나는
　　버리고 가시리잇고 나는
　　　위 증즐가 大平盛代(대평셩디)


　　날러는 엇디 살라 ᄒ고
　　버리고 가시리잇고 나는
　　　위 증즐가 大平盛代(대평셩디)


　　잡스와 두어리마ᄂᆞᆫ
　　선ᄒ면 아니 올셰라
　　　위 증즐가 大平盛代(대평셩디)


　　셜온 님 보내ᄋᆞᆸ노니 나는
　　가시는 둣 도셔 오쇼셔 나는
　　　위 증즐가 太平盛代(대평셩디)


가시겠습니까? 가시겠습니까? 버리고 가시겠습니까?
나더러는 어찌 살라 하고 버리고 가시겠습니까?
붙잡아 두고 싶지마는 서운한 생각하시면 아니 올까 두렵습니다.
서러운 임 보내옵나니 가시는 것처럼 곧 돌아오십시오.

　　　　　　　　　　　　　　　　　　（「가시리」 전문）


(나) 서경(西京)이 아즐가 서경이 셔울히 마르는
　　　　위 두어렁셩 두어렁셩 다링디리
　　닷곤 디 아즐가 닷곤 디 쇼셩경 고요1 마른

위 두어렁셩 두어렁셩 다링디리
여희므른 아즐가 여희므론 질삼뵈 브리시고
　위 두어렁셩 두어렁셩 다링디리
괴시란디 아즐가 괴시란디 우러곰 좃니노이다
　위 두어렁셩 두어렁셩 다링디리

구스리 아즐가 구스리 바회예 디신둘
　위 두어렁셩 두어렁셩 다링디리
긴힛쭌 아즐가 긴힛쭌 그츠리잇가 나는
　위 두어렁셩 두어렁셩 다링디리
즈믄 히를 아즐가 즈믄 히를 외오곰 녀신둘
　위 두어렁셩 두어렁셩 다링디리
신(信)잇둔 아즐가 신잇둔 그츠리잇가 나는
　위 두어렁셩 두어렁셩 다링디리

대동강(大洞江) 아즐가 대동강 너븐디 몰라셔
　위 두어렁셩 두어렁셩 다링디리
비 내여 아즐가 비 내여 노혼다 샤공아
　위 두어렁셩 두어렁셩 다링디리
네 가시 아즐가 네 가시 럼난디 몰라셔
　위 두어렁셩 두어렁셩 다링디리
녈 비예 아즐가 녈 비예 연즌다 샤공아
　위 두어렁셩 두어렁셩 다링디리
대동강 아즐가 대동강 건넌편 고즐여
　위 두어렁셩 두어렁셩 다링디리
비 타들면 아즐가 비 타들면 것고리이다 나는
　위 두어렁셩 두어렁셩 다링디리

서경이 서울이지마는 중수(重水)한 곳인 소성경(小城京)을 사랑합
니다마는 임을 이별할 것이라면 차라리 (내 고장 서울과) 길쌈하던 베
를 버리고서라도 사랑만 해주신다면 울면서 따르겠습니다.

구슬이 바위 위에 떨어진들 끈이야 끊어지겠습니까? (임과 헤어져)
천 년을 홀로 살아간들 임을 사랑하고 믿는 마음이야 끊기고 변할 리
가 있겠습니까?

대동강이 넓은 줄을 몰라서 배를 내어 놓았느냐 사공아. 네 아내가
놀아난 줄도 모르고 다니는 배에 몸을 실었냐 사공아. (나의 임은) 대
동강 건너편 꽃을, 배를 타면 꺾을 것입니다 그려.

(『악장가사』의 「서경별곡」 전문)

(다) 슬픈 일을 겪었을 때 우리가 주로 표시하는 감정의 표현 방식
은 '울음 — 눈물'이다. 반면에, 즐겁고 기쁜 일을 겪었을 때는 '웃음'
을 통해서 우리의 정서를 표출한다. 울음과 웃음은 우리에게 멀리 떨
어져 있는 막연한 대상이 아니다. 오히려 우리 생활에 밀접하게 관련
되어 있다고 하겠다. 사람은 누구나 행복하게 살고 싶어한다는 명제
가 참이라면, 울음(눈물)보다는 웃음이 훨씬 긍정적인 것이 아닐 수 없
다. 웃음은 대개 즐거움과 함께 나타나는 것이니까.

그런데, 우리가 일상 생활에서 늘 겪게 되는 웃음이란 어떤 상황에
서 발생하는가,라는 질문을 던지고 가만히 생각해 보면 다소 당황스
러워진다. 앞서 웃음은 즐거움과 함께 나타나는 것이라고 했지만, 실
제로 우리가 웃게 되는 경우들을 살펴보면 반드시 즐거워서만 웃는
것은 아니기 때문이다. 기뻐서도 웃지만, 터무니없는 일을 겪을 때도
웃으며, 자신이 우울하거나 슬플 때 그것을 감추기 위해서도 억지로
웃으며, 재미없는 이야기를 들어도 그 이야기를 하는 사람이 어른일
때 예의상 웃어 주기도 한다. 이런 것들은 '웃음'이라는 점에서는 공
통되지만 웃음의 종류라는 점에서는 서로 전혀 다르다고 하겠다. 그

래서 웃음을 뜻하는 단어들도 다양하다. 홍소(哄笑 : 큰웃음), 비소(鼻
笑 : 코웃음), 냉소(冷笑 : 무시하는 비웃음), 미소(微笑 : 살짝 부드럽게 웃
는 웃음) 등등. 이처럼 웃음이라는 것이 그렇게 단순하기만 한 것은 아
니라 할 수 있다. 그렇다고 마냥 한숨을 내쉴 필요도 없는데, 우선 웃
음이 유발되는 상황을 우리 가까운 곳에서부터 알아보기로 하자.

집에서 공놀이를 하다 보면 잘못하여 유리창에 공이 부딪히는 일
이 자주 일어난다. 마침 유리창이 깨지지 않아 다행인 경우를 생각해
보자. 유리창 소리에 놀라 아버지, 어머니께서 뛰어나온다. 왜 그런 소
리가 났는지 알게 된 부모님께서는 이렇게 말하기도 하신다. "얘, 그
렇게 해가지고 유리창이 깨어지겠니? 더 세게 공을 차지 그랬니?" 부
모님의 이런 말씀을 들으면 우리는 더 무안하고 죄송스런 마음이 들
고 만다. 부모님의 말씀이 실제 유리창을 깨라는 뜻이 아닌 줄 잘 알
기 때문이다. 오히려 반대되는 뜻이다. 조심하라는 뜻. 이런 상황을 겪
었을 때, 혹은 이런 이야기를 들었을 때, 우리의 얼굴에는 웃음이 감
돌곤 한다. 왜 그럴까? 그 이유는 예상되는 반응과 실제 반응의 현격
한 차이에서 비롯된다. 부모님의 불호령이나 역정이 나와야 할 상황
이라고 잔뜩 긴장하고 있는데, 오히려 부모님의 반응(말씀)은 그 반대
의 것이라는 의미다. 예상되는 결과와 실제 나타난 결과의 차이로부
터 생겨나는 이러한 종류의 웃음을 '문맥에서의 이탈에서 발생하는
웃음'이라고 할 수 있다.

위에서 말한 웃음과는 달리 이야기되는 대상 자체를 우습게 만듦
으로써 — 희화화함으로써 발생시키는 웃음이 있다. 텔레비전의 코
미디 프로에서 주로 사용하는 웃음 유발의 방법이다. 한때 널리 유행
하였던 이른바 '덩달이 시리즈'도 이런 방법에 의존한 것이다. 예를
들어 보자. "선생님께서 글짓기 숙제를 내셨다. '에너지'라는 말이 들
어가는 글을 지어 오라는 숙제였다. 덩달이가 집에 가서 숙제를 마치
고 다음날 학교로 갔다. 선생님께서 숙제를 검사하시면서 덩달이에게

숙제해 온 내용을 읽어 보라고 하셨다. 덩달이는 일어나서 읽었다. '나는 짝꿍인 멍청이와 국어 수업 시간에 선생님 말씀은 듣지 않고 마구 떠들었다. 선생님께서 나를 노려보시면서 이렇게 고함치셨다. 떠든 **애, 너지**'!"

다른 이야기 하나. "선생님께서 이번엔 가정의 달을 맞아 '우리집 만세'라는 제목의 글을 지어 오라고 하셨다. 덩달이가 다음날 다시 숙제해 온 내용을 읽었다. '우리집은 지은 지가 오래된 낡은 집이라서 비가 오면 천장이 샌다. 어제도 비가 왔다. 역시 천장이 샜다. 나는 이렇게 불평을 했다. 비가 오면, 다른 집은 다 괜찮은데, **우리집만 새**'!"

앞에서 보였듯이 '덩달이 시리즈'는 소리의 유사성에 착안하여 실제 뜻은 전혀 다른 단어를 배치함으로써 웃음을 유발하는 방법에 의거하고 있다. 이는 일종의 말장난 — 언어 유희라고 할 수 있다. 그런데, 이러한 종류의 웃음은 문맥을 완전히 이탈하는 데서 나왔다기보다는 문맥 내부의 특정한 부분을 변질시키거나('에너지—애 너지', '우리집 만세—우리집만 새') 혹은 대상이 되는 인물을 비하 — 왜소화함으로써(덩달이의 성격) 얻어지는 성격이라 하겠다. 따라서, 이러한 웃음은 '문맥에서의 이탈에서 발생하는 웃음'보다는 훨씬 문맥 내부의 관련에 의존하는 경우라고 할 수 있다. 그렇다고 이것이 완전히 문맥을 벗어난 것이 아니라고 하기는 힘들며, 앞의 유리창 이야기도 완전히 문맥에서 이탈한 내용이라고 하기도 어렵다. 다만 상대적으로 어떤 측면이 더 규정적인가가 문제가 된다고 정리할 수 있겠다.


가시리 / 서경별곡

**1** (가)「가시리」와 (나)「서경별곡」은 사랑의 정서를 드러낸다는 점에서는 유사하나 여러 가지 면에서 다른 점을 보이고 있다. (가) 전체와 (나)의 첫 단락을 비교 대상으로 삼아 그 차이점을 설명해 보자.

「가시리」와 「서경별곡」은 이별을 제재로 하여 님에 대한 사랑의 정서를 노래한 작품이다. 그런데 두 작품은 표현방식이나 작중 화자의 정서적 태도 면에서 상당히 다른 특성을 보이고 있다. 정서 표현방식 면에 있어 「서경별곡」은 현실적으로 이별하는 것이 아니라 가상적인 이별의 상황을 설정하여 극적으로 표현하고 있음에 비하여 「가시리」는 직접적이고도 직서적으로 표현하고 있다. 작중 화자의 정서적 태도 면에서 볼 때에도 「가시리」는 떠나는 님에 대하여 소극적인 저항을 하고 있음에 비하여 「서경별곡」은 적극적인 저항을 하고 있다.

(가)와 (나)는 다같이 사랑의 정서를 드러내고 있으나, (나)는 가상적 상황을 설정하여 극적으로 드러내는 데 비하여 (가)는 직접적으로 드러내고 있다. 이별의 상황에 대하여 (가)의 작중 화자는 체념적인 태도를 보이는 데 비하여 (나)의 작중 화자는 용납하지 않는 강경한 태도를 보이고 있다. 또 이별하는 대상에 대하여 (가)의 작중 화자는 소극적인 태도를 보이고 있음에 비하여 (나)의 작중 화자는 적극적인 태도를 보이고 있다.

「가시리」와 「서경별곡」은 이별의 상황을 노래한 고려 속요로서 서정적 자아의 목소리가 여성적이라는 점에서 공통된다. 그런데, 「가시리」가 이른바 '전통적 여성상'에 기반하여 이별의 상황을 참고 견디며 감정을 절제하려는 여성적 자아의 목소리라면, 「서경별곡」은 적극적이고 활달한 여성의 목소리라는 점에서 구별된다고 할 수 있다. 이 두 작품은 특히 이별의 정한을 노래하는 서정적 자아의 성격 차이라는 점에서 주목할 필요가 있다. 이 두 작품을 잘 구별하게 되면, '웃음'에 관한 중요한 시사를 받을 수 있다.

자기 희생과 슬픔의 감정을 절제함으로써 다시 만날 날을 희구하는 「가시리」와는 달리, 「서경별곡」은 적극적으로 이별의 상황을 거부하려는 듯한 태도를 보여 준다. 「서경별곡」의 '사공'과 '사공의 아내'는 실상 떠나가는 님과 남은 자신을 우회적으로 표현한 것이겠는데, 사공은 자신의 아내가 '럼난디'(음란한지) 몰라서 대동강을 건너가지만, 자신은 떠나는 님이 대동강을 건너 저편에 이르게 되면 다른 여인에게 정을 줄 것이라는 사실을 알고 있다는 것이다.

이로 볼 때, 「서경별곡」은 이별의 상황을 읊고 있는 여타의 작품들과는 다소 이질적임을 알 수 있다. 「황조가」「가시리」「사미인곡」「속미인곡」「진달래꽃」 등은 비애에 잠긴 어조로 진술된 작품이다. 「서경별곡」에도 비애가 깃들여 있긴 하나, 훨씬 직설적이고 활달한 어조를 띠고 있다. 「서경별곡」 하나만 놓고 보면 별반 웃음과는 관련이 없다고 할 수 있다. 그러나 여타의 이별노래들과 함께 놓고 보면 썩 이질적인 어조임을 알아차릴 수 있다.

　「서경별곡」의 어조는 투정과 앙탈에 가깝다. 이런 이유로 해서 「서경별곡」을 읽으면 입가에 웃음이 생겨난다. 이처럼 '웃음'이란 어느 절대적인 조건에서만 발생하는 것이라기보다는 상대적이라고 할 수 있다. 모든 작품 감상이 다 그러하듯이, 웃음 또한 여러 작품을 비교, 대조하는 가운데서 그 진면목을 만나게 될 것이다.

# 월인천강지곡

세 종
世 宗

세종(1397~1450)은 조선의 넷째 임금으로 우리 나라 역사상 최고의 임금이라고 칭송된다. 자는 원정(元正)이며, 태종 이방원의 셋째 아들이다. 재위 기간은 1418년부터 1450년까지였으며, 정치·경제·문화면에 훌륭한 치적을 쌓아 수준 높은 민족문화를 창달하고 조선 왕조의 기틀을 튼튼히 하였다. 1443년 궁내에 정음청을 설치하여 성삼문·신숙주·최항 등으로 하여금 한글을 창제하게 하고 1446년 이를 반포하였으니, 이 사실 하나만으로도 영원히 기억될 만하다.

『월인천강지곡(月印千江之曲)』은 세종이 지은 불교 서사시다. 1446년(세종 28년) 3월에 아내인 소헌왕후 심씨가 세상을 떠나자 세종은 고인의 명복을 빌기 위해 아들 수양대군으로 하여금 석가의 일대기를 한문으로 엮은 『석가보(釋迦譜)』를 기초로 해서 한글로 『석보상절(釋譜詳節)』을 짓게 하고, 이듬해 7월에 완성되자 그것을 참조로 해서 『월인천강지곡』을 지었다. 『월인천강지곡』은 노래의 본문이고, 『석보상절』은 해설이라고 보면 된다.

『월인천강지곡』은 『용비어천가』와 거의 같은 시기에 지어졌으며, 훈민정음을 처음으로 사용한 문학작품이라는 점에서 공통적이고 노래의 형식도 흡사하다. 그러나 『용비어천가』와 달리 『월인천강지곡』에는 한시(漢詩)가 함께 적혀 있지 않고, 단어를 적을 때도 한글을 큰 활자로 먼저 적고 한자를 작게 달아 놓았다. 『석보상절』도 한글로 적혀 있다. 모두 상·중·하 세 권인데, 오늘날 전하는 것은 상권뿐이다. 상권에 실린 노래만 해도 모두 194장이어서 『용비어천가』보다 많다. 전체 분량은 모두 580장 내외로 추정된다.

석가의 일대기는 수많은 불교 경전에서 이미 다루었고, 노래로 지어 부르는 전통도 일찍이 인도에서 마명(馬鳴)의 『불소행찬(佛所行讚)』이 나온 이래 여러 나라에서 있었다. 우리 나라에서는 고려 때 운묵(雲默)이 『석가여래행적송(釋迦如來行績頌)』을 지었다. 따라서 『월인천강지곡』에 새로운 내용이 담겨 있는 것은 아니다. 다만 같은 소재를 말을 바꾸어 다시 노래해서 새로운 느낌이 들게 하는 개작을 시도했다. 게다가 당시의 주된 시 형식인 한시(漢詩)가 아닌 우리말 노래를 처음으로 창작했다는 것은 획기적인 일이다. 『월인천강지곡』을 통해서 불교문학이 한글로 지어지는 계기를 마련한 것이다.

『월인천강지곡』이라는 말은 부처가 백억 세계(百億世界 : 부처가 백억 화신이 되어 교화시키는 세계. 즉 온 세상)에 모습을 드러내 교화를 베푸는 것이 마치 달이 천 개의 강에 비치는 것과 같다는 뜻이다. 달은 하나지만 강에 비친 모습이 수없이 많다는 것은 부처와 중생에게 해당될 수 있는 비유이다. 부처는 백억 세계에 몸을 드러내지만 그것들이 다 각기 다르다고 해서는 안 된다. 수없이 많은 중생은 각기 자기대로의 인연과 소견을 벗어날 수 없지만 부처를 갈구하는 마음은 한결같다. 그래서 서두인 2장에서 다음과 같이 말했다.

셰世존尊ㅅ 일 술보리니 만萬리里외外ㅅ 일이시나 눈에 보논가 너기ᅀᆞᆹ쇼셔

석가 세존께서 평생 하신 일을 말씀드리려 하니 비록 만 리 밖에서 일어난 일이지만 눈에 보는 듯이 여기시옵소서.

셰世존尊ㅅ 말 술보리니 천千지載썅上ㅅ 말이시나 귀예 듣논가 너기ᅀᆞᆹ쇼셔

석가 세존의 말씀을 이야기해 드리려 하니 천 년 전의 말씀이지만 귀에 듣는 듯이 여기시옵소서.

이렇게 해서 이야기하는 내용이 그 뒤를 이어서 나오는 노래이다. 먼저 이루 헤아릴 수 없이 많은 겁을 거슬러 올라간 때부터 시작해서 석가가 무수한 전생을 살면서 겪은 일들을 하나씩 든다. 불교 서사시는 원래 그렇듯이 시간과 규모가 엄청나고, 전개되는 사건이 흔히 상상하는 바를 초월하게 마련이다. 그러나 석가가 성불하게 되는 시기 전후의 일을 서술하는 데서는 초월적인 것과

일상적인 것이 흥미로운 대조를 이루며 공존한다. 석가는 예사로
운 사람이기도 하지만 성불(成佛 : 부처가 됨)한 부처이기도 하다.
이러한 점을 부각시켜서 노래를 읽는 사람이 석가와 자기를 동일
시하면서 재차 석가를 숭앙해야 할 이유를 스스로 발견할 수 있
게 했다.

　『월인천강지곡』은 세속적인 영웅의 세계를 월등하게 능가하는
엄청난 상상력을 표현했으나, 그러한 모습을 누구나 경험할 수 있
는 일상생활의 모습과 함께 나타냈다.『월인천강지곡』에서 석가의
가족은 왕족이기는 해도 특별히 위대한 일을 한 것은 아니며, 이
별을 서러워하고 다시 만나기를 고대하는 평범한 관계를 맺고 있
을 따름이다. 부자·부부·모자 사이의 사연들이 다각도로 나타나
있는 것이다.

▣ 작품 읽기 ▣

(가)　116. 쇼少씨時쏘事 닐어시늘 훔優따陀야耶ㅣ 듣ᄌᆞᄫᆞ며
아ᄃᆞᆯ님이 ᄯᅩ 듣ᄌᆞᄫᆞ시니

　왕께서 세존의 젊었을 때의 일을 말씀하시거늘 우타야(優陀
耶)[1]가 들었으며 아드님 세존이 또 들으시었습니다.


　금今싏日쏘事 모ᄅᆞ실ᄊᆡ 훔優따陀야耶ㅣ ᄉᆞᆯᄫᆞ며 아ᄃᆞᆯ님이 ᄯᅩ
ᄉᆞᆯᄫᆞ시니

　왕께서 세존의 오늘날 일을 모르시므로 우타야가 말씀드리며
아드님 세존이 또 말씀하셨습니다.


　117. 지블 빗이샤ᄃᆡ 칧七봄寶로 ᄭᅮ미시며 금錦슝繡 쇼홀 펴고
앉더시니

집을 꾸미게 하시되 일곱 가지 보물로 꾸미시며 수놓은 비단
요를 펴고 앉으시더니이다.


나모 아래 안즈샤 져諸텬天이 오스ᄫᅡ며 봄寶쌍床가袈사娑를
텬天룡龍이 받줍ᄂᆞ니

나무 아래 앉으시어 여러 하늘 부처가 오며 보상[2]과 가사[3]를
천룡이 바치니이다.


**118.** 딘珍슈羞셩盛쟌饌을사 맛내 좌시며 좀 자싫제 봉風릅流
ㅣ 궃바ᄉᆞᆸ더니

진수성찬을 맛있게 잡수시며 잠을 주무실 때는 풍류가 어울리
더이다.


띠持밿鉢큼乞씩食ᄒᆞ샤 즁衆싱生을 위僞ᄒᆞ시며 삼三미昧뗭定
에 셕釋뺌梵이 뵈ᄉᆞᆸᄂᆞ니

바리를 가지고 걸식하시어 중생을 위하시어 삼매로 드는 선
정[4]에 제석[5]이나 범천[6]이 보이니이다.


**119.** 보비 ᄭᅮ뮨 술위예 쌍象이 메더니 발올 바사 매 아니 알
ᄑᆞ시리

보배로 꾸민 수레 코끼리가 매어 끌더니 이젠 발벗고 다니니
어찌 아프지 않으시리오?


오五통通 메ᅇᅮᆫ 술위ᄂᆞᆫ 마ᄀᆞᆫ 길 업스니 쌍象 술위ᄂᆞᆫ 머흘면 몯
가ᄂᆞ니

다섯 가지 신통력[7]으로 메인 수레는 막을 길이 없으나 코끼리
가 끄는 수레는 험하면 가지 못합니다.

**120.** 오술 빗이샤터 칤七봏寶로 꾸미실쎄 고븡시고 쳔쳔ᄒ더시니

  옷을 꾸미시되 칠보로 꾸미시므로 위용이 고우시고 당당하시더이다.


**마리를 갓ᄀ시고 누비옷 니브샤 붓그료미 엇뎨 업스신가**

  이제 머리를 깎으시고 누비옷을 입으시니 부끄러움이 어찌 없으신가?


**121.** ᄆᅀᆷ ᄋ란 아니 닷고 오ᄉ로 빗오몰 이룰사 붓그리다니

  마음일랑 아니 닦고 옷으로만 꾸미는 것, 이런 것만을 부끄러워합니다.


**현마 칤七봏寶로 꾸며도 됴타 호리잇가 법法엣 오시샤 진眞쎓實ㅅ 오시니**

  아무리 칠보로 꾸며도 좋다고 하겠습니까? 불법의 옷이야말로 진실의 옷입니다.


**122.** 금金은銀 그르세 담은 죵種죵種 차반이러니 비론 바블 엇뎨 좌시ᄂ가

  금은 그릇에 담은 여러 음식을 들더니 지금은 빌은 밥을 어이 잡수시는가?


**법法이 마시 드외야 차반ᄋᆯ 니조더 즁衆싱生 굼救호리라 밥 비러 먹노이다**

  법이 맛이 되어서 좋은 음식 맛을 잊되 중생을 구하리라 하여 밥을 빌어다 먹습니다.

123. 삼三씨時뎐殿 꾸미고 치姝녀女ㅣ 조쭙더니 심深곡谷 심深산山애 언마 저프거시뇨

삼시전을 꾸미고 아름다운 아가씨가 시중을 들더니 이제 깊은 산골에서 얼마나 두려워하시는가?


주굼 사로몰 더라 시름이 없거니 저픈 쁘디 어느 이시리잇고

죽음과 삶을 덜어 시름이 없으니 두려운 뜻이 있겠습니까?


124. 향香쉬水예 목沐욕浴더시니 츔草목木서리예 겨샤 므슴 믈로 때 시스시는가

옛날에는 향수로 목욕하시더니 이제는 초목 가운데에 계시어 무슨 물로 때를 씻으시는가?


정正똥道ㅣ 모시 드외야 그 믈에 목沐욕浴홀써 삼三똑毒이 업사 쾌락快樂이 곳업스니

정도가 못이 되어 그 물에 목욕하므로 삼독8)이 없어서 쾌락이 끝이 없습니다.


125. 즈子식息을 드스샤 정正법法 모른실써 세世반간間ㅅ 드를을 가줄벼 니른시니

자식을 사랑하시어 부처의 정법을 모르시므로 세간의 티끌 같은 일을 비교하여 말씀하셨습니다.


삼三개界 굴救호려 흐샤 슉肉신身 일우신둘 세世반간間ㅅ 드를을 므슴만 너기시리

삼계를 구하려 하시어 육신을 이루신 것을, 세간의 티끌 같은 일을 무엇만큼 여기시겠습니까?　　　　　(「월인천강지곡」 중에서)

 1) 우타야(優陀耶) : 석가모니가 태자로 있던 가비라국(迦毗羅國)의 국사(國師 : 한 나라의 스승)의 아들. 태자인 석가모니가 출가하는 것을 반대한 사람으로, 뒤에 석가모니의 아버지인 정반왕(淨飯王)의 명령으로 태자의 소식을 알려고 갔다가 오히려 머리를 깎고 출가하여 석가모니의 제자가 되었다. 『월인천강지곡』의 116∼125장은 석가모니가 성불(成佛)한 뒤 정반왕의 신하인 우타야를 제자로 만들어 먼저 아버지에게 보내고 궁궐로 돌아가 부자간에 나누는 이야기들이다.

2) 보상(寶床) : 여러 가지 보배로 꾸민 걸상이나 침상.

3) 가사(袈裟) : 승려가 입는 옷.

4) 삼매(三昧)로 드는 선정(禪定) : 산란한 마음을 한 곳에 모아 망념에서 벗어나는 경지.

5) 제석(帝釋) : 수미산(須彌山) 꼭대기 도리천(忉利天)의 임금. 불법을 지키는 신.

6) 범천(梵天) : 제석과 함께 정법(正法)을 수호하는 신.

7) 다섯 가지 신통력 : 도통(道通), 신통(神通), 의통(依通), 보통(報通), 요통(妖通).

8) 삼독(三毒) : 착한 마음을 해치는 세 가지 번뇌. 탐(貪), 진(瞋 : 성냄), 치(痴 : 어리석음).


(나) 군중 속에서 어떤 사람이 예수께, "선생님, 제 형더러 저에게 아버지의 유산을 나누어 주라고 일러주십시오." 하고 부탁하자 예수께서는 "누가 나를 너희의 재판관이나 재산분배자로 세웠단 말이냐?" 하고 대답하셨다. 그리고 사람들에게 "어떤 탐욕에도 빠져들지 않도록 조심하여라. 사람이 제아무리 부요하다 하더라도 그의 재산이 생명을 보장해 주지는 못한다." 하시고는 비유를 들어 이렇게 말씀하셨다. "어떤 부자가 밭에서 많은 소출을 얻게 되어 '이 곡식을 쌓아 둘 곳이 없으니 어떻게 할까?' 하며 혼자 궁리하다가 '옳지! 좋은 수가 있다. 내 창고를 헐고 더 큰 것을 지어 거기에다 내 모든 곡식과 재산

을 쌓아 두어야지. 그리고 내 영혼에게 말하리라. 영혼아, 많은 재산을 쌓아 두었으니 너는 이제 몇 년 동안 걱정할 것 없다. 그러니 실컷 쉬고 먹고 마시며 즐겨라' 하고 말했다. 그러나 하느님께서는 '이 어리석은 자야, 바로 오늘 밤 네 영혼이 너에게서 떠나 가리라. 그러니 네가 쌓아 둔 것은 누구의 차지가 되겠느냐?'고 하셨다. 이렇게 자기를 위해서는 재산을 모으면서도 하느님께 인색한 사람은 바로 이같이 될 것이다."

(『신약성서』의 「누가복음」 중에서)

통합형 문·답

**1** 각 장의 두 줄은 서로 대조를 이루고 있다. 이러한 대조의 효과를 지적하고, 대조되고 있는 각각의 항이 말하고자 하는 내용을 설명해 보자. 또 그러한 대조가 생기는 까닭에 대해서도 설명해 보자.

인용된 부분에서 116장은 인용된 부분의 머리말 격이 된다. 우타야를 통해서 석가 세존과 아버지인 우타야가 재회하여 지난 일과 오늘날의 이야기를 나누는 것이다. 세존의 어렸을 적 이야기는 정반왕이 하며 이것을 세존과 우타야가 듣는다. 세월이 지나 변한 오늘날의 세존의 모습은 우타야와 세존이 정반왕에게 이야기해 준다. 117장에서는 노래하는 사람이 직접 주거생활의 차이를, 118장에서는 식생활의 차이를 지적한다. 옛날 세존이 궁궐에 머물 때에는 일곱 가지 보화로 단장한 집에서 진수성찬을 먹고 살았는데, 지금의 세존은 집도 없이 나무 아래 앉아서 살며 다른 사람에게서 밥을 구걸해 먹는다. 여기서의 대조는 노래하는 사람이 직접 말하는 것으로, 세존의 옛날 삶과 오늘날의 삶의 모습의 특징들이 선명하게 부각되도록 도와 준다.

119장부터는 정반왕이 직접 말하기 시작한다. 옛적의 좋은 탈 것, 좋은 옷, 금은 밥그릇, 아름다운 하녀, 깨끗한 목욕물에 익숙해 져 있던 세존의 모습만 보아 왔던 정반왕은 요즈음의 생활을 견 딜 수 있느냐고 묻는다. 119, 122, 123, 124장은 이러한 정반왕의 겉모습에 대한 물음이 한 줄을 이루고, 거기에 대한 세존의 대답 이 한 줄을 이루어 한 장을 구성한다. 그리고 120장과 121장은 각 각 변화된 의생활에 대한 물음과 대답으로 서로 호응한다.

게다가 121장에서는 세존이 이렇게 변화된 생활을 받아들이는 이유가 제시되어 있다. 세존은 수행을 통한 깨달음 때문에 세속적 인 가치를 포기한 것이다. 마음을 닦지 않고 옷으로만 꾸미는 것 을 부끄러워하며, 불법의 옷이야말로 참된 옷이라는 것이다. 이렇 게 불법을 닦는 까닭은 세속적인 관점에서 가치 있다고 인정되는 것들이 실제로는 덧없는 것임을 깨달았기 때문이다. 125장에는 이 러한 세존의 의도가 노래하는 사람의 말을 통해 전해지고 있다. 세존의 관심사는 이미 자기 한 몸의 평안과 영달에 있지 않다. 그 는 온 세상을 구하기 위한 도구로 자기의 몸을 바쳤기 때문에 세 간의 일들은 그것이 아무리 화려하고 좋은 것일지라도 그것이 일 개인의 욕망을 이루는 데 그치는 한 그의 관심 밖에 있는 것이다.

이 짧은 부분에서만도 여러 겹의 대조가 이루어지고 있다. 크게 보아 116장과 125장이 대구(對句)를 이루어 각각 도입과 마무리의 역할을 하고 있으며, 각각의 장 내부는 또다시 정반왕과 세존의 쪽으로 나누어진다. 정반왕의 쪽은 세속을, 세존의 쪽은 불법을 지 향한다. 이 두 장 사이에서 세속적인 가치와 불교적인 가치가 대 조되고 있다. 이러한 대조를 통해서 세속적인 과거와 불법에 귀의 한 현재의 모습 사이의 차이가 두드러지게 나타난다. 정반왕은 불법의 경지를 모르기 때문에 계속해서 세속적인 것을 대변하게 되고, 세존은 불법을 대변한다. 간결한 표현 속에서 인물의 성격적 특성까지 효율적으로 제시하고 있음을 알 수 있다.



현대 사회는 자본주의 사회이다. 자본주의 사회는 인간의 욕망을 충족시켜 주는 물질인 재화를 상품으로 만들고 그것을 화폐로 교환하는 체제이다. 물질이 상품이 되면 당장 필요하지 않은 물질도 화폐를 통해서 미리 확보해 둘 수 있게 된다. 따라서 인간은 물질에 대한 관심을 더욱 늘리게 되고, 그 결과 물질적이지 않은 여러 가치들을 소홀히 하게 된다. 현대 사회의 여러 가지 문제들의 근원을 거슬러 올라가면 이러한 현상들과 마주치게 된다.

그러나 물질에 대한 욕망은 자본주의 시대에만 있었던 것은 아니며, 어느 시대에나 보편적인 것이기도 하다. 인간은 한시도 물질 없이는 살아갈 수 없기 때문이다. 이것은 인간이 물질을 섭취하고 힘을 얻어 살아가는 생물이라는 본질적인 조건에서 비롯하는 것이다. 다만 자본주의 시대에는 생존에 필요한 정도를 훨씬 넘어서는 물질을 축적하는 방법이 공식적으로 마련되었기 때문에 인간의 물질에 대한 예속이 심해진 것일 뿐이다.

『월인천강지곡』 125장에서 노래하는 이는, 정반왕이 지적한 여러 가지 물질적인 가치들을 세간의 티끌 같은 일이라고 말하고 있다. 이것은 물질에 대한 세존의 입장을 대변한 것이다. 정반왕이 지적한 물질적인 가치들은 일곱 가지 보물로 꾸민 집, 비단요, 진수성찬, 칠보로 꾸민 옷, 금은 그릇, 아름다운 아가씨, 향수 등 모두 사치스러운 것들이다. 사실 이것들은 사람의 생물학적인 삶을 유지하는 데 반드시 필요한 것들이 아니다. 필요 이상의 사치인 것이다.

즉 자본주의 시대 이전, 세존이 이 땅에 살아가던 시기에도 물질에 대한 정도를 넘어선 탐욕은 존재하고 있었음을 알 수 있다. 세존은 이러한 물질적인 것들이 자기의 삶을 완전하게 해줄 수 없는 것임을 알고 있다. 물질은 생존에 필요한 만큼만 쓰면 된다. 물질은 육신에 소용되는 것이지만, 인간은 육신만으로 존재하지 않는다. 감정을 느끼고 사리를 판단하는 정신적인 영역, 곧 영혼을 갖고 있는 것이다. 그리고 물질적인 것으로 영혼을 달래는 데는 한계가 있다.

석가가 120장에서 말한 비유는 물질적인 영역과 정신적인 영역의 차이를 잘 드러내 준다. 코끼리가 끄는 수레는 험한 길을 오르지 못하지만, 다섯 가지 신통력에 메인 수레는 못 오를 곳이 없다. 전자는 물질적인 힘의 한계를, 후자는 정신적·초월적 힘의 능력과 가능성을 의미하는 것이다. 물질적인 것만을 신봉하는 시각에서는 정신을 구제할 수 없다는 것을 깨달은 석가는, 물질적인 것의 궁핍에도 불구하고 정신을 닦는 삶을 선택한 것이다.

(나)의 「누가복음」 내용에는 이러한 사고방식이 더욱 명백하게 나타나 있다. 사람은 아무리 많은 물질을 쌓아 둔다고 할지라도 그것이 영혼의 안전을 보장해 주지는 못한다. 그리고 인간은 영혼의 영역을 관장하지 못한다. 따라서 육신을 넘어서 진정한 안전과 평화를 얻기 위해서는 하느님에게 의지할 수밖에 없다는 것이 복음의 주지이다. 이 내용은 용어상의 차이에도 불구하고 물질의 중요성을 낮게 평가한다는 점에서 『월인천강지곡』의 세존의 견해와

상통하는 것이다.

　이러한 견해들이 오늘날의 현대 사회에서 어떻게 받아들여질 수 있을까? 물질을 상품화하여 그것을 계량적으로 측정하고, 그것을 얼마나 소유하고 있는가에 따라 인간의 능력과 가능성을 판단하는 오늘날의 자본주의 사회에서 이러한 메시지들은 낯선 것임에 분명하며, 사회를 이끄는 원리가 되기 힘들 것이다. 그러나 현대 자본주의 사회라고 할지라도 인간이 정신적인 영역, 영혼을 지닌 존재이며, 그것이 물질에 의해 완전한 평화를 보장받을 수 없다는 점은 변함이 없다. 실제로 세존과 예수의 가르침은 물질적인 것에 대한 집착이 어느 때보다 노골적이고 전면적인 자본주의 사회의 지배 원리에 대한 엄중한 경고의 의미를 지니고 있다.

# 어부단가

## 이현보
### 李賢輔

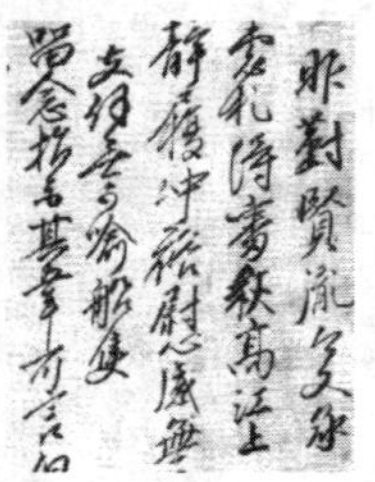

이현보 필적

조선 중기의 문신이자 학자인 이현보(1467~1555)는 예안 출신으로 본관은 영천, 호는 농암(聾巖)이다. 1498년 과거에 급제하여 벼슬길에 올라 여러 관직을 두루 역임하였으며, 1542년 벼슬을 그만두고 낙향하여 만년에는 시를 지으며 은거하였다. 조선시대에 자연을 노래한 대표적인 인물로서 강호시조 작가로 중요한 자리를 차지하고 있다. 10장으로 전해지던 「어부사」를 5장으로 고쳐 지은 것이 『청구영언』에 전하며, 예안의 분강서원(汾江書院)에 배향되었다. 저서에 『농암집』이 있다.

　「어부단가(漁父短歌)」는 조선 명종 시절 이현보가 지은 노래이다. 단가 5장, 장가 9장으로 『농암집』에 실려 있다. 「어부단가」 5장에 대해서는, 이현보가 다음과 같이 설명하였다.

　'「어부가」 양편은 누가 지은 것이지 모른다. 내 스스로 물러 와 전간 사이에 늙어감에 마음은 한가롭고 할 일은 없어 고인들이 읊는 사이에 노래하던 시문 약간을 모아 하인들에게 가르쳐 때때로 듣고 소일하였다. 늦게야 이 「어부가」를 얻어와 보이기로, 그 어사가 한적하고 의미가 심원하여 읊고 나니 사람으로 하여금 공명을 벗어나 표표히 세속을 떠날 생각을 갖게 하더라. 이것을 얻은 뒤로는 그 전에 즐기던 가사는 다 버리고 오직 여기에만 뜻을 두었다. 스스로 써서 책을 만들어 화조 월석에 술을 마련하고 친구를 불러 배를 띄워 읊게 하니 흥미가 더욱 진솔하여 힘써 권태로움을 잊겠더라. 단지 이 말이 순서에 맞지 않은 것이 많고 혹 중첩되어 있는데, 이것은 틀림없이 전사할 때 잘못일 것이고, 또 이 가사는 성현의 글에 근거한 것이 아니기 때문에 망령되이 개찬하여 1편 12장은 셋을 줄여 9장으로 하여 장가로 만들어 읊고, 1편 10장은 줄여 단가 5결로 만들어 엽을 붙여 노래 부르게 했다. 둘을 합쳐서 1부의 신곡을 만들었으니 줄여 고치기만 한 것이 아니고 더 보탠 곳도 많다. 그러나 또한 각기 옛 글의 본의에 따라 더 보태고 줄였다.'



(가) 이 中(중)에 시름 업시니 漁父(어부)의 生涯(생애)로다

一葉扁舟(일엽편주)룰 萬頃蒼波(만경창파)에 찌여두고
人世(인세)룰 다 니젓거니 날 가는 줄 아니오


구버보니 千尋綠水(천심녹수) 도라보니 萬疊靑山(만첩청산)
十丈紅塵(십장홍진)이 언마나 フ렷는고
江湖(강호)에 月白(월백)ㅎ거든 더욱 無心(무심)ㅎ여라


靑荷(청하)에 밥을 ᄡᅳ고 綠柳(녹류)에 고기 꿰여
蘆荻花叢(노적화총)에 비 미여 두엇시니
두어라 一般淸意味(일반청의미)룰 어늬 분이 아로실고


山頭(산두) 閑雲起(한운기)ㅎ고 水中(수중) 白鷗來(백구래)라
無心(무심)코 多情(다정)ㅎ기 이 두 거시로다
一生(일생)에 시름을 잇고 너룰 좃츠 놀니라


長安(장안)을 도라보니 北闕(북궐)이 千里(천리)로다
漁舟(어주)에 누엇신들 이즐 젹이 이슬쇼냐
두어라 닉 시름 아니라 제세현인(濟世賢人)이 업스랴


어부로서 살아가며 근심 걱정할 것이 없으니 어부의 생활이 제일
이로다
작은 배 한 척 넓은 바다 위에 띄워 두고
인간 세상의 일을 다 잊어버렸으니 세월 가는 줄을 알겠는가?


아래를 굽어보니 천길이나 되는 깊고 푸른 물, 돌아다보니 첩첩이
둘린 푸른 산
자욱하게 일어난 붉은 빛 흙먼지들이 얼마나 산수의 풍경을 가렸


이현보

는가?

　아름다운 자연 속에 달이 밝으니 세상 일이 더욱 무심하구나

　넓고 푸른 연잎사귀에 밥을 싸고 길고 푸른 버드나무 가지에 물고
기를 꿰어서

　갈대와 물억새가 가득한 곳에 배를 대어 묶어 두니

　나 외에 자연의 참된 의미를 어느 분이 아시겠는가?


　산봉우리에 뭉게 구름이 한가롭게 피어오르고 물 위로 갈매기가
날도다

　욕심이 없고 다정한 것은 구름과 갈매기 이 둘이로다

　나도 한평생 시름을 잊고 구름과 갈매기 너를 따라 지내리로다


　멀리 한양을 돌아다보니 궁궐이 천리 밖에 있도다

　고깃배를 타고 지낸들 나라에 대한 걱정을 잊은 적이 있겠는가?

　그러나 놔 두어라 내가 걱정할 일이 아니로다 나 외에는 세상을
구할 위인이 없겠는가?

(이현보,「어부단가」)


　(나) 이 몸이 쓸듸 업서 聖上(성상)이 바라시니,

　　　富貴(부귀)를 下直(하직)하고 貧賤(빈천)을 樂(낙)을 삼아,

　　　數間茅屋(수간모옥)을 山水間(산수간)의 저어 두고,

　　　三旬九食(삼순구식)을 먹으나 못 먹으나,

　　　十年一冠(십년일관)을 쓰거나 못 쓰거나,

　　　分別(분별)이 업셔시니 是非(시비)를 뉘 알손야.

　　　滔滔風味(도도풍미)를 따로리 뉘 잇스며,

　　　落落長松(낙락장송)을 죠츨리 뉘 잇스리.

　　　歷代(역대)를 點檢(점검)하야 녯사람 혜어 보니,

萬事(만사)를 다 이즈니 一身(일신)이 閑暇(한가)하다.
靑松亭下(청송정하)의 혼자 파람하니,
壺裡乾坤(호리건곤)의 夕陽(석양)이 거의로다.
逸興(일흥)을 못 이긔여 달밤을 놉피 것고,
遠近山川(원근산천)을 一望(일망)의 다 드리니,
地勢(지세)도 그지업다.
　　…〈중략〉…
누우면 잠이요 깬 後(후)의 일이 업서,
黃庭經(황정경)1) 손의 쥐고 紫芝曲(자지곡)2) 노래 하니,
四皓(사호)3)는 다섯시요 三隱(삼은)4)은 너이로다.
周時(주시)도 呂尙(여상)5)의 渭水(위수)에 고기 낙고,
漢代 諸葛亮(한대 제갈량)은 南陽(남양)의 밧츨 갈고,
이 아니 그 고지며 내 아니 긔로런가.
사람은 그 古今(고금)이나 뜻지야 다를손야.
잇스면 粥(죽)이요 업으면 굴물망정
朱門(주문)의 벗님네야 이내 柴扉(추비) 웃지 마소.
狐狢(호학)6)을 모르거든 弊袍(폐포)를 붓그리랴.
靑雲(청운)은 제 즐겨도 白雲(백운)은 내 됴하라.
竹杖芒鞋(죽장망혜)로 分數(분수)대로 집고 신고
千山萬水(천산만수)의 이리 져리 오락가락,
갑업슨 江山風月(강산풍월)과 함께 늙쟈 하노라.
　　　　　　　　　　　(작자 미상, 「낙빈가(樂貧歌)」)

<hr>

**어휘풀이**　1) 黃庭經(황정경) : 도교의 서적 이름.
2) 紫芝曲(자지곡) : 상산(尙山) 사호(四皓)가 난리를 피하여 염전산(鹽田山)에 숨어 살면서 지은 노래.
3) 四皓(사호) : 한나라 고조(高祖) 때 벼슬을 싫어하여 상산(尙山) 속


이현보

에 숨어 살았다는 네 인물.

　4) 三隱(삼은) : 야은 길재(吉再), 목은 이색(李穡), 포은 정몽주(鄭夢周).

　5) 呂尙(여상) : 강여상(姜呂尙) 또는 강태공(姜太公)이라고 함. 위수(渭水)에서 고기를 낚으며 주나라 문왕이 등극하기를 기다렸다 한다.

　6) 諸葛亮(제갈량) : 제갈공명. 벼슬하기 전에 남양 땅에서 농사를 지었다 한다.

　7) 호학 : 좋은 옷.

통합형 문·답

**1** 「어부단가」에서 작자는 인간 사회의 정치현실과 자신이 현재 살고 있는 자연 속의 삶을 대립적으로 인식하고 있다. 이 둘의 '대립적 긴장 관계'라는 관점에서, 「어부단가」의 주제를 해석해 보자.

　「어부단가」에서 '인세' '십장홍진' '장안' '북궐' 등은 모두 현실 정치가 이루어지는 세속의 세계를 뜻하는 관용적 이미지다. 이 세계에 대한 이현보의 이미지가 부정적임은 이미 명백한 것이지만, 이 점을 특히 선명한 시적 구도로 보여 주는 것이 「어부단가」의 제2수이다. 여기에 들어 있는 초·중장은 두 세계의 대립적 모습을 선명한 시각적 대조를 통해 제시한다. 깊디깊은 푸른 물과 첩첩이 서 있는 푸른 산들이 열 길이나 되도록 자욱하게 일어나는 붉은 빛 흙먼지와 선명한 색채감으로 대립하면서 두 세계 사이의 아우를 수 없는 절대적 차별을 시적으로 구획하는 것이다. 강호자연과 세속의 현실은 이처럼 성격상으로 대립할 뿐 아니라 물리적 공간으로도 단절되어 있다. '만첩청산'은 질적으로 다른 두 세계를 확연하게 나눔으로써 '십장홍진'이 강호를 더럽히는 것을 허락하지 않고, '천심녹수'가 저쪽의 세계에 공유되는 것도 가능하게 하지 않는다. 하나의 세계를 얻기 위해서는 다른 하나의 세계를 버리는 선택이 불가피하다. 그것은 개인의 도덕적 완성을 그 자체의 궁극적 귀결로 보지 않고, 나아가 세상을 바르게 하는 일과 본원적으로 연결되는 과제라 생각하였던 유학자들에게는 일단 쉽지 않은 자기 한정의 결의를 요구하는 것이 아닐 수 없다.

이러한 의미를 고려할 때 우리는 그 뒤에 이어지는 종장이 가진 고도의 자기 억제와 긴장된 심미감을 깊이 이해할 수 있다. 강호는 작품의 표면에서 비록 완전한 조화의 세계인 것처럼 노래되기는 하더라도 사대부 일반의 도덕적·정치적 이상에 관련하여 볼 때 전폭적으로 만족할 만한 이상적 화해의 소산은 아니었으므로 그 안에서 아무 거리낌이나 그늘이 없는 도취의 풍성함에까지 이를 수는 없었다. 그 대신 나타난 것이 달빛이 희게 내리비치는 강호 —— 채색이라고는 전혀 없거나 극히 억제된 묵화적(墨畵的) 엄격성 속의 강호이다.

이렇게 시적으로 규정된 상황은 곧 그것을 바라보는 이의 내면 상태와 조응 관계를 이룬다. 그러므로 그는 '더욱 무심ᄒ여라'라고 노래하는 것이다. 무심하다는 것은 무엇인가? 아마도 세속의 명리(名利)에 대한 잡념이나 그 밖의 걱정이 없는 상태를 뜻한다고 답할 수 있을 것이다. 그러나 이렇게 말하는 것만으로는 충분치 않은 듯하다. '강호에 월백ᄒ거든 더욱 무심'하다고 할 때 '더욱'의 의미가 이 대목에서 긴요하다. 그는 '만경파'나 '천심녹수' 앞에서 이미 무심 즉 마음의 평정을 얻을 수 있었다. 그러나 그 경지는 흰 달빛이 비추는 강호에 이르러 보다 순수한 차원으로 고양된다. 여기서 드러나는 것은 '무심'이 단순히 강호의 아름다움에 몰입하여 세상사를 잊는 정도의 경험에 그치지 않고, 극도로 단순하게 표백된, 경관을 바라보면서 획득하는 내면적 억제 및


이현보

‘현상으로부터의 초월’까지를 뜻한다는 점이다. 이것은 이현보가 추구한 높은 극기적 긴장의 경지였다.

이러한 지향은 넷째 수에서 다시 한 번 선명하게 나타난다. 그의 관심은 눈앞에 실재하는 경관의 구체성에 있지 않다. 중요한 것은 한가로운 구름과 흰 갈매기로 단순화된 세계의 망망한 넓이 속에서 자아가 추구하는 무심함 —— 가능한 한 모든 심적 작용을 억제한 극기적 달관의 균형이다.

그러나 이러한 경지를 향한 노력에도 불구하고, 또 둘째 수에서 그가 형상화한 높은 완성의 예에도 불구하고, 「어부단가」는 이와 상반되는 의식이 아직 완전히 초극하기 어려움을 보여 준다. 그것을 이해하는 직접적인 실마리는 이 작품에 여러 차례 등장하는 ‘시름’이라는 어휘이다. 「어부단가」에는 ‘시름’이 세 차례 나타난다. 물론 그것은 부정적 구문 속에서이다. 첫 수는 시름이 없다 하고, 넷째 수는 시름을 잊는다 하며, 마지막 수는 내 시름이 아니라고 한다. 이현보가 노래한 시름은 비록 부정 구문에 실린 것일지라도 그가 어떤 종류의 번민을 떨쳐 버리기 어려운 그림자로서 지녔음을 시사한다.

그 번민의 실체는 마지막 수에 와서 분명한 모습을 드러낸다. 그의 시름은 ‘장안’(즉 한양)에 있는 ‘북궐’(임금이 거처하며 국정이 이루어지는 대궐)에 관련된 것이다. 넷째 수까지에서 인세(人世)를 다 잊었다든가 일생의 시름을 잊고 무심한 경지에 도달하였다고는 하였지만, 실상 그는 이 세계를 완전히 잊은 적이 없다. ‘북궐이 천리’라 했을 때 천리라는 거리는 그가 실제로 거주하였던 향리와 서울 사이의 공간적 간격이자 두 세계 사이의 심리적 거리라는 의미까지도 내포하는 것으로 생각된다.

그렇다면 이 거리에 대한 반응은 반드시 낙관적일 수만은 없다. 천리라는 간격은 귀거래를 소망해 온 그에게 일단 제한된 자기


어부단가

만족의 공간을 가능케 해주지만, 다른 한편으로는 강호에서 닦아 나가는 심성의 맑음과 숭고한 이상이 현실 정치의 상황과 도저히 화합할 수 없도록 먼 것이어서 수기(修己)·치인(治人)의 완전한 실현은 현실적으로 불가능함을 절감하게도 하는 때문이다. 그러나, 잠시 보이는 이 내부적 갈등에서 이현보는 내면적 평정과 자기 완성에의 길을 택함으로써 해결을 추구한다 —— '두어라 니 시름 아니라 제세현인이 업스랴' 세상은 혼탁하고 걱정스러운 상황 속에 있지만 이미 그 세계에 혐오감을 느끼고 오랜 세월을 부대끼다가 강호에 돌아온 그는, 자신이 가진 정치이상과 현실 사이에 화해의 길이 없다고 생각하여 유가의 전통적 처세 방법의 하나이기도 한 '홀로 인격적 완성을 추구하는 길'을 택한 것이다.

**❷ (가)와 (나)에서는 자연친화적 인생을 찬양하고 세속의 부귀공명을 무시하는 듯한 태도를 보이고 있다. 이러한 태도는 현대의 우리에게 '자연친화적 삶'의 가치를 다시 한 번 환기시켜 준다. 특히 현대인들은 과학기술의 발전과 자연환경의 파괴라는 문제에 직면하여 생존을 위협받는 상황에까지 이르고 있다. 그렇지만, 이 두 가지 중 어느 하나를 맹목적으로 포기하기는 어렵다.**

**아래의 세 예시문 ⑴·⑵·⑶은 과학기술과 환경의 관계에 대한 글들이다. 이 예시문에 담겨 있는 내용들을 적극적으로 참조하여, 그 아래에 제시된 과학기술에 대한 두 가지 입장 ⒜·⒝를 환경 문제와 관련하여 검토하고, 리우 선언에서 천명한 '환경적으로 건전하고 지속 가능한 개발'(ESSD: Environmentally Sound and Sustainable Development)' 원칙에 부합하는 견해를 제시해 보자.**

⑴ 그리스 신화는 인간에게 불과 기술을 전해 준 프로메테우스에


이현보

대한 제우스의 분노와 징벌의 이야기를 들려 준다. 생존에 필요한 적절한 장비 없이 사멸에 직면한 인간 종족에게 프로메테우스는 신들의 거처에서 불과 기술을 훔쳐 전해 주어 생존을 가능케 해준다. 그러나 제우스의 분노를 산 프로메테우스는 카프카스 산 정상에서 사슬에 묶인 채 매일 독수리에게 간을 뜯어 먹히는 고통스런 형벌을 감내해야 한다. 인간에게 전해진 불과 기술은 그들에게 생존의 불가결한 수단이면서 동시에 신의 분노의 원인이었다고 이 신화는 우리에게 말하고 있다. 과학기술과 관련된 해결하기 어려운 이율배반을 먼 옛날의 신화로만 돌려 버릴 수 있는지 오늘날 우리가 처한 상황은 우리에게 조속한 판단을 재촉하고 있다.

⑵ 역사적으로 환경 문제는 인류 문명의 탄생과 함께 시작되었으나 근대 이후로 그 성격은 변화하였다. 베이컨과 데카르트에서 비롯되는 합리적인 철학과 뉴턴으로 대표되는 과학 혁명은, 자연에 대한 인간의 체계적 지식인 과학과 기술의 연결 및 이를 통한 자연의 지배 가능성을 품고 있었다. 이러한 가능성은 산업혁명을 겪으면서 차츰 현실화되었다. 특히 '과학기술의 시대'라 불리는 20세기에는 과학 활동이 경제적 이해 관계와 맞물려 기술과 생산을 주도하면서 인간의 생활은 비약적으로 풍요로워졌다. 그러나 그러한 인간 생활의 풍요 뒤에는 가공할 환경 파괴가 뒤따르고 있었다. 산업화의 초기에는 인구 폭발과 식량 부족, 자원 고갈의 문제가 국지적인 공해 문제와 함께 거론되고 미래에서의 핵의 위험성이 지적되는 정도에 그쳤었다. 그러나 오늘날의 환경 문제는 양적·질적으로 심화되어 지구 온난화, 오존층 파괴, 열대 우림의 훼손, 사막화, 산성비 등등 전지구적 차원의 생태 위기로 치달아 인류의 생존과 관계된 문제로 받아들여지고 있다.

⑶ 지구적인 환경 문제에 대한 국제적 대처 움직임은 1972년 스톡홀름 '유엔 환경회의'에서 시작되어 1987년 '세계환경개발위원회

(WCED)'에서는 '미래 세대들이 그들 스스로의 욕구를 충족시킬 수 있도록 하는 능력과 여건을 저해하지 않으면서, 현재 세대의 욕구를 충족시키는 성장'이라는 의미의 '지속 가능한 개발' 개념이 제시되었다. 그리고 스톡홀름 회의 20주년을 맞아 브라질 리우데자네이루에서 열린 유엔환경개발회의(일명, 리우회의)에서는 지속 가능한 개발이라는 개념을 보다 구체적인 행동강령으로 발전시키는 데 기여하였다. 특히 환경과 개발에 관한 리우 선언은 아래와 같은 내용을 담고 있다.

── 인간은 지속 가능한 개발(sustainable development)을 위한 문제의 중심이 된다. 인간은 자연과 조화를 이루는 생산적인 삶을 향유하여야 한다.

── 각 국가는 과학 및 기술적 지식의 교환을 통하여 과학적 이해를 향상시키고 새롭고 혁신적인 기술을 포함한 기술의 개발·적응·전파 그리고 이전을 증진시킴으로써 지속 가능한 개발을 위한 내재적 능력 형성이 강화되도록 협력하여야 한다.


(A) 인류의 진보를 가능하게 한 것은 과학과 기술의 발달이다. 인간의 복지 증진을 위한 자연 정복과 이용 과정에서 발생하는 자연의 파괴는 불가피하다. 그러므로, 오늘날의 환경 문제는 과학기술을 더욱 발전시킴으로써만이 해결 가능하다.

(B) 인간 욕망의 실현을 수용할 수 있는 지구의 능력에는 한계가 있을 수밖에 없다. 오늘날 우리에게 닥쳐 온 환경 문제의 원흉은 과학기술이며, 그 근저에는 서구적인 합리주의, 인간 중심주의가 있다. 인류와 지구상의 모든 생물이 살아 남으려면 하루 빨리 과학기술에 대한 맹신을 버려야 한다. 과학 기술의 발전에 집착하면 할수록 더 큰 재앙만이 우리를 기다릴 뿐이다.


이현보

(A)는 과학기술 낙관론(기술지향주의)으로서 과학기술이 환경 문제의 한 원인임을 인정하면서도 그 해결 수단을 과학기술의 발전에서 찾고 있다. (B)는 과학기술 비관론(생태지향주의 혹은 반과학주의)으로서 환경 문제의 원인을 과학기술이라고 보고 과학 기술 지향주의와 서구적 사상의 폐기를 주장한다.

'지속 가능한 개발' 개념은 경제 개발과 환경 보존 문제가 양자택일적인 관계가 아니라 조화와 균형의 문제라는 인식에서 나온 것이므로 과학기술에 대해서도 환경 친화적인 발전을 요구하고 있다.

서구 사상의 근간으로 작용하는 기독교 사상은 인간 중심적, 정신―물질 이원론적 성격을 그 특징으로 한다. 근대로 접어들면서 성립된 합리적 과학 정신은 자연 법칙의 발견과 이를 통한 자연의 지배를 추구하였고(F. Bacon), 정신과 물질, 인간과 자연을 분리하였으며(R. Descartes) 뉴턴 역학으로 대변되는 과학 혁명과 계몽 사상은 기계론적 세계관을 바탕으로 하여 인간 지성을 절대적으로 신뢰하고 인류의 무한한 진보를 의심하지 않았다. 산업혁명 과정에서 생산 기술과 결합되기 시작한 과학은 20세기 과학기술의 시대를 주도하면서 인류의 생활 수준을 비약적으로 향상시켰고 이는 곧 서구 근대 사상의 실현이었다.

그러나 인류가 이룩한 풍요는 끊임없는 욕구상승을 초래하고 자연에 대한 일방적 착취를 강화함으로써 심각한 문제를 야기하게 되었다. 즉, 인구 폭발에 따른 식량 부족, 자원 고갈 그리고 공해 문제가 그것이다. 특히 대량 살상 무기로서 등장한 핵은 그 평화적 이용가능성 때문에 화석 연료에 대한 대안으로 기대되기도 했으나 엄청난 폐해로 말미암아 외면당하게 되었으며, 공해 문제는 도시화와 인구 집중에 관련되는 국지적 성격을 넘어 전지구적으로 급속하게 확대되는 양상을 보였다.

인구 문제는 피임 기술로, 식량 문제는 녹색 혁명(식량 증산)으로, 자원 고갈은 대체 에너지 개발로, 공해 문제는 오염 물질 처리 기술로 대처할 수 있으리라는 과학기술 낙관론적인 견해에 대한 도전은 예상과는 달리 핵전쟁으로부터 오지는 않았다. 1980년대 들어 전지구적으로 나타난 이상기후 현상은 지구 생태계의 위기를 알려 주는 것이었다. 지구 온난화(온실 효과), 오존층 파괴, 열대 우림의 남벌, 산성비(숲의 죽음), 사막화 현상, 생물종의 멸종 등은 지구 생태계의 종말을 예언하는 현대의 묵시록이다. 동·서 이데올로기 대립이 종말을 고한 20세기 말에 와서 환경 문제는 정치·경제·사회·문화 모든 면에서 인류가 자신의 생존을 위해 시급히 해결해야 할 전지구적 최대 현안이 되었다. 그리고 이러한 문제는 과학기술(문명) 자체에 대한 회의를 동반하는 것이기도 하다.

1972년 스톡홀름에서 열린 유엔 인간환경회의(UNCHE)는 국제적 환경 문제의 인식과 접근에서 획기적 전환점을 마련하였다. 1987년 유엔 세계환경개발위원회(WCED : 일명 브룬트란트 위원회로 불림)는 '우리들의 공동 미래'라는 보고서를 통해 '지속 가능한 개발'을 경제 성장과 환경 보존을 조화시킬 수 있는 새로운 개념으로 제시하고 현 세대의 욕구를 충족시키기 위한 개발은 반드시 미래의 세대들이 그들의 욕구를 충족시킬 수 있는 능력에 손상을 주지 않는 범위와 방법 내에서 이루어져야 한다고 주장하였다. 즉, 개발과 환경이라는 두 개의 가치를 서로 배타적이고 모순적인 관계로 보기보다는 서로 조화를 이룰 수 있는 가치로 파악한 것이다.

1992년 6월, 스톡홀름 회의 20주년을 기념하여 브라질 리우에서 열린 유엔 환경개발회의(UNCED : 일명 지구정상회담)는 지속 가능한 개발의 개념을 보다 구체적인 행동 강령으로 발전시키는 데


이현보

중요한 기여를 하였다고 평가된다. 이 회의에서는 그 동안 국제 사회에서 항상 있어 왔던 동·서의 대립은 전혀 찾아볼 수 없었으나 산업 선진국인 북반구와 후진국인 남반구 사이의 남·북 갈등이 명확하게 드러났다. 이 회의는 그 동안 산업 문명 체제하에서 자연을 정복의 대상으로 하여 추구해 온 급속한 개발 양식의 한계와 함께 이에 따른 지구 생태계 위기를 국제 사회에 부각시키는 데 성공하였다. 그러나 이러한 환경 위기의 극복을 위해 선진국들은 개발도상국의 '지속이 불가능한 개발 양식'을 중단해야 함을 강조함으로써 첨예한 대립을 보였다. 즉, 선진국이나 개발도상국이나 지구 생태계 위기에는 공감하면서도 자국의 이익은 우선적으로 확보하려는 태도를 보인 것이다. 특히 과학기술의 문제에 대해 과학기술의 교류와 협력이 필요함에는 합의가 이루어졌으나 개발도상국이 선진국에 대해 요구하는 특혜적·비상업적 이전 요구를 선진국이 거부한 것은 대표적인 예이다.

대부분의 환경기술은 선진국이 보유하고 있는데 민간 기업이 보유한 이 기술을 무상으로 이전하라고 할 수는 없다는 것이 선진국의 논리이다. 그런데 지금까지 환경 파괴를 통해 대부분의 이익을 챙긴 선진국이 이제는 환경 기준을 강화함으로써 환경 기술을 팔아먹으려 한다는 개발도상국의 반박은 근거 있는 것이다. 어쨌든 리우 회의에서 지구 환경 질서를 주도할 제도적 장치로서 지속개발위원회(CSD)를 유엔 경제사회이사회 산하에 설치하기로 합의됨에 따라 환경 외교는 유엔을 중심으로 치열해질 전망이다. 더구나 환경을 이슈로 한 무역 규제가 환경 상계 관세 부과를 중심으로 확대될 경우, 환경을 둘러싼 무역 전쟁(그린 라운드)이 본격화될 것이다.

한편, 이러한 과정을 거쳐 정착된 지속 가능한 개발 개념은 여러 가지로 해석되고 있으나 환경의 가치 인식, 미래 지향적 시각

강조, 형평성의 추구라는 공통 내용이 추출된다. 즉, 자연 환경은 경제적 자원으로서뿐만 아니라 그 자체로서도 '삶의 질'을 향상시키는 데 필요한 존재로서의 가치를 가지며, 개발에는 장기적이고 사전 예방적인 계획이 수립되어야 하고, 한 세대 내에서 그리고 세대간의 형평성을 침해하지 말아야 한다는 것이다.

환경 문제를 해결하기 위한 수단을 과학기술에서 찾아야 하는 이유는 오염 물질의 발생과 확산, 그로 인한 다양한 피해의 출현이 직·간접적으로 과학기술과 관련되어 있기 때문이다. 특히 '지속 가능한 개발' 모델에서는 경제를 지속적이고 확고하게 성장시키고 그와 동시에 환경 문제를 원천적으로 해결하는 것을 함께 추구하기 때문에 가장 중요하고 적절한 수단으로 과학기술의 활용을 모색하게 된다.

끝으로 강조되어야 할 것은 생태주의의 다양한 주장 중에서 반과학적인 성격의 것을 제외하고 많은 부분이 오늘날의 생태계의 위기를 옳게 진단하고 그 올바른(불가피한!) 해결 방안을 제시하고 있다는 점이다. 지속 가능한 개발은 경제적 지속 가능성 이전에 환경의 지속 가능성을 목표로 한다고 해석되어야 한다. 우주 내의 인간의 위치를 재정립하고 생태학적인 환경 윤리를 도모하며 진정한 삶의 질의 개선을 지향하는 새로운 생활 양식이 지금 당장 필요한 것이다.

우리 나라의 경우 지난 30여 년 간 급속한 경제 성장을 이룩하는 과정에서 환경 보전, 자연 보호는 구호 수준에 그치고 엄청난 환경 파괴가 자행되어 왔고 이에 대한 문제 제기조차 금기시되어 왔다. 그러나 어느 정도의 생활 수준에 도달하여 삶의 질을 되돌아보게 되자, 어느새 물·공기·땅 모두가 한꺼번에 성장의 열매의 단맛을 무색하게 할 정도로 환경을 외면해 온 인간에 대한 복수를 시작하고 있음을 알아차리게 되었다. 개발도상국의 선두 주


이현보

자인 우리 나라는 선진국이 요구하는 환경 기준을 따르기에는 아직 여건이 마련되지 못하였지만 다른 후진국처럼 환경 파괴를 볼모로 배짱 외교를 펼 수 있을 만한 자연 자원도 없으며 이미 세계무역기구(WTO) 체제가 출범한 이상 세계적 추세를 받아들여야만 하는 상황에 놓여 있다. 따라서 이미 심각한 위기를 맞고 있는 국내 생태계, 중국의 급속한 산업화로 인해 악화일로에 있는 동북아 생태계, 이미 국경선이 무의미해진 지구 생태계 등 어느 차원에서 보나, 국내 환경 기준을 국제 기준으로 높여 가면서 국민의 환경 의식을 개혁하고, 국제적으로는 선진국과 개발도상국의 조정자 역할을 하면서 경제적인 타격을 최소화하는 방향에서 외교적 노력을 강화해 나가야 하겠다.

# 도산십이곡

이 황

李 滉

조선 중기의 문신(文臣)이자 대학자 이황(1501~1570)은 한국 정주학의 대표적 인물로 자는 경호(景浩), 호는 퇴계(退溪)·청량산인(淸凉山人)이다. 일찍이 아버지를 여의고 어머니의 엄격한 가르침을 받으며 자랐는데, 바른 몸가짐과 행실을 중요시한 어머니의 훈도는 이황의 인격 형성에 깊은 영향을 미쳤다. 33세에 첫 관직 생활 시작 이후 공조판서·예조판서·대제학 등을 역임했지만, 일생을 통하여 전념한 것은 학문이었으며, 그의 학자적 태도는 후세의 사림(士林)에게 큰 영향을 끼쳤다. 고려 말에 수입된 성리학 체계를 계승·집대성하여 조선의 성리학 체계를 세우는 데 크게 기여했다. 그의 가장 큰 사상적 특징은 '이귀기천(理貴氣賤 : 이는 귀하고 기는 천하다)'에 있다. 이(理)는 도덕적 성품이고 기(氣)는 실제 삶과 운동의 원리인데, 이황은 전자를 중요하다고 봄으로써 도덕(道德)에 의해 사회 질서를 확립하고자 한 것이다. 그의 학문은 경(敬)과 성(誠)을 바탕으로 한 것이어서 그의 수양 또한 높은 경지에 이르렀고, 그의 학문은 일본에까지 건너가 큰 관심을 모았다. 이황은 한평생 무수히 많은 저작을 남겼는데 이 모두는 68권에 이르는 『퇴계집』에 실려 있다.

「도산십이곡(陶山十二曲)」은 전육곡(前六曲)과 후육곡(後六曲)으로 이루어진 연시조다. 전육곡은 언지(言志), 즉 작가의 뜻을 말한 것이며, 후육곡은 언학(言學), 즉 작가의 학문과 수덕(修德)의 실제 모습을 시로 읊은 것이다. 늙음을 잊고 자연 속에 파묻혀 강학(講學)과 사색(思索)에 침잠해 있는 생활을 솔직 담백하게 표현했다. 이황의 친필을 새겨서 1565년(명종 20년)에 만든 「도산육곡(陶山六曲)」목판본(木版本)이 도산서원(陶山書院)에 전하는데, 이황은 그 글의 서문에서 한국의 고유한 시가(詩歌)를 비판하고 시가에 대한 자기의 견해를 밝힌 다음 이 작품을 지은 의도를 다음과 같이 밝혔다.

　「도산십이곡」은 도산의 늙은이(이황 자신을 말한다)가 지었다. 이것을 무엇 때문에 지었는가? 우리 나라 가곡(歌曲)이 대개 음왜(음란함)한 것이 많아 족히 말할 것이 없다.「한림별곡(翰林別曲)」같은 것은 문인(文人)의 입에서 나왔지만 긍호(矜豪 : 긍지가 지나치어 교만함)하고 방탕(放蕩)하며, 아울러 설만(褻慢 : 외설적임)하고 희압(戲狎 : 친근함이 지나쳐 예를 잃음)하여 더욱 군자(君子)가 좋아할 바가 아니다. 오직 근세에 이별(李鼈)의 육가(六歌)가 세상에 널리 전해 오고 있다. 그 곡은 이보다 낫다고는 하지만, 또한 아깝게도 완세(玩世 : 세상을 즐기기만 하고 진지하게 받아들이지 않음)하고 불공(不恭 : 공손하지 못함)한 뜻만 있고 온유(溫柔)하고 돈후(敦厚)한 내용이 적다.
　나는 본대 음률을 모르나 오히려 세속의 음악을 널리 들었다. 한가히 살면서 병 요양을 하는 여가에, 무릇 성정(性情)에 느낌이 있을 적마다 매번 시로 나타내었다. 그러나 지금의 시는 옛날의 시와는 달라서 읊을 수는 있으나 노래하지는 못한다. 만약 이를 노래하려면 반드시 비속한 언어로 엮어야 하겠으나, 대개 우리 나라의 음절(音節)이 그렇게 하지 않으면 안 되기 때문이다.

그러므로 일찍이 이별(李鼈)의 육가(六歌)를 모방하여 「도산육곡(陶山六曲)」을 지은 것이 둘이니, 첫째는 언지(言志)이고, 둘째는 언학(言學)이다. 아이들로 하여금 조석(朝夕)으로 이를 익혀 노래 부르게 하고, 안석(案席 : 책상)에 기대어 듣기도 하며, 또한 아이들로 하여금 스스로 노래하게 하고 춤추게 하였다. 바라건대 비루함을 씻어 버리게 하고 감동하여 융통하게 되어서 노래 부르는 사람이나 듣는 사람이나 서로가 유익하게 하려 하였다.

나의 자취를 돌아보니 자못 괴팍하였고, 이러한 한가로운 일이 혹시 소요(騷擾)의 실마리가 될지도 모르겠다. 또 이것이 강조(腔調)에 들어 음절(音節)과 맞지 않을지도 모른다. 그러나 아직은 이것을 적어 상자에 보관해 두고, 때때로 취하여 완상(玩賞)하며 스스로 반성도 하고, 또 후일 보는 이의 취사(取捨 : 취하거나 버림)함을 기다리겠다.

이 글에서 이황이 말하고자 했던 바는 한시(漢詩)를 두고 따로이 한글로 시가(詩歌)를 지어야 하는 까닭이었다. 이황과 같은 높은 수준의 학자들은 물론이고 당대의 양반들은 출세를 위해서 한문을 공부하는 데 급급했고, 한글은 부녀자들만이 이용하는 글이라고 멸시했다. 따라서 양반들은 시를 지을 때에도 한시에 주력했으며 한글로 된 시가는 중요시하지 않았다. 이황 자신도 뛰어난 한시 작가이기도 하다.

그러나 한시는 중국글자를 빌어 온 것이기 때문에 노래 부를 수는 없는 것이다. 이 때문에 한문을 두고 한글로 시가를 지을 수밖에 없음을 말하려고 했다. 스스로 그렇게 하도록 시키지 않아도 노래 부르고 춤추는 것을 듣고 보노라면 넘치는 감흥 때문에 마음이 맑아지고, 뜻을 바르게 하고 배움의 길을 찾는 데 크게 유익


이황

하다고 했다. 노래는 도학(道學)을 전하는 데 그치는 것이 아니라 흥취를 통해 체득(體得)을 가능하게 한다는 점에서 소중한 것이다. 이는 세종대왕의 『훈민정음』 서문을 연상케 하는데, 그만큼 이황의 우리말에 대한 자각이 깊음을 알 수 있다.

**작품 읽기**

(가)

(1) 이런들 어떠하며 저런들 어떠하료.
    초야 우생(草野愚生)[1]이 이렇다 어떠하료.
    하물며 천석 고황(泉石膏肓)[2]을 고쳐 무엇하료.

(2) 연하(煙霞)[3]로 집을 삼고 풍월(風月)로 벗을 삼아,
    태평성대(太平聖代)에 병(病)으로 늙어 가네.
    이 중에 바라는 일은 허물이나 없고자.

(3) 순풍(淳風)[4]이 죽다 하니 진실로 거짓말이.
    인성(人性)이 어질다 하니 진실로 옳은 말이.
    천하(天下)에 허다(許多) 영재(英材)를 속여 말을 할까.

(4) 유란(幽蘭)이 재곡(在谷)하니[5] 자연이 듣기 좋아,
    백운(白雲)이 재산(在山)하니[6] 자연이 보기 좋아,
    이 중에 피미일인(彼美一人)[7]을 더욱 잊지 못하네.

(5) 산전(山前)에 유대(有臺)하고 대상(臺上)에 유수(有水)ㅣ로다.[8]
    떼 많은 갈매기는 오며 가며 하거든

도산십이곡

어찌해 교교백구(皎皎白駒)[9]는 멀리 마음 두는고.


(6) 춘풍(春風)에 화만산(花滿山)하고 추야(秋夜)에 월만대(月滿臺)
라.[10]

　사시가흥(四時佳興)[11]ㅣ 사람과 한가지라.

　하물며 어약연비(魚躍鳶飛)[12] 운영천광(雲影天光)[13]이야 어디
끝이 있을까.


(7) 천운대(天雲臺) 돌아들어 완락재(玩樂齋) 소쇄(瀟灑)한데[14]

　만권 생애(萬卷生涯)[15]로 낙사(樂事) 무궁(無窮)하여라.[16]

　이 중에 왕래 풍류(往來風流)를 일러 무엇할꼬.


(8) 뇌정(雷霆)[17]이 파산(破山)[18]하여도 롱자(聾者)[19]는 못 듣나니,

　백일(白日)이 중천(中天)하여도 고자(瞽者)[20]는 못 보나니,

　우리는 이목총명남자(耳目聰明男子)로 롱고(聾瞽) 같지 말으리.


(9) 고인(古人)도 날 못 보고 나도 고인 못 뵈,

　고인을 못 봐도 녀던[21] 길 앞에 있네.

　녀던 길 앞에 있거든 아니 녀고 어떨꼬.


(10) 당시(當時)에 녀던 길을 몇 해를 버려 두고,

　어디 가 다니다가 이제야 돌아온고.

　이제야 돌아오나니 딴 데 마음 말으리.


(11) 청산(靑山)은 어찌하여 만고(萬古)에 푸르르며,

　유수(流水)는 어찌하여 주야(晝夜)에 긏지 아니난고.

　우리도 그치지 말아 만고상청(萬古常靑)[22]하리라.



이황

(12) 우부(愚夫)도 알려 하거니 그 아니 쉬운가.
　　성인(聖人)도 못 다 아시니 그 아니 어려운가.
　　쉽거나 어렵거나 중에 늙은 줄을 몰라라.

(「도산십이곡」 전문)

---

**어휘풀이**　1) 초야 우생(草野愚生) : 시골에 묻혀 사는 어리석은 서생(書生). 자기를 낮추어 부른 것이다.

2) 천석 고황 : 산수(山水)를 사랑함이 지극하여, 마치 불치의 깊은 병에 걸린 것같이 되었다는 의미다.

3) 연하(煙霞) : 안개.

4) 순풍(淳風) : 순박한 풍속.

5) 유란(幽蘭)이 재곡(在谷)하니 : 그윽한 난초가 골짜기에 있으니.

6) 백운(白雲)이 재산(在山)하니 : 흰 구름이 산속에 있으니.

7) 피미일인(彼美一人) : 임금을 말함.

8) 산전(山前)에 유대(有臺)하고 대상(臺上)에 유수(有水)ㅣ로다 : 산 앞에 누대가 있고 누대 위에서 보니 물이 있도다.

9) 교교백구(皎皎白駒) : 현자(賢者)가 타는 망아지. 『시경(詩經)』에 나오는 표현이다.

10) 춘풍(春風)에 화만산(花滿山)하고 추야(秋夜)에 월만대(月滿臺)라 : 봄바람에 꽃이 피어 산에 가득하고, 가을 밤에 달이 누대에 가득 비추도다.

11) 사시가흥(四時佳興) : 계절의 아름다운 흥취.

12) 어약연비(魚躍鳶飛) : 물고기 뛰고 소리개가 날음. 천지조화(天地調和)의 오묘함을 이르는 말로 『시경(詩經)』에 나오는 표현이다.

13) 운영천광(雲影天光) : 구름 그림자와 하늘빛, 만물이 천성(天性)을 얻은 이치.

14) 천운대(天雲臺) 돌아들어 완락재(玩樂齋) 소쇄(瀟灑)한데 : 천운대와 완락재는 도산십팔절(陶山十八絶)의 하나이다. 소쇄(瀟灑)는 기운이 맑고 깨끗함. 천운대를 돌아 완락재에 이르니 기운이 맑고 깨끗함을 느낀다는 말이다.

15) 만권 생애(萬卷生涯) : 만 권의 책을 쌓아 두고 독서를 일삼는 생활.

16) 낙사(樂事) 무궁(無窮)하여라 : 즐거운 일들이 끝이 없어라.

17) 뇌정(雷霆) : 천둥.

18) 파산(破山) : 산을 깨뜨림.

19) 롱자(聾者) : 귀머거리.

20) 고자 : 장님.

21) 녀던 : 행(行)하던.

22) 만고상청(萬古常靑) : 영원토록 항상 푸르름.


(나) 황금주(黃金酒) 박자주(柏子酒) 송주예주(松酒醴酒)

　　죽엽주(竹葉酒) 이화주(梨花酒) 오가피주(五加皮酒)[1]

　　앵무잔(鸚鵡盞)[2] 호박배(琥珀盃)[3]예 가득 부어

　　위 권상(勸上)ㅅ경(景) 긔 엇더하니잇고.

　　유령도잠(劉伶陶潛) 양선옹(兩仙翁)[4]의 유령도잠 양선옹의

　　위 취(醉)한 경 긔 엇더하니잇고.


　　당당당(唐唐唐) 당추자(唐楸子)[5] 조협(皁莢)[6] 남긔

　　홍(紅)실로 홍그네 매오이다

　　당기시라 밀으시라 정소년(鄭少年)아

　　위 내 가는 데 남 갈셰라.

　　삭옥섬섬(削玉纖纖)[7] 쌍수(雙手)ㅅ길에 삭옥섬섬 쌍수ㅅ길에

　　위 휴수동유(携手同遊)[8]ㅅ경 긔 엇더하니잇고.

(「한림별곡」 제4장, 제8장)

---

**어휘풀이**　1) 황금주(黃金酒) ～ 오가피주(五加皮酒) : 술의 이름을 나열한 것이다.

2) 앵무잔(鸚鵡盞) : 앵무조개의 조가비로 만든 술잔.

3) 호박배(琥珀盃) : 호박(琥珀)으로 만든 술잔.


이황

4) 유령도잠(劉伶陶潛) 양선옹(兩仙翁) : 유령(劉伶)과 도연명(陶淵明)을
가리킨다. 유령은 진(晋)나라 죽림칠현 가운데 한 사람으로 「주덕송(酒德
頌)」을 지었으며, 도연명은 동진(東晋)의 시인으로 「귀거래사(歸去來辭)」
를 지었다.
5) 당추자(唐楸子) : 호두나무. 오동나무라고도 한다.
6) 조협남긔 : 쥐엄나무에.
7) 삭옥섬섬(削玉纖纖) : 옥을 깎아 만든 듯이 고운.
8) 휴수동유(携手同遊) : 손 잡고 같이 놂.


(다) 나면서 어리석고 자라서는 병도 많아
　　중간에 어찌하다 학문을 즐겼는데
　　늘그막엔 어찌하여 벼슬을 받았던고!
　　학문은 구할수록 더욱 멀어지고
　　벼슬은 마다해도 더욱더 주어졌네.
　　나가서는 넘어지고 물러서선 곧이 감추니
　　나라 은혜 부끄럽고 성현(聖賢) 말씀 두렵구나.
　　산은 높고 또 높으며 물은 깊고 또 깊어라.
　　관복(官服)을 벗어 버려 모든 비방 씻었거니
　　내 마음을 저는 모르니 나의 가짐 뉘 즐길까.
　　생각건대 옛사람은 내 마음 이미 알겠거늘
　　뒷날에 오늘 일을 어찌 몰라줄까 보냐.
　　근심 속에 낙이 있고 낙 속에 근심 있는 법
　　조화 타고 돌아가니 무얼 다시 구하리오.
(이황, 「자명(自銘)」)

(가)를 바탕으로 이황이 (나)에 대해 「한림별곡(翰林別曲)」같은 것은 문인(文人)의 입에서 나왔지만 긍호(矜豪)하고 방탕(放蕩)하며, 아울러 설만(褻慢)하고 희압(戲狎)하여 더욱 군자(君子)가 좋아할 바가 아니다'라고 평가한 까닭은 무엇인지 설명해 보자. 그리고 (다)를 바탕으로 이황이 지향한 삶의 방향이 어떠한 것인지를 생각해 보자.

　「한림별곡」은 한국 시가 중에서 고려시대의 상층 계급이 주로 지은 문학 갈래인 경기체가에 속한다. 주로 어떠한 장면을 나열적으로 제시해 주고 '그 모습이 어떻습니까' 정도의 뜻인 '위 경 긔 엇더하니잇고'라는 표현으로 마무리를 짓기 때문에 '경기체가'라는 이름이 붙었다. 이 갈래의 특성을 일률적으로 설명할 수는 없지만, 「한림별곡」의 경우에는 당대의 높은 지위의 문인들이 자기들의 문장 실력과 공부를 자랑하고 풍류를 즐기는 모습을 그렸다.
　(나)에 소개된 것은 「한림별곡」의 일부인데, 그 정도만으로도 분위기를 이해하는 데는 충분하다. 제4장에서는 여러 가지 맛 좋은 술을 좋은 잔에 따라 서로 권하는 상류층의 호사스럽고 요란한 풍류를 표현하며, 그것을 자연을 저버리고 신선과 같은 삶을 살아간 중국의 도연명에 빗대어 표현하고 있다. 제8장에서는 아름다운 여인과 그네를 타고 노닐면서 단둘이 있는 즐거움을 표현하고 있어서, 대체적으로 풍류적 삶을 즐기는 자세가 나타나 있다.
　(가)에서 강조하는 공간은 자연이다. 그러나 여기에서 자연은 즐기는 공간이 아니라 인격 수양과 학문을 위한 장(場)이라는 의미를 갖는다. 그 와중에서도 임금에 대한 충성을 표현하기도 하고(4연), 자연의 법칙과 신비에서 교훈적 주제를 이끌어 내기도 한다(6·11연). 즉 (가)의 자연은 삶을 즐기는 공간이 아니라 무엇인

가를 끊임없이 배워 나가고, 그 안에서 자족(自足)하는 곳임을 알 수 있다.

이러한 입장 차이 때문에 이황은 「한림별곡」이 교만하고 방탕하며 예의를 벗어난 작품이라고 비판했다. 이황은 자연에 대한 향락적인 관점을 받아들이지 않은 것이다. 그렇다면 구체적으로 이황이 추구한 삶의 자세는 무엇인가? 이는 (다)에 암시되어 있다. 이황은 벼슬을 하기 위해 공부한 것이 아니고, 공부를 순전한 즐거움과 자기 발전의 과정으로만 받아들였다. '학문은 구할수록 더욱 멀어지고 벼슬은 마다해도 더욱더 주어졌네'라는 표현에서 알 수 있듯이, 이황이 받아들이기로는 학문과 벼슬은 서로 대척적인 위치에 놓여 있는 가치이다.

학문하는 장소로는 자연만큼 좋은 곳이 없다. 산과 물이 높고 깊은 곳에서 세속의 번거로운 일을 잊고 공부에 몰두하는 것은 이황이 만년을 보낸 방식이다. 그 학문이라는 것의 궁극적인 목표가 지나치게 모호한 것처럼 보일 수도 있다. 그러나 (가)에서도 학문의 길이란 어떠한 것인가에 대해 설명해 놓았다(12연). 가장 가깝고 쉬운 일이지만 그 근본을 탐구해 들어가면 끝이 없는 것이 바로 학문의 길이다. 이것은 여기서의 학문이 오늘날의 과학을 의미하는 것이 아니라 삶의 마땅한 자세를 순수하게 탐구해 나가는 것을 의미한다는 것을 보여 준다.

물론 이러한 삶의 자세가 전적으로 옳다고 말할 수는 없을 것이다. 인간은 반성적 존재인 동시에 순간을 기뻐할 줄도 아는 존재이기 때문이다. 그러나 삶을 즐기기만 하는 자세는 자기인식과 발전에 큰 도움이 되지 않는 것이 사실이다. 이황이 그러한 삶의 방식을 거부하고 금욕적이면서도 자연 친화적인 이상을 수립한 것은 자기의 마음을 다스리고 발전을 추구하는 자세를 버리지 않았기 때문일 것이다.

# 사설시조

## 작자 미상

작자 미상

사설시조는 생활과 밀착된 현실 감각을 시조에 담음으로써 관념적인 것보다 구체적인 이야기를 내용으로 하며, 평민성을 강조하고 있다. 따라서, 지난날의 영탄이나 서정의 경지를 완전히 탈피하여, 폭로적인 묘사와 상징적인 암유로써 애정, 거래(去來), 수탈, 패륜(悖倫), 육감(肉感) 등 다채로운 소재와 주제를 다루었다. 현실의 모순에 대한 날카로운 반어(反語), 중세적 고정 관념을 거리낌없이 추락시키는 풍자, 고달픈 생활에 대한 해학 등이 주 내용을 이루고 있다.

사설시조는 주로 해학미(諧謔美)를 구현하고 있어, 현실의 모순을 웃음의 미학으로 풀어 내고 있다. 〈작품 읽기 1〉의 시조는 『진본 청구영언(珍本靑丘永言)』에 나오는 작자 미상의 사설시조로, 양반들의 허장 성세를 풍자하고 있다. 이 시조가 씌어졌을 당시 조선 사회는 급격한 사회 변화를 겪으면서 실학 사상이 새로운 지도 이념으로 부상하였고, 문학에 있어서는 산문 중심으로의 전환이 이루어졌다. 특히 피지배층이 작가층에 가세하게 되었는데, 이런 변화 속에서 사설시조가 등장한 것이다. 사설시조는 대체로 17세기에 이르러 등장하였으며 크게 성행한 것은 18세기로, 그 주도적인 위치를 차지했던 것은 평민 가객들이었다.

〈작품 읽기 2〉의 사설시조 두 편도 모두 작자를 알 수 없는 작품들이다. 두 작품 다 답답한 심정을 읊고 있는데, 그 대응 양상이 대조적이라는 점에서 흥미로운 작품이다. 첫 번째 작품은 안팎이 벽으로 막혀 있어 가슴을 헐어서 창을 내겠다고 하며, 두 번째 작품은 안팎이 창으로 연결되어 있어 안팎을 연결하는 창을 막아서 벽을 만들겠다고 하였다.

〈작품 읽기 1〉에서는 이 사설시조와 함께 박지원의 한문 소설 「양반전(兩班傳)」을 제시하였다. 조선 후기의 타락상을 신랄하게 풍자했다는 공통점을 지니고 있어 눈여겨볼 만하다. 공허한 명분에 사로잡혀 평민에 대한 침탈을 일삼는 양반층에 대한 풍자와 함께, 신분 질서가 크게 흔들린 당시의 사회상을 드러내고 있다. 조선 후기 사회는 임진·병자 양란의 후유증으로 조선 전기의 엄격한 신분 질서가 동요하기 시작했으며, 상업의 발달 및 농업 생산력의 증대 등으로 평민 부자들이 많이 나타났다. 국가에서는 부족한 재정을 메우기 위해서 돈 많은 평민들에게 일정한 돈을 받고 양반으로 상승시켜 주기도 했다. 한편 당시의 지배 관료층은 혼란한 사회를 개혁하려는 의지가 부족했고 그저 공허한 명분에 매달려 부당한 특권을 남용하였다. 박지원은 투철한 실학 정신을 가지고 이러한 사회의 혼란상을 비판적으로 형상화하였으나, 양반 사회를 전적으로 부정하는 태도는 보이지 않는다. 「양반전」은 오히려 양반 사류(士類)의 진정한 모습을 되찾으려는 절박한 심정을 나타낸 것으로 해석할 수 있겠다.

## 작품 읽기 1

(가) 두터비 프리를 물고 두험 우회 치르라 안자
　　것넌 山(산) 브라보니 白松骨(백송골)이 써 잇거늘
　　가슴이 금즉ᄒ여 플덕 뛰여 내둣다가 두험 아래 잣바지거고
　　모쳐라 늘낸 낼쉬만졍 에헐질 번ᄒ괘라.

(사설시조)

(나) 양반이란 사족(士族)들을 높여서 부르는 말이다.

정선군(旌善郡)에 한 양반이 살았다. 이 양반은 어질고 글읽기를 좋아하여 매양 군수가 새로 부임하면 으레 몸소 그 집을 찾아와서 인사를 드렸다. 그런데 이 양반은 집이 가난하여 해마다 고을의 환자(還子)를 타다 먹은 것이 쌓여서 천 석에 이르렀다.

강원도 감사(監司)가 군읍(郡邑)을 순시하다가 정선에 들러 환곡(還穀)의 장부를 열람하고 대노해서,

"어떤 놈의 양반이 이처럼 군량(軍糧)을 축냈단 말이냐?"

하고, 곧 명해서 그 양반을 잡아 가두게 했다. 군수는 그 양반이 가난해서 갚을 힘이 없는 것을 딱하게 여기고 차마 가두지 못했지만 무슨

114

도리도 없었다.

양반 역시 밤낮 울기만 하고 해결할 방도를 차리지 못했다. 그 부인이 역정을 냈다.

"당신은 평생 글읽기만 좋아하더니 고을의 환곡을 갚는 데는 아무런 도움이 안 되는군요. 쯧쯧 양반, 양반이란 한 푼어치도 안 되는걸."

그 마을에 사는 한 부자가 가족들과 의논하기를,

"양반은 아무리 가난해도 늘 존귀하게 대접받고 나는 아무리 부자라도 항상 비천(卑賤)하지 않느냐. 말도 못하고, 양반만 보면 굽신굽신 두려워해야 하고, 엉금엉금 가서 정하배(庭下拜)를 하는데 코를 땅에 대고 무릎으로 기는 등 우리는 노상 이런 수모를 받는단 말이다. 이제 동제 양반이 가난해서 타 먹은 환자를 갚지 못하고 시방 아주 난처한 판이니 그 형편이 도저히 양반을 지키지 못할 것이다. 내가 장차 그의 양반을 사서 가져 보겠다."

부자는 곧 양반을 찾아가 보고 자기가 대신 환자를 갚아 주겠다고 청했다. 양반은 크게 기뻐하며 승낙했다. 그래서 부자는 즉시 곡식을 관가에 실어 가서 양반의 환자를 갚았다.

군수는 양반이 환곡을 모두 갚은 것을 놀랍게 생각했다. 군수가 몸소 찾아가서 양반을 위로하고 또 환자를 갚게 된 사정을 물어 보려고 했다. 그런데 뜻밖에 양반이 벙거지를 쓰고 짧은 잠방이를 입고 길에 엎드려 '소인'이라고 자칭하며 감히 쳐다보지도 못하고 있지 않은가. 군수가 깜짝 놀라 내려가서 부축하고,

"귀하는 어찌 이다지 스스로 낮추어 욕되게 하시는가요?"
하고 말했다. 양반은 더욱 황공해서 머리를 땅에 조아리고 엎드려 아뢴다.

"황송하오이다. 소인이 감히 욕됨을 자청하는 것이 아니오라, 이미 제 양반을 팔아서 환곡을 갚았습지요. 동리의 부자 사람이 양반이올

습니다. 소인이 이제 다시 어떻게 전의 양반을 모칭(冒稱)해서 양반 행세를 하겠습니까?"

군수는 감탄해서 말했다.

"군자로구나 부자여! 양반이로구나 부자여! 부자면서도 인색하지 않으니 의로운 일이요, 남의 어려움을 도와 주니 어진 일이요, 비천한 것을 싫어하고 존귀한 것을 사모하니 지혜로운 일이다. 이야말로 진짜 양반이로구나. 그러나 사사로 팔고 사고서 증서를 해 두지 않으면 송사(訟事)의 꼬투리가 될 수 있다. 내가 너와 약속을 해서 군민(郡民)으로 증인을 삼고 증서를 만들어 미덥게 하되 본관이 마땅히 거기에 서명할 것이다."

그리고 군수는 관부(官府)로 돌아가서 고을 안의 사족(士族) 및 농공상(農功商)들을 모두 불러 관정(官庭)에 모았다. 부자는 향소(鄕所)의 오른쪽에 서고 양반은 공형(公兄)의 아래에 섰다.

그리고 증서를 만들었다.

"건륭(乾隆) 10년 9월 ○일

위의 명면은 양반을 팔아서 환곡을 갚은 것으로 그 값은 천 석이다.

오직 이 양반은 여러 가지로 일컬어지나니 글을 읽으면 가리켜 사(士)라 하고 정치에 나아가면 대부(大夫)가 되고 덕이 있으면 군자(君子)이다. 무반(武班)은 서쪽에 늘어서고 문반(文班)은 동쪽에 늘어서는데 이것이 '양반'이니 좋을 대로 따를 것이다.

야비한 일을 딱 끊고 예를 본받고 뜻을 고상하게 할 것이며, 늘 오경(五更)만 되면 일어나 황(黃)에다 불을 당겨 등장을 켜고서 눈은 가만히 코끝을 보고 발꿈치를 궁둥이에 모으고 앉아 동래박의(東來博儀)를 얼음 위에 박 밀듯 왼다. 주림을 참고 추위를 견뎌 입으로 설궁(說窮)을 하지 아니하되 고치·탄뇌(叩齒彈腦)를 하며 입안에서 침을 가늘게 내뿜어 연진(嚥津)을 한다. 소맷자락으로 모자를 쓸어서 먼지를 털어 물결 무늬가 생겨나게 하고, 세수할 때 주먹을 비비지 말고, 양치질해서 입내를 내지 말고, 소리를 길게 뽑아서 여종을 부르며, 걸음을 느릿느릿 옮겨 신발을 땅에 끈다. 그리고 고문진보(古文眞寶)·당시품휘(唐詩品彙)를 깨알같이 베껴 쓰되 한 줄에 백 자를 쓰며, 손에 돈을 만지지 말고, 쌀값을 묻지 말고, 더워도 버선도 벗지 말고, 밥을 먹을 때 맨상투로 밥상에 앉지 말고, 국을 먼저 훌쩍 떠 먹지 말고, 무엇을 후루루 마시지 말고, 젓가락으로 방아를 찧지 말고, 상패를 먹지 말고, 막걸리를 들이켠 다음 수염을 쭈욱 빨지 말고, 담배를 피울 때 볼에 우물이 파이게 하지 말고, 화난다고 처를 두들기지 말고, 성내서 그릇을 내던지지 말고, 아이들에게 주먹질 말고, 노복(奴僕)들을 야단쳐 죽이지 말고, 마소를 꾸짓되 그 판 주인까지 욕하지 말고, 아파도 무당을 부르지 말고, 제사 지벌 때 중을 청해다 재(齋)를 드리지 말고, 추워도 화로에 불을 쬐지 말고, 말할 때 이 사이로 침을 흘리지 말고, 소 잡는 일을 말고, 돈을 가지고 노름을 말 것이다. 이와 같은 모든 품행이 양반에 어긋남이 있으면 이 증서를 가지고 관(官)에 나와서 변정할 것이다.

성주(城主) 정선군수화압(花押)·좌수(座首)별감(別監) 증서(證署).

이에 통인(通引)이 탁탁 인(印)을 찍어 그 소리가 엄고(嚴鼓) 소리와 마주 치매 북두성(北斗星)이 종으로, 삼성(參星)이 횡으로 찍혀졌다.

부자는 호장(戶長)이 증서를 읽는 것을 쭉 듣고 한참 머엉하니 있다가 말했다.

"양반이라는 게 이것뿐입니까? 나는 양반이 신선 같다고 들었는데 정말 이렇다면 너무 재미가 없는 걸요. 원하옵건대 무어 이익이 있도록 문서를 바꾸어 주옵소서."

그래서 다시 문서를 작성했다.

"하늘이 민(民)을 낳을 때 민을 넷으로 구분했다. 사민(四民) 가운데 가장 높은 것이 사(士)이니 이것이 곧 양반이다. 양반의 이익은 막대하니 농사도 안 짓고 장사도 않고 약간 문사(文史)를 섭렵해 가지고 크게는 문과(文科) 급제요, 작게는 진사(進士)가 되는 것이다. 문과의 홍패(紅牌)는 길이 2자 남짓한 것이지만 백물이 구비되어 있어 그야말로 동자루인 것이다. 진사가 나이 서른에 처음 관직에 나가더라도 오히려 이름 있는 음관(蔭官)이 되고, 잘되면 남행(南行)으로 큰 고을을 맡게 되어, 귀밑이 일산(日傘)의 바람에 희어지고, 배가 요령 소리에 커지며, 방에는 기생이 귀고리로 치장하고, 뜰에 곡식으로 학(鶴)을 기른다. 궁한 양반이 시골에 묻혀 있어도 무단(武斷)을 하여 이웃의 소를 끌어다 먼저 자기 땅을 갈고 마을의 일꾼을 잡아다 자기 논의 김을 맨들 누가 감히 나를 괄시하랴. 너희들 코에 잿물을 디리 붓고 머리 끄덩을 회회 돌리고 수염을 낚아채더라도 누구 감히 원망하지 못할 것이다.”

부자는 증서를 중지시키고 혀를 내두르며,

“그만두시오, 그만두어. 맹랑하구먼. 장차 나를 도둑놈으로 만들 작정인가.”

하고 머리를 흔들고 가 버렸다.

부자는 평생 다시 양반 말을 입에 올리지 않았다 한다.

(박지원, 「양반전」 중에서)

조선 후기의 혼란한 사회를 배경으로 씌어진 위의 두 글에는 풍자적 성격이 매우 강하게 드러나 있다. 먼저 신랄한 풍자의 대상이 누구인지 살펴서, 공통된 창작의도를 설명해 보자. 또한 공통된 대상을 풍자하고 있음에도 불구하고 사뭇 다르게 나타난 표현방식을 고려하여 작자의 신분을 추론할 수 있는 근거들을 세워 보자.

(가)의 사설시조는 파리, 두꺼비, 백송골과 같이 의인화된 동물들을 등장시켜 약육강식이 빈번히 자행되는 인간사회를 풍자하고 있다. 이 시조에서 서정적 자아는 지배계층을 두꺼비로, 힘없고 약한 평민을 파리로, 그리고 두꺼비를 잡아먹는 백송골을 외세에 비유하고 있다. 초장에서 강한 체 뽐내며 약한 파리를 잡아먹으려던 두꺼비는 백송골에 놀라 자빠진다. 이는 특권층인 지배계층이 백성의 피를 빨아먹다가도 외세 앞에서 무능력하게 비굴해지는 모습을 떠올리게 한다. 특히 그 해학미(諧謔美)가 절정을 이루는 곳은 두꺼비가 우둔한 실수를 저지르고도 자신의 비굴함을 합리화하는 종장이라 하겠는데, 이러한 내용은 지배층의 공허한 특권의식을 풍자한 것이라 해석할 수 있다.

양반에 대한 비판을 웃음으로 풀어 내는 위의 시조처럼, 연암 박지원의 「양반전」도 양반 사회가 안고 있었던 무기력함, 공허한 명분에 대한 집착을 풍자하고 있다. 글만 읽는 무능한 양반의 아내가 환곡을 갚지 못하여 곤경에 처한 남편을 보며 하는 말은 양반들의 비생산적 습성을 잘 꼬집고 있다. '쯧쯧 양반, 양반이란 한 푼어치도 안 되는 걸.'

임·병 양난을 겪은 조선 후기 사회는 양반들의 권위가 약화되고, 부유한 평민들이 출현함에 따라 매관매직이 성행하는 혼란한 사회였다. 게다가 당시의 지배관료층은 신분질서가 동요하는 혼돈 속에서 사회를 개혁하기는커녕 평민을 더욱 약탈하고 돈과 신분을 맞바꾸는 부패를 부채질할 뿐이었다. 따라서 생업에 종사하지 않은 채 오로지 글만 읽는 양반들의 무능함은 경제력을 바탕으로 신분상승을 꾀하는 평민들의 출현으로 한층 불거져 보이기 시작했다.

그러나 연암의 풍자가 앞의 사설시조와 달리 양반에게서 끝나지 않는 점은 매우 주목할 만한 점이다. 예를 들어 양반의 매매문서에 기재된 엄격한 준수사항은 일차적으로 형식에 얽매여 있는 양반들의 모습을 희화화(戱畵化)한 것이지만, 양반 신분을 산 평민 부자가 양반이 되는 것이 가당치 않다는 사실도 암묵적으로 내포하고 있다. 양반으로서 지녀야 할 사항들로 정신적 덕목들은 쏙 뺀 채, 나머지 외적인 행동양식에 제한하여 과장되게 나열한 이 대목은 연암의 이중적 의도를 잘 보여 주고 있다.

연암은 특히 양반이 신선 같다는 허상을 품고 있는 부자를 일깨우기 위해, 두 번째로 작성한 매매문서에서 부당한 특권을 남용하는 양반 사회를 자세히 그려냈다. 그리고 결국에 가서 선비가 곤궁하면 자신의 양반 신분을 이용하여 백성들을 약탈하는 도둑밖에 되지 않는다는 사실을 부자 스스로 인식하도록 했다. 이렇듯 연암은 양반의 참된 모습이 어떤 것이라 제시하는 대신, 그 부정적인 모습을 일관되게 제시하여 개혁의 의지를 더욱 뚜렷이 하고 있다. 그러나 앞에서 살펴보았듯이 양반 사회를 개혁하려는 의지는 그 사회를 전적으로 부정하는 것은 아니며, 오히려 문란한 신분 제도를 경계하고 있음을 내보이기도 한다.

이제 두 번째 질문에 답하기 위하여 이상에서 살펴본 작자의 표현방식을 고려해 보자. (가)의 사설시조에서 서정적 자아는 객관적 관찰자로서 표면에 나타나 있지 않으며, 더욱이 양반들의 허장성세(虛張聲勢)를 노골적으로 비판하지 못한 채 우화의 형식을 빌어 희화화하고 있다. 이는 당시의 평민들이 특권층인 양반들의 지배와 폭정에 시달리면서도 그것을 직접 폭로할 수 없었다는 사실과 관련지을 수 있다. 작자가 평민이라 추측할 수 있는 또 다른 근거는 소재가 일상적인 생활 속에서 유래한 것들이며, 그 표현도 추상적이고 난해한 관념이 아닌 구체적인 이야기를 사용하였다는 점에서 찾을 수 있다. 마지막으로 시조의 풍자적 성격이 울분의 해소에 머물러 있을 뿐 양반 사회의 참된 모습을 제시하지 않는 사실도 서민의 시각에서 본 양반의 모습임을 간접적으로 나타내고 있다. 이와는 달리 「양반전」은 양반 사회를 개혁하려는 작자의 의도가 뚜렷이 나타나며, 비판의 관점도 실학사상이라는 일관된 체계를 따르고 있다. 또 양반에 대한 비판과 함께 교묘히 맞물려 있는 평민 부자의 신분상승욕에 대한 풍자는 신분사회를 옹호하는 지배층의 입장을 반영한 것이라 할 수 있다.

작품 읽기 2

(가) 창(窓) 내고져 창을 내고져 이 내 가슴에 창 내고져
　　　고모장즈 세(細)술장즈 ᄀ로다지 여다지에 암돌져귀 수돌
　　져귀 크나큰 장도리로 쏙짝 박아 이내 가슴에 창 내고져
　　　잇다감 하 답답할 지 여다져나 볼가 ᄒ노라

창을 내고 싶다. 창을 내고 싶다. 이 나의 가슴에 창을 내고 싶다. 고무래 장지 가는 살의 창, 들 창문, 열창문에 암톨쩌키 수톨쩌키, 문고리에 꿰는 쇠를, 큰 장도리로 뚝딱 박아서, 이 나의 가슴에 창을 내고 싶다. 가끔 몹시 가슴이 답답할 때면 열고 닫아 볼까 하노라.

(나) 한숨아 셰한숨아 네 어느 틈으로 들온다.

　　고모장즈 셰슬장즈 들장즈 열장즈에 암돌져귀 수돌져귀
비목걸새 뚝닥 박고 크나큰 줌을쇠로 숙이숙이 츠엿는듸 병
풍(屛風)이라 덜걱 접고 족자(簇子) l 라 딕더굴 말고, 네 어
늬 틈으로 들온다.

　　어인지 너 온 날이면 줌 못 드러 ᄒ노라.


한숨아 가는 한숨아, 네 어느 틈으로 들어오느냐? 고무래 장자, 가
는 살의 창, 가로닫이 여닫이에 암톨쩌귀 수톨쩌귀, 문고리에 꿰는 쇠,
뚝딱 잠그고 용 거북 자물쇠로 깊이깊이 채워 놓았는데, 병풍이라 덜
걱 접고 짧은 족자라 댁대굴 만다네. 어느 틈으로 들어온단 말이냐.
어언지 네가 온 날 밤이면 잠 못 들어 한다.


(다) 이 두 작품은 안과 밖이 있고, 안과 밖 사이에는 벽이 있거나
창이 있다고 한다. 그러면서 '창 노래'는 안에서 밖으로 나가기 위해
서 벽을 헐어서 창을 만들겠다고 하고, '벽 노래'는 밖에서 안으로 들
어오지 못하게 하기 위해서 창을 막아서 벽을 만들겠다고 하는 점이
서로 반대이다. 시는 벽을 헐어서 창을 만들자고 하거나, 창을 막아서
벽을 만들자고 하는 데서 이루어진다. 벽이 있으면 있는 대로, 창이
있으면 있는 대로 살아간다면 시가 필요하지 않을 것이다. 있는 대로
살아가지 않고, 있는 것을 파괴하여 있어야 할 것을 찾는 데서 시가
이루어진다. 다시 말하면 세계가 자아를 지배하는 대로 살아간다면
시가 필요하지 않고, 세계를 자아화하는 것이 바로 시이다. 그러나 세
계의 자아화는 뜻한다고 해서 그대로 이루어질 수 있는 것이 아니다.
벽을 헐어서 창을 내겠다는 것도 불가능하고, 창을 막아서 벽을 만들
겠다는 것도 불가능하다. 시는 이처럼 불가능한 희망의 표현이다. 안
에서 안팎의 관계를 마음대로 하고 싶어서 시를 짓지만, 안에서 안팎

의 관계를 마음대로 할 수는 없다는 데서 시는 심각한 의미를 지닌
다.

(조동일,『국문학연구의 방향과 과제』(새문사),<br>「창 노래와 벽 노래」 중에서)

(라) 서사민요에는 비애와 골계가 공존하는 게 보통이되, 작품의 구
조나 내용은 비애를 지니고 이를 나타내는 문체는 골계스러운 경우
가 많다. 이런 무질서가 어디 있는가? 아니다. 무질서가 아니다. 이는
대상(내용)과 관점(문체)의 갈등이다. 대상의 비애를 골계의 관점으로
차단함으로써, 다음과 같은 몇 가지 중요한 효과에 이른다. 우선 슬픈
생활을 하면서도 슬픔에만 빠져들어가지 않는 감정의 여유를 나타내
준다. 어떠한 고난이나 불행이 닥치더라도 그냥 좌절해 버리지 않고
낙천적인 여유를 가지며, 고난과 불행을 처리할 수 있음을 말해 준다.
이러한 점은 비단 서사민요의 창자들만 지닌 성격은 아닐 것이나 서
사민요를 통해 특히 선명하게 나타난다.

그리고 서사적인 객관성의 확보를 가능하게 해준다. 비애란 원래
주인공의 운명에 대한 동정에서, 주인공의 고난에 주관적으로 침잠해
들어감으로써 성립될 수 있는 것이기에, 서사민요가 비애로만 일관된
다면 서사적 객관성이 위험하게 될 수 있다. 그러나 골계로 비애가
차단됨으로써 주인공과 창자 또는 청자의 주관적 일치가 파괴되고
비판적 거리가 생긴다. 또한 비애로만 일관하게 된다면 주인공이 처
한 상황이나 주인공 이외의 인물들이 눈물의 장막에 가리워져 정확
하게 드러나지 않게 되나, 골계가 이 장막을 찢어 버림으로써 객관적
형상화가 가능해진다.

(조동일,『서사민요연구』(계명대출판부) 중에서)

**1** (가)와 (나)는 사설시조이고, (다)는 (가)와 (나)를 분석한 글의 일부이다. (다)에서는 '안과 밖'이라는 기준을 가지고 이 작품을 분석할 수 있다는 내용이 담겨 있다. 그 기준에 따라, (가)와 (나)의 의미가 무엇인지 설명해 보자.

(가)에서는 안팎이 벽으로 막혀 있다. 가슴이 막혀 있는 것이다. 그런데 가슴을 헐어서 창을 내겠다고 한다. 가슴을 헐어서 창을 내고 이따금 하 답답할 때는 여닫아 볼까 한다는 것은 참으로 절박한 사정이지만, 그렇게 될 수 있는 것은 아니다. 자기 스스로 막아 놓고 헐어 버리겠다고 하니 그렇게 될 수 없는 것이다. 가슴의 창을 연다고 하지만, 열 수 없는 상태로 폐쇄되어 있다.

(나)에서는 안팎이 창으로 연결되어 있다. 가슴이 열려 있는 것이다. 가슴이 열려 있으니 밖에서 들어오는 대로 한숨을 쉬게 되는 것이다. 그래서 안팎을 연결하는 창을 막아서 벽을 만들겠다고 하는데, 이것 또한 이루어질 수 없는 희망이다. 자기 스스로 열어 놓고 막으려 하니, 그렇게 될 수 없는 것이다. 마음에 틈이 있으면, 한숨이 들어온다. 그렇다고 해서 한숨마저 들어오지 못하게 막아 버리는 것은 불가능하다. 사람은 마음만으로 살아가지 않고, 마음이 바깥의 것들과 부딪치면서 살아가는 것이다.

사람은 마음을 열어 놓고 살 수도 없고, 닫아 놓고 살 수도 없다. 열어 놓고 산다지만, 열려 있지 않고 닫혀 있다. 닫아 놓고 산다지만, 닫혀 있지 않고 열려 있다. 열려 있지 않고 닫혀 있기 때문에 가슴이 답답하다. 닫혀 있지 않고 열려 있기 때문에 한숨을 쉬게 된다. 닫혀 있다는 것과 열려 있다는 것은 둘 다 진실이고, 둘 다 고민의 이유가 된다. 이 두 노래는 서로 반대가 되는 경우를 나타내고 있지만, 사실은 반대이면서도 같은 사실의 다른 측면을 말한다. 닫혀 있다는 것은 열려 있다는 말이고, 열 수 없다는 것은 닫을 수 없다는 말이다.

그런데 고모장지·세살장지·암톨쩌귀·수톨쩌귀 같은 말은 양쪽에 다 나온다. 고모장지·세살장지에 암톨쩌귀·수톨쩌귀를 뚝딱 박겠다는 말이 되풀이되면서, 한쪽에서는 창을 내겠다고 하고, 또 한쪽에서는 창을 막겠다고 한다. '크나큰'이라는 말도 양쪽에 다 나와서, 한쪽에서는 크나큰 장도리로 창을 내고, 또 한쪽에서는 크나큰 자물쇠로 창을 막겠다고 한다. 시를 짓기 위해서는 마음에서 바라는 바를 형체를 갖추어 나타내야 한다. 고모장지·세살장지·가로닫이·여닫이·암톨쩌귀·수톨쩌귀·크나큰 장도리를 늘어 놓거나, 고모장지·세살장지·들장지·열장지·암톨쩌귀·수톨쩌귀·배목걸쇠·크나큰 자물쇠·병풍·족자 같은 것들을 늘어 놓으면, 원래 형체가 없던 마음이 누구나 알아볼 수 있는 분명한 형체를 갖추게 된다.

가슴의 장지문에 돌쩌귀를 박는 것과 같은 일은 무지막지한 대목(大木)이라야 할 수 있다. 더구나 장도리는 크나큰 장도리이고, 자물쇠도 크나큰 자물쇠이니 예사 사람의 힘으로는 다룰 수 없다는 느낌이 든다. 하 답답해서 가슴에 창을 내야 한다고 하거나, 한숨이 들어오지 못하게 하기 위해서 가슴의 창을 막아야 한다고 하는 사람이라면 가냘프고 가엾다고 할 수 있는데, 무지막지한 대목이나 할 수 있는 행동을 하겠다니 어울리지 않는다고 할 만하다. 노래 두 편은 모두 초장, 중장, 종장이 다음과 같이 이루어져 있다.

초장 : 가냘프고 가여운 생각을 나타낸다.
중장 : 무지막지한 행동을 하겠다고 한다.

종장 : 가냘프고 가여운 생각을 나타낸다.

초장과 종장은 같고, 중장만 아주 딴판이다. 그런데 아주 딴판이어서 어울리지 않는 중장 때문에 시가 시답게 되었다. 가냘프고 가엾다고 해서 가냘프고 가엾다는 느낌을 주는 말만 늘어 놓는다면 시가 한 겹으로만 이루어진다. 한 겹에 머물지 않고 가냘프고 가여운 상태에서 벗어나려고 하는 역설적인 시도를 함으로써, 사람은 마음을 닫아 놓고 살 수도 없고 열어 놓고 살 수도 없다는 충격적인 사실을 명확하게 깨닫게 한다. 그러면서 '창 노래'는 무지막지한 행동을 하겠다고 하는 중장에서 가냘프고 가여운 생각을 나타내는 종장으로 바로 넘어가지만, '벽 노래'는 '병풍이라 덜컥 접고……' 하는 데서부터 시작해서 무지막지한 행동도 결국 이루어질 수 없게 하는 사실을 발견하게 하는 충격까지 지닌다. '창 노래'가 두 겹으로 이루어져 있다면, '벽 노래'는 세 겹으로 이루어져 있는 셈이다.

**2** (라)에는 서사민요의 미적 원리가 설명되어 있다. 이를 '중용을 거부한 부조화'라고 한다면, (가)와 (나)의 작품도 이러한 원리를 구현하고 있다고 할 수 있다. 이러한 미의식을 조선 후기 평민의 미의식이라 할 수 있다면, 사설시조와 서사민요가 평민들의 의식과 맺는 관련성을 설명해 보자.

(가)와 (나)는 가냘프고 가여운 생각을 이와 반대되는 무지막지한 것과 함께 나타내고 있다. 가냘프고 가여운 생각은 가냘프고 가여운 생각일 따름이고 무지막지한 것은 무지막지한 것일 따름이므로, 이 둘이 함께 나타나는 것은 부조화를 일으킬 것이라고

한다면, 이 시는 예외적인 작품이 된다. 그러나 시는 한 가지 정서로만 이루어져 있을 수 없고 서로 반대되는 정서를 함께 지니면서 이루어지는 갈등이야말로 특히 소중하다고 생각한다면, 이러한 시는 예외적인 시가 아니고 오히려 시로서 마땅히 갖추어야 할 것을 갖추었다고 평가할 수 있다.

그런데 이 두 가지 주장을 문학사적인 관점에서 검토하면 시비가 분명해진다. 평시조와 사설시조를 이러한 각도에서 비교해 볼 만한다. 평시조는 사설시조에 비해서 구조가 단순하여 한 가지 정서로만 이루어져 있는 편이다. 그런데 사설시조는 평시조의 단순한 구조를 파괴하면서 시가 한 가지 정서로만 이루어져 있을 수는 없고, 가냘프고 가여운 생각과 무지막지한 행동이라고 할 수 있는 것을 선명하게 대조하면서 함께 엮어 놓았다. (가)와 (나)는 사설시조의 그러한 특성을 나타내는 적절한 예이다.

사설시조의 중용을 거부한 부조화는 민요에서도 확인된다. 슬픈 민요는 해학을 함께 지니고 있어서 해학으로 슬픔을 차단한다. 이와 같은 정서의 부조화는 조선 후기 평민문학의 일반적인 성격이라고까지 말할 수 있다. 정서의 부조화는 작품의 파탄을 초래하지 않고 작품의 구조가 한층 더 역동적이게 하면서 삶의 모순을 생생하게 나타내는 구실을 한다. 한 가지 정서를 격조 높게 표현하는 것이 양반의 미의식에서 나온 것이라면, 정서의 부조화가 삶의 실상을 충실하게 표현하는 것이라고 하는 것은 평민의 미의식이라 할 만하다.

# 상춘곡

## 정극인
### 丁克仁

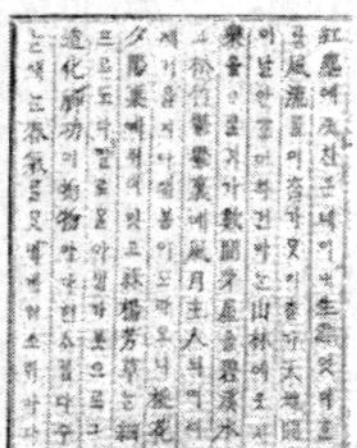

**정극인 필적**

조선 전기의 문신학자 정극인(1401~1481)은 경기도 광주 출신으로 본관은 영성(靈城)이고 자는 가택(可宅), 호는 불우헌(不憂軒)이라고 하였다. 1437년 세종이 흥천사(興天寺)를 중건하기 위하여 대토목공사를 일으키자 태학생을 이끌고 그 부당함을 항소하다가 왕의 진노를 사 북도(北道)로 귀양을 갔다. 그 뒤 풀려나 태인으로 내려가 초사(草舍)를 짓고 불우헌이라 명명, 자호 또한 이를 사용하였다. 불우헌에서 향리자제를 모아 가르치고 향약계축(鄕約契軸)을 만들어 풍교(風敎)에 힘쓰다가 문종 때 다시 관직을 맡았으나, 1455년 단종이 세조에게 선위하자 전주부교수참진사직을 사임하고 태인으로 돌아갔다. 그 해 12월 다시 출사하여 약 10년 간 성균관주부 등을 역임하고 69세 때 태인현 훈도로 있다가 사간원헌납으로 다시 옮겼고 조산대부행사간원정원으로 특승되었다. 그러나 이를 사양하고 귀향하여 후진양성에 힘썼다. 1472년 향리 자제를 교회(敎誨)한 공으로 3품산관의 은영(恩榮)이 내리자 이에 감격, 「불우헌가」 「불우헌곡」을 지어 이를 송축하였다. 비록 환로의 영달은 없었으나 선비로서의 지개와 풍도를 고수하였고, 안빈낙도하면서 81세로 죽었다. 문학에도 특출한 재능을 보여 최초의 가사 작품 「상춘곡(賞春曲)」과 단가 「불우헌가」, 한림별곡체의 「불우헌가」 등을 지어 한국시가사에 공헌하였다.

「상춘곡(賞春曲)」의 저작연대는 정확하지 않다. 전장 79구로 작자가 벼슬을 사양한 후 태인에 돌아와 자연에 묻혀 살 때 지은 것으로, 속세를 떠나 자연에 몰입하여 봄을 완상하고 인생을 즐기는 지극히 낙천적인 노래이다. 내용은 서사·춘경·상춘·결사 4단락으로 구성되었는데, 내용 전개에 있어서 풍월주인(風月主人), 가려춘경(佳麗春景), 소요음영(逍遙吟詠), 산수구경, 음주자적(飮酒自適), 등고부감(登高俯瞰), 수분행락(守分行樂)과 같은 장면 배합이 잘 되어 한결 상춘의 흥취를 고양(高揚)시키고 있다. 조사법(措辭法)이 자연스럽고 표현기교 또한 아려(雅麗)해서 양반가사 중 일품으로 꼽힌다.

이 가사는 그간 사적 고찰은 물론 작가 연구, 내용 및 형식 분석, 문체 연구 등 다방면에 걸쳐 활발히 연구되어 왔다. 그 결과 몇 가지 문제가 제기되어 학계의 논란을 불러일으켰다. 그것은 우선 이 가사의 사적 위치 문제이고, 다음은 작자의 문제이다. 전자는 이 가사가 종전의 학설대로 가사문학의 효시라고 볼 수 없다는 것인데, 최초의 작품으로서는 그 형식이 너무나 정제되어 있다는 점과 어사(語辭)가 15세기의 것이 아니라는 것을 근거로 들고 있다. 때문에 이병기(李秉岐), 정병욱(鄭炳昱) 등은 고려 말 나옹화상(懶翁和尙)의 작으로 알려진 「서왕가(西往歌)」를 그 효시로 추정하기도 한다. 그리고 작자 문제에 있어서 임진왜란 전후의 문헌적 방증이 없고, 구사된 시어들이 정극인의 다른 시문에서는 찾아볼 수 없으며, 언어적 표현 또한 조선 초기의 것이 아니라는 점 등을 들어 정극인이 직접 창작했다는 사실에 의문을 제기하고 있다. 그러나 「상춘곡」의 내용이 『불우헌집(不憂軒集)』의 행장과 시문에 부합되고 제작 당시로 추정되는 1470년 작자가 70세 되는 해

에 귀향할 때의 귀거래사적 심정과 그 사의(詞意)가 어울리며,
『불우헌집』의 사료적 신빙성도 충분하다는 점에서 종래 정극인의
제작설이 재확인되고 있다. 어쨌든 이 작품은 대우법을 사용한 구
성의 묘라든지 자연찬미의 선명한 주제, 유연한 율조와 우아한 풍
류미 등으로 후세 가사문학에 지대한 영향을 미쳤을 것으로 보아
그 가치는 높이 평가받아 마땅하다.


### 작품 읽기


(가) 紅塵(홍진)[1]에 뭇친 분네 이 내 生涯(생애) 엇더ᄒᆞᆫ고,
넷 사름 風流(풍류)를 미출가 못 미출가.
天地間(천지간) 男子(남자) 몸이 날만ᄒᆞᆫ 이 하건마는,
山林(산림)에 뭇쳐 이셔 至樂(지락)을 ᄆᆞᄅᆞᆯ 것가.
數間茅屋(수간모옥)을 碧溪水(벽계수) 앏픠 두고,
松竹(송죽) 鬱鬱裏(울울리)예 風月主人(풍월주인) 되여셔라.
엇그제 겨을 지나 새봄이 도라오니,
桃花杏花(도화행화)ᄂᆞᆫ 夕陽裏(석양리)예 피여 잇고,
綠楊芳草(녹양방초)ᄂᆞᆫ 細雨中(세우중)에 프르도다.
칼로 몰아 낸가, 붓으로 그려 낸가,
造化神功(조화신공)이 物物(물물)마다 헌ᄉᆞ롭다.
수플에 우는 새는 春氣(춘기)를 못내 계워 소리마다 嬌態
(교태)로다.
物我一體(물아일체)어니, 興(흥)이이 다룰소냐.
柴扉(시비)예 거러 보고, 亭子(정자)애 안자 보니,
逍遙吟詠(소요음영)ᄒᆞ야[2], 山日(산일)이 寂寂(적적)ᄒᆞᆫ디,
閒中眞味(한중진미)를 알 니 업시 호재로다.


정극인

이바 니웃드라, 山水(산수) 구경 가쟈스라.
踏靑(답청)으란3) 오늘 ㅎ고, 浴沂(욕기)란4) 내일 ㅎ새.
아춤에 採山(채산)ㅎ고, 나조히 釣水(조수)ㅎ새.
ᄀᆞᆺ 괴여 닉은 술을 葛巾(갈건)으로 밧타 노코,
곳나모 가지 것거, 수 노코 먹으리라.
和風(화풍)이 건듯 부러 綠水(녹수)를 건너오니,
淸香(청향)은 잔에 지고, 落紅(낙홍)은 옷새 진다.
樽中(준중)이 뷔엿거든 날ᄃᆞ려 알외여라.
小童(소동) 아ᄒᆡᄃᆞ려 酒家(주가)에 술을 믈어,
얼운은 막대 집고, 아ᄒᆡᄂᆞᆫ 술을 메고,
微吟緩步(미음완보)ㅎ야 시냇ᄀᆞ의 혼자 안자,
明沙(명사) 조흔 믈에 잔 시어 부어 들고,
淸流(청류)를 굽어보니, 떠오ᄂᆞ니 桃花(도화)ㅣ로다.
武陵(무릉)이 갓갑도다, 져 ᄆᆡ이 긘 거인고.
松間(송간) 細路(세로)에 杜鵑花(두견화)를 부치 들고,
峰頭(봉두)에 급피 올나 구름 소긔 안자 보니,
千村萬落(천촌만락)이 곳곳이 버러 잇ᄂᆡ.
煙霞日輝(연하일휘)5)는 錦繡(금수)를 재폇ᄂᆞᆫ 듯.
엇그제 검은 들이 봄빗도 有餘(유여)홀샤.
功名(공명)도 날 끠우고, 富貴(부귀)도 날 끠우니,
淸風明月(청풍명월) 外(외)예 엇던 벗이 잇ᄉᆞ올고.
單瓢陋巷(단표누항)6)에 훗튼 혜음 아니 ㅎᄂᆡ.
아모타, 百年行樂(백년행락)이 이만ᄒᆞᆫ들 엇지ㅎ리.


티끌과 같은 세상에 묻혀 사는 분들이여, 나의 살아가는 모습이 어떠합니까,

나의 살아가는 모습이 옛 사람의 운치 있는 생활을 따르겠습니까

못 따르겠습니까.

세상에 남자로 태어나서 나와 같이 산속에 묻혀 살아가는 사람이 많건만,

어찌하여 그 사람들은 나와 같이 산림에 묻혀 있으면서 자연의 지극한 즐거움을 누릴 줄 모르는 것인가.

두어 칸 되는 초가집을 맑은 시냇가에 지어 놓고,

소나무와 대나무가 울창한 속에 자연의 주인이 되었도다.

엊그제 겨울이 지나가고 새 봄이 돌아오니,

복숭아꽃과 살구꽃은 저녁 때 햇볕 속에 피어 있고,

푸른 버들과 향기로운 풀은 가랑비가 내리는 속에 푸르도다.

칼로 도려냈는가, 붓으로 그려냈는가,

조물주의 신령스런 창조의 솜씨가 온갖 사물마다 야단스럽게 나타나 있구나.

수풀에서 지저귀는 새는 봄의 흥겨움을 이기지 못하여 그 소리마다 애교 떠는 모습이로구나.

자연과 내가 완전히 하나가 되니 나의 흥인들 자연과 다르겠는가.

그래서 흥을 못 이겨 사립문까지 걸어도 보고 정자에 앉아 보기도 하며,

또 천천히 거닐면서 시를 읊조리며 지내는 산속에서의 하루하루가 고요하고 무료한데,

한가한 가운데 느끼는 참된 자연의 맛을 아는 사람이 없이 나 혼자뿐이로구나.

여보 이웃 사람들이여, 산수 구경 갑시다.

푸른 풀을 밟으며 들을 산책하는 답청놀이는 오늘 하고, 냇가에서 물놀이하는 것은 내일 하세.

아침에는 산에서 나물 뜯고, 저녁 나절에는 강에서 물고기를 낚읍시다.



정극인

이제 막 익은 술을 갈포 두건으로 걸러 놓고,

꽃나무 가지를 꺾어 산가지 삼아 계산을 해가면서 술잔을 기울이리라.

온화한 봄바람이 산들산들 불어 푸른 시내를 건너오니,

맑은 꽃향기는 술잔에 가득히 어리고, 떨어지는 붉은 꽃잎은 옷에 떨어진다.

술통이 비었거든 나에게 말하여라.

그러면 조그만 아이를 시켜 술집에 술이 있는가 물어 술을 받아서는,

어른은 지팡이를 짚고 아이는 술통을 메고,

나직이 시를 읊조리며 천천히 걸어서 시냇가에 혼자 앉아서,

깨끗한 모래 사장 떠오는 맑은 물에 술잔을 씻어 술을 부어 들고,

맑은 시냇물을 굽어보니, 떠오는 것이 복숭아꽃이로구나.

그러고 보니 무릉도원이 가까운가 보구나 아마도 저 들판이 그 선경인가.

소나무숲 사이 오솔길에 진달래꽃을 나부끼게 들고,

산봉우리 위에 급히 올라 높은 곳에 앉아서 바라보니,

많은 촌락이 여기저기 벌여 있네.

안개와 놀과 빛나는 햇살로 채색된 아름다운 자연은 마치 수놓은 비단을 다시 펼쳐 놓은 듯하다.

엊그제까지 검던 겨울 들판이었는데 벌써 봄빛이 가득히 넘쳐 있구나.

꽁리와 명예도 나를 꺼려하고 부키도 나를 싫어하니,

맑은 바람과 밝은 달, 이와 같은 아름다운 자연 이외에 어떤 친구가 있겠는가.

한 소쿠리의 밥을 먹고 한 병의 물을 마시는 가난한 생활 속에서도 흩어진 속세의 생각을 하지 않네.



상춘곡

아무튼 한평생을 자연과 더불어 즐겁게 지내는 것이 이만하면 어떠하겠는가.

(「상춘곡」 전문)

---

**어휘풀이**  1) 紅塵(홍진) : 번거롭고 속된 세상.
  2) 逍遙吟詠(소요음영)ᄒ야 : 나직이 시를 읊조리며 거닐어.
  3) 踏靑(답청)으란 : 새봄에 파랗게 난 풀을 밟고 교외를 산보하는 일은.
  4) 浴沂(욕기)란 : 맑은 냇물에 목욕하고 노는 일은(공자가 제자들에게 포부를 물었을 때, 증점만이 정치적 야심 대신에 기수(沂水)에 목욕하는 등 자연을 완상하고 싶다고 대답했다고 한다).
  5) 煙霞日輝(연하일휘) : 안개와 놀과 빛나는 햇살은, 곧 자연의 아름다운 경치를 말한다.
  6) 單瓢陋巷(단표누항) : 소박한 시골 살림. '단표'는 '일단식일표음(一單食一瓢飮)'의 준말로 '한 바리의 밥과 한 표주박의 물'을 나타내고, '누항'은 누추한 거리를 뜻한다.


(나) 천운대(天雲臺) 돌아들어 완락재(玩樂齋) 소쇄(瀟灑)한데
    만권 생애(萬卷生涯)로 낙사(樂事) 무궁(無窮)하여라.
    이 중에 왕래 풍류(往來風流)를 일러 무엇할꼬.

    뇌정(雷霆)이 파산(破山)하여도 롱자(聾者)는 못 듣나니,
    백일(白日)이 중천(中天)하여도 고자(瞽者)는 못 보나니,
    우리는 이목총명남자(耳目聰明男子)로 롱고(聾瞽) 같지 말으리.

    고인(古人)도 날 못 보고 나도 고인 못 뵈,
    고인을 못 봐도 녀던 길 앞에 있네.
    녀던 길 앞에 있거든 아니 녀고 어떨꼬.

**134**

정극인

당시(當時)에 녀던 길을 몇 해를 버려 두고,
어디 가 다니다가 이제야 돌아온고.
이제야 돌아오나니 딴 데 마음 말으리.

청산(靑山)은 어찌하여 만고(萬古)에 푸르르며,
유수(流水)는 어찌하여 주야(晝夜)에 궂지 아니난고.
우리도 그치지 말아 만고상청(萬古常靑)하리라.

우부(愚夫)도 알려 하거니 그 아니 쉬운가.
성인(聖人)도 못 다 아시니 그 아니 어려운가.
쉽거나 어렵거나 중에 늙은 줄을 몰라라.

(이황, 「도산십이곡」 후육곡)

통합형 문·답

(가)와 (나) 두 작품에서 시적 자아가 인생에서 궁극적으로 추구하고자 하는 바는 서로 다르다고 할 수 있다. 각 작품에서 작자가 추구하고자 하는 것은 무엇인가를 확인하고 실제 개인의 삶 속에서 이 둘이 조화를 이룰 수 있는 방법에 대해 생각해 보자.

　(나) 글에서 작자는 자연경관에서 일어나는 감흥을 통해 학문 수양에 정진할 것을 강조하며 이것에 높은 가치를 부과하고 있다. 자연이 자연 그 자체로 즐거움을 주기도 하지만 무엇보다 인격의 완성을 추구하는 데 좋은 본보기가 된다고 여기고 있다. 반면 (가) 글의 작자는 자연에 묻혀 봄 기운과 풍경을 즐기면서 이에

안빈낙도(安貧樂道)하고자 한다. 여기서 (나)와 같은 수양과 학문에의 정진 욕구를 느끼기는 어렵다. 물론 (가)와 (나)의 글 모두 유교적 이념을 그 바탕으로 하고 있다는 공통점을 가지고 있긴 하지만 그것이 궁극적으로 추구하는 바는 이처럼 다르다.

그런데 우리가 삶을 살아가면서 이 두 가지 중 어느 하나만을 추구한다는 것은 매우 불합리한 일이라 할 수 있다. 오로지 학문 수양에만 집중한 나머지 삶의 여러 즐거움을 느끼지 못한 채 실제 삶과 멀어지는 것은 바람직하지 못하며, 또 한편으로 자연의 수려함에 탐닉하여 그것에만 집착하는 삶 또한 그릇된 것이라 할 수 있다. 대상의 즐거움을 누리면서 자신의 자아 완성에 힘쓰는 삶이야말로 가치 있는 삶일 것이다.

일찍이 고대 중국의 철학자 공자는 '사민이시(使民以時)'라는 말을 하였다. 덕(德)에 의한 통치를 주장한 그는 국가를 다스림에 있어서 백성을 때에 맞춰 적절하게 부려야 한다고 하였다. 백성의 입장으로는 '사민(使民)'하는 것이 매우 싫은 일일 수 있지만 그것을 시의에 맞게 행한다면 전혀 문제될 것이 없다는 것을 강조하고 있는 것이다. 이처럼 그것이 어떠한 것이든 그 상황과 시간에 적절한 것이라면 그렇지 않은 경우와는 전혀 다른 결과를 얻게 된다.

사람이 인생을 살아가는 데 있어서도 마찬가지다. 한동안은 여타의 것에 대해 관심을 끊고 오로지 학문에 정진해야 할 시기가 있는 것이고 반대로 어떠한 때에는 인생의 흥을 즐길 시간도 필요하다. 이 두 가지를 삶에 적절하게 배열하는 것은 매우 중요하다. 따라서 우리에게는 우선 삶 자체를 근시안적으로 보지 말고 좀더 넓고 포괄적으로 바라보는 지혜가 필요하다. 과연 현재가 자신에게 있어서 어떠한 의미를 갖는 시간인지를 전체 삶 속에서 적절하게 이해하는 것이 선행되어야 하기 때문이다. 이러한 판단


정 극 인

이 있은 후에는 그 판단에 맞추어 절제된 삶의 태도와 절도 있는
생활을 하여야 할 것이다. 만약 이러한 것을 제대로 알지 못하고
생활을 한다면 삶은 점차 황폐해지고 그 의미를 찾기 힘들게 될
것이다.

# 사미인곡/속미인곡

## 정 철
### 鄭 澈

**정철 시비**

조선 중기의 문인이자 정치가 정철(1536~1593)은 서울 출생으로 호는 송강(松江)이며 돈녕부판관 유침(惟沈)의 아들로 태어났다. 10세 되는 해인 1545년 을사사화에 계림군이 관련되자 그 일족으로서 화를 입어 아버지는 유배당하였으며 그 또한 관북(關北), 정평(定平), 연일 등의 유배지를 따라 다녔다. 1551년 아버지가 귀양살이에서 풀려나자 할아버지 산소가 있는 담양 창평 당지산(唐旨山) 아래로 이주하게 되고 이곳에서 과거에 급제할 때까지 10년 간을 보내게 되었다. 이때 임억령에게 시를 배우고, 김인후·송순·기대승에게 학문을 배웠으며, 이이·성혼·송익필 같은 유학자들과 친교를 맺었다. 1561년 26세 나이로 진사시 1등을 하였고, 이듬해 별시문과에 장원급제하였다. 1580년 강원도 관찰사가 되었는데 이때 「관동별곡」「훈민가」 16수를 지어 시조와 가사문학의 대가로서의 재질을 발휘하였다. 이후 예조판서로 승지하기도 하였으나 탄핵을 받아 고향인 창평으로 돌아가 은거생활을 하였으며 이곳에서 「사미인곡」「속미인곡」「성산별곡」 등의 가사와 시조, 한시 등 많은 작품을 지었다. 이후 강화의 송정촌(松亭村)에서 지내다가 58세로 죽었다. 작품으로는 「관동별곡」「사미인곡」「속미인곡」「성산별곡」 등 4편의 가사와 시조 107수가 전해진다.

「사미인곡(思美人曲)」은 1588년(선조 21년)에 지어졌으며 『송강집(松江集)』『송강가사(松江歌辭)』『문청공유사(文淸公遺詞)』 등에 실려 전하고 있다. 정철은 50세 되던 1585년 8월에 당파싸움으로 인해 사헌부와 사간원의 논척을 받고, 고향인 창평(昌平)에 은거한다. 이때 임금을 사모하는 정을 한 여인이 그 남편을 생이별하고 연모하는 마음에다 기탁하여 자기의 충절과 연군의 정을 고백한 것으로, 고신연주(孤臣戀主)의 지극한 정을 유려한 필치로 묘사하였다. 2음보 1구로 계산하여 전체 126국이다. 음수율에서는 3·4조가 주조를 이루며, 2·4조, 3·3조, 4·4조, 5·5조, 5·3조 등도 나타난다.

「사미인곡」의 구성은 서사(緒詞), 춘원(春怨), 하원(夏怨), 추원(秋怨), 동원(冬怨), 결사(結辭) 등의 여섯 단락으로 짜여져 있다. 서사에서는 조정에 있다가 창평으로 퇴거한 자신의 위치를 광한전(廣寒殿)에서 하계(下界)로 내려온 것으로 대우(對偶)하였다. 춘원에서는 봄이 되어 매화가 피자 임금께 보내고 싶으나 임금의 심정 또한 어떤 것인지 의구하는 뜻을 읊었다. 하원에서는 화려한 규방을 표현해 놓고, 이런 것들도 임께서 계시지 않으니 공허할 뿐임을 노래하였다. 추원에서는 맑고 서늘한 가을철을 묘사하고 그 중에서 청광(淸光)을 임금께 보내어 당쟁에 얽힌 세상에 골고루 비치게 하고 싶은 마음을 토로하였다. 동원에서는 기나긴 겨울밤에 독수공방(獨守空房)하면서 꿈에나 임을 보고자 하여도 잠들 수 없음을 표현하였다. 결사에서는 임을 그리워한 나머지 살아서는 임의 곁에 갈 수 없다고 생각하여 차라리 죽어서 벌나비가 되어 꽃나무에 앉았다가 향기를 묻혀 임께 옮기겠다고 읊었다. 전편을 통하여 한 여성의 독백으로 되어 있고, 여성적인 행위, 정조(情

調), 어투, 어감 등을 봄, 여름, 가을, 겨울에 맞는 소재를 빌려 작자의 의도를 치밀하게 표현하였다. 사용된 시어나 정경의 묘사 또한 비범한 것으로 높이 칭송되고 있다. 그러므로 홍만종(洪萬宗)은 『순오지(旬五志)』에서 「사미인곡」을 가리켜 '가히 제갈공명의 출사표에 비길 만하다(可與孔明出師表爲佰仲着也)'고 하였다. 김만중(金萬重)은 그의 『서포만필(西浦漫筆)』에서 이의 속편이라고 한 「속미인곡(續美人曲)」「관동별곡(關東別曲)」과 함께 '동방의 이소요, 자고로 우리 나라의 참된 문장은 이 세 편뿐이다(松江先生 鄭文淸公 關東別曲 前後思美人歌 乃我東之離騷 …… 自古左海眞文章 只此三編)'라고 절찬한 바 있다. 『동국악보(東國樂譜)』에서 '영중의 백설(郢中之白雪)'이라고 한 「사미인곡」은 굴원(屈原)의 초사(楚辭) 중 「사미인」을 모방하여 지었다고도 하나 내용에 있어 유사한 점이 많기는 하지만 한 구절의 인용도 없고 오히려 표현기교는 훨씬 뛰어나 「사미인」을 능가하는 작품이라 하겠다.

또한 후대에 이르러 「사미인곡」을 본받아 비슷한 주제와 내용을 가진 작품들이 나타나는데, 정철의 「속미인곡」을 비롯하여 김춘택(金春澤)의 「별사미인곡(別思美人曲)」, 이진유(李眞儒)의 「속사미인곡(續思美人曲)」, 양사언(楊士彦)의 「미인별곡(美人別曲)」 등이 이에 해당한다. 이들 작품은 모두 정철의 전후 미인곡과 같이 충군(忠君)의 지극한 정을 읊은 것으로 정철의 작품을 모방하여 지은 것이다.

이 중 「속미인곡(續美人曲)」은 정철이 50세 즈음에(1585) 지은 작품으로 역시 『송강가사(松江歌辭)』에 수록되어 있으며, 내용전개가 대화체로 되어 가사문학 구성에 있어 새로운 면을 보여 준다. 4음보 1행의 48행으로 이루어진 「속미인곡」은 서두에서 갑녀(甲女)로 표시할 수 있는 시중의 한 화자가 '예 가는 뎌 각시 본 듯도 혼뎌이고'라고 하는 대화체로 시작한다. 이러한 대화체의 가사에 있어서 갑·을녀는 각기 작자 자신의 분신이면서 작자가 의도하는 바를 보다 효과적으로 표현하기 위해 등장시킨 인물들이라 할 수 있다. 이 경우, 갑녀는 을녀의 하소연을 유도하며 더욱 극적이고 효과적으로 가사의 종결을 짓게 하는 구실을 하고 있다.

「속미인곡」은 제목에 속자가 있어 같은 작자가 지은 「사미인곡」의 속편으로만 생각되는 면도 있으나 그보다는 다른 측면에서 임을 그리워하는 심정을 읊었으며 그 표현이나 작자의 자세에도 상당한 차이가 있다. 「사미인곡」은 평서체인 데 비하여 「속미인곡」은 대화체이며, 그 길이도 전자가 126구인 데 비하여 후자는 96구의 단형이다. 「사미인곡」이 임에게 정성을 바치는 것이 주라면 「속미인곡」은 자기의 생활이나 감정을 표현하는 것이 주이고, 전자가 사치스럽고 과장된 표현이 심한 데 비하여 후자는 소박하고 진실하게 자기의 심정을 표현하고 있다. 이렇게 보면 「속미인곡」은 「사미인곡」을 지을 때보다도 작자의 생각이 한결 더 원숙하였을 때 이루어진 것이라 볼 수 있다. 그리하여 김만중은 『서포만필』에서 정철의 '관동별곡'과 전후 미인곡은 우리 나라의 '이소(離騷)'라 할 만하며, 그 중에도 「속미인곡」이 더 고상하다고 하였다. 그 이유로는 「관동별곡」이나 「사미인곡」이 한자를 빌려 꾸몄기 때문이라 하였으나 한자를 빌려 꾸민 것 이외에 「속미인곡」의 표현이 그만큼 진솔하고도 간절하였기 때문이라 할 수 있다. 「속미인곡」은 이렇게 역대에 여러 사람들의 사랑을 입었을 뿐 아니라 한역(漢譯)도 이루어졌다. 정철의 가사문학사의 절정을 장식하는 회심작이라는 「속미인곡」은 이러한 한역을 통하여 단 하나 감상의 대상을 넓히게 되었다. 「속미인곡」은 「사미인곡」과 더불어 뒷날 연군(戀君)의 정서를 읊은 여러 가사의 시원 역할을 수행하며, 그 본보기로 활용되었다. 또한 이에 대한 연구도 많아 한국 가사문학 연구에 있어서도 큰 비중을 차지하고 있다.

(가) 이 몸 삼기실1) 제 님2)을 조차 삼기시니
　　 ᄒ성 緣分(연분)이며 하늘 모롤 일이런가
　　 나 ᄒ나 졈어 잇고 님 ᄒ나 날 괴시니3)
　　 이 ᄆᄋ음 이 ᄉ랑 견졸 ᄃ 노여 업다
　　 平生(평생)애 願(원)ᄒ요ᄃ ᄒᄃ 녜쟈 ᄒ얏더니
　　 늙기야 므ᄉ 일로 외오 두고 글이ᄂ고
　　 엇그제 님을 뫼셔 廣寒殿(광한전)4)의 올낫더니
　　 그더디 엇디ᄒ여 下界(하계)예 ᄂ려오니
　　 올 적의 비슨 머리 얼킈연디 三年(삼년)이라
　　 연지분 잇니마ᄂ 눌 위ᄒ야 고이 홀고
　　 ᄆᄋ음의 미친 실음 疊疊(첩첩)이 ᄊ혀 이셔
　　 짓ᄂ니 한숨이오 디ᄂ니 눈믈이라
　　 人生(인생)은 有限(유한)ᄒᄃ 시름도 그지업다
　　 無心(무심)ᄒ 歲月(세월)은 믈 흐르ᄃ ᄒᄂ고야
　　 炎凉(염냥)이 ᄤ를 아라 가ᄂ 듯 고려 오니
　　 듯거니 보거니 늣길 일도 하도 할샤
　　 東風(동풍)이 건듯 부러 積雪(젹셜)을 헤텨 내니
　　 窓(창) 밧긔 심근 梅花(매화) 두세 가지 피여셰라
　　 ᄀ득 冷淡(냉담)ᄒᄃ 暗香(암향)5)은 므ᄉ 일고
　　 黃昏(황혼)의 둘이 조차 벼 마터 빗최니
　　 늣기ᄂ 듯 반기ᄂ 듯 님이신가 아니신가
　　 뎌 梅花(매화) 것거 내여 님 겨신 ᄃ 보내오져
　　 님이 너를 보고 엇더라 너기실고
　　 곳 디고 새 닙 나니 綠陰(녹음)이 ᄭᆯ렷ᄂ디
　　 羅幃(나위) 寂寞(적막)ᄒ고, 繡幕(수막)6)이 뷔여 잇다

芙蓉(부용)[7]을 거더 노코, 孔雀(공작)을 둘러 두니
ㄱ득 시름 한디 날은 엇디 기돗던고
鴛鴦錦(원앙금) 버혀 노코, 五色線(오색선) 플텨 내여
금자히 견화이셔 남의 옷 지어 내니
手品(수품)은 크니와[8] 制度(제도)도 ㄱ줄시고
珊瑚樹(산호수) 지게 우히 白玉函(백옥함)의 다마 두고
님의게 보내오려 님 겨신 디 브라보니
山(산)인가 구롬인가 머흐도 머흘시고
千里萬里(천리만리) 길흘 뉘라서 츠자갈고
니거든 여러 두고 날인가 반기실가
ㅎㄹ밤 서리김의 기러기 우러 녤 제
危樓(위루)에 혼자 올나 水晶簾(수정념) 거든말이
東山(동산)의 둘이 나고, 北極(북극)의 별이 뵈니
님이신가 반기니, 눈물이 절로 난다
淸光(청광)을 쥐여 내여 鳳凰樓(봉황루)의 븟티고져
樓(루) 우히 거러 두고 八荒(팔황)[9]의 다비최여
深山窮谷(심산궁곡) 졉낫ㄱ티 밍ㄱ쇼셔
乾坤(건곤)이 閉塞(폐색)ㅎ야 白雪(백설)이 흔 빗친 제
사롬은 크니와 늘새도 긋쳐 잇다
瀟湘南畔(소상남반)[10]도 치오미 이러커든
玉樓高處(옥루고처)야 더욱 닐너 므슴ㅎ리
陽春(양춘)을 부쳐 내여 님 겨신 디 쏘이고져
茅簷(모첨) 비쵠 히룰 玉樓(옥루)의 올리고져
紅裳(홍상)을 니믜 츠고 翠袖(취수)룰 半(반)만 거더
日暮脩竹(일모수죽)[11]의 혬가림도 하도 할샤
댜룬 히 수이 디여 진 밤을 고초 안자
靑燈(청등) 거른 겻틱 鈿箜篌(전공후) 노하 두고

꿈의나 님을 보려 툭 밧고 비겨시니
鴦衾(앙금)도 초도 출샤 이 밤은 언제 샐고
흐른도 열두 때 흔 둘도 셜흔 날
져근덧 싱각 마라, 이 시름 닛쟈 흐니
ᄆ음의 미쳐 이셔 骨髓(골수)의 깨텨시니
扁鵲(편작)이 열히 오나 이 병을 엇디 흐리
어와 내 병이야 이 님의 타시로다
출하리 싀어디여 범나븨 되오리라
곳나모 가지마다 간디 죡죡 안니다가
香(향) 므든 늘애로 님의 오시 올므리라
님이야 날인 줄 모르셔도 내 님 조츠려 흐노라
(「사미인곡」 전문)

---

 1) 삼기실 : 생겨날.
2) 님 : 여기서는 '선조(宣祖)'를 가리킨다.
3) 괴시니 : 사랑하시니.
4) 廣寒殿(광한전) : 달 속에 있다는 궁전, 여기서는 대궐을 가리킨다.
5) 暗香(암향) : 그윽한 향기, 매화의 속성을 이르는 말로 이 글에서는
충정(衷情)을 나타낸다.
6) 繡幕(수막) : 수놓은 장막(둘러치는 막).
7) 부용 : 연꽃을 그린 방장, 부용장.
8) 手品(수품)은 ㅋ니와 : 솜씨는 물론이거니와.
9) 八荒(팔황) : 온세상.
10) 소상남반 : 소상강 남쪽 언덕, 여기서는 기후가 따뜻한 전라도 '창
평'을 이른다.
11) 日暮脩竹(일모수죽) : 해가 저물 무렵 긴 대나무에 의지함.

(나) 뎨 가는 뎌 각시 본 듯도 ᄒᆞ뎌이고
天上白玉京(텬샹ᄇᆡᆨ옥경)[1]을 엇디ᄒᆞ야 離別(니별)ᄒᆞ고
ᄒᆡ 다 뎌 뎌믄 날의 눌을 보라 가시ᄂᆞᆫ고
어와 네여이고[2] 이 내 ᄉᆞ셜 드러 보오
내 얼굴 이 거동이 님 괴얌즉 ᄒᆞᆫ가마ᄂᆞᆫ
엇딘디 날 보시고 네로다 녀기실ᄉᆡ
나도 님을 미더 군 ᄯᅳ디 젼혀 업서
이러야[3] 교틱야 어ᄌᆞ러이 ᄒᆞ돗썬디
반기시ᄂᆞᆫ 눗비치 녜와 엇디 다ᄅᆞ신고
누어 싱각ᄒᆞ고 니러 안자 헤여ᄒᆞ니
내 몸의 지은 죄 뫼ᄀᆞ티 ᄡᅡ혀시니
하ᄂᆞᆯ히라 원망ᄒᆞ며 사ᄅᆞᆷ이라 허믈ᄒᆞ랴
셜워 플텨 헤니 造物(조믈)의 타시로다
글란 싱각 마오 ᄆᆡ친 일이 이셔이다
님을 뫼셔 이셔 님의 일을 내 알거니
믈 ᄀᆞᄐᆞᆫ 얼굴이 편ᄒᆞ실 적 몃 날일고
春寒苦熱(츈한고열)[4]은 엇디ᄒᆞ야 디내시며
秋日冬天(츄일동텬)[5]은 뉘라셔 뫼셧ᄂᆞᆫ고
粥早飯朝夕(쥭조반죠셕) 뫼 녜와 ᄀᆞ티 셰시ᄂᆞᆫ가
기나긴 밤의ᄌᆞᆷ은 엇디 자시ᄂᆞᆫ고
님다히 消息(쇼식)을 아므려나 아쟈 ᄒᆞ니
오늘도 거의로다. 닉일이나 사ᄅᆞᆷ 올가
내 ᄆᆞᄋᆞᆷ 둘 ᄃᆡ 업다 어드러로 가쟛 말고
잡거니 밀거니 놉픈 뫼희 올라가니
구롬은 ᄏᆞ니와 안개ᄂᆞᆫ 므스일고
山川(산쳔)이 어둡거니 日月(일월)을 엇디 보며
咫尺(지쳑)을 모ᄅᆞ거든 千理(쳔리)ᄅᆞᆯ 브라보랴

출하리 믈ᄀ의 가 비 길히나 보쟈 ᄒ니
ᄇ람이야 믈결이야 어둥졍 된뎌이고
샤공은 어디 가고 뷘 ᄇ만 걸렷ᄂ니
江天(강텬)6)의 혼쟈 셔셔 디ᄂ 히ᄅ 구버보니
님다히 消息(쇼식)이 더욱 아득ᄒ뎌이고
茅簷(모첨) 촌 자리의 밤듕만 도라오니
半壁靑燈(반벽쳥등)7)은 늘 위ᄒ야 불갓ᄂ고
오ᄅ며 ᄂ리며 헤ᄯᅳ며 바자니니
져근덧 力盡(녁진)ᄒ야 픗ᄌᆷ을 잠간 드니
精誠(졍셩)이 지극ᄒ야 ᄭᅮ믜 님을 보니
玉(옥) ᄀ튼 얼굴이 半(반)이나마 늘거셰라
ᄆᆞ음의 머근 말ᄉᆷ 슬ᄏ장 ᄉᆞ쟈 ᄒ니
눈믈이 바라 나니 말인들 어이 ᄒ며
情(졍)을 못다ᄒ야 목이조차 몌여ᄒ니
오뎐된8) 鷄聲(계셩)의 ᄌᆷ은 엇디 ᄭᅢ돗던고
어와 虛事(허ᄉ)로다. 이 님이 어디 간고
결의 니러 안자 窓(창)을 열고 ᄇ라보니
어엿븐 그림재 날 조촐 ᄲᅮ니로다
출하리 싀여디여 落月(낙월)이나 되야이셔
님 겨신 窓(창) 안히 번드시 비최리라
각시님 ᄃ리야ᄏ니와9) 구ᄌᆫ 비나 되쇼셔

(「속미인곡」 전문)

---

**어휘풀이**  1) 白玉京(백옥경) : 도가(道家)에서 이르는 옥황상제(玉皇上帝)가 있다는 곳. 여기서는 임금이 있는 서울이나 대궐을 가리킨다.
2) 네여이고 : 너로구나. '여이고'는 감탄형이다.
3) 이리야 : 아양이야. 재롱이야. 어리광이며. '-야'는 감탄의 뜻을 지


정철

닌 접속 조사.

4) 春寒苦熱(춘한고열) : 이른 봄의 추위와 여름철의 괴로운 더위.

5) 秋日冬天(추일동천) : 가을과 겨울 날씨. 가을과 겨울의 추위.

6) 江天(강천) : 툭 터진 강가.

7) 半壁靑燈(반벽청등) : 벽 가운데 달린 등불. '靑燈'은 본디 '靑紗燈籠(청사등롱)'의 준말이나, 여기서는 '푸른 등불'이라는 뜻이다.

8) 오뎐된 : 방정맞은. 경망한. 기본형은 '오뎐되다'이다.

9) 돌이야ㅋ니와 : 달은커녕. 달은 고사하고. '-이야ㅋ니와'는 합성조사이다(이야 + ㅋ니와).

(다) 송강의 관동별곡, 전후 사미인가는 우리 나라의 이소(離騷)이나, 그것은 문자로써는 쓸 수가 없기 때문에 오직 악인(樂人)들이 구전하여 서로 이어받아 전해지고 혹은 한글로 써서 전해질 뿐이다. 어떤 사람이 칠언시로써 관동별곡을 번역하였지만, 아름답게 될 수가 없었다. 혹은 택당(澤堂)이 소시(少時)에 지은 작품이라고 하지만, 옳지 않다.

구마라습이 말하기를, "천축인의 풍속은 가장 문채(文彩)를 숭상하여 그들의 찬불사(讚佛詞)는 극히 아름답다. 이제 이를 중국어로 번역하면 단지 그 뜻만 알 수 있지, 그 말씨는 알 수 없다." 하였다. 이치가 정녕 그럴 것이다.

사람의 마음이 입으로 표현된 것이 말이요, 말의 가락이 있는 것이 시가문부(詩歌文賦)이다. 사방의 말이 비록 같지는 않더라도 진실로 말할 수 있는 사람이 각각 그 말에 따라서 가락을 맞춘다면, 다같이 천지를 감동시키고 커신을 통할 수가 있는 것은 유독 중국만이 그런 것은 아니다. 지금 우리 나라의 시문은 자기 말을 버려 두고 다른 나라 말을 배워서 표현한 것이니, 설사 아주 비슷하다 하더라도 이는 단지 앵무새가 사람의 말을 하는 것이다. 여염집 골목길에서 나무꾼이나 물 긷는 아낙네들이 에야디야 하며 서로 주고받는 노래가 비록 저속하다 하여도 그 진가(眞假)를 따진다면, 정녕 학사 대부들의 이른 바 시부(詩賦)라고 하는 것과 같은 입장에서 논할 수는 없다.

하물며, 이 삼별곡(三別曲)은 천기(天機)의 자발(自發)함이 있고, 이속(吏俗)의 비리(鄙俚)함도 없으니, 자고로 좌해(左海)의 진문장은 이 세 편뿐이다. 그러나 세 편을 가지고 논한다면, 후미인곡이 가장 높고 관동별곡과 전미인곡은 그래도 한자어를 빌어서 수식을 했다.

(김만중, 『서포만필』 중에서)

통합형 문·답

**1** 「사미인곡」은 조선 전기의 작품이다. 이 당시 창작의 담당자였던 사대부 계층은 표면적인 정신적 이념으로 철저하게 성리학을 표방했다고 할 수 있다. 그런데 「사미인곡」을 살펴보면 실제 생활의 측면에서는 불교라는 이질적 사상을 드러내고 있다. 이러한 상황을 「사미인곡」의 표현방식과 이념에 비추어 서술하고 현대 사회에서 이와 같은 상황의 예를 들고 그 대응방식을 서술해 보자.

사미인곡의 작자 정철은 조선 전기의 관인 출신이다. 오랜 기간 동안 벼슬을 하다가 오십이 되던 해에 고향에 내려가 임금에 대한 충성과 자신의 처지를 담아 「사미인곡」을 쓴 것이다. 그는 본디 유학이념을 강조하는 사대부 출신으로 비록 자신은 당파싸움의 희생양이 되어 관직에서 물러났지만 그 과정이야 어찌되었든지 간에 임금에 대한 충성을 잊지 않으며 그 옆에서 돌보지 못함을 안타까워하고 있다. 자신이 무고를 당했을지언정 임금에게 충성하는 성리학적 이념을 철저하게 견지하고 있는 것이다.

그런데 이토록 고고(孤高)한 유학자 정철은 「사미인곡」에서 불교사상의 핵심적 내용인 윤회사상을 자연스럽게 믿고 있으며 이것을 통해 임금에 대한 자신의 심정을 애통하게 토로하고 있다. 글의 끝부분에서 '출하리 싀여디여 범나븨 되오리라 곳나모 가지마다 간디 죡죡 안니다가 향 므든 늘애로 님의 오시 올므리라 님이야 날인 줄 모르셔도 내 님 조츠려 ᄒ노라'라고 서술하였는데 이것은 사람이 생을 마치면 다시 다음 생에서 인간, 혹은 다른 모습으로 태어난다는 불교의 윤회사상을 바탕으로 한 것이다.

우리는 현재 한국전쟁 이후 최대의 국난이라고 하는 IMF시대를 맞이하여 곳곳에서 많은 어려움을 겪고 있다. 이것을 초래한 원인에는 여러 가지가 있을 수 있겠으나 그 중요한 원인 중에 하나는 정·경 유착을 통한 불법·탈법 특혜 대출을 들 수 있다. 정치권과 재계의 주요 인사들이 자신의 권능을 유용하여 혈연, 지연, 학연 등을 바탕으로 한 불법행위를 자행한 것이다. 특히나 합리적인 사고가 요구되며 일처리에 있어 철저해야 할 기업운영을 구시대적 발상인 '봐주기 관행'으로 처리한 것이다.

그런데 현재 우리 나라의 정치계와 재계의 인사들은 하나같이 합리적이며 과학적인 근대 고등교육을 받은 사람들이다. 특히 기업가의 경우 생산능률 향상을 위해 합리적이며 효율적인 사고를 표방하고 매사에 이를 강조하는 사람들이다. 이렇듯 겉으로는 경제논리를 내세우며 철저한 이성주의자임을 자부함에 주저함이 없던 이들이 실제 일부 일처리에 있어서는 법규보다는 인정을 강조하는 온정주의적인 태도와 학연을 중시하는 왜곡된 구습을 견지하는 모순을 보이고 있다. 이로 인해 우리 국민들이 IMF라는 국난을 겪고 있다고 해도 과언이 아닐 것이다.

사람은 살아가면서 여러 가지 모순된 상황에 부딪히기도 하고 그것을 처리함에 상충되는 이념에 혼란을 겪을 수도 있다. 이때 우리는 공과 사를 엄격히 구분해야 할 필요가 있다. 이후에는 냉정한 이성을 바탕으로 합당한 판단을 내려 그에 비추어 일을 처리해야 할 것이다.

**2** 정철의 「사미인곡」을 (ㄱ)과 (ㄴ)의 비평방법에 따라 해석할 때, 어떤 점들이 달라지는지 비교·설명하고 각각의 한계를 생각해 보자.

(ㄱ) 문학작품은 고도의 형상적 언어로 조직된 자율적인 체계이다. 따라서 작품을 효과적으로 이해하기 위해서는 작가나 시대, 환경으로부터 독립시켜 분석하는 객관주의적 입장을 취하는 것이 필요하다. 예를 들어 시를 분석할 때, 단어 사이의 관계라든지 의미의 세부가 지니는 의의, 이미지나 상징적 행과 행, 연과 전체가 갖는 상관 관계를 파악하는 데 힘쓴다.

(ㄴ) 이해의 대상은 더 이상 직접 접할 수 없는 과거로부터 현재까지 전수되어 온 텍스트 원래의 의미다. 과거와 현재, 텍스트와 해석자 간의 다리가 있을 때만 일어날 수 있는 재구성은 이 다리가 저자와 독자라는 두 사람 간의 관계로 구성될 때는 심리적인 것이다. 딜타이(Wilhelm Dilthey)의 경우 텍스트는 저자의 사상과 의도의 '표현'이다. 해석자는 창조적 행위를 다시 체험하기 위해 저자의 지평에 자기 자신을 전이(轉移)시키지 않으면 안 된다. 그 시차가 아무리 크다 할지라도 저자와 독자를 근본적으로 연결시켜 주는 것은 공통된 인간성, 공통된 심리적 구조, 혹은 동류의식이며, 이것은 타자와의 감정 이입을 위한 직관적 능력을 기반으로 한다.

　　　　　(데이빗 호이, 『해석학과 문학비평』(문학과지성사) 중에서)


정철

문학작품을 자족적(自足的) 세계로 파악하는 (ㄱ)의 방법에 따라 「사미인곡」을 해석하면, 임에 대한 여인의 그리움이 그 주제라 할 수 있다. 그러나 (ㄴ)에서 제시된 바와 같이 저자의 지평에 해석자 자신을 이입하기 위하여 작가의 전기적 요소, 시대적 배경, 여타 작품들의 특성 등을 고려해 보면, 한 여인의 임에 대한 그리움이 충군(忠君)을 비유하고 있음을 알 수 있다. 이처럼 (ㄴ)의 관점을 취하면 임에 대한 여인의 일편단심이 신하로서의 충정으로 해석되어 작품의 폭은 보다 넓어지게 된다. 구체적인 예로 '산 궁곡 졈낫ㄱ티 밍그쇼셔'는 임에 대한 사모의 정을 나타내는 표현으로 해석될 수 있지만, 당쟁으로 분분한 조정을 은근히 풍자하고 밝은 정치를 갈망하는 내용으로까지 심화될 수도 있다.

사실상 문학의 언어는 저자의 의도가 반영된 것은 물론 궁극적으로 한 시대의 산물이기 때문에, 작품을 해석할 때 역사성을 완전히 배제한다는 (ㄱ)의 논리는 불가능하다고 할 수 있다. 같은 의미에서 (ㄴ)의 방법은 문학작품의 이해가 구체적 삶의 현실 또는 시대와 역사의 이해로까지 확대될 수 있다는 사실을 간과하고 있다. 그러나 반대로 시대와 문화를 뛰어넘어 공통된 인간성으로써 저자의 의도를 간파할 수 있다는 (ㄴ)의 견해는, 해석자가 소유한 고유한 인식체계와 역사의식이 해석과정에 개입한다는 사실을 쉽게 무시하고 있다. 실제로 작품이 씌어진 시대의 객관적 상황에 몰입하는 것은 매우 어려운 일이며 불가능하기까지 하기 때문이다.

다른 한편 작품을 유기적(有機的) 존재로 파악하여 전체 작품의 구조를 치밀하게 분석하는 (ㄱ)의 태도는 언어에 민감한 시의 분석에서 뛰어난 성과를 보일 수 있다. 이는 시적 언어가 일상언어와 다른 함축적 의미를 갖고 있기 때문이며, 더욱이 이 함축적 의미는 텍스트 내부의 유기적 연관성으로부터 파악할 수 있기 때문이다. 예를 들어 이 작품에서 여성적 목소리가 갖는 표현력을 분석한다고 할 때, 일차적으로 고려해야 할 사항들은 텍스트의 외부가 아닌 내부에서 찾아야 할 것이다.



「속미인곡」의 두 사람의 최종적 진술은 ㄱ) '출하리 싀여디여 落月(낙월)이나 되야이셔 / 님 겨신 窓(창) 안히 번드시 비최리라'와 ㄴ) '각시님 둘이야크니와 구즌 비나 되쇼셔' 이고, 「사미인곡」에서는 ㄷ) '출하리 싀여디여 범나븨 되오리라 / 곳나모 가지마다 간디 죡죡 안니다가 香(향) 므든 늘애로 님의 오시 올므리라 / 님이야 날인 줄 모르셔도 내 님 조츠려 ᄒ노라' 이다. 「속미인곡」은 두 사람의 대화로 끝나고, 「사미인곡」은 한 사람의 독백적 진술로 끝을 맺고 있다.

「사미인곡」과 「속미인곡」은 둘 다 임과 헤어진 상태에 있는 여인의 목소리를 중심으로 이루어져 있다. 그런 점에서, 두 작품의 작중 화자는, 얼핏 보아 동일한 대상에 대하여 유사한 정서적 태도를 취하고 있다고 볼 수 있지만, 거기에는 미묘한 태도의 차이가 담겨져 있다. ㄱ)과 ㄴ)의 차이는 어느 정도 쉽게 파악할 수 있지만, ㄱ)과 ㄷ)의 차이는 수준 높은 감상력을 갖추어야 파악할 수 있다. 우선 「속미인곡」의 ㄱ)과 ㄴ)에서는 두 작중 화자의 태도가 분명하게 나타난다. ㄱ)의 작중 화자는 죽어 달빛이 되어 임의 주위를 밝히는 역할로 만족하겠다는 자기 희생적인 태도를 보이고 있는 반면, ㄴ)의 작중 화자는 ㄱ)의 작중 화자에게 궂은 비가 되어 자신의 원통한 마음을 노골적으로 드러내어 임에게 전달함으로써 임이 그 마음을 체험하도록 해야 한다는 태도를 권유하고 있다. 한편 「사미인곡」의 작중 화자는 ㄷ)에서 향기로 상징되는 자신의 사랑을 임이 알아주지 않더라도 일방적으로 임에게 전달하겠다는 의지를 드러내고 있다.

ㄷ)은 '출하리 싀여디여 범나븨 되오리라 / 곳나모 가지마다 간 디 죡죡 안니다가 / 좁(향) 므든 놀애로 님의 오시 올므리라 / 님이야 날인 줄 모르셔도 내 님 조추려 ᄒ노라'를 통해 확인할 수 있듯이, '범나비 향기'로 상징되는 자신의 사랑을 적극적으로 전달하려는 태도이다. 다시 말해, 임이 알아주지 않더라도 임에게 일방적으나마 직접 전달하고자 하는 태도를 보이고 있다. 그렇지만, '출하리 싀여디여 落月(낙월)이나 되야이셔 / 님 겨신 窓(창) 안히 번드시 비최리라'는 진술의 ㄱ)은 '님의 창에 비추는 달빛'처럼 임의 주위를 멀리서 간접적으로나마 밝혀 주는 역할에 만족하겠다는 태도를 보여 주고 있다. 이와 달라, ㄴ) '각시님 둘이야크니와 구즌 비나 되쇼셔'는 '님을 적시는 궂은 비'처럼 자신의 원통한 마음을 직접적이고 노골적으로 전달하라는 적극적인 호소의 태도를 권유하고 있다.

「사미인곡」과 「속미인곡」은 널리 알려진 작품으로, 여러 차례 읽어 본 경험이 많을 것이다. 그렇지만, 이별의 상황을 이해하는 방식이나 헤어진 임을 향한 마음의 자세는 다르게 표출되어 있음을 알아야 한다. 문학 작품을 대할 때, 거창한 주제를 탐색하는 것도 물론 필요한 일이겠지만 미세한 정서의 변화나 차이를 정확하게 해독할 수 있는 능력의 함양도 절실하게 요청된다 하겠다. 이

두 작품의 차이는 그런 점을 환기시키고 있다.



인간이 자신의 감정을 표현하는 것은 여러 가지 방법을 통하여 아주 오랜 옛날부터 이루어졌다. 그것은 가무(歌舞)의 형태일 수도 있고, 문학 작품처럼 글자를 이용한 것일 수도 있다. 우리 민족의 조상 또한 이와 같은 상황과 별반 다르지 않았다. 제천행사 등을 통하여 집단적인 가무를 즐겼으며 문자를 이용하여 작품을 남기기도 하였다. 그러나 우리 민족에 있어서는 1446년(세종 28년)에 '28'자모를 기본으로 하는 '훈민정음(訓民正音)'이 반포되고서야 고유의 문자를 가질 수 있게 되었다. 그 이전에는 중국의 한자를 빌어다가 그것에 의탁하여 우리의 정서를 담아 내었던 것이다. 한글 창제 이후에는 굳이 한자를 쓰지 않더라도 우리 민족의 감정을 자유롭게 표현해 낼 수 있게 되었다.

「속미인곡」은 이와 같은 측면에서 매우 중요한 작품이다. 한글을 위주로 하되 한글이 갖는 아름다움을 적절히 이용하여 표현한 것이다. 우리의 감정을 우리의 문자로 담아 냈다는 점에서 이것이 갖는 의의는 더 커진다고 할 수 있다. 표현형식면에서 「속미인곡」이 갖는 특이점은 또 있다. 이전의 여러 작품에서는 보기 힘든 대화 형식을 이용하였다는 점이다. 「속미인곡」은 대화 형식으로 된 최초의 작품이라 할 수 있는데 대화 형식이 갖는 장점을 잘 살려


정철

참신한 맛을 느낄 수 있게 했다. 문학 작품에 있어 새로운 시도인 대화 형식을 이용하고 또한 우리말을 절묘하게 구사했다는 측면에서 김만중은 '동방의 이소'라 할 정도로 극찬을 아끼지 않았던 것이다.

한글은 분명 우리 민족 고유의 문자임에 틀림없지만, 그 사용에 있어 반드시 이점만 있는 것은 아니다. 한자와 같이 뜻문자가 아니기 때문에 동형이의어가 매우 많으며 새로운 용어를 조어하는 데도 적지 않은 어려움이 있다. 반면 한글은 우리 민족이 사용하기 위해 우리 민족에 의해 만들어진 과학적인 문자기 때문에 우리가 사용하기에 매우 편리하다. 우리의 언어 습관과 생활 관습이 반영되어 있다는 장점을 지니고 있는 것이다.

그런데 우리는 현재 국제사회 속에 살고 있다. 이전과는 비교도 할 수 없을 정도로 많은 양의 교역을 하고 있으며 그 문화적인 상호 교류란 광대하기 그지없다. 이런 상황 속에서 살고 있는 우리는 계속적으로 새로운 물건과 개념을 접하고 있어서 한글의 장점만을 고집할 수는 없다. 따라서 한글이 효과적으로 사용될 수 있는 부분에 대해서는 우선적으로 한글을 사용해야겠지만 그렇지 못한 경우에는 좀더 유연한 자세를 취하여 과감하게 한자를 사용할 수 있는 분별력을 가져야 하겠다. 이렇게 될 때 한글은 그 자체의 위상을 정립할 수 있으며 우리의 언어생활 역시 풍부해질 수 있다.

정철의 큰누나는 인종의 후궁인 귀인(貴人)이었다. 그래서 정철은 어려서부터 궁궐을 무시로 출입할 수 있었고, 더욱이 경원대군과 소꿉친구가 된 후에는 버젓이 정문으로 드나들며 대군의 빈객(賓客) 노릇을 했다. 귀인인 큰누나와 계림군에게 출가한 작은누나는 친정 막내동생인 그를 어느 동생보다도 귀여워했다. 총명하고 의젓한 그는 궁중에서도 귀동(貴童)이었다. 송강의 일생을 통하여 가실 줄 모르던 왕실에 대한 충성은, 바로 이 어린 시절 추억의 세계, 요람의 뜰이었던 궁정에 대한 어쩔 수 없는 향수에서 온 것일지도 모른다.

그러나 을사사화로 행복한 어린 시절은 끝나고 말았다. 자형 계림군은 죽임을 당했다. 큰형은 모진 매를 맞고 거의 죽은 몸이 되어 전라도 광양으로 귀양을 갔다가, 다시 북쪽 지방으로 옮기는 길에 죽고 말았다. 아버지는 함경도 땅 정평으로 정배되었다. 온 집안이 다 서울서는 살지 못하게 되어, 혹은 죽고 혹은 유배되어 흩어져 갔다. 어린 그도 어머니를 따라 아버지의 정배지로 가지 않으면 안 되었다. 만 6년이 지나서야 정철 가족은 귀양살이에서 풀려났다. 새로 즉위한 명종이 원자 탄생을 기념해서 특사를 베푼 것이다. 이때가 정철의 나이 16세 되던 해였다.

이 명종은 바로 정철의 소꿉친구인 경원대군이었다. 다시 10여 년이 지나 정철이 과거에 장원급제를 했을 때, 명종은 정든 친구의 이름을 보고 크게 반가워했다. 그리고 따로 주찬을 내려 축하하고, 직접 정철을 불러 만나기도 했다. 파격의 분부였다. 그러나 이후 성균전적 겸 지제교, 사헌부지평 등의 벼슬을 지내면서 출세를 거듭하던 정철은 경양군 옥사를 처결하면서 명종의 눈밖에 나게 된다. 경양군은 명종의 종형(從兄)으로 처가 재산을 탐내 처남을 죽였는데, 명종이 극형을 면하게 해달라고 청했음에도 불구하고 정철은 국법을 고집하여 경양군을 사형시키고야 말았던 것이다.

# 규원가

## 허난설헌
### 許蘭雪軒

조선 중기의 여성 시인 허난설헌(1563~1589)은 강릉 출생으로 본명은 초희 (楚姬)다. 이달(李達)에게 시를 배워 천재적인 시재(詩才)를 발휘했으며, 1577년 김성립(金誠立)과 결혼했으나 관계가 원만하지 못했다고 한다. 불행한 자신의 처지를 시작(詩作)으로 달래어 섬세한 필치와 여인의 독특한 감상을 노래했으며, 애상적 시풍의 특유한 시세계를 이룩하였다. 작품 일부를 동생 허균이 명나라 시인 주지번(朱之蕃)에게 주어 중국에서 시집 『난설헌집』이 간행되어 격찬을 받았고, 1711년 분다이야 지로(文台屋次郎)에 의해 일본에서도 간행, 애송되었다. 작품으로는 시에 「유선시(遊仙詩)」「빈녀음(貧女吟)」「곡자(哭子)」「망선요(望仙謠)」 등 총 142수가 있고, 가사에 「원부사(怨婦辭)」「봉선화가」 등이 있다.

　　허난설헌의 「규원가(閨怨歌)」는 현존 최고(最古)의 내방 가사로, 「원부가(怨夫歌)」라고도 한다. 출전은 『고금가곡(古今歌曲)』이며 총 50행의 가사 작품이다. 조선 시대의 모순된 사회 제도하에서 규방에 갇혀 외롭게 살아가는 여인의 한(恨)을 여성적 감각으로 표현하였다. 허난설헌은 남성 위주의 유교사회가 당시의 여성들에게 부과했던 남존여비(男尊女卑)나 여필종부(女必從夫)의 규범을 감내하며, 한스러운 생활의 괴로움과 슬픔을 온화한 시풍으로 승화하였다. 품격을 잃지 않은 이러한 시풍은 작품의 시적 감각을 더욱 돋보이게 하여 여성들 사이에 널리 애송되면서 이와 비슷한 규방 가사 및 애정 가사에 많은 영향을 미쳤다.

　　이 노래는 나이 들어 젊은 날을 회상하면서 그 누구에게 말하는 것처럼 또는 독백처럼 신세를 한탄하는 것으로 전개된다. 처음 임과 만나고 헤어지는 과정이 빠른 템포로 전개되고, 이후 버려진 여인의 미묘한 심리 의식과 한탄으로 이어진다. 그 한탄은 흐르는 세월에 대한 한탄이면서 동시에 세월 보내기가 어렵다는 사실에 대한 한탄이라는 점에서 상반된다. 「규원가」에서 보여 준 좌절된 여인의 사랑을 그린 모티프는 고려가요 「동동」 「가시리」 「서경별곡」을 필두로 다채롭게 확인된다.



(가) 엇그제 저멋더니 ᄒᆞ마 어이 다 늘거니.

　　少年行樂(소년행락) 생각ᄒᆞ니 일러도 속졀업다.

　　늘거야 서른 말슴 ᄒᆞ자니 목이 멘다.

父生母育(부생모육) 辛苦(신고)ᄒ야 이 내 몸 길러 낼 제
  公侯配匹(공후배필)은 못 바라도 君子好逑(군자호구) 願(원)
ᄒ더니,
  三生(삼생)의 怨業(원업)이오 月下(월하)의 緣分(연분)으로,
  長安遊俠(장안유협) 輕薄子(경박자)를 꿈ᄀᆮ치 만나 잇서,
  當時(당시)의 用心(용심)ᄒ기 살어름 디듸는 듯,
  三五二八(삼오이팔) 겨오 지나 天然麗質(천연여질) 절로 이니,
  이 얼골 이 態度(태도)로 百年期約(백년기약) ᄒ얏더니,
  年光(연광)이 훌훌ᄒ고 造物(조물)이 다 猜(시)ᄒ야,
  봄바람 가을 믈이 뵈오리 북 지나듯
  雪鬢花顔(설빈화안) 어듸 두고 面目可憎(면목가증) 되거고나.
  내 얼골 내 보거니 어느 님이 날 괼소냐.
  스스로 慙愧(참괴)ᄒ니 누구를 怨望(원망)ᄒ리.
  三三五五(삼삼오오) 冶遊園(야유원)의 새 사람이 나단 말가.
  곳 피고 날 저물 제 定處(정터) 업시 나가 잇어,
  白馬(백마) 金鞭(금편)으로 어듸 어듸 머므는고.
  遠近(원근)을 모르거니 消息(소식)이야 더욱 알랴.
  因緣(인연)을 긋쳐신들 싱각이야 업슬소냐.
  얼골을 못 보거든 그립기나 마르려믄,
  열두 째 김도 길샤 설흔 날 支離(지리)ᄒ다.
  玉窓(옥창)에 심근 梅花(매화) 몃 번이나 피여 진고.
  겨울 밤 차고 찬 제 자최눈 섯거 치고,
  여름날 길고 길 제 구즌 비는 므스 일고.
  三春花柳(삼춘화류) 好時節(호시절)의 景物(경물)이 시름업
다.
  가을 둘 방에 들고 蟋蟀(실솔)이 床(상)에 울 제,
  긴 한숨 디는 눈물 속절업시 헴만 만타.


규원가

아마도 모진 목숨 죽기도 어려울사.
도로혀 플쳐 혜니 이리ᄒᆞ여 어이ᄒᆞ리.
靑燈(청등)을 돌라 노코 綠旗琴(녹기금) 빗기 안아,
碧蓮花(벽련화) 한 곡조를 시름 조ᄎᆞ 섯거 타니,
瀟湘夜雨(소상야우)의 댓소리 섯도ᄂᆞᆫ 듯,
華表(화표) 千年(천년)의 別鶴(별학)이 우니ᄂᆞᆫ 듯,
玉手(옥수)의 타는 手段(수단) 녯 소래 잇다마ᄂᆞᆫ
芙蓉帳(부용장) 寂寞(적막)ᄒᆞ니 뉘 귀에 들리소니.
肝腸(간장)이 九曲(구곡)되야 구븨구븨 ᄭᅳᆫ쳐서라.
출하리 잠을 드러 ᄭᅮᆷ의나 보려 ᄒᆞ니,
바람의 디ᄂᆞᆫ 닙과 플 속에 우는 즘생,
므스 일 원수로서 잠조차 쌔오ᄂᆞᆫ다.
天上(천상)의 牽牛織女(견우직녀) 銀河水(은하수) 막혀서도,
七月七夕(칠월칠석) 一年一度(일년일도) 失期(실기)치 아니
거든,
우리 님 가신 후는 무슨 弱水(약수) ᄀᆞ렷관듸,
오거나 가거나 消息(소식)조차 ᄭᅳ쳣는고.
欄干(난간)의 비겨 셔서 님 가신 디 바라보니,
草露(초로)는 맺쳐 잇고 暮雲(모운)이 디나갈 제
竹林(죽림) 푸른 고디 새 소리 더욱 설다.
세상의 서룬 사람 수업다 ᄒᆞ려니와,
薄命(박명)ᄒᆞᆫ 紅顔(홍안)이야 날 가ᄐᆞ니 ᄯᅩ 이실가.
아마도 이 님의 지위로 살동말동 ᄒᆞ여라.

(『규원가』)


  (나) 지상 어디에나 그 지방에서밖에 자라지 않는 식물이 있는 것처
럼, 행복을 낳는 곳이 어디엔가 반드시 있을 것 같았다. 왜 나는 웃자

락이 긴 검은 비로드 옷을 입고, 우아한 장화를 신고, 끝이 뾰족한 모자와 소매 끝에 장식을 단 옷을 입은 남편과 함께 스위스 산장 발코니에 기대 앉아 있지 못하는가, 혹은 스코틀랜드의 산장에서 애수에 젖을 수 없는 것일까?

그녀는 이러한 모든 것을 누구에겐가 털어놓고 싶었다. 그러나 구름같이 자주 변하고, 바람처럼 소용돌이치는 종잡을 수 없는 불안을 대체 뭐라 표현하면 좋을까! 그녀는 말을 못했다. 기회도 없고, 용기도 없었다.

그러나 샤를만 그런 생각을 했더라면, 그런 눈치를 챘더라면, 단 한번이라도 그녀가 생각하고 있는 것을 이해하려고 했더라면, 마치 생울타리의 과일나무에서 잘 익은 과일이 손만 대면 떨어지듯 그녀 가슴에 넘치는 상념들이 몽땅 쏟아져 나왔을 것이다. 그러나 부부 생활이 가까워질수록 마음은 자꾸 멀어지고 그녀를 남편에게서 떼어놓는 것이었다.

샤를의 말은 보도처럼 밋밋해서, 지극히 상식적인 생각들이 평복을 입은 채 그곳을 줄지어 지나갔다. 아무런 감동도 주지 않고, 웃음도 꿈도 불러일으키지 않았다.

그는 루앙에 있었을 때 파리에서 온 배우들을 보기 위해 극장에 간 일이 한번도 없었다고 했다. 그는 수영도 못했고 검술도 몰랐고, 권총도 못 쏘았다. 언젠가 한번은 어떤 소설에 나오는 마술에 관한 술어도 그녀에게 설명해 주지 못했다.

남자란 그래서는 안 되고, 모든 것을 알고 갖가지 일에 뛰어나며, 정열의 힘과 세련된 생활과 모든 신비로운 세계로 안내해 주는 안내자여야 하지 않을까? 그런데 이 남자는 아무것도 가르쳐 주지 않고, 아무것도 모르고, 아무 희망도 없다. 그는 아내가 행복하다고 믿고 있는 것이다. 그녀는 남편의 이 끄떡도 않는 침착성, 조그만 불안도 없는 우둔성, 그리고 자기가 남편에게 주고 있는 행복까지도 원망스러웠다.

…〈중략〉…

그러면서도 엠마는 자기가 옳다고 믿는 이론에 따라 사랑을 느껴 보려고 애썼다. 뜰에 나가 달빛을 받으며 정열적인 시구들을 외워서 남편에게 읊어 주기도 하고, 구슬픈 곡을 느릿하게 한숨 섞어 가며 불러 보기도 했다. 그러나 그러고 난 뒤에도 그녀의 기분은 여전히 냉정했고, 샤를 또한 조금도 사랑을 자극받거나 감동한 것 같지 않았다.

이리하여 남편의 가슴에 부싯돌을 쳐 보아도 불꽃 하나 튀게 할 수 없고, 게다가 자기가 실감하지 않는 것은 이해하지 못하고, 모든 것이 판에 박은 대로 나타나지 않으면 믿으려 하지 않는 그였으므로, 엠마는 샤를의 정열에는 색다른 것이 전혀 없다고 깨끗이 체념해 버렸다. 그가 흥분하는 것은 규칙적이었다. 일정한 때가 되면 그녀를 안았다. 그것은 다른 많은 습관 가운데 하나에 지나지 않았으며, 저녁식사 뒤에 반드시 나오는 디저트 같은 것이었다.

'선생님'에게 폐렴을 치료받은 한 사냥터지기가 부인에게 귀여운 이탈리아종 그레이하운드 암컷 한 마리를 선사했다. 엠마는 산책할 때 그 개를 데리고 다녔다. 잠시 동안이나마 혼자 있고 싶은 생각에서, 또는 언제나 변화 없는 집 뜰이나 먼지 나는 행길만 바라보고 싶지 않아서 그녀는 이따금 밖으로 나가곤 했다.

그녀는 지난번에 왔을 때와 무언가 달라진 것은 없나 하고 먼저 주위를 한번 둘러보았다. 디기탈리스며 향꽃장대, 커다란 돌을 둘러싸고 있는 쐐기풀 덤불이며 세 개의 창문에 낀 이끼며 모두가 그대로였다. 창의 덧문이 푸석푸석하게 삭아서 녹슨 쇠막대 위에 걸려 있었다. 엠마의 생각은 한참 동안 그레이하운드가 들판을 빙빙 돌며 뛰어다니고 노란 나비를 보고 짖어 대고 들쥐를 잡기 위해 보리밭 가의 양귀비를 물어뜯고 있는 것처럼 정처 없이 방황하고 있었다. 이윽고 생각은 조금씩 정리되기 시작했다. 그녀는 잔디밭에 앉아 양산 끝으로 잔디를 콕콕 찍으면서 속으로 되풀이했다.

'아! 내가 왜 결혼했지?'

다른 운명으로 딴 남자를 만날 수는 없었을까 하고 생각해 보았다. 그리고 실제로 일어나지 않은 그러한 일들, 지금과 다른 생활, 알지 못하는 남편을 마음속에 그려 보려고 했다. 사실 세상 남자들이 모두 지금의 남편 같은 사람들만은 아니리라. 그 사람은 어쩌면 미남에다 재주 있고 품위 있고 매력적일지도 모른다. 수도원 시절의 친구들과 결혼한 사람들은 모두 틀림없이 그런 사람들이겠지. 그 친구들은 지금 어떻게 살고 있을까? 도회지에 살며, 거리의 소음, 극장의 떠들썩한 분위기, 무도회의 휘황한 불빛, 그런 것에 싸여 마음이 부풀고 관능이 꽃피는 생활을 하고 있을 것이다. 그런데 지금 자기의 생활은 북쪽 창밖에 없는 다락 창고처럼 차갑고, 권태가, 침묵이라는 지긋지긋한 거미가 어둑어둑한 마음 네 구석에 거미줄을 치고 있다.

(플로베르,『보바리 부인』중에서)

---

**논점** (나)는 서구 근대문학사상 최대의 소설 중 하나로 꼽히는 프랑스 작가 플로베르(Gustave Flaubert, 1821~1880)의 작품 『보바리 부인』이다. 사물이나 사건을 철저히 객관적으로 묘사한 이 소설은 출판되었을 당시 부도덕하고 반종교적이라는 이유로 기소되어 법정에서 재판을 받기까지 하였다.

(가)와 (나)에서 두 여성이 공통적으로 겪고 있는 현실의 고통이 무엇인지 생각해 보고, 각각 상이하게 전개되는 갈등 양상을 고려하여 그 고통이 유래하는 근본 원인이 어디에 있는지를 비교·설명해 보자.

「규원가」의 화자(허난설헌으로 보아도 무방함)와 보바리 부인 엠마는 모두 원만하지 못한 결혼 생활로 고통받고 있다. 남성 위주의 유교적 의식이 뿌리 깊게 박혀 있는 조선사회에서, 허난설헌은 남편의 방탕한 삶과 외도를 감내해야 하는 여인의 한스러움을 표현하였다. 엠마도 '지극히 상식적인 생각들'을 지닌 남편과의 결혼 생활 때문에 자기가 기대했던 낭만적 삶과는 다른 현실에 불만과 후회의 심정을 느끼고 있다.

또한 이 두 여성은 유사하게도 이전에 꿈꾸었던 이상적 남편과 상반되는 현실 속의 남편 모습에 대하여 좌절감을 감추지 못한다. '부모님이 낳아 기르며 몹시 고생하여 이 내 몸 길러낼 때 높은 벼슬아치의 배필은 바라지 못할지라도 군자의 좋은 짝이 되기를 바랐더니, 전생에 지은 원망스러운 업보요, 부부의 인연으로 장안의 호탕하면서도 경박스런 사람을 꿈같이 만나, 시집 간 뒤에 남편 시중하면서 조심하기를 마치 살얼음 디디는 듯 하였다.' 이는 군자호구를 원했던 마음과 장안 유협의 경박자를 만난 현실이 상호 충돌하는 과정에서 허난설헌이 느끼는 좌절감을 토로한 것이다. 엠마도 남자란 '모든 신비로운 세계로 안내해 주는 안내자'라는 낭만적 이상을 소유하고 있어, 너무나 현실적인 샤를이 보도처럼 밋밋하여 아무런 감동도 웃음도 꿈도 불러일으키지 않는다고 고백한다.

그러나 「규원가」의 화자와 엠마는 자신의 고통을 해소하는 상이한 방식에서 근본적으로 다른 가치관을 소유했음을 알 수 있다. 규방에 갇혀 사는 허난설헌이 남편에게 품고 있는 원망과 자신의 처지에 대한 애달픈 심정은 무엇보다도 남편에 대한 그리움과 그를 기다리는 외로움에서 기인한 것이다. '겉으로는 인연을 끊었지마는 임에 대한 생각이야 없을 것인가? 임의 얼굴 못 보거니 그립지나 말았으면 좋으련만 하루가 길기도 길구나.' 그녀는 사계절의 변화를 목도하며 남편에 대한 그리움이 심화되어 감을 느끼고, '아마도 모진 목숨 죽기도 어렵구나.' 하고 탄식한다. 따라서 허난설헌이 이상적 남편과 기생집을 전전하는 현재의 남편 사이에서 느꼈던 갈등은 외로운 현 상황에 대한 비탄을 담고 있지만, 더욱 근본적인 고통은 임(남편)에 대한 사무치는 그리움에서 유래한 것이다. 이에 따라 서정적 자아의 고통은 남편의 사랑을 되찾는 것으로 해소 가능할 것이라 추측할 수도 있다. 결국 허난설헌이 남편을 임으로 생각하고 끝끝내 그리움을 떨쳐 버리지 못하는 점은 결혼 생활의 고통이 방탕한 남편에게서 기인했다는 사실과 함께, 이러한 외부적 원인이 치유되지 않는 한 인종(忍從)의 나날을 보내야만 하는 여성의 수동적 위치를 말해 주고 있다.

이와 달리 엠마의 고통은 다분히 능동적인 의식의 산물이며 이에 따라 남편과의 불화를 극복하려는 노력도 구체적으로 나타난다. '엠마는 자기가 옳다고 믿는 이론에 따라 사랑을 느껴 보려고 애썼다. 뜰에 나가 달빛을 받으며 정열적인 시구를 외워서 남편에게 읊어 주기도 하고, 구슬픈 곡을 느릿하게 한숨 섞어 가며 불러 보기도 했다.' 이밖에도 엠마는 보바리 부인으로서의 소임과 위상을 위해 꾸준히 무언가를 했고, 마침내 샤를도 이런 아내를 가진 사실에 자랑스러워했다. 그러나 엠마가 남편에 대한 이상적인 상을 뚜렷이 갖고 있었던 만큼, 또 현재의 불만을 해소하려 몸부림

쳤던 만큼, 이상과 현실의 간극은 점차 극대화된다. 이에 따라 엠마가 현실의 고통을 해소하는 방식은 결혼 자체에 대한 전면적인 회의, 그리고 자신이 소유한 이상을 더욱 강화시키는 방향으로 나아간다. '아! 내가 왜 결혼했지? 다른 운명으로 딴 남자를 만날 수는 없었을까 하고 생각해 보았다. 그리고 실제로 일어나지 않은 그러한 일들, 지금과 다른 생활, 알지 못하는 남편을 마음속에 그려 보려고 했다.' 따라서 엠마의 고통은 남편과의 관계 속에서 극복할 수 없는 주관적인 영역으로 옮겨지고, 소설의 다른 부분에서 나타나듯 외도와 사치 그리고 끝내는 자살로까지 이어진다.

　허난설헌과 보바리 부인의 가치관은 각각 봉건제도하에 처해 있는 여성의 체념적 태도와 욕망과 허영으로 가득 찬 부르주아 여성의 자의식을 반영한다고 해석할 수 있을 것이다. 그리고 이러한 해석은 유교적 사회에서 제시되는 결혼 규범에 따라 고통의 수혜자로 남아 있는 여성의 절제된 목소리와, 남편과의 관계를 자신의 관점에서 바라보고 이에 대한 불만을 거리낌없이 전개해 나가는 적극적인 여성의 심리 상태로도 확인할 수 있다. 따라서 「규원가」의 서정적 자아가 안고 있는 고통은 외부적인 요소에 의해 좌우되지만, 『보바리 부인』의 엠마가 느끼는 고통은 그녀 자신의 사고에서 반추해야 할 것으로 남는 것이다.

# 금오신화

## 김시습
### 金時習

김시습(1435~1493)은 본관이 강릉으로, 호는 동봉(東峯) 혹은 매월당(梅月堂) 등이다. 어려서 총명하여 세종의 귀여움을 받았던 김시습은, 21세 때 세조의 왕위 찬탈을 보고는 세속을 떠나 절간에 들어가기도 하고 전국 여러 곳을 떠돌며 평생을 보냈다. 천성이 호탕하고 자유분방하여 유·불·선 삼교의 종지를 포괄하고 세간의 모습을 종합하였다. 평생을 방랑하며 기구한 생활로 일관하였고, 세상 사람들은 그들 두고 미치광이·기인·방외인 등으로 불렀다. 저서로는 한문 소설집 『금오신화』와 시문집 『매월당집』이 전한다.

　『금오신화(金鰲新話)』는 김시습이 쓴 한문소설집으로 모두 5편이 전하고 있다. 「만복사저포기(萬福寺樗蒲記)」는 남원의 양생이 만복사의 불당을 찾아가서 겪게 되는 기이한 만남을 그리고 있고, 「이생규장전(李生窺墻傳)」에는 전란의 발생으로 헤어지게 된 남녀의 생사를 초월한 사랑이 표현되어 있다. 「취유부벽정기(醉遊浮碧亭記)」는 평양을 배경으로, 홍생이라는 인물이 신선이 되어 선계에서 지내는 기씨녀를 만나 벌어지는 일을 그리고 있고, 「남염부주지(南炎浮洲志)」에서는 유학자 박생이 저승에 가서 염라대왕을 만나 세상을 미혹하는 많은 문제에 대해서 논란을 벌이는 내용이 담겨져 있다. 끝으로 「용궁부연록(龍宮赴宴錄)」은, 한생이라는 인물이 용궁에 불려가 새 궁궐의 상량문을 작성하고 돌아온 이야기를 풀어 놓았다. 흔히들 최초의 소설이라 평가하는 작품이다.

　『금오신화』는 ‘전기(傳奇)’로 분류된다. 전기의 특징으로는, 초현실적 세계를 공간으로 하고 화려한 한문 문언체를 구사하며 주인공이 재자가인(才子佳人)이라는 점 등을 들 수 있는데, 『금오신화』 역시 이러한 특징을 구비한 작품이다. 『금오신화』의 작자 김시습은 세상과 타협하지 못하고 방랑하며 불우한 일생을 보냈는데, 자신의 현실적 고뇌와 내면적 갈등을 작품 속에 구현하여 『금오신화』라는 뛰어난 작품을 남겼다. 『금오신화』는 인간이 인간을 둘러싼 외적 세계 —— 사회제도, 관습, 전쟁과 대결하고 갈등을 일으키는 양상을 탁월하게 그려 냄으로써 현실성을 작품에 적극적으로 담아 냈다는 점에서 의의가 있다.

(가) 전라도 남원에 양생(梁生)이란 사람이 있었다. 일찍이 어버이를 여의고, 아직 장가를 들지 못하고 홀로 만복사(萬福寺) 동쪽 방 한 칸에서 외로이 살아가고 있었다. 그 절간 방 앞에 배나무 한 그루가 서 있었는데, 때마침 봄을 맞아 꽃이 활짝 피어 온 뜰 안이 은세계를 이루었다. 그는 달밤이면 배나무 밑을 거닐면서 시를 읊조렸다.

한 그루 배꽃나무 적적함을 짝하니
시름도 많아라, 달 밝은 이 밤이여.
사나이 홀로 누운 외로운 창가에
어디서 들려 오나, 고운 임 퉁소 소리.
외로운 비취는 제 홀로 날아 가고
짝 잃은 원앙새 맑은 물에 노니는데,
뉘 집 인연 그리며 바둑을 두는가.
등불은 가물가물 이 내 신세 점치는 듯.

양생이 시를 읊고 나니, 문득 공중으로부터 소리가 있어 말하되,
"그대가 참말로 고운 배필을 만나고자 할진댄 그 무엇 근심할 것 있으랴."
이 소리를 듣고 양생은 크게 기뻐하여 마지아니하였다.
그 이튿날은 곧 삼월 스무나흘이었다. 그 고을에서는 해마다 이날을 맞게 되면 많은 젊은 남녀들이 반드시 만복사를 찾아 등불을 켜고 저마다 소원을 비는 풍습이 있었다.
이날 양생은 저녁 예불이 끝나기를 기다려서 법당으로 들어가 자기 소매 속에 깊숙이 간직해 가지고 갔던 저포를 내어, 부처님 앞에 던지기에 앞서 스스로 바라는 바를 사뢰었다.

"오늘 제가 부처님을 모시고 저포 놀이를 해볼까 합니다. 만약 소생이 지면 법연(法筵)을 베풀어 부처님께 보답해야 할 것이오며, 그렇지 아니하여 만일 부처님께서 지신다면 반드시 아름다운 여인을 소생의 배필로 점지하여 주시옵기 간절히 바라옵니다."

이렇게 축원을 한 다음 문득 저포를 던지었더니 과연 양생이 이겼으므로, 곧 그는 부처님 앞에 꿇어 엎드려 사뢰되,

"인연은 이미 정하여졌사오니, 소생을 속이지 마시기 바라옵니다."
하고, 양생은 불탁(佛卓) 밑에 숨어서 동정을 살피고 있었다.

얼마 안 되어 아름다운 아가씨가 들어왔다. 그녀는 열대여섯밖에 되지 않았는데, 두 가닥으로 땋은 머리를 깨끗이 단장하고 그 태도가 아름다운 것은 하늘에서 내려온 선녀와 같았다. 가만히 바라보니 그 아름답고 고운 모습은 이루 형용하기 어려웠다. 흰 손으로 등잔에 기름을 따라서 등불을 켜고, 향로에 향을 피운 뒤에 세 번 절하고 꿇어 엎드려 슬피 탄식하여 말하되,

"인생이 박명하기 어찌 이와 같을 수 있사오리까."
하고, 품속에 간직하였던 축원문(祝願文)을 꺼내어 부처님 탁자 위에 드리니, 그 글에 하였으되,

…〈중략〉…

여인은 축원문을 마치고 난 후에 흐느껴 울기 시작하였다.

그 울음소리가 어찌 슬픈지 이루 말할 수 없는 중에, 불좌 밑에 숨어서 이를 엿보던 양생은 그 아름다움에 정을 가누기가 어려워, 문득 뛰어나와 말하되,

"아가씨, 지금 읽은 글은 대체 무슨 일 때문이십니까?"
하고, 이윽고 여인의 글발을 한 번 훑어보고 만면에 기쁜 빛을 감출 수 없어 여인에게 일러 말하되,

"그대는 누구시기에 이곳에 홀로 와 있습니까?"
그러자 여인은 아무런 놀라움도 없이 답하여 말하기를,

"저도 사람입니다. 무슨 의심나는 일이라도 있으신지요? 당신은 다만 아름다운 배필을 구하시면 그뿐, 굳이 성명을 알아서 무엇하시겠습니까?"

(『금오신화』,「만복사저포기」중에서)

(나) 이생(李生)은 온 들판을 헤매고 다니다가 도적들이 이미 없어졌다는 소식을 듣고 고향을 찾아갔다. 자기 집은 이미 병화(兵火)로 인해 아무것도 남아 있지 않았다. 최랑(崔娘)의 집에 이르니 쓸쓸하고 그 주위에 쥐들이 우글거리고 새들의 울음소리만 들릴 뿐이었다.

이생은 슬픈 마음을 견디지 못하여 작은 다락 위에 올라가 눈물을 삼키며 한숨을 깊이 쉬고는 날이 저물 때까지 우두커니 앉아 옛일을 회고하니 모든 게 꿈만 같았다.

밤중이 되어 달빛이 들보를 비추자 낭하에서 발걸음 소리가 점점 가깝게 들려와 깜짝 놀라 보니, 옛날의 최랑이었다. 이생은 그녀가 죽은 것을 알고 있었으나, 워낙 유다른 사랑이라 의아하게 생각지 않고 물었다.

"당신은 어디로 피난하여 생명을 보전하였소?"

최랑은 그의 손을 잡고 통곡하며 말했다.

"저는 원래 키족의 딸로서 어릴 때에 어머님의 가르침을 받아 수놓는 일과 바느질에 열심이었고, 시서(詩書)와 예의를 배워 단지 규중의 예법만 알고 그 외의 다른 일은 잘 알지 못하였습니다. 그런데 어느 날 당신이 복숭아 핀 담 위로 저를 엿보셨을 때 저는 스스로 벽해(碧海)의 구슬을 드려 꽃 앞에서 한 번 웃고 평생의 가약(佳約)을 맺었습니다. 또한 깊은 휘장 속에서 거듭 만날 때마다 정이 백년을 넘쳤습니다. 여기까지 말을 하고 나니 슬프고 부끄러운 마음을 금할 길 없습니다. 장차 백년해로의 낙을 누리려 하였는데 뜻밖의 횡액(橫厄)을 만나 끝까지 놈에게 정조를 잃지는 않았으나 육체는 진흙탕에서

171

금오신화

찢겼사옵니다. 절개는 중하고 목숨은 가벼워 해골을 들판에 던졌으나 혼백을 의탁할 곳이 없었습니다. 가만히 옛일을 생각하면 원통한들 어찌하겠습니까? 당신과 그날 깊은 골짜기에서 하직한 뒤 저는 속절없이 짝 잃은 새가 되었던 것입니다. 이제 봄빛이 깊은 골짜기에 돌아와 저의 환신(幻身)은 이승에 다시 태어나서 남은 인연을 맺어 옛날의 굳은 맹세를 결코 헛되게 하지 않으려 하는데 당신 생각은 어떠하십니까?"

이생은 매우 기뻐하며 감사히 여겨 대답했다.

"이것이 원래 나의 소원이오."

둘은 재미있게 말을 주고받았다. 이생이 또 물었다.

"그래, 모든 가산(家産)은 어떻게 되었소?"

"예, 하나도 잃어버리지 않고 어떤 골짜기에다 묻어 두었습니다."

"그럼 우리 두 분 어버이의 유골은 어찌 되었소?"

"하는 수 없이 어떤 곳에 그냥 버려 두었습니다."

두 사람은 이야기를 마친 뒤 함께 취침하여 즐기니, 기쁜 정은 옛날과 조금도 다를 바 없었다.

(『금오신화』,「이생규장전」 중에서)



**1** 전체 문맥을 고려하여 (가)의 〈중략〉 부분에 들어갈 축원문(祝願文)의 내용을 설명해 보자.

「만복사저포기」의 주인공은 양생이라는 인물이다. 양생은 일찍 아버지를 여의고 아직 결혼을 하지 못한 상태의 노총각이다. 제시문에서 양생은 자신의 외로운 심정을 토로할 뿐만 아니라 심지어는 부처와 저포 놀이를 벌였다. 저포 놀이는 단순한 놀이가 아니고 일종의 내기였다. 양생은 거기서 자신의 외로운 처지를 달래 줄 짝을 구해 주기를 소망하였다.

양생이 기다리고 있는데, 한 여인이 나타나 축원문을 읽고는 울었다. 그 축원문의 내용은 아마도 매우 슬픈 사연을 담고 있을 것이라 짐작된다. 그런데 양생은 그 축원문을 보고는, '만면에 기쁜 빛을 감출 수 없어 여인에게' 말을 걸게 되었다. 어느 여인의 슬픈 사연이 양생에게 기쁨을 불러일으킬 수 있으려면, 기본적으로 축원문의 내용이 자신의 소망과 부합한다고 보아야 한다. 양생의 소망은 당연히 자신의 배필을 얻는 것이다.

여인의 슬픈 행동에 대하여 '양생'이 오히려 기뻐하며 긍정적인 반응을 보였다는 사실에서 추론하자면, 축원문이 여인의 신세 한탄과 배필 얻기를 소망하는 내용으로 이루어졌음을 알 수 있다.

**❷ (나)를 통해 작가가 궁극적으로 드러내고자 하는 주제를 설명해 보자.**

『금오신화』에서는 귀신과의 사랑 이야기가 중요한 주제로 다루어지고 있다. 현세에서 못다한 사랑을 죽어서라도 성취한다는 것은 『수이전』과 같은 고대 설화에서부터 전해 오는 전통적인 주제이다. 「이생규장전」 또한 이생과 최랑의 사랑 이야기를 다루고 있는 작품으로 이러한 전통적 주제를 수용하고 있다. 두 사람은 전쟁으로 인하여 현세에서 온전한 사랑을 이루지 못하다가 죽은 최랑이 현세에 환생함으로써 못다한 사랑을 이룬다는 내용이다.

제시문은 최랑이 현세에 환생하여 이생과 사랑을 나누는 장면이다. 위 대목에서 확인할 수 있는 것처럼, 이생과 최랑의 사랑은 삶과 죽음의 경계를 넘나들면서 이루어지는 것이라 할 수 있다. 그러므로 「이생규장전」은 남녀간의 진정한 사랑은 삶과 죽음의 경계를 초월할 수 있다는 주제를 표현한 것이다.

이처럼 삶과 죽음의 세계를 초월하여 이루어지는 내용이지만, 그 공간은 저승의 세계가 아니라 반드시 현실 세계이다. 현실에 비현실적인 존재가 나타나지만, 그 존재가 사랑을 이루고자 하는 곳은 저승이 아니라 이승이다. 그러므로 「이생규장전」은 죽음의 세계에서보다는 현실 세계에서의 사랑의 성취가 더욱 소중하다는 주제를 전하고 있다고 하겠다.

## 작품 읽기 2

(가) 평양은 고조선의 도읍지였다. 주나라 무왕이 은나라를 정복하고 난 후에 기자(箕子)를 찾아가서 정치하는 방법을 물으니, 기자는 천하를 다스리는 아홉 가지 큰 법을 일러주었다. 이에 무왕은 기자를 조선왕에 봉하고 신하로 삼지 않았다.

이곳의 명승지로는 금수산·봉황대·능라도·기린굴·조천석·추남터 등이 있는데, 모두 고적이며 영명사의 부벽정도 그 고적 중의 하나이다. 영명사는 곧 고구려 동명왕의 구제궁 터이다. 이 절은 평양성 밖 동북쪽 20리쯤 되는 곳에 있는데, 긴 강을 굽어 보고 평평한 들판을 멀리 바라보며 아득하기 끝이 없으니, 참으로 경치가 좋은 곳이다.

…〈중략〉…

이윽고 돌아오려고 했을 때는 이미 밤이 깊었다. 이때 문득 발자국 소리가 들려 왔다. 그는 속으로 절의 스님이 시 읊는 소리를 듣고 너무 의아해 찾아오는 것이려니 하였다. 뜻밖에도 나타난 사람은 아름



김시습

다운 여인이었다. …〈중략〉…

"죄송합니다만 귀댁의 성씨는 무엇입니까? 그리고 가문에 대해서도 알고 싶습니다."

여인은 한숨을 쉬더니 대답했다.

"나는 은나라 왕실의 후손인 기씨(箕氏)의 딸이오. 내 선조 기자께서는 실로 이 땅의 왕이 되시자 예법과 정치제도를 한결같이 탕왕의 가르침에 따라 행하셨고 여덟 가지 금법으로써 백성을 가르쳤으므로 천 년이나 문물이 크게 빛났소. 나라의 운수가 갑자기 기울어지니 재환이 문득 닥쳐와 선고께서는 필부의 손에 패전하여 마침내 국가를 잃게 되었고, 위만이 이 시를 타서 왕위를 차지했으므로 조선의 왕업은 그만 여기서 끊기고 말았소. 약질인 나는 이 어지러운 때를 당하여 굳게 절개를 지키기로 맹세하고 죽기만 기다리고 있었소."

(『금오신화』, 「취유부벽정기」 중에서)


(나) 「취유부벽정기」는 역사적 배경이 중요한 구실을 하는 소설이다. 「취유부벽정기」에 나오는 두 주인공 홍생과 기씨녀는 상이한 시대의 인물로 등장하고, 따라서 그 두 인물이 제시하는 역사적 배경 역시 다르다. …〈중략〉… 먼저 홍생이 개성인으로 평양에 갔다는 것은 그가 대변하는 역사가 고구려에서 고려로 이어지는 문화의식을 배경으로 하고 있음을 알 수 있다. 홍생이 회고하는 고구려를 고려가 잊고 있다는 점에서 작가가 진정으로 묘사하려는 것은 고려에 대한 유한임을 알 수 있다.

홍생이 이렇게 고구려에 대한 회고에 젖을 때 기씨녀를 만난다. 스스로 기자조선의 끝왕의 딸로 위만의 침입시 절개를 지키다가 죽게 된 사람으로 소개하여 「취유부벽정기」 첫머리의 '평양은 고조선의 도읍지였다'는 구절은 결국 기씨녀의 등장을 위한 포석이었음을 알 수 있다. 이처럼 그녀의 죽음 역시 정절을 지키려는 도덕성에서 기인된 것으로 그녀는 죽은 후에 보상을 받아, 단군왕검에 의해 선계에 들어가게 되었다.

여기서 기씨녀와 단군의 연계는 결국 기자조선의 정통이 단군의 고조선에 있고 중국과는 무관하다는 의식에서 나온 것으로 볼 수 있다. 이와 함께 관심을 끄는 것으로 단군에 대한 설명이 있다. 단군을 삼신산의 불사약을 기씨녀에게 주어 신선이 되게 한 선인으로 보고 있다는 점이다. 이 대목에서 특히 향토색과 자주적 정신을 주목할 수 있고, 기씨녀의 배경을 통해 드러난 작가의식은 '반존화적 민족의식' 이라 규정할 수 있다.

(이혜순,「금오신화」중에서)

통합형 문·답

(나)를 통하여 (가) 작품이 민족주의적 관점에서 해석될 수 있는 가능성을 확인하게 된다. 고조선, 고구려, 고려로 이어지는 계통을 중국과 대비함으로써 민족의식이 뚜렷하게 드러났다는 해석을 할 수 있다. 그렇지만, 이러한 해석 —— 민족주의가 현재 상황에 어떤 의미가 있을 수 있는가에 대해서는 견해를 달리할 수 있다. 예컨대 아직도 민족주의는 우리 국가·국민을 지탱하는 이념적 기초여야 한다고 볼 수도 있지만, 더 이상 민족주의에 집착하면 세계화에 뒤처지고 도퇴되고 만다는 주장을 펼 수도 있다. 전자라면 김시습의 「취유부벽정기」는 적극적으로 평가해야 될 작품이지만, 후자라면 「취유부벽정기」는 구시대의 산물로서 현재적 의의가 전혀 없다는 입장을 취하게 될 것이다. 이처럼, 작품의 의의를 평가하는 데 있어서 '민족주의'는 중요한 기준으로 작용한다. 다음 예문을 읽고, 거기에 담긴 견해에 대하여 비판적으로 생각해 보자.

176
김시습

역사적으로 민족주의는 다대한 역할을 해 왔다. 유럽의 경우 민족주의는 중세의 보편적 기독교 세계의 붕괴와 자본주의의 발전 그리고 민족국가 수립에 원동력이 되었고, 이 과정을 거쳐 형성된 근대적 자본주의 체제는 바로 제국주의화함으로써 전세계를 자본주의 체제로 편입시켜 나갔다. 근대화에 성공한 유일한 동양 국가인 일본과 구미 자본주의 제국들의 침략으로 식민지로 전락한 지역에서는 민족주의가 탈식민지 민족해방운동 형태를 띠고 거세게 일어났고 이것은 사회주의 이념과 결합되어 전개되기도 하였다.

제2차 세계대전 이후 식민지 상태에서 벗어난 다수의 민족들은 민족주의 또는 이와 결합한 사회주의 이념 아래 독립국가를 수립하였으나 서구와 같이 민족주의와 병행된 자유주의 경험과 전통이 부족한 까닭에 이 지역의 정권들은 흔히 민족주의의 외피를 쓴 독재를 일삼아 왔다. 우리 나라의 역사적 경험도 이에서 벗어나지 않는다. 그리고 소련과 동유럽에서는 사회주의 체제가 무너지자 소수 민족들이 저마다 분리 독립운동을 외치며 오랜 억압에서 벗어나려고 하는 바람에 민족 간의 유혈 충돌이 끊이지 않고 있다.

이데올로기의 시대였던 20세기도 저무는 지금, 전세계는 이데올로기의 미망에서 벗어나 민주주의와 복지 그리고 평화를 위해 경쟁과 협력을 해 나가고 있다. 한때는 진보적이고 긍정적인 역할을 담당했던 민족주의는 이제 그 역사적 사명을 다한 것이다. 인류 보편의 가치들이 확인된 지금 민족주의는 의도와는 무관하게 보편적 가치가 실현되는 것을 저해하는 반동적 이념으로서 명분 없는 국수주의에 불과한 것이다.

현대 세계에서 가장 문제가 되는 국제 정치적 사안을 들라면, 민족주의를 그 하나로 제시할 수 있다. 구소련 지역에서의 분쟁이나 동유럽에서의 영토 분쟁, 그리고 겉으로 폭발하지는 않았어도 지속적으로 분쟁의 소지를 안고 있는 여러 국가나 지역들 간의 갈등은 주로 '민족주의'라는 이름 아래 빚어지고 있다. 설령 '민주주의'가 인류의 보편적 가치라는 사실을 인정한다고 할지라도, 작금의 정치적 상황은 민주주의의 깃발 아래에서라기보다는 민족주의적 이념의 기치 아래에서 연유한 측면이 훨씬 크다고 하겠다. 이러한 상황을 염두에 둘 때, 민족주의가 과연 정당한 것인지 차분하게 검토할 필요가 있으며 그런 과정을 거쳐야만이 현재의 급변하는 상황에 능동적으로 대처할 수 있을 것이다.

현대 세계에는 수많은 이념이 존재하지만 그 중에서도 민족주의가 가장 강력하다는 데는 이론의 여지가 없다. 민족주의는 그 자체로서 이론 체계를 이루어 내지는 못했지만 근대 세계의 형성에서부터 오늘날에 이르기까지 다양한 역할을 해 왔다. 그런데 이러한 역할은 지역적으로 유럽과 그 이외의 지역에서 매우 달랐으며 시간적으로도 변화해 왔다.

최근 동서 냉전 체제의 붕괴로 야기된 국제 질서의 급격한 변화는 좌우의 이념 대립하에서 억제되었던 민족주의의 향방에 주목하도록 하고 있다. 제시된 예문은 오늘의 시점에서 과거 민족주의의 역사를 개괄하면서 이제 민족주의의 세계사적 사명은 끝났다고 주장한다. 이러한 주장은 민족주의의 사고 단위인 민족국가의 성립이 전세계적으로 거의 완료되었다는 점, 전세계적인 자본주의 체제가 사실상 형성되었으며 근대 자유민주주의와 시장 경제는 이미 세계화되었다는 점, 정치·경제·문화적인 가치는 지구화(globalization)와 지방화(localization)가 동시에 진행되는 글로컬라이제이션(glocalization) 과정에 놓여 있고 따라서 민족국가라는 사고 단위는 이미 너무 크거나 너무 작아서 그 유효성을 상실했다는 점 등을 근거로 하여 널리 유포되고 있다.

만약 민족주의 무용론에 동조한다면 민족주의는 부정적인 의미


김시습

에서의 이데올로기(즉 허위의식)라는 점에서 출발하여 이미 예문의 내용과 유사한 태도를 취할 것이다. 이때 특히 지적되어야 하는 것은 환경문제를 통해 극명하게 드러나는 민족 이기주의의 위험성, 상호 이해와 협력을 가로막는 국수주의와 쇼비니즘의 위험성, 민족의 이름으로 개인이 무시되는 전체주의의 위험성 등이다. 그렇지만, 이러한 태도는 그 의미를 십분 인정한다고 해도 여전히 문제의 일면만을 과도하게 부각시킨 느낌이 든다.

민족주의는 언어, 혈통, 영토, 종교, 역사 등을 통해 맺어진 공동체인 민족의 독립, 통일, 발전을 추구하는 사상과 운동이라고 할 수 있다. 그러나 이러한 민족주의는 독자적인 이론 체계를 가지기는 힘들고 다른 사회 이념들과 결합되어 나타날 수밖에 없는 2차적 이데올로기로서, 역사 속에서 확인되듯이 언제, 어느 계층에 의해 주도되는가에 따라 그 성격이 결정된다. 따라서 민족주의의 역사성과 운동성을 구체적으로 살펴보지 않고서 이에 대한 평가를 내릴 수는 없다. 즉 과거에 민족주의가 긍정적인 역할을 했다고 해서 지금도 그러한 것은 아니며 반대로 부정적인 역할을 했다고 해서 폐기되어야 하는 것도 아닌 것이다.

한국 민족주의가 지닌 가장 중요한 특징은, 서구와도 신생독립국들과도 다른 '민족 있는 민족주의'로서, 신라 통일 이래 13세기 이상을 단일 국가 아래 단일 민족이라 불릴 정도의 종족 구성과 단일 언어·문화를 가지고 생활해 온 점이다. 그리고 한국 근대사 속에서 민족주의는 단순히 자주독립을 목적으로 한 저항의 이데올로기임에 그치지 않고 이상적인 민족 공동체를 추구하는 하나의 변혁 이데올로기이기도 하였다. 그것은 오늘날 한민족이 당면하고 있는 여러 차원의 민족적 과제를 수행하는 데도 주도적 변수로서 기여해야 한다. 우선 한국 민족주의는 진정한 민족 통합을 성취할 수 있는 이데올로기로 재정비되어야 한다. 그리하여 그 방

향으로의 인적·제도적 내부 개혁을 촉구하고 주도하는 동력원이
되어야 할 것이다. 한국 민족주의는 또한 국가의 대외적 경쟁력을
강화하면서 국제 사회에 기여할 수 있는 새로운 아이덴티티를 형
성하는 지렛대가 되어야 한다. 그리고 무엇보다, 통일을 대비한 비
전을 제시하고 준비하는 주도 세력의 형성을 매개하는 이데올로
기가 되어야 한다. 조화롭게 통합된 가운데 세계 속에 당당히 참
여하는 민족 공동체를 건설하는 과제와 관련하여 한국 민족주의
는 그 당위성과 가능성의 근거로서 기능해야 할 것이다.


김시습

# 홍길동전

허 균
許 均

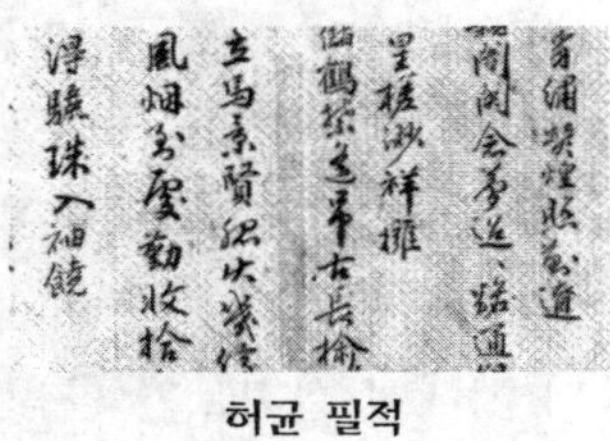

허균 필적

서경덕의 문하(門下)에서 성장하여 학자와 문장가로 이름을 날린 허엽의 아들 허균(1569~1618)의 자는 단보이며 호는 교산(蛟山)이다. 어머니는 예조 판서를 지낸 김광철의 딸로 명문 출신이었지만 허엽의 둘째 부인이 되었다. 허균은 서출(庶出)은 아니었지만 이복형제들 사이에서 자라면서 자연히 서얼(庶孼)의 고통을 알게 되었으며, 이 때문에 『홍길동전』과 같은 작품을 쓸 수 있었을 것으로 추정된다. 1594년 정시문과에 을과로 급제, 1597년 문과중시에 장원으로 급제하여 관직생활을 시작했으나 기생을 끌어들이거나 불교를 믿는 등 당대로서는 파격적인 행동을 일삼아 파직과 복직을 거듭했다. 1613년 영창대군을 죽인 계축옥사(癸丑獄事)와 관련하여 평소 친분이 있던 서출인 서양갑, 심우영 등이 처형되자 신변의 안전을 도모하기 위해 정인홍, 이이첨 등 대북파(大北派)에 가담하여 광해군의 신임을 얻기도 했다. 서얼 차별을 없애고 신분계급을 타파하는 혁명을 계획하였으나, 1618년 8월 부하 현응민이 이이첨에게 모반 계획을 폭로하여 체포, 능지처참에 처해졌다. 허균은 당대에 총명하고 영리하며 시를 아는 사람이라는 평가를 받았으나, 다른 한편으로는 인격이 경박하다거나 인륜 도덕을 어지럽히고 이단을 좋아한다는 등 부정적인 평가도 만만찮게 받았다.

『홍길동전』은 한국 고전소설 가운데 가장 잘 알려진 작품 가운데 하나이다. 서자로 태어난 홍길동이 사회적인 천대와 제약에 반발, 집을 뛰쳐나와 도적의 우두머리가 된 후 전국을 무대로 의적(義賊) 활동을 벌임으로써 지배층에 경각심을 불러일으키고, 해외로 나가 한 나라를 쳐서 왕이 되어서는 그 나라를 율도국이라는 이름의 이상국(理想國)으로 만든다는 내용이다. 사건은 크게 보아 가정에서 자객(刺客)을 죽이고 가출하는 사건, 나라 안에서 의적 행위를 벌이는 사건, 해외에 나가 율도국이라는 이름의 이상국을 건설하는 사건 등 세 개의 큰 단락으로 이루어진다. 사건이 진행될수록 주인공의 활동 무대가 넓어지고 세력이 커지며 신분이 상승하는 등 단계적으로 발전해 나간다.

작품의 줄거리를 좀더 자세히 살펴보면 다음과 같다.

주인공 홍길동은 조선조 세종 때 서울에 사는 홍판서의 시비 춘섬의 소생인 서자이다. 홍판서가 길몽인 용꿈을 꾸고 본부인을 가까이하려 했으나 응해 주지 않으므로 춘섬과 관계해서 낳은 아들이 길동이다. 길동은 어려서부터 도술을 익히고 장차 훌륭한 인물이 될 기상을 보였으나, 천생인 탓에 아버지를 아버지라 부르지 못하고 형을 형이라 부르지 못하는 한을 품는다. 가족은 길동의 비범한 재주가 장래에 화근이 될까 두려워 자객을 시켜 길동을 없애고자 한다. 길동은 위기에서 벗어나자 집을 나서 방랑의 길을 떠난다. 그러다가 도적의 소굴에 들어가 힘을 겨루어 두목이 된다.

두목이 된 홍길동은 먼저 기이한 계책으로 해인사의 보물을 탈취했으며, 그 뒤로 길동은 활빈당(活貧黨)이라 자처하고 기이한 계책과 도술로써 팔도 지방 수령들의 불의(不義)의 재물을 탈취하여 빈민들에게 나누어 주고 백성들의 재물은 추호도 취하지 않는다. 길동은 함경도 감영의 불의의 재물을 탈취해 오면서 '아무 날 전곡을 도적한 자는 활빈당 행수 홍길동이다'는 방을 붙여 둔다. 함경감사가 도적을 잡으려다 잡지 못하자 조정에 장계(狀啓)를 올려 좌우포청으로 하여금 홍길동이라는 도적을 잡게 한다. 팔도가 다같이 장계를 올리는데 도적의 이름이 모두 홍길동이요, 도적당한 날짜가 한날 한시였다. 우포장 이흡이 길동을 잡으러 나섰다가 도리어 우롱만 당한다. 국왕이 길동을 잡으라는 체포명령을 내리니 전국에서 잡혀 온 홍길동이 300명이나 되었다. 그러나 호풍환우(呼風喚雨)하고 둔갑장신(遁甲藏身)하는 초인간적인 길동의 도술을 당할 수가 없었다.

조정에서는 홍판서를 시켜 회유하고 길동의 형도 가세하여 길동의 소원을 들어주기로 하고 병조판서를 제수한다. 길동은 서울에 올라와 병조판서가 된다. 그 뒤 길동은 고국을 떠나 남경으로 가다가 산수가 수려한 율도국을 발견한다. 요괴를 퇴치하여 볼모로 잡혀 온 미녀를 구하고 율도국의 왕이 된 길동은, 마침 아버지가 죽자 부음을 듣고 고국으로 돌아와 아버지의 삼년상을 마치고 다시 율도국으로 돌아가 나라를 잘 다스린다.

이처럼 『홍길동전』의 주제는 지배이념과 지배질서를 공격하는 방향으로 나아가 있다. 이러한 체제에 대한 비판이 생겨난 것은 허균 당대의 시대적 상황과 밀접한 관계가 있다. 임진왜란을 계기로 한 중세적인 질서가 동요하고 그로 인해 민중의식이 성장하게 되고, 15세기 말 이래로 농민들의 저항 운동이 두드러진 것이다. 실제 1500년경에 홍길동(洪吉同)이라는 인물이 군도(群盜)의 우두머리로 나타나 세상을 놀라게 했음을 『조선왕조실록』을 통해 확인할 수 있다. 민중들에게 희생을 강요하는 지배층을 공격하면서 억압받고 착취당하는 민중을 동정함으로써 뚜렷한 민중의식을 보여 주며, 당대 현실에 실재했던 사회적인 문제점을 왜곡됨이 없이 보여 준다는 점에서 사실주의적이고 현실적인 경향을 띤다고 할 수 있다.

그러나 이러한 사실주의적 성격이 작품의 구체적인 내용과 구성에까지 적용되는 것은 아니다. 실제 역사적인 인물인 홍길동(洪吉同)은 잡혀 죽었지만, 『홍길동전』의 홍길동(洪吉童)은 결코 잡히지 않는 도술의 소유자이다. 홍길동의 투쟁을 하나의 생생한 역사적 경험으로 추억하고 찬미하는 소박한 민중의 입장에서는 홍길동의 좌절을 결코 인정할 수 없기 때문이다. 죽은 홍길동을 부활시키기 위해서는 그에게 신통력을 부여하지 않으면 안 된다. 이러한 동화적인 환상은 그로 하여금 어떤 때에는 귀신을 부리게도 하고 둔갑법(遁甲法)과 축지법(縮地法)을 행할 수 있게 했다.

『홍길동전』에 나타나는 이러한 소박한 민중성은 전적으로 허균의 창작인 것만은 아니다. 실제로 허균이 지은 원작 『홍길동전』은 전하지 않으며, 오늘날 전하는 『홍길동전』은 대개 19세기에 출현한 것으로 보이는 판각본(板刻本)들이다. 현전하는 자료가 원작 그대로가 아니고 후대의 개작이라는 증거도 여럿 있다. 그 중 하나만 들면, 경판본(京板本) 『홍길동전』에는 '장길산(張吉山)'이라는 이름이 나오는데, 장길산은 허균 사후인 17세기 말의 인물인 것이다. 이처럼 『홍길동전』의 원본은 오늘날까지 전하지 않고, 민중들의 발랄한 저항정신을 통해 변개(變改)되면서 그 중 몇 종류의 본들이 전하고 있는 것으로 생각된다.

(가) 각설(却說 : 고전소설의 상투어구, 화제 전환에 쓰임), 홍판서 홀연 병을 얻어 위중한지라, 부인과 인형을 불러 왈,

"내 죽으나 한이 없으되 길동의 생사(生死)를 알지 못하니 한스럽다. 제가 살아 있으면 찾아올 것이니 적서(嫡庶)를 분변치 말고 제 어미를 대접하라."

하고 숨이 다하니, 온 집안이 망극하여 치상(治喪 : 상례를 치름)할새, 산지(山地 : 묘를 쓰기 적당한 땅)를 구하지 못하여 민망하더니, 하루는 문지기 알리되,

"어떤 중이 와서 영위(靈位)에 조문(弔問)하려 하나이다."

하거늘, 이상히 여겨 들어오라 하니, 그 중이 들어와 방성대곡(放聲大哭)하니, 모두가 곡절을 몰라 면면상고(面面相顧 : 서로 얼굴만 돌아봄)하더라. 그 중이 상인(喪人 : 상주)에게 일장 통곡한 후 가로되, "형님이 어찌 아우를 몰라보십니까?"

하거늘, 상인이 자세히 보니 이 곧 길동이라. 붙들고 통곡 왈,

"아우야, 그 사이 어디 갔더냐? 아버님 생시의 유언이 간절하건만, 어찌 자식의 도리이냐?"

하고, 손을 이끌고 내당에 들어가 모부인을 뵙고 춘섬을 상면할 제 일장통곡한 후 물어 왈,

"네 어찌 중이 되어 다니느뇨?"

길동이 대답 왈, "소자 조선을 떠나 삭발위승(削髮爲僧 : 머리 깎고 중이 됨)하여 지술(地術 : 풍수지리)을 배웠더니, 이제 부친을 위하여 대지(大地 : 좋은 터)를 구했으니, 모친은 염려 마소서."

인형이 크게 기뻐하면서 말하되,

"네 재주가 기이한지라, 길지(吉地 : 좋은 땅) 곧 얻었으면 무슨 염려 있으리오."

하고 다음날 운구하여 제 모친을 모시고 서강 강변에 이르니, 길동이
지휘한바 선척이 기다리는지라. 배에 올라 화살같이 저어 한 곳에 다
다르니, 여러 사람이 수십 척을 대고 있는지라. 서로 반기며 호위하여
가니 거룩하더라. 어언간 산 위에 다다르매, 인형이 자세히 본즉 산세
가 웅장한지라 길동의 지식을 못내 탄복하더라. 일을 마치매 함께 길
동의 처소로 돌아오니, 백씨와 조씨가 존고(尊姑 : 시어머니)와 시숙(媤
叔)을 맞아 뵈온 후, 인형과 춘섬은 못내 길동의 지식을 탄복하더라.
　여러 날이 되매, 인형이 길동과 춘섬을 이별하고 산소를 극진히 모
실 것을 당부한 후, 산소에 하직하고 발행(發行)하여 본국에 이르러,
모부인을 뵈온 후 전후수말(前後首末 : 사건의 전모)을 고하니, 부인이
신기하게 여기더라.

( 경판본 『홍길동전』 중에서)

　(나) 승상이 길동의 모를 불러 가까이 앉으라 하여 손을 잡고 눈물
을 흘려 왈,
　"내 너를 잊지 못함은 길동이 나간 후에 소식이 돈절하여 사생존
망(死生存亡)을 모르니 내 마음에 이같이 사념이 간절하거든 네 마음
이야 더욱 측량하랴? 길동이 녹록한 인물이 아니라 만일 살아 있으면
너를 저버릴 바 없으리라. 부디 몸을 가볍게 버리지 말고 안보하여
좋게 지내라. 내 황천에 돌아가도 눈을 감지 못하리로다."
하시고 인하여 별세하시니, 부인이 기절하시고, 좌우 다 망극하여 곡
성이 진동하더라. 길현이 슬픈 마음을 억제치 못하여 눈물이 비오듯
하며, 부인을 붙들어 위로하여 진정하신 후에 초상등절(初喪等節)을
예로써 극진히 차릴새, 길동의 모는 더욱 망극 애통하니 그 정상이
잔잉(殘仍)하여 차마 보지 못하더라. 인하여 졸곡(卒哭) 후에 명산지
지(名山之地)를 구하여 안장하려 하고 각처에 사람을 놓아 여러 지관
을 데리고 산지를 사방으로 구하되 마땅한 곳이 없어 근심하더니, 이

186<br>허균

때에 길동이 서강에 다다라 배에서 내려 승상댁에 이르러 바로 승상 영위(靈位) 전에 들어가 복지통곡하더니, 상인이 자세히 보니 이 곧 길동이라. 대성통곡 후에 길동을 데리고 바로 내당에 들어가 부인께 고하니, 부인이 대경대희하여 길동의 손을 잡고 눈물을 흘리며 왈,

"네 어려서 집을 떠나 이제야 돌아오니 석사(昔事)를 생각하면 도리어 참괴한지라. 그러하나 네 그 사이 삼사 년은 종적을 아주 끊어 어디로 갔었더냐? 대감이 임종시 말씀이 이러이러하시고 너를 잊지 못하고 돌아가시니 어찌 원통치 아니하리요?"

하시고, 그 어미를 부르시니, 그 모 길동 온 줄 알고 급히 들어와 모자 서로 대하니 흐르는 눈물을 서로 금치 못하더라. 길동이 부인과 모친을 위로한 후 그 형장(兄丈)을 대하여 왈,

"소제 그간은 산중에 은거하여 지리를 잠심(潛心)하여 대감의 말년 유택(末年幽宅 : 말년의 살 집, 무덤을 일컬음)을 정한 곳이 있사옵더니, 알지 못하겠구나! 이미 소점(所占 : 미리 점쳐 보아둔 곳)이 있사옵니까?"

그 형이 이 말을 듣고 더욱 반겨 아직 정하지 못한 말을 설화(說話)하고, 제인이 모여 밤이 새도록 정회를 베풀고, 이튿날 길동이 그 형을 모시고 한 곳에 이르러 가리켜 왈,

"이곳이 소제의 정한 땅이로소이다."

길현이 사면을 살펴보니, 중중한 석각이 험악하고, 누누(壘壘)한 고총(옛 무덤)이 수없는지라. 심내에 불합(不合)하여 왈,

"소제의 높은 소견은 알지 못하되 내 마음은 이곳에 모실 생각이 없으니 다른 땅을 점복하라."

길동이 거짓 탄식 왈,

"이 땅이 비록 이러하오나 누대 장상지지(將相之地 : 장군과 정승이 나올 만한 땅)어늘 형장의 소견이 불합하오니 개탄이로다!"

하고 도끼를 들어 수 척을 파하니, 오색 기운이 일며 청학 한 쌍이 날

아가는지라. 그 형이 이 거동을 보고 크게 뉘우쳐 길동의 손을 잡고
왈,

　"우형의 소견 절언대지(絶言大地 : 말문이 막힐 정도로 좋은 땅)를 잃
었으니 어찌 애닯지 아니하리요? 바라나니 다른 땅은 없느냐?"

　길동이 가로되, "이에서 한 곳이 있어도 길이 수천 리라 그것을 염
려하나이다."

　길현이 왈, "이제 수만 리라도 부모의 백골이 평안할 곳이 있으면
그 원근을 취사치 아니하리라."
한대, 길동이 함께 집에 돌아와 그 말씀을 설화하니, 부인이 못내 애
달와 하시더라. 날을 가리어 대감 영위를 모시고 도중(島中)으로 향할
새, 길동이 부인께 여쭈오되,

　"소자 돌아와 모자지정을 다 펴지 못하옵고, 또 대감 영위에 조석
공양이 난처하오니 어미와 함께 이번 길에 함께 하오면 좋을까 하나
이다."

　부인이 허락하시거늘, 직일 발행하여 서강에 다다르니 제군이 대선
한 척을 대후하였는지라. 영구를 배에 모신 후에 짐 나르는 노복(奴
僕)들을 다 물리치고 그 형장과 어미를 모셔 만경창파로 떠나가니 갈
곳을 알지 못할러라. 수일 후에 섬중에 이르러 영구를 대청 위에 모
시고, 날을 가려 일봉산에 올라 장례를 모시니, 일하는 모습이 능묘와
같은지라. 그 형장이 너무 참람함을 놀라니, 길동 왈, "형장은 의심치
마옵소서. 이곳은 조선 사람이 출입하는 곳이 아니며, 그 자식 되는
자가 부모를 후장(厚葬)해서 죄 될 것이 없나이다."
하더라. 안장 후에 섬에 돌아와 수개월 머물더니, 그 형이 고향으로
돌아가고자 하거늘 …〈하략〉…

(완판본 『홍길동전』 중에서)

(가), (나)에 공통된 화소(話素)들을 4~5개 정도로 항목화해서 제시하고, (가)와 (나) 사이의 차이점을 지적해 보자. 또한 현대 소설에서 텍스트의 차이가 이 정도일 경우 같은 작품으로 취급될 수 있겠는지도 생각해 보자.

(가)와 (나)의 이야기 전개에서 공통적인 화소는 다음과 같다. ① 홍판서의 죽음 ② 홍길동의 등장 ③ 길동과 어머니의 재회 ④ 길동이 홍판서의 묘자리를 보아줌 ⑤ 길동은 어머니와 함께 묘 곁에 머무름. 이처럼 전체적인 틀은 같지만, 세부적으로는 다른 점들이 많이 눈에 띈다.

전체적으로 보아 (가)는 이야기의 전개가 빠르며 길동과 이복형(인형) 사이의 갈등이 드러나지 않는다. 따라서 등장인물들 사이의 대화도 간결하며, 대화보다 서술이 중요한 이야기 방식이다. 반면에 (나)는 (가)와 같은 틀의 이야기를 거의 두 배의 분량으로 늘려 이야기하고 있다. 서술 자체가 장황해졌을 뿐만 아니라 대화의 삽입이 늘었다. 특히 (나)에서는 이복형(길현)을 시험하려는 길동과, 길동을 못 미더워하는 길현 사이의 갈등이 대화를 통해서 표출되고 있다.

묘지 터를 찾아가는 장면에서도 약간의 차이가 있다. 묘지 터를 찾아 길동뿐 아니라 길동 모인 춘섬과 길동의 이복형이 함께 배를 타고 간다. 그리고 길동의 두 첩인 백씨와 조씨가 시어머니와 시숙에게 인사드리는 장면이 (가)에만 포함되어 있다.

(가)와 (나)는 같은 『홍길동전』의 이본(異本)들이다. 이본이란 말뜻 그대로 '다른 책'을 의미한다. 구체적으로는 동일한 제목하의 서로 다른 내용의 책을 의미한다. 오늘날에는 동일한 작자가

동일한 제목으로 쓴 책이라고 한다면 그것이 똑같은 활자로 조판되어 인쇄되기 때문에 이본이 생길 수가 없다. 그러나 고전소설의 경우에는 출판되는 장소가 여러 곳이며 출판물의 유통에 물리적 한계가 있었기 때문에 동일한 제목의 작품이라 할지라도 그 세부적인 내용에 차이가 생기는 경우가 흔했다.

(가)와 (나)의 차이도 여기에서 비롯된 것이다. 두 작품 모두 허균의 시대와는 상당한 시간적 거리가 있는 이본들일 것이다. (나)가 (가)의 장면들을 대부분 포함하고 있다는 점에서 (가)가 (나)의 축약본이라고 가정할 수도 있겠지만, (가)에는 백씨와 조씨 같은 (나)에 나오지 않는 인물이 등장하기 때문에 섣부른 결론은 금물이다. 이 둘은 다같이 허균의 원본이 세대를 거쳐 필사, 구전 등의 방법으로 전해져 내려오면서 그때그때 굳어진 형태들이라고 짐작된다. 오늘날과 같은 경우 저작권의 개념이 엄격하고 구성상의 유사성만으로도 표절 시비가 붙는 것이 현실이지만, 오늘날의 시각으로 고전 작품들이 존재하는 특수한 사정을 판단해서는 안 될 것이다.

**작품 읽기 2**

천하에 두려워할 만한 것은 오직 백성뿐이다. 백성은 물, 불, 호랑이, 표범보다도 더 두려운 것이다. 그런데 윗자리에 있는 사람들은 제 마음대로 이들을 업신여기고 학대하고 부린다. 도대체 어째서 그러한가?

무릇 이미 이루어진 것을 함께 즐기며 늘 보는 것에 얽매이면서, 그냥 순순히 법을 받들어 윗사람의 부림을 받는 사람이 항민(恒民)이다. 이들 항민은 두려워할 것이 없다.

허균

모질게 빼앗겨, 살이 깎이고 뼈가 부서지며 집에 들어온 것이나 땅에서 난 것을 모두 가져다 끝없는 요구에 바치느라 시름하고 탄식하면서 윗사람들을 증오하는 사람이 원민(怨民)이다. 이들 원민도 반드시 두렵지는 않다.

자취를 푸줏간 속에 감추고 다른 마음을 몰래 품고 세상을 삐딱하게 곁눈질하다가, 때를 만나면 자기의 원(願)을 행하려는 사람이 호민(豪民)이다. 무릇 호민은 크게 두려워할 존재이다.

호민은 나라의 틈을 엿보다가 일이 가히 이루어질 만한 기미가 있으면 팔을 휘두르며 언덕, 밭두렁 위에서 한번 소리친다. 그러면 저 원민들은 그 소리를 듣고 모여서 모의하지 않고 같이 외친다. 저 항민들도 또한 살 길을 찾아 호미, 고무래, 창, 창자루를 들고 따라가서 무도한 자들을 죽이지 않을 수 없다.

진(秦)나라가 망한 것은 진승(陳勝)과 오광(吳廣)[1] 때문이었고, 한(漢)나라가 어지러워진 것 또한 황건적 때문이었으며, 당(唐)나라가 쇠약해지자 왕선지(王仙芝)[2]와 황소(黃巢)가 기회를 타서 일어나 마침내 이 때문에 나라가 망했다. 이 모두 백성을 괴롭게 해서 제 몸을 봉양한 죄과이고, 호민이 이 틈을 탄 것이다.

무릇 하늘이 사목(司牧)[3]의 제도를 둔 것은 백성을 돌보도록 한 것이지, 한 사람으로 하여금 위에 앉아서 방자하게 눈을 부라리며 골짜기 같은 끝없는 욕심이나 채우라고 한 것은 아니었다. 저 진한(秦漢) 이래의 나라들이 화를 입은 것은 마땅한 일이지 불행이 아니다.

이제 우리 나라는 그렇지 않다. 땅은 좁고 백성은 적다. 게다가 사람들이 못나고 좀스러워서 기이한 절조나 의협의 기백도 없다. 그래서 평상시에 큰 인물이나 뛰어난 인재가 나와서 세상에 쓰인 적도 없지만, 난리를 당해도 호민이나 사나운 존재들이 난리를 불러일으켜서 나라의 근심거리가 된 적도 없었다. 그것도 다행이다.

그러나 오늘날은 고려시대와 또한 그 사정이 다르다. 고려 때에는


홍길동전

백성들로부터 받아들이는 것에는 한도가 있었고, 산림과 천택(川澤)에서 나오는 이익을 백성과 함께했다. 상인들에게 그 길을 열어 주고 공인들에게도 혜택을 주었다. 또 수입을 헤아려 지출을 하였기에 나라에 쌓아 놓은 것도 있었다. 갑자기 큰 전쟁이나 상사가 있어도 세금을 더 거두는 일이 없었다. 고려 말기에 와서 삼공(三空)[4]을 걱정하였다.

우리 조선은 그렇지 않다. 얼마 안 되는 백성으로, 키신을 섬기고 윗사람을 받드는 예절만은 중국과 같다. 그리고 백성이 내는 세금이 다섯이면 관청에 돌아오는 것은 겨우 하나이고 그 나머지는 간사한 사인(私人)들에게 어지럽게 흩어진다. 또 쌓아 놓은 것이 없어서, 무슨 일이라도 일어나면 일 년에 두 번이라도 세금을 거두고 수령은 그것을 빙자해서 키로 털어내듯 가혹하게 거둬들이기에 또한 끝이 없다.

그런 까닭에 백성의 시름과 원망은 고려 말보다 더 심하다. 그러나 위에 있는 사람은 태평하게 두려워할 줄 모르고 '우리 나라에는 호민이 없다'고 여긴다. 불행스럽게 견훤이나 궁예 같은 사람이 몽둥이를 휘두르면서 충동질한다면 시름하고 원망하던 백성들이 가서 따르지 않으리라고 누가 보장하겠는가? 기주·양주와 육합의 변란[5]은 발을 꼬고 앉아서 기다리게 될 것이다. 백성을 다스리는 자가 이런 두려운 형상을 명백히 알아서 활시위를 바로잡고 수레바퀴 자국을 고친다면 겨우 유지할 수 있을 것이다.

(허균, 『호민론(豪民論)』 전문)

---

**어휘풀이** 1) 진승(陳勝)과 오광(吳廣) : 진승은 진(秦)나라 사람으로 오광과 함께 어양(漁陽)에서 군인으로 근무하다가 진나라에 반기를 들고 일어났다. 스스로 초왕(楚王)이 되어 세력을 확장했으나 마침내 패망하였다. 그러나 진승의 봉기(蜂起)는 진나라가 망하고 한나라가 일어나게 하는 계기가 되었다. 오광도 진승과 함께 반기를 들고 항거했으며 가왕(假王)이 되었다고 후에 죽임을 당했다.

2) 왕선지(王仙芝) : 당나라 때 농민반란군의 영수. 황소(黃巢)가 이에 가담하여 더욱 세력이 커졌다.

3) 사목(司牧) : 백성을 맡아 다스리는 일.

4) 삼공(三空) : 흉년이 들어 사당에 제사를 지내지 못하고, 서당에는 학생이 없게 되고, 뜰에는 개가 없게 된다는 말.

5) 기주·양주와 육합의 변란 : 황소의 난과 같은 변고를 가리킴.

**통합형 문·답**

제시문은 『홍길동전』의 저자인 허균이 지은 글이다. 제시문이 『홍길동전』을 이해하는 데 어떻게 관련될 수 있겠는지 생각해 보자.

이 글은 전통적인 한문산문(漢文散文)의 한 갈래인 논변류(論辨類)에 해당되는 글이다. 제목을 그대로 해석하면 '호민에 관한 논의'가 된다. '〜론(論)'이라고 하게 되면, 사상을 분석하고 시비를 가리어 하나의 도리(道理)를 세우는 것이 특성이다. 그러나 이 글은 호민, 즉 백성 가운데 도적이 되는 무리를 논한 것이다. 호민의 원래 뜻은 재물이 넉넉하고 세력이 있는 백성을 말하는 것이지만, 여기서는 백성 가운데에서 적극적으로 지배 질서에 항거하는 사람들을 일컫는다.

조선시대에 '민(民)'이라 하면 주로 농업에 종사하는 평민들을 말하는 것이고, 글을 읽거나 벼슬하는 사람은 포함되지 않는다. 『홍길동전』의 길동은 서자이지만 판서의 자제이므로 일반적인 '민'의 대상은 되지 않는 듯하다. 경판본 『홍길동전』을 보면, '대장부가 세상에 나서 공맹(孔孟)을 본받지 못할 바에야 차라리 병법(兵法)이라도 익혀 대장인(大將印)을 비스듬히 차고 동정서벌

(東征西伐)하여 나라에 큰 공을 세우고 이름을 만대에 빛냄이 장부의 통쾌한 일이 아니겠는가'라는 길동의 독백이 있어, 길동이 문인이나 무인으로서 성장할 것을 꿈꾸는 것을 알 수 있다.

그러나 윗글에서 명시하고 있지는 않지만, '견훤이나 궁예 같은 사람이 몽둥이를 휘두르면서 충동질한다면 시름하고 원망하던 백성들이 가서 따르지 않으리라고 누가 보장하겠는가?'라고 하여 견훤이나 궁예 같은 인물을 호민(豪民)으로 암시하고 있다. 즉 출신 성분이 평민이나 농민이 아니더라도 아래로부터 지배질서를 위협하는 세력은 호민이거나 그와 연대할 수 있는 사나운 존재이므로 조심해야 한다는 것이다.

이러한 점에서 윗글의 논의는 『홍길동전』의 길동의 모습과 연결될 수 있는 가능성이 있다. 길동은 출신 성분에서부터 세계를 비판적으로 바라볼 가능성이 높은 서출인데다가 실제로 집을 나서 도적의 우두머리가 되었기 때문이다. 그렇게 된 도적은 자기의 소원을 이루고 지배질서를 뒤흔든다는 점에서 호민에 포함시킬 수 있다.

다만 길동이 『호민론』의 뒷부분에서 지적하는 조선시대의 사회적 모순을 얼마나 인식하고 있었는가는 문제점으로 남을 수 있다. 길동은 일반 백성들처럼 수령으로부터 수탈당하지는 않았기 때문이다. 그러나 길동도 사회에 대한 불만세력이며, 수령제도나 적서차별이나 기존 사회의 지배질서라는 점에서 길동은 일반 백성들과 연대할 수 있는 가능성이 있다. 실제로 『홍길동전』에서 길동이 집을 나와 행하는 일 가운데 가장 중요한 것이 가진 자들의 재물을 빼앗는 의적(義賊) 행위였다는 점을 생각해 보면 알 수 있다.

　　허균은 선조 2년(1569) 경상 감사 허엽의 3남 2녀 중 막내로 태어났다. 허균 집안은 대대로 문벌과 학문으로 이름이 높았고, 특히 허균의 형제들은 모두 뛰어난 수재였다. 다섯 살 위였던 누이 허난설헌은 지금까지 유명하거니와, 맏형 허성과 둘째형 허봉도 도학과 문장에 뛰어났고 관리로서도 많은 활약을 보였다고 한다. 허균 또한 여러 차례 과거에 장원했고, 학리(學理)와 문장에 두루 뛰어나 중국 사신을 상대하기도 했다. 그러나 허균의 역량은 누구나 인정하면서도, 그 사람됨에 대해서는 좋게 평한 사람이 없었다. 그에 대한 악평을 들어 본다.

　　첫째, 성품이 경박하여 올빼미와 같다. 둘째, 근거 없는 낭설을 글로 지어 퍼뜨려 민심을 소란케 한다. 셋째, 여자를 좋아하여 부모의 초상을 당해도 기생들과 놀아난다. 넷째, 이단인 불교를 좋아하여 참선을 하고 부처를 섬긴다. 이러한 것들은 모두 유교적 윤리관에서 벗어난 행동이라 '천지간의 일대 괴물' 이니 '개돼지 같은 행동' 이니 하여 허균에 대한 비난이 자자했다.

　　사실 허균은 여색을 좋아했다. 글 잘하는 무옥이라는 첩을 둔 외에도 기생을 여럿 가까이 했고, 기생 계랑과는 특히 가까운 사이였다고 한다. 계랑이 죽었을 때 허균의 슬픔은 이루 말할 수 없었다. 그리하여 시 한 수를 읊었다.

　　남녀 사이의 정욕은 천(天)이요
　　예법(禮法) 행검(行檢)은 성인(聖人)이다
　　나는 천에 따를지라도 성인에 따르지 않겠다

　　남녀 구별이 엄격하던 당시에, 정욕은 하늘의 섭리요 유교 예법은 한갓 사람인 성인이 만든 것이니, 하늘을 따르지 사람을 따르지 않겠다고 말한 것이다. 대담한 선언이다. 세상의 습속에 매이지 않으려는 뜻이 그대로 남녀간 문제에도 반영된 것이다.

# 구운몽

## 김만중
**金萬重**

조선 중기의 문신(文臣)이자 소설가인 김만중(1637~1692)은 1637년 병자호란의 혼란 속에서 부모가 피난한 강화도에서 태어났다. 또한 이곳에서 아버지 김익겸(金益兼 : 1614~1637)은 청군(淸軍)을 막아내지 못하고 순절하였으니, 이때 불과 24세의 나이였다. 어머니 윤씨 부인은 유복자로 태어난 김만중과 형 김만기에게 직접 글을 가르친 현모(賢母)로 유명하다. 1665년부터 관직 생활을 시작하여 대제학과 병조판서에까지 올랐으나 끊이지 않는 붕당의 갈등으로 세 차례의 유배생활을 해야 했다. 1687년 두 번째 유배지인 선천(宣川)에서 불후의 명작『구운몽』을 지었으며, 또 다른 소설인『사씨남정기』는 숙종이 인현왕후를 몰아내고 장희빈을 맞아들인 사실을 풍간(諷諫)하기 위해 지은 것이라고 알려져 있다. 1692년 김만중은 세 번째 유배지인 남해(南海)에서 쓸쓸한 최후를 맞이했다.

『구운몽(九雲夢)』은 한국의 고전소설과 현대소설을 통틀어 해외에도 가장 많이 알려진 소설이다. 그것은 그만큼 이 작품이 한국인의 보편적인 정서에 들어맞는 동시에 세계적인 보편성을 갖고 있다는 말이 된다. 일찍이 조선시대의 이재(李縡)는 『구운몽』의 주제가 인생의 부귀공명(富貴功名)이 일장춘몽(一場春夢)일 뿐이라고 말하는 것이라고 지적했다. 『구운몽』의 주제는 따라서 일체를 변화·소멸하는 것으로 파악하는 불교적 세계관을 떠나서 생각할 수 없으며, 『구운몽』은 『금강경(金剛經)』의 주제를 소설화한 것이라는 주장도 있다. 문학적 관점에서만 본다면 인도, 중국 등에서 이루어진 환몽구조(幻夢構造)의 이야기를 예술적으로 형상화한 것이 곧 『구운몽』이라고 할 수 있다.

『구운몽』의 줄거리는 다음과 같다.

중국 당(唐)나라 때 남악 형산 연화봉에서 육관대사(六觀大師)가 법당을 짓고 불법을 베풀었는데, 동정호의 용왕도 이에 참석했다. 육관대사는 제자인 성진(性眞)을 용왕에게 사례하러 보낸다. 이때 형산의 선녀인 위부인(魏夫人)도 팔선녀를 육관대사에게 보내 법회에 참석하지 못함을 사과한다. 용왕의 후대로 술에 취해 돌아오던 성진은 도중에 팔선녀를 만나 희롱한다. 선방(禪房)에 돌아온 성진은 팔선녀의 미모에 도취되어 불교의 적막함을 회의하고 입신양명(立身揚名)과 쾌락을 꿈꾸다가 육관대사에 의해 쫓겨나 지상으로 환생한다.

성진은 회남 수주현의 양처사의 아들 양소유(楊少遊)로 다시 태어나고, 팔선녀도 각기 환생한다. 양소유는 15세에 과거를 보러 서울로 가던 중 팔선녀가 환생한 가운데 한 여자인 진채봉(秦彩鳳)을 만나 혼약을 한다. 이때부터 양소유는 팔선녀가 환생한 여덟 여인과 차례로 만나면서 결연을 맺게 된다. 진채봉은 아버지가 죽은 뒤 관원에게 잡혀 서울로 끌려가고, 서울로 올라오던 양소유는 낙양 천진교의 시짓기 모임에서 기생 계섬월(桂蟾月)을 차지한다. 서울에 당도한 양소유는 어머니의 친척인 두련사(杜鍊師)의 주선으로 여장(女裝)을 한 채 정사도의 딸인 정경패(鄭瓊貝)와 만난다. 과거에 급제한 양소유는 정사도의 사위가 되고, 정경패는 양소유가 자신을 속인 것에 복수하기 위해 시비(侍婢)인 가춘운(賈春雲)으로 하여금 선녀로 분장하여 양소유를 유혹하게 한다.

이때 하북의 세 왕이 역모를 꾸미자 양소유가 이들을 정벌하고 돌아오는 길에 계섬월과 재회하여 동침하는데, 이튿날 일어나 확인해 보니 계섬월이 아니라 적경홍(狄驚鴻)이라는 다른 여자였다. 계섬월이 자기 대신 적경홍을 양소유의 침실에 들였던 것이다. 두 여자와 후일을 기약하고 양소유는 서울로 돌아온다. 한편 진채봉은 서울로 잡혀온 뒤 궁녀가 되었는데, 황제가 진채봉과 양소유 사이의 옛 관계를 알고 그 것을 너그러이 용서해 준다. 황제의 누이인 난양공주(蘭楊公主) 이소화는 퉁소를 잘 불었는데, 양소유가 퉁소 소리에 화답한 것이 인연이 되어 공주의 남편으로 간택된다. 놀란 양소유는 정경패와 혼약했다는 이유로 이를 거절하다가 투옥된다.

이때 토번왕이 침범해 오자 양소유는 풀려나 대원수가 되어 출전한다. 진중에서 토번왕이 양소유를 죽이라고 보낸 여자검객 심요연(沈烟)과 인연을 맺고, 심요연은 양소유를 죽이기는커녕 오히려 사랑에 빠져서 후일을 기약하고 돌아간다. 양소유는 이 사이에 꿈을 꾸고 꿈 속에서 동정용왕의 딸인 백능파(白凌波)와 인연을 맺는다. 그 사이에, 정경패 때문에 양소유와 혼약을 맺기 어려워진 난양공주는 정경패의 인물됨을 직접 확인하기 위해 자기의 신분을 속인 채 그녀를 만난다. 정경패의 인물됨에 감복한 난양공주는 스스로 그녀와 의형제가 되어 정경패를 영양공주(英陽公主)에 봉한다.


김만중

토번왕을 물리치고 돌아온 양소유는 위국공(魏國公)에 봉해지고, 영양공주·난양공주와 혼인을 하며, 진채봉과도 재회한다. 양소유는 고향으로 돌아가 노모를 서울로 모시고 오다가 낙양에 들러 계섬월과 적경홍을 데리고 오니, 심요연과 백능파도 찾아와 기다리고 있었다. 이에 양소유는 이처육첩(二妻六妾)을 거느리고 일가 화락한 가운데 부귀영화를 마음껏 누린다.

생일을 맞은 양소유는 종남산에 올라가 팔선녀와 가무를 즐기다가 문득 인생의 무상함을 느껴 비애에 잠긴다. 이때 육관대사가 찾아와 문답하는 가운데 비로소 긴 꿈에서 깨어난다. 꿈의 양소유에서 본래의 성진으로 돌아오자, 성진은 이전의 잘못과 속세에서의 삶을 잊고 육관대사의 후계자가 되어 불도를 닦아 팔선녀와 함께 극락세계로 들어가게 된다.

이러한 내용의 『구운몽』을 두고 일찍부터 많은 논란이 있었다. 유교·불교·도교에서 온 요소가 모두 들어 있지만, 성진이 세속 생각을 하면서 잠이 들었다가 육관대사에 의해 세속으로 환생하고, 욕망을 추구하는 것이 허망함을 깨달았다는 기본적인 설정은 불교적이다. 그러나 실제 소설의 내용은 불교사상을 교훈적으로 주입하는 데 있지 않고, 꿈속의 양소유가 온갖 부귀영화를 누리면서 팔선녀를 차례로 맞이하는 과정을 자세하고 묘미 있게 그리는 데 초점을 맞추었다. 세속적인 욕망이 부질없다는 불교적 사고방식은 작품의 결말에 강조되어 있을 뿐, 부귀를 얻고 애정을 성취하는 그 자체에 더욱 절실한 관심을 보인 것이다.

김만중과 이 소설의 관계를 생각해 보기로 하자. 우리는 김만중이 오늘날의 작가들이 그런 것처럼 작가를 직업으로 삼았을 것이라고 생각해서는 안 된다. 김만중은 작가라기보다는 당대의 정치가였다. 중앙 정치 무대에서 오랫동안 활동하였으며, 유교적인 교양을 쌓는 지식인이기도 했다. 당대의 소설은 오늘날처럼 문학의 중요한 한 부분으로 인식되지 않았으며, 대개 허황한 이야기들이 많이 포함되어 있었기 때문에 김만중이 속해 있었던 양반계급의 사람들은 공식적으로 소설을 배척하기까지 했다.

흔히 김만중이 홀어머니를 위로해 드리기 위해서 『구운몽』을 지었다고 말한다. 아마 이것은 부분적으로 사실일 것이다. 그러나 그것이 설령 사실이라고 할지라도, 김만중이 직업적인 정치인이었을 뿐만 아니라 양반계급에 속한 상태에서 당대에 하찮게 취급되던 소설을 지은 데에는 또 다른 이유가 있었을 것으로 생각하지 않을 수 없다. 우리가 실제로 오늘날의 관점에서 『구운몽』을 읽음으로써 얻을 수 있는 재미는 불교적인 깨달음에 있다기보다, 『구운몽』을 통해서 볼 수 있는 조선시대 양반계급의 상상세계이다.

『구운몽』에는 오늘날의 사람들이 그런 것처럼 이성(異性)에 대한 강렬한 추구가 있으며, 그것을 얻기 위한 시도와 좌절, 터무니없는 속임수, 유쾌한 보복과 같이 연애 관계에서 일어나는 온갖 아기자기한 감정의 움직임과 그것을 일으키는 상황에 대한 세밀한 묘사가 있다. 흔히 유교이념의 도그마에 갇혀 맹목적인 남녀유별의 세계관을 갖고 있었다고 생각되는 조선시대 한가운데 솟아 있는 『구운몽』은, 우리의 그릇된 편견을 깨뜨리는 데 충분한 내용을 포함하고 있다. 또한 그러한 남녀관계의 아기자기한 즐거움과 갈등이 고전적이고 전아(典雅)한 언어로 서술되어 있는 묘한 체험도 『구운몽』을 읽음으로써 얻을 수 있는 또 하나의 재미이다.


김만중

   양승상이 관을 벗고 가로되,

"신(臣) 소유(少遊) 국은(國恩)을 입사와 벼슬이 삼공(三公)에 이르렀으나 나이 오히려 젊었는지라 젊은 적 풍정(風情 : 젊은 시절의 객기)을 이기지 못하와 집에 약간 풍류하는 사람이 있으니 황공하옵니다. 비록 그러하나 그윽히 국가 법령을 보오니 일이 연전(年前)에 있으면 분간(分揀 : 죄상을 보아 용서함)케 하였으니 신의 집에 비록 여러 사람이 있으나 숙인(淑人) 진씨는 황상이 맺어 주신 사람이니 의론중에 들지 않을 것이요, 첩 계씨는 신이 미천할 적 얻은 사람이요, 첩 가씨와 적씨 백씨 심씨 이 네 사람도 신을 좇음이 다 부마(駙馬 : 사위, 여기서는 임금의 처남인 자기 자신의 처지를 말함) 되기 전이요, 그 후 첩을 집에 둠은 다 공주의 권(勸)을 좇음이니 신의 천자(擅恣 : 마음대로 함)함이 아니니이다."

   태후 분간하라 하시더니 월왕(越王)이 사뢰되,

"공주 비록 권함이 있으나 양소유의 도리는 마땅치 아니하니 다시 물읍시다."

   승상이 급하여 고두(叩頭 : 공경하여 머리를 숙임)하며 사뢰되,

"신의 죄는 일만 번 죽음직하오나 예로부터 죄 저지른 사람은 공을 의논함이 있으니 신이 황상의 부르심을 입어 동(東)으로 삼진(三鎭)을 항복받고 서(西)로 토번을 평정하여 공로 또한 적지 아니하니 이로써 속죄할까 하나이다."

   태후 대소(大笑) 왈,

"양승상은 사직지신(社稷之臣 : 나라의 안위를 맡은 중신)이니 어이 사위로만 대접하리오."

하시고 사모(紗帽 : 관직을 표시하는 모자의 일종)를 쓰라 하시다. 월왕이 가로되,

"승상이 비록 공이 중(重)하여 죄를 면하였으나 아주 용서친 못할 것이니 벌주(罰酒)를 합시다."

태후 웃고 허락하시니 궁녀 옥배(玉杯)를 받들어 오거늘 왕 왈,

"승상 주량이 고래 같으니 작은 잔으로 어이 벌하리오."

하고 손수 명령하여 한 말 드는 금굴치(金屈：술잔의 일종)에 술을 가득 부어 승상을 벌하니 소유 네 번 절하고 받아 한번에 다 마시니 승상이 비록 양이 크나 한 말 술을 연거푸 먹었으니 어찌 취하지 아니하리요.

고두하고 아뢰어 왈,

"견우는 직녀를 너무 사랑하기에 장인이 귀양 보내고 소유는 집안에 희첩 두기로 장모 벌하시니 천가(天家：왕가)의 사위 되기 어렵도소이다. 신이 대취하였으니 물러가나이다."

하고 일어나다 쓰러지거늘 태후 대소하시고 궁녀로 하여금 붙들어 내어보내시다. 두 공주(난양공주와 영양공주로 둘 다 양소유의 처)더러 이르시되,

"양랑(楊郞)이 술에 곤하여 기운이 편치 못할 것이니 너희 함께 나아가 옷을 벗기며 차를 드리게 하라."

두 공주 대답 왈, "소녀 등이 아녀도 옷 벗길 사람은 적지 아녀이다."

태후 왈, "비록 그러하나 부녀의 도리를 아니 차리지 못하리라."

하시니 공주가 승상을 따라가니 유뷰인(柳夫人：양소유의 어머니)이 당상(堂上)에 촛불을 베풀고 기다리더니 승상이 대취하였음을 보고 문 왈,

"오늘은 어찌 이대도록 취하였나뇨?"

승상이 취한 눈으로 공주를 오래 보다가 이르되,

"공주의 오라비(월왕을 일컬음)가 태후께 소자의 죄를 얽어 사뢰니 태후께서 진노(震怒)하사 일이 측량치 못할러니 아자(兒子：자기를 일

걸음)가 말을 잘하여 겨우 풀려나니 월왕이 오히려 아자를 해하려 태후를 북돋우어 독주(毒酒)로 벌 먹이니 하마 죽을 뻔하이다. 비록 왕이 미색(美色)을 겨뤄 못 이기고 원망하여 보복함이라. 또 난양(蘭楊)이 나의 희첩을 투기(妬忌:질투)하여 왕과 모의하여 곤란케 함이니 전일(前日) 어진 체하던 말을 어이 믿으리오. 모친은 난양을 벌 먹여 아자를 위하여 설분(雪憤:분을 씻음)하여 주소서."

부인이 소(笑) 왈,

"난양의 죄가 분명하지 아니하고 본디 술을 한 모금도 못 먹던데 어찌 먹이리요? 부디 벌하려거든 차(茶)로 대신할 것이로다."

승상 왈, "부디 벌주(罰酒)를 하려 하나이다."

부인이 난양다려 이르되,

"공주가 벌을 아니 먹으면 취객(醉客:양소유를 가리킴)이 성을 풀지 못할 것이라."

하고 시녀로 하여금 벌주 잔을 난양에게 보내니 받아 마시려 할 적에 승상이 의심하여 잔을 빼앗아 받아먹어 보려 하거늘 승상의 손을 빼앗고 난양이 급히 땅에 버리니 잔 밑에 남은 술이 있는지라. 승상이 찍어 먹어 보니 사탕물이어늘 승상이 좋은 술을 가져오라 하여 손수 한 잔을 가득 부어 난양에게 보내니 마지못하여 받아 마시거늘 승상이 또 유부인에게 사뢰되,

"아자를 벌함이 비록 난양의 계략이지만 정씨(정경패)도 간여함이 없지 아니하고, 아자가 태후 앞에서 고사(叩謝:머리를 조아려 사죄함)하는 모양을 보고 난양과 더불어 눈길 주고 웃으니 그 마음을 측량치 못할지라. 청컨대 벌하여지이다."

부인이 웃고 또 한 잔을 정씨에게 보내니 자리를 떠나 받아 마시고 도로 주더라. 부인이 이에 가로되,

"태후낭랑(太后娘娘)이 소유를 벌하심은 희첩이 있음으로서라, 이러므로 주모(主母:본처) 두 사람이 벌을 먹었으니 희첩이 어찌 편안

하리오? 적경홍, 계섬월, 심요연, 백능파에게 다 한 잔씩 벌하라."

네 사람이 다 꿇어 한 잔씩 받아먹으니라. 섬월, 경홍이 부인께 사뢰되,

"태후낭랑이 승상을 벌하심은 희첩 있으심을 책망하심이요 낙유원(樂遊原: 이 장면이 있기 전에 낙유원에서 월왕과 양소유는 여러 가지 시합을 벌여 양소유가 이겼다. 여기서 월왕이 양소유를 벌할 것을 주장한 것은 시합에서 진 데 대한 보복이기도 하다.) 잔치를 위함이 아니라. 심요연, 백능파 두 사람은 오히려 (양소유와) 이부자리를 함께하지 못했으니 부끄러운 낮을 일찍이 들지 못하거늘 첩 등과 더불어 함께 벌주를 하고, 가춘운은 승상을 모심이 저렇듯 한데도 낙유원에 가지 않았다고 벌을 면하니 저희는 한가지로 불평하나이다."

부인이 옳다 하고 큰 잔으로 춘운을 벌하라 하니 춘운이 웃음을 머금고 벌을 먹더라.

이때에 모두가 두루 벌주를 하니 자못 분분(紛紛: 뒤숭숭하고 부끄러움)하고 공주는 술에 보채어 견디지 못하여 하되 오직 진숙인(秦淑人: 진채봉)만이 단정히 앉아 말도 아니하고 웃지도 아니하거늘 승상이 가로되,

"진씨는 참된 체하고 남의 흥만 보니 벌을 아니치 못하리라."
하고 한 잔을 보내니 진씨 웃고 먹더라. 유부인이,

"공주의 기운이 어떠하뇨?"

"머리 아픔이 심합니다."

부인이 진씨로 하여금 붙들어 침방(寢房)에 가라 하다. 춘운으로 하여금 잔에 술을 부어 오라 하여 잔을 잡고 가로되,

"나의 두 며느리는 천상 신선(天上 神仙)이라. 내가 매양 복을 잃을까 두려워하더니 이제 소유가 미친 주정을 부려 난양으로 하여금 몸이 편치 못하게 하니 낭랑(娘娘: 태후의 높임말)이 들으시면 반드시 과도히 근심하시리니 신하가 되어 군주께 근심 끼침이 극(極)한 죄


김만중

(罪)라. 이것이 다 나의 늙은 몸이 아자를 가르치지 못함이라, 스스로 벌하노라."
하고 다 마시니 승상이 황공하여 꿇어 가로되,
    "모친이 스스로 벌하노라 하시니 아자의 죄 깊도소이다."
    경홍으로 하여금 큰 그릇에 술을 부어 오라 하여 일어나 절하고 가로되,
    "소유가 모친 교령(敎令)을 순종치 못하나니 벌주를 하나이다."

(『구운몽』 중에서)



다음 인용문은 『구운몽』에 대한 글이다. 이 글에서 유씨 부인에 대한 평가가 적절하다고 볼 수 있는지 생각해 보자. 만일 적절하지 못하다고 생각한다면 그 이유는 무엇인가?

    김만중의 그 어머니에 대한 효성은 평소 효우(孝友)로서 칭찬을 듣고 있는 이웃 사람조차도 '아무개의 이러한 일은 능히 할 수 있는 이가 없다'고 했을 정도로 지극한 바 있었다. 김만중이 효성이 있었다는 정도의 상식적인 수준의 평가를 훨씬 넘어선 것이다. 이러한 인품의 소유자였기에 어머니의 이미지는 그의 작품 『구운몽』 속에서 핵심적인 의의를 지니게 되었다고 할 수 있다.
    어머니의 이미지는 먼저 양소유의 어머니 유씨 부인의 형상으로 드러난다. 유씨 부인은 소유의 나이 10세 때 남편을 여의고 오직 소유 하나만 의지하면서 지냈고, 표형(表兄)인 두부인(杜夫人)에게 서신을 띄워 소유의 혼사를 주선하게 하였다. 그녀는 아들 소유의 앞날을 깊이 걱정하고, 입신(立身)할 수 있는 길을 열어 준 인도자였

205<br>구운몽

던 셈이다.

또한 그녀는 소유가 입신하여 부귀를 누릴 때에도 언제나 소유의 처와 첩들을 지도하는 위치에 있었다. 월왕과의 낙유원 잔치가 끝나고 돌아와 서로 벌주를 권하는 장면은 화기애애한 한 가문의 분위기를 전해 주고 있으면서 그 가문의 안주인으로서 유씨 부인이 지키는 고아한 품격을 잘 그려 내고 있는 것이기도 하다. 유씨 부인이 비록 허구적인 인물이라 할지라도 김만중이 이러한 인물을 구상했을 때 자기의 어머니인 윤씨의 이미지를 떠올렸을 것이라는 점은 충분히 인정된다. 더욱이 이 작품의 창작 동기는 어머니를 위로하기 위한 것이었다.

소설은 인물 없이는 성립하지 않는다. 소설에서 갈등의 핵심이 되는 당사자들은 언제나 인물이기 때문이다. 이것은 고전소설의 경우에도 마찬가지다. 이러한 인물을 창조하기 위해서 작가는 자기의 상상력을 동원하게 되지만, 작가 역시 자기의 한정된 체험 속에서 만난 인물들의 모습을 작품 속의 인물에 투영하게 되는 것이 일반적이다. 물론 작가는 거기에서 멈추지 않으며, 자기가 말하고자 하는 주제를 표현하기에 적절한 모습으로 등장인물의 성격과 행동을 조절하려고 애쓴다.

위의 인용문은 『구운몽』의 유씨 부인이 작가 김만중의 어머니 윤씨 부인의 이미지와 비슷한 점을 지적하고 있다. 흔히 김만중의 어머니 윤씨 부인은 과부로 지내면서 김만중을 교육시키는 데 혼신의 힘을 쏟은 훌륭한 여성으로 알려져 있다. 인용문에서는 그러한 윤씨 부인의 엄정한 삶의 태도와 고아한 품격을 『구운몽』의 유씨 부인이 이어받았다고 보고 있다. 그 예로 낙유원 잔치가 끝난 뒤의 유씨 부인의 모습을 들고 있다.

위의 자료에서 읽었듯이, 확실히 유씨 부인의 말투는 전아하고


김만중

곱다. 아들인 양소유가 벌주를 마시고 오자 그것을 걱정하며, 며느리들인 양소유의 여덟 여자들을 조화롭게 잘 다루는 것처럼 보인다. 그리고 마지막에는 스스로 벌주를 마시기까지 한다. 가문의 분위기는 화기애애하며, 그 중심에 유씨 부인이 있는 것은 틀림없다.

그러나 유씨 부인의 모습을 자세히 살펴보면, 사태는 그렇게 단순하지 않음을 느낄 수 있다. 먼저, 인용문에서 말하는 바의 유씨 부인의 고아한 이미지는 실제 작품과는 거리가 있다. 유씨 부인은 난양공주에게 술 대신 사탕물을 주어 아들 양소유를 속이려 하며, 난양공주와 정경패가 벌주를 받아 마시자 스스로 첩들에게 벌주를 내릴 정도로 적극적이다. 이것은 첩들을 잘 다루는 것이라기보다는 장난의 성격이 짙은 행동인 것이다.

유씨 부인의 장난스러운 성격은 스스로 벌주를 마시는 모습에서 최고조에 달하게 된다. 유씨 부인은 아무도 벌주를 마시라고 하지 않았음에도 불구하고 두 공주를 술에 취하게 했다는 죄목을 들어 벌주를 자청해 마신다. 이에 흥분한 양소유는 이미 벌주를 받아 취한 상태임에도 불구하고 또다시 어머니에게 사죄한다는 핑계로 술을 마신다.

이 장면에서 벌주라는 것은 벌의 의미보다는 즐거운 놀이로서의 성격이 짙다. 거기에 고급스러운 귀족의 분위기가 느껴질 수는 있겠지만 장면 자체가 고풍스럽거나 유씨 부인이 품격 있는 모습으로 그려져 있는 것은 아니다. 이것은 차라리 며느리와 시어머니가 아들과 함께 모여 술을 마시며 긴장을 풀고 노는 장면을 재현한 것이라고 보는 것이 더욱 바람직할 것이다.

애당초 벌주 사건이 일어나게 된 것은 유씨 부인의 다음 언급에서 나타나고 있다. '태후낭랑(太后娘娘)이 소유를 벌하심은 희첩이 있음으로서라' 즉 황제의 동생과 결혼한 양소유가 이미 첩을 두고 있었다는 데 대한 괘씸죄의 성격이 있는 것이다. 물론

『구운몽』은 양소유가 자기의 욕망을 마음껏 채우는 꿈속의 이야기이기 때문에 이러한 양소유의 행동은 처벌되지 않고 그것의 즐거움만이 나타나며, 설혹 처벌이 일어나더라도 여기서의 벌주 마시는 경우처럼 거의 장난스럽게 이루어지는 것이다.

이렇게 볼 때, 확고한 범절과 엄격한 교육으로 자녀를 길렀다는 윤씨 부인과 유씨 부인의 모습 사이에서 이미지의 유사성을 지적하는 것은 어색하게 느껴진다. 이 부분에서 유씨 부인이 하는 역할은 가정의 조정자로서의 그것이라기보다는 벌주놀이를 통한 즐거운 분위기 연출에 있지 않나 생각된다. 사실 『구운몽』은 이러한 시시콜콜하고 아기자기한 재미로 가득 차 있으며, 그것이 이 작품을 불교적 외피와 상관없이 사람들에게 널리 읽히게 한 원동력인 것이다.



김만중

서포 김만중의 효성에 대해서는 여러 기록이 전한다. 서포의 종손인 김춘택은 문집 『북헌집』에서 다음과 같이 말하고 있다.

내 이전에 선생이 어머님 모시고 있음을 보니, 정말 어린아이가 어머님 품에 안겨 젖을 먹으려는 것과 같았는데, 어머님의 뜻을 즐겁게 해드리고 얼굴빛을 부드럽게 해드리려는 일에 이르러서는 일일이 들어 말할 수 없을 지경이다.

이런 이야기를 같은 집안 후손의 과장으로만 볼 수는 없다. 이재가 쓴 『삼관기』에도 역시 서포의 효성이 지극했음이 나타나 있다.

서포 김공은 대단히 효성이 지극하였다. 유복자로 태어나 아버지의 얼굴도 모르는 것을 평생의 아픈 일로 여겼다. 어머니의 사랑도 지극하였지만 또한 어머니의 뜻을 받들어 그 뜻을 즐겁게 하는 모양은 마치 어린 병아리가 어미 앞에서 삐약거리며 우는 것과도 같았다. 부인은 옛 역사나 이상한 사실을 적은 책을 좋아하였으므로 서포는 많은 이야기책을 모아서 밤낮으로 그것을 이야기하며 어머니를 즐겁게 해드렸다. 늙을 때까지 공적인 일이 아니면 어머니 곁을 떠난 일이 없으며, 벼슬을 그만둔 후에는 이른 아침에 문안드리러 가 저녁에 주무셔야만 돌아왔다. 옆집 사람이 가만히 보니 한 번도 어긋남이 없었다. 공의 지극한 효성이 이와 같았다.

현대 사회에 들어서면서 점차 가족간의 결속력 및 효행 사상이 약화되는 경향이 있다. 김만중의 지극한 효성은 이러한 시류에 하나의 귀감이 될 것이다.

# 허생전

## 박지원
### 朴趾源

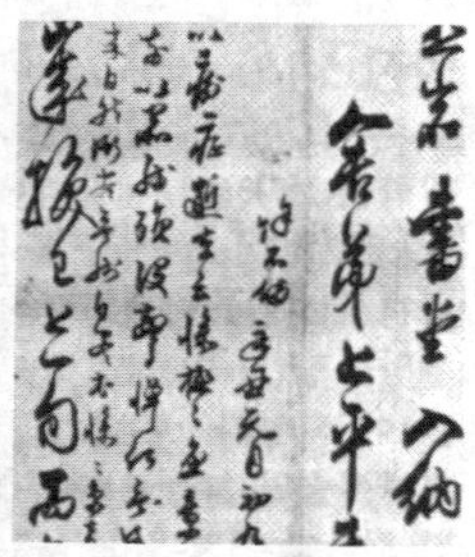

박지원 필적

조선 후기의 뛰어난 문인 · 학자인 박지원(1739~1805)은 본관이 반남이고 호가 연암(燕巖)이다. 서울 출생으로 어려서부터 명민하여 일찍 문장에 소질을 발휘하였지만, 과거에의 뜻을 포기하고 학문과 저술에만 전념하는 삶을 살았다. 1768년에 백탑 근처에 살게 되면서, 박제가 · 이서구 · 서상수 · 유득공 등과 이웃하여 깊은 교유를 가졌다. 이후 황해도 금천 연암협으로 이주하여 살면서 농사와 목축에 깊은 관심을 기울였고, 1780년에 8촌형인 박명원이 중국에 사신 가는 길에 동행하여 북경과 열하 등지를 여행하는 기회를 가졌는데, 이 당시의 체험을 정리하여 저술로 남긴 것이 바로 『열하일기』다. 이 저술로 인하여 박지원의 문명이 드날리기도 하였지만 동시에 부정적인 비난도 적잖이 받았다. 이후 약 10여 년 간 낮은 벼슬자리에 있으면서 현실개혁의 가능성을 구체적으로 확인하여 저술로 남기기도 하였다. 주요 저서에 『열하일기』, 『연암집』, 『과농소초』 등이 있는데, 그 당시 양반계층의 타락을 고발한 10여 편의 한문 소설 「허생전」, 「호질」, 「양반전」 등도 여기에 실려 있다. 「허생전」은 『열하일기』의 「옥갑야화」에 실린 박지원의 대표적 한문 소설이다.

「허생전(許生傳)」은 문인이자 실학자였던 박지원(朴趾源)이 조선 정조 때에 지은 한문 단편 소설이다. 박영철본(朴榮喆本)『열하일기(熱河日記)』 권10의 「옥갑야화(玉匣夜話)」에 수록되어 있다. 「옥갑야화」는 작자가 중국에서 돌아오는 길에 옥갑에 들러 비장(裨將)들과 나눈 얘기를 적은 것이다. 그래서 이 작품은 박지원 자신의 글이 아니라 윤영(尹映)이라는 사람이 자기의 손자인 변승업(卞承業)의 치부를 이야기하는 형식을 띠고 있다. 원래 제목이 없어 편의상 「허생」 또는 「허생전」이라 부르며, 「옥갑야화(玉匣夜話)」 전체를 한 편의 작품으로 보기도 한다.

간단히 줄거리를 말하면 다음과 같다.

허생은 남산 아래에 있는 묵적골에서 다 쓰러져 가는 오막살이집에 살고 있었다. 그는 책만 읽을 뿐 살림은 돌보지 않아, 아내가 삯바느질을 하여 살아가는 형편이었다. 그러자 굶주리다 못한 아내가 푸념하기를, 과거도 보지 않으면서 책은 읽어서 무엇하냐며 장사 밑천이 없으면 도둑질이라도 해야 되는 것 아니냐고 했다. 허생은 책을 덮고 탄식하며 문을 나선다. 한양에서 제일 큰 부자인 변씨를 찾아가 돈 만 냥을 꾸어달라고 하여 그것을 밑천 삼아 다양한 방법으로 돈을 번다. 안성에서 과일장사, 제주도에서 말총장사를 하여 떼돈을 번다. 또 어느 사공의 안내를 받아 무인도 하나를 얻어 도둑들에게 농사를 짓게 한 다음, 3년 동안 거두어들인 농산물을 흉년이 든 나가사키에 팔아 백만 금을 얻게 된다. 그러나 벌은 돈의 50만금은 바다에 던져 버리고, 홀연히 섬을 떠나 육지에서 가난한 자들을 구제하고 남은 돈으로 변씨의 빚을 갚는다. 결국 허생은 집을 떠날 때의 모습 그대로 남산 아래 오두막으로 돌아온다.

변씨에게서 허생의 이야기를 들은 이완(李浣)이 허생을 찾아가 나라에서 인재를 구한다고 전한다. 그러자 허생은 "내가 와룡선생을 천거할 테니 임금께 아뢰어 삼고초려를 하게 할 수 있겠느냐?" "종실의 딸들을 명나라 후손에게 시집 보내고 훈척 귀가의 세력을 빼앗겠느냐?" "나랏사람들을 가려 머리를 깎아 호복을 입혀 선비들을 유학하게 하고 소인들은 강남에 장사하게 하여 그들의 허실을 정탐하고 그곳의 호걸들과 결탁하여 천하를 뒤엎고 국치를 설욕할 계책을 꾸미겠느냐?"고 묻는다. 이완은 이 세 가지 물음에 대하여 모두 어렵다고 하자, 화가 난 허생은 "나라의 미더운 신하라는 것이 이 꼴이냐!"고 하며 칼을 뽑아든다. 칼을 뽑아든 허생에게 놀라 달아났던 이완이 그 이튿날 다시 그를 찾아갔으나, 이미 집은 비어 있었다.

「허생전」은 작가의 실학사상을 드러내 주는 동시에, 북벌론자인 실존 인물을 등장시켜 풍자한 작품이기도 하다. 일만금의 돈으로 국가경제의 허실을 직접 시험하고 돌아온 허생이 무능한 북벌론자로 그려진 이완을 질책하며 제시한 국가경륜의 내용은 북학론(北學論)으로 볼 수 있는 것들이다. 즉 인재등용, 훈척들의 추방 및 명나라 후예들과의 결탁, 유학(留學)과 무역 등 시사삼난(時事三難)을 주장하였다. 이처럼 전기소설(傳奇小說)이 주류를 이루던 과거에 비하여 현실문제를 직시한 허생을 창조한 이 소설에는 실학사상을 지닌 박지원의 비판적 관점이 잘 부각되어 있다.

작품 읽기 1

변씨는 애초부터 이정승 완(浣)과 친했다. 이공은 때마침 어영대장에 취임되었다. 그는 일찍이 변씨와 함께 이야기하다가,

박지원

"지금 저 위항·여염 사이에 혹시 기이한 재주가 있어서 커다란 일을 같이 할 만한 자가 있더냐."했다. 변씨는 그제야 허생을 소개했다. 이공은 깜짝 놀라며,

"기특하이, 정말 이런 사람이 있단 말인가. 그의 이름은 무에라 하던고."한다. 변씨는,

"소인이 그와 상종한 지 삼 년이나 되었습니다만 아직껏 그 이름을 몰랐소이다."했다. 이공은 또,

"그이가 곧 이인(異人)이야. 자네와 함께 그를 찾아가 보세."

하고는 밤들어 이공은 수행원들을 다 물리치고 다만 변씨만을 데리고 걸어서 허생의 집을 찾았다. 변씨는 이공을 말려 그 문밖에 세우고는 혼자서 먼저 들어가 허생을 보고 이공이 찾아온 사연을 갖춰 말했다. 허생은 들은 체 만 체 그저 하는 말이,

"자네가 차고 온 술병이나 빨리 풀게."

한다. 그리하여 서로 더불어 즐겁게 마셨다. 변씨는 이공이 오랫동안 한데 서 있음을 딱하게 여겨서 자주 말하였으나 허생은 아랑곳하지 않았다. 어느덧 밤은 이미 깊었다. 허생은 그제야,

"손님 좀 불러 볼까."한다. 이공이 들어왔다. 허생은 굳이 앉아서 일어서지 않았다. 이공은 그 몸뚱이를 둘 곳이 없을 만큼 불안했다. 황급히 국가에서 어진 이를 구하는 뜻을 진술했다. 허생은 손을 저으며,

"밤은 짧고 말을 기니 듣기에 몹시 지리하이. 도대체 지금 너의 벼슬은 무에라지."한다. 이공은,

"예에, 대장이옵니다."했다. 허생은,

"그렇다면 네딴 나라의 믿음직한 신하로고. 내 곧 와룡선생을 천거할 테니 네가 임금께 여쭈어서 그의 초려(草廬)를 삼고(三顧)하시게 할 수 있겠느냐."한다. 이공은 머리를 숙이고 한참 있다가,

"이건 어렵사오니 그 다음의 것을 얻어 듣고자 하옵니다."했다. 허생은,

"나는 아직까지 제이의(第二儀)란 배우질 못했거든." 한다. 이공은 굳이 물었다. 허생은,

"명의 장병들은 '자기네들이 일찍이 조선에 묵은 은의가 있다' 하여 그의 자손들이 많이 몸을 뽑아서 동으로 오지 않았어. 그리하여 그들은 모두 떠돌이 생활에 고독한 홀아비로 고생하고 있다니 네 능히 조정에 말씀 드려 종실(宗室)의 딸들을 내어 골고루 시집 보내고, 저 김류·장유 따위의 집들을 징발해서 살림살이를 차려 줄 수 있느냐."

했다. 이공은 또 고개를 숙이고 한참 있다가,

"그것도 용이치 않소이다." 했다. 허생은,

"이것두 못하구, 저것두 어렵다 하니, 그러고서 무엇을 할 수 있단 말이야. 가장 쉬운 일 하나 있으니 네가 할 수 있겠느냐." 한다. 이공은,

"듣기 원하옵니다." 했다. 허생은,

"도대체 대의를 온 천하에 외치고자 한다면 첫째 천하의 호걸을 먼저 사키어 맺어야 할 것이요, 남의 나라를 치고자 한다면 먼저 간첩을 쓰지 않고서는 이룩하지 못하는 법이야. 이제 만주(滿洲)가 갑자기 천하를 맡아서 제 아직 '중국 사람과는 친하지 못했다'고 생각하는 판이 아냐. 그럴 즈음 조선이 다른 나라보다 솔선적으로 항복하였슨즉 저편에선 가장 우리를 믿어 줄 만한 사정이 아닌가. 이제 곧 그들에게 청하기를 '우리 자제들을 키국에 보내어 학문도 배우려니와 벼슬도 하여 옛날 당·원의 고사를 본받고, 나아가 장사치들의 출입도 금치 말아 달라.' 하면 그들은 반드시 우리의 친절을 달콤하게 여겨서 환영할 테니 그제야 국내의 자제를 가려 뽑아서 머리를 깎이고 되놈의 옷을 입혀서 지식층은 가서 빈공과에 응시하고, 세민(細民)들은 멀리 강남에 장사로 스며들어 그들의 모든 허실을 엿보며, 그들의 호걸을 체결하고선 그제야 천하의 일을 꾀함직하고, 국치(國恥)를 씻


박지원

을 수 있지 않겠어. 그리고는 임금을 세우되 주씨를 물색해도 나서지 않는다면 천하의 제후들을 거느려 사람을 하늘에 추천한다면 우리나라는 잘되면 대국(大國)의 스승 노릇을 할 것이요, 그렇지 못할지라도 백구(伯舅)의 나라는 무난할 게 아닌가." 한다.

이공은 무연히,

"요즘 사대부들은 모두들 삼가 예법을 지키는 판이어서 누가 과감히 머리를 깎고 되놈의 옷을 입겠습니까."

했다. 허생은 목소리를 높여,

"이놈, 소위 '사대부'란 도대체 어떤 놈들이야. 이(彝)·맥(貊)의 땅에 태어나서 제멋대로 '사대부' 하고 뽐내니 어찌 앙큼하지 않느냐. 바지·저고리를 온통 희게만 하니 이는 실로 상인(喪人)의 차림이요, 머리털을 한데 묶어서 송곳처럼 짜는 것은 곧 남만(南蠻)의 방망이상투에 불과하니 무에가 '예법'이니 아니니 하고 뽐낼 게 있으랴. 옛날 번오기는 사사로운 원망을 갚기 위하여 그 머리 잘리기를 아끼지 않았고, 무령왕은 자기의 나라를 강하게 만드려고 호복(胡服) 입기를 부끄럽게 여기지 않았거늘 이제 너희들은 대명(大明)을 위하여 원수를 갚고자 하면서 오히려 그까짓 상투 하나를 아끼며, 또 앞으로 장차 말달리기·창찌르기·활쏘기·돌팔매 던지기 등에 종사하여야 함에도 불구하고 그 넓은 소매를 고치지 않고서 제딴은 이게 '예법'이라 한단 말이야. 내가 평생 처음으로 세 가지의 꾀를 가르쳤으되 너는 그 중 한 가지도 하지 못하면서 네딴 '신임 받는 신하'라 하니, 소위 '신임 받는 신하'가 겨우 이렇단 말이냐. 이런 놈은 베어 버려야 하겠군." 하고는 좌우를 돌아보며 칼을 찾아서 찌르려 했다. 이공은 깜짝 놀라 일어나 뒷들창을 뛰어나와 달음박질쳐서 집으로 돌아왔다.

그 이튿날 다시금 찾아갔으나 허생은 벌써 집을 비우고 어디론지 떠나 버렸다.

(「허생전」 중에서)

위의 글에서 허생은 이완으로 대표되는 지배층을 향해, 지배층이 내세우는 '북벌론'이 얼마나 기만적인가 반박하고 있다. 지배층은 겉으로 청나라를 정벌하는 '북벌론'을 강하게 주장하지만, 실은 북벌의 실현 자체에는 별 관심이 없고 단지 자신들의 기득권을 유지하기 위하여 '북벌론'을 방편으로 삼고 있을 뿐이라는 것이다. 허생은 특히, 사회문화적으로 청나라가 조선보다 상당히 발전해 있음을 냉정하게 인정하고 청의 문물을 받아들이자는 견해를 은연중에 드러냈다.

「허생전」에서는 허생이 이완을 완전히 압도한 모습으로 그려졌지만, 국제 간의 교류 문제는 생각보다 그리 단순하지 않았다. 이들 두 사람이 현대를 살고 있는 사람이라면, 이 문제를 놓고 다음과 같은 대립을 보였을지도 모를 일이다. 아래의 (1)과 (2)는, 이른바 '개방화·국제화·세계화'라는 흐름에 대하여 서로 상반되는 입장을 담고 있다. 두 입장 가운데 하나를 선택하여 그에 대한 지지 또는 반대의 견해를 제시해 보자.

(1) 우리 나라는 과거에 다른 나라에 의한 식민체제를 경험했었기 때문에 외국 문화에 대한 자신감을 갖고 있지 못하며, 단일 민족이라는 신화를 간직하고 있어서 외국에 대해 무조건적으로 배타적인 태도를 취하는 경향이 있다. 따라서 국제화 시대의 흐름에 발맞추어 미래를 대비하기 위해서는 외국 문화를 적극적으로 받아들이고, 우리가 그들에게 요구하는 만큼 우리도 양보하는 자세를 갖추어야 한다. 그리고 이제는 모든 문제를 민족적 관점을 넘어선 국제적 관점에서 사고하고 우리 국민 모두가 국제적인 감각을 갖춘 존재로 다시 태어나야 한다.

(2) 국제화가 국경의 철폐와 민족적 차별의 극복을 가져올 것이라는


박지원

믿음은 성급한 환상에 지나지 않는다. 우리 나라 주변 아시아 국가는 말할 것도 없고, 유럽 국가 간에도 완전한 동질성을 확보하는 것은 거의 불가능하기 때문이다. 동질성 확보가 거의 불가능한 상태에서 국제화·세계화라는 구호는 곧 비교 우위를 갖춘 국가와 그들 국가의 국적을 가진 기업들을 더욱 살찌우고, 약세에 있는 나라들과 그 나라의 기업들을 더욱 불리하게 만들 것이다. 약세에 있는 나라에서는 기업이 도산하고 실업자가 양산되며 노동 조건과 임금이 하락할 것이다. 따라서 국제 질서에서 불리한 위치를 차지하는 아시아, 아프리카 등의 국가들을 심각한 경제적·정치적·문화적 종속에 빠뜨릴 것이다.

위 예문에 담겨 있는 두 입장을 정리하면, (1)은 결국 시대적 대세를 따라 적극적으로 세계화·국제화를 추진해 나가자는 주장이고, (2)는 세계화·국제화란 겉으로 드러난 구호의 성격일 뿐, 그 이면에는 다른 의도가 감춰져 있다는 주장이다. 필자는 여러 정황으로 판단컨대, (1)의 입장보다는 (2)의 주장이 타당하다고 생각한다. 다음 몇 가지 경우를 예로 들어 그 타당성을 입증해 보기로 한다.

첫째, 우리 나라의 상품 시장 개방 문제를 들어 보자. 만약 우리 나라의 주식인 쌀 시장을 개방하여 만일의 사태를 위한 최소한의 자급력도 갖추지 못한다면 국제적인 농산물 파동이 생겨날 때 우리는 엄청난 대가와 손실을 치르지 않을 수 없다. 에너지 산업인 석탄 광업을 경쟁력이 없다는 이유만으로 폐쇄시켜 버린다면 과거와 같은 석유 파동이 생길 때 국가 산업 전체가 마비되는 혼란이 초래될 수도 있다. 이러한 이유 때문에 우리 나라보다 식량과 에너지 면에서 높은 자급도를 갖춘 선진국에서도 이들 산업에 대해서는 보호하고 있는 것이다.

둘째, 외국 자본 유치 문제를 예로 들어 보자. 아직 국제 경쟁력을 제대로 갖추지 못한 영역이 많은 한국의 산업 구조에서 외국 자본이 대량으로 밀려들어와 제조업과 서비스 부문에 진출한다면 한국의 관련 산업은 체질 개선을 통해 경쟁력을 강화하기보다는 오히려 쉽게 허물어지고 만다. 뛰어난 기술과 서비스를 자랑하는 이들 외국 자본이 한국 시장을 장악하게 되면 국내 자본이 외국으로 빠져나가게 되어 결국은 국가 경제가 지체 내지는 퇴보하는 상황이 야기되고 만다. 그리고 외국 자본이 쉽게 한국에다 선진 기술을 이전해 줄 까닭이 없으므로 외국 기업의 국내 진출이 곧 국내 기술의 향상으로 이어질 수 있을지도 불투명하다. 선진국 입장에서 개방이란 곧 비교우위에 있는 자국 상품이 많이 팔리는 것을 의미하지만 중진국이나 후진국 입장에서 개방과 국제화는 오히려 경제적 종속으로 이어질 가능성이 훨씬 농후하다고 하겠다.

셋째, 국제 질서 측면에서 살펴보자. 국제적인 차원에서 보더라도 개방과 국제화가 반드시 민족적 차별을 철폐하는 것은 아니다. 국가 단위의 결정이 점점 더 다른 국가의 결정이나 초국가적인 기구의 결정에 좌우된다는 점은 부인하지 않으나 그것이 곧 국가와 민족의 해체를 의미하는 것은 아니라는 것이다. 미국과 소련을 양축으로 하던 냉전 질서의 와해는 국가 간의 경쟁을 더욱 치열하게 만들었고 민족의 자주성에 대한 요구를 증진시켰으며, 이념 간의 갈등 대신 인종·민족·종교(문화)적인 갈등을 심화시키고 있다는 사실에 주목해야 한다. 과거에는 국가의 외교적 노선이 정치 이념에 좌우된 데 비하여 이제는 적나라한 민족 이익에 기초하게 되었다. 소련이 붕괴한 이후 소연방에 속해 있던 여러 민족이 독립해 나가고 민족들 간의 분규가 끊이지 않은 것들이 대표적인 예들이다. 즉, 냉전체제의 붕괴로 말미암아 국가 간의 경쟁, 민족 간의 갈등이 부분적으로는 더욱 심각해지고 있으며, 민족적


박지원

이익을 넘어서는 초국가적 이익을 위한 노력이나 인류 일반을 위한 노력은 여전히 초보적인 상태에 불과하다.

넷째, 이념적·가치관적 관점에서 살펴보자. 개방과 국제화는 대세기는 하지만 강자의 논리기 때문에 무조건적으로 찬양하고 추종해서는 안 된다. 우루과이 라운드 무역 협상이야말로 농산물에 대해 비교우위를 갖는 미국이 자국의 이익을 관철시키려고 한 대표적 사례이다. 유럽의 통합 역시 유럽 소속 일반국의 이익을 도모하려는 시도이고 한국을 포함한 아시아 국가들은 그러한 시도에 큰 타격을 입고 있다. 초국적 기업 역시 인류에게 행복을 가져다 주지는 않는다고 말한다. 초국적 기업의 관심은 최대의 이윤 확보이므로 그 기업이 활동하고 있는 지역 주민들의 생활과 복지에 아무런 관심을 두지 않기 때문이다. 초국적 기업들은 상품 판매를 위해 과대 소비를 조장하고 대중들을 오락과 사치에 물들게 한다. 이는 건전한 의미의 문화 다원주의도 세계 시민주의도 아니다.

위에서 살펴본 바와 같이 무조건적인 세계화·국제화란 우리의 현실에 맞지 않는다. 우리는 세계 강대국이 세계화·국제화를 주창하는 그 저의를 간파하고, 오히려 우리 실정에 적합한 부분만 냉철한 검토 끝에 선택하는 안목과 힘을 갖추어야 한다.

■ 작품 읽기 2 ■

(가) 때마침 정(鄭)나라의 어느 고을에 벼슬을 좋아하지 않는 체하는 선비가 살고 있었다. 그는 북곽선생(北郭先生)이라고 불리었다. 나이 마흔에 손수 교정한 글이 일만 권이나 되었다. 또 구경(九經)의 뜻을

219<br>허생전

부연하여 엮은 책이 일만 오천 권이나 되었다. 천자(天子)가 그의 의
(義)를 아름답게 여기고 제후들도 그를 사모하였다.

　그 고을 동쪽엔 동리자(東里子)라는 얼굴 예쁜 젊은 과부가 살고
있었다. 천자가 그의 절조를 갸륵히 여기고 제후들도 그의 어진 성품
을 사랑하여 그 고을 사방 몇 리의 땅을 동리과부지여(東里寡婦之閭)
로 봉하였다. 그런데 동리자는 수절하는 과부로 알려져 있으나 슬하
에 둔 아들 다섯의 성(姓)이 각기 달랐다.

　어느 날 밤 그 아들 다섯이 서로 노래처럼 말하기를,

　강 북쪽엔 닭 울음소리
　강 남쪽엔 반짝이는 별
　방안에 소리 자자하니
　북곽선생 어인 일인가

하고는, 배 다른 다섯 형제가 번갈아 문틈으로 들여다보았다. 동리자가
북곽선생에게 청하기를,

　"오랫동안 선생님의 덕을 사랑하였답니다. 오늘밤엔 선생님께서 글
읽는 소리를 듣고자 하옵니다."

하였다. 북곽선생은 옷깃을 바로 잡고 꿇어앉아서 시 한 수를 읊었다.

　병풍에는 원앙새
　반짝반짝 반딧불
　가마솥과 세 발 솥은
　무얼 본떠 만들었나, 얼씨구나

　그 모양을 본 다섯 아들이 다음과 같이 말하였다.
　"예기(禮記)에 이르기를 '과부의 문에는 함부로 드나들지 않는다.'


박지원

하였는데 북곽선생은 어진 사람이라서 그런 일이 없을 거야."

"내가 듣자 하니 '이 고을 성문이 헐어서 여우가 구멍을 내었다.' 하더구나."

"내가 듣기로는 '여우가 천 년을 묵으면 환생하여 사람 시늉을 할 수 있다.' 하니 그놈이 필시 북곽선생으로 변신한 것이리라."

하고 또다시 의논하되,

"내가 듣기로는 '여우의 갓을 얻은 자는 천금의 장자가 되고 여우의 신을 얻은 자는 대낮에도 그림자를 감출 수 있고 여우의 꼬리를 얻은 자는 남을 잘 유혹할 수 있다'고 하니 우리 저 여우를 잡아 죽여서 나눠 갖는 게 어떨까?"

하고는 다섯 형제가 일제히 어미의 방을 에워싸고 들이쳤다. 북곽선생이 크게 놀라 꽁무니를 빼고 도망 가면서 남들이 행여 자신을 알아볼까 염려하여 한 다리를 비틀어서 목덜미에 얹고 도깨비처럼 춤추고 웃으며 문밖으로 급히 뛰어가다가 들판 구덩이에 빠졌다. 구덩이에는 똥이 가득 차 있었다.

(박지원,「호질」중에서)

(나) 선귤자(善橘子)의 벗 가운데 예덕(穢德)선생이란 사람이 있었다. 그는 종본탑(宗本塔) 동편에 살고 있었다. 그는 날마다 동네를 돌아다니면서 똥을 져나르는 것을 업으로 삼았다. 동네 사람들은 그를 엄행수(嚴行首)라고 불렀다. '행수'란 역부(役夫)들 중에서도 늙은이를 일컫는 말이고 '엄'은 그의 성이었다.

어느 날 '자목(子牧)'이란 제자가 선귤자에게 말했다.

"앞서 제가 선생님께 듣자온즉, '벗이란 동거하지 않는 아내요, 동기 아닌 아우다.' 하였사오니 '벗'이란 이와 같이 중대한 것이 아니옵니까. 요즘 온 나라 사대부들 중 선생님의 뒤를 좇아 하풍(下風)에 놀기를 원하는 이가 많건마는 선생님께서는 아무도 받아들이지 않았습니다. 그런데 저 엄행수란 자는 그야말로 한 시골의 천한 늙은이로서 역부와 같이 하류 계층에 속하며 야비하고 욕된 일을 행함에도 불구하고 선생님께서는 자꾸만 그의 덕을 칭도하여 '선생'이라 부르고 머지않아 벗으로 청하려 하오니, 제자의 열(列)에 있는 저로선 이것이 몹시 부끄럽게 생각되어, 이제부터 선생님의 문하를 떠나려 하옵니다."

선귤자가 대답했다.

"허허, 좀 있거라. 내 너의 '벗'에 대한 이야기를 해보겠노라. 우리 동네 상말에도 있지 않던가. '의원이 제 병 못 고치고 무당이 제 춤 못 춘다'는 격으로 사람마다 저 혼자서만 즐기는 취미가 있어서 남들로서는 알 수 없는데도 불구하고 딱하게도 자꾸만 그의 허물을 발견하려고 애쓴단 말야. 그러나 부질없이 그를 기다리기만 하면 이는 아첨에 가까우리만큼 멋이 없고, 오로지 그를 헐뜯기만 한다면 마치 그릇됨을 꼬집어 내는 듯해서 인정이 아니므로 그제야 비로소 그의 아름답지 못한 것들에 널리 들어가서 그 변두리에서 설렁대되, 깊이 스며들진 않는 법이네. 그러고 보면 비록 그를 책망하더라도 그는 결코 노여워하지 않을 것이다. 이는 아직까지 그가 가장 꺼리는 곳을 꼬집지 않은 까닭이다. 그러다가 우연히 그가 좋아하는 것을 발견하면 마치 어떤 물건을 점쳐서 알아낸 것처럼 가려운 곳을 긁는 마음이 된단 말이야. 그리고 가려운 곳을 긁는 데도 방법이 있는 거야. 단적으로 말하자면, 등을 어루만지되 겨드랑이까지는 이르지 말 것이며, 가슴팍을 만지더라도 목덜미까지는 침범하지 말아야 한다. 그리하여 그리 중요치 않은 곳에서 이야기가 그친다면 그 모든 아름다움은 저절로 내게 돌아올 것이니, 그제야 그는 기뻐서 내게 이르기를 '참으로 나를 아는 벗이여.' 할 것이다. '벗'이란 그렇게 사귀면 그만이지."

그러고는 껄껄 웃었다. 이 설명을 들은 자목은 키를 막고 뒷걸음치며 말했다.



박지원

"선생님은 저에게 저 시정배(市井輩)나 머슴놈들의 행세를 가르치
시는군요."

선귤자는 대답했다.

"그럼 자네의 부끄럼은 과연 이런 것에 있고 저런 것에 있음은 아
니로세. 시정배의 사귐은 이익으로 하고, 얼굴로서의 사귐은 아첨으로
하는 법이야. 그러므로 아무리 좋은 사이일지라도 세 번만 거듭 요청
이 있다면 틈이 나지 않는 이가 없겠고, 숙원(宿怨)이 있더라도 세 번
만 거듭 물건을 선사하면 친절해지지 않는 이가 없을 것이다. 그러므
로 이익의 사귐은 계속되기 어렵고, 아첨의 사귐은 오래가지 않는 법
이야. 대체로 크나큰 사귐은 얼굴빛에 있지 않고, 지극히 가까운 벗은
지나친 친절을 요하지 않는 법이야. 이제 오로지 마음으로 사귀며 덕
으로 벗할지니, 이것이 곧 이른바 '도의의 사귐'일 것이다."

(박지원, 「예덕선생전」 중에서)

통합형 문·답

**1** (가)와 (나)는 흥미로운 등장인물을 통해 작가가 전달하고
자 하는 바를 구현하고 있다고 할 때, (가)의 작중 인물 '동리
자'와 '북곽선생'은 어떠한 성격의 인물로 그려지고 있는지
설명하고, (나)에서 '엄행수'라는 인물과의 우정을 통해 '선귤
자'가 '자목'에게 궁극적으로 가르치고자 한 내용이 무엇이
었는지 설명해 보자.

작가가 작중 인물의 성격을 어떻게 묘사하고 있는지를 살펴보
자는 뜻이다. 소설의 중심에 들어서는 길은 대개 등장인물의 성격
이 어떠한지를 빨리 파악하는 데서 열린다. (가)의 '동리자'는 겉
으로는 미인이면서 절의(節義)를 지키는 인물이나 실제로는 성이

다른 아들 다섯을 두었다든가 북곽선생과 동침하는 점에서 볼 때 매우 음란하고 부도덕한 인물이다. '북곽선생' 또한 겉으로는 학식과 덕망이 높고 의(義)를 지키는 인물이나 실제로는 과부 동리자와 육체적인 쾌락을 일삼는 부도덕한 인물이다. 이처럼 작가는 두 인물을 다같이 위선적 또는 허위적인 인물로 형상화하고 있다.

(나)의 주어진 지문에서 작중 인물 '선귤자'는 '자목'에게 사람을 외면적이고 형식적인 기준으로 평가하거나 판단하고 이해 관계에 따라 사귀는 일이 옳지 못함을 가르치고 있다. 문제 파악의 열쇠는 '예덕선생'의 신분과 직업, '예덕선생'과 '선귤자'의 관계, '자목'의 불만 내용, 두 번에 걸친 '선귤자'의 대답 등을 종합적으로 따지는 데서 발견할 수 있을 것이다. '선귤자'는 사람의 단점을 지나치지 않게 충고하면서 그의 장점을 살피고 발견하는 것이 친구를 사귀는 도리라고 하면서, '자목'에게 사람을 신분이나 직업과 같은 외면적이고 형식적인 기준으로 평가하거나 이해 관계에 따라 사귀는 일이 옳지 못하다는 것을 가르치고자 하였다.

**2** (가)와 (나)에서 작자가 비판하고자 하는 사회현실은 위선과 허위에 가득 찬 모습이라고 생각된다. 작자는 예리한 비판정신의 소유자로서 당시의 사회적 병폐를 통렬하게 고발하고 비판하고자 하는 의도에서 소설을 썼다고 하겠다. 그 정신을 이어받는다는 점에서, 다음의 글을 읽고, 이 글에 담긴 내용을 바탕으로 하여 '현대 한국 사회의 도덕성 상실 문제'를 진단하고 그것에 대한 대책을 마련하는 글을 써 보자.

현대 한국 사회는 점차 민주화와 자율화, 다원화를 지향하는 방향으로 발전하고 있는 것이 사실이지만 현대 산업사회의 큰 병폐인 인


박지원

간성 상실의 위기도 그대로 드러내고 있는 실정이다. 이는 한국 사회가 건강한 민주 사회로 발전하기 위해서도, 태평양 시대의 주역으로 부상하려고 함에 있어서도, 나아가 세계화 시대를 선도하는 데 있어서도 커다란 장애 요인이 아닐 수 없다. 따라서 우리 한국 사회의 도덕성 상실 문제를 극복, 해결하는 과제는 그 어느 것보다 중요하다고 하겠다.

한편, 현대 한국 사회는 일제 강점기와 6·25를 거치면서 우리의 고유한 전통사상들을 재인식하고 내면화하는 시기를 상실하였으며, 서구 사상의 무분별한 유입으로 사상의 혼재 현상이 극심해져 있는 상태이다. 따라서, 현대 한국 사회의 도덕성 상실 문제를 극복하기 위해 우리 나라의 전통 사상을 새롭게 인식하는 문제는 매우 의미 있는 일이라고 생각된다.

현대는 과학기술의 시대라고 요약할 수 있다. 특히 산업혁명 이후 전세계는 공업화·도시화되어 왔으며, 그에 따라 많은 문제점이 대두되기도 하였다. 또한 정보화·기계화되면서 교통과 통신이 발달하였다. 이렇게 과학기술이 발달하면서 대량 생산 체제의 역기능도 나타났다. 즉, 공업화·산업화에는 물질적 풍요와 자연 환경에의 속박으로부터의 해방이라는 긍정적 측면이 있는가 하면, 인간에 대한 획일적 조종 가능성과 도덕성(인간성) 상실이라는 부정적 측면이 있다.

현대 한국 사회의 특징 역시 현대 산업사회의 특징과 유사하며 다만 한국 특유의 상황에 따른 특징이 내포되어 있다. 우리 나라는 지난 1960년대 이후 경제 성장의 길을 걸어오면서 산업사회로 변모되어 왔다. 과학기술이 발달하면서 대량생산이 이루어지고 모든 산업이 정보화·기계화되어 인간이 자연의 위력 앞에서 굴복하던 전근대적인 모습이 자취를 감추게 된 것은 많은 부분 이런 산업사회로의 도약에 힘입고 있다. 그러나 산업사회는 인간의 획일화와 물화현상을 통해 도덕성을 상실시키는 역기능도 가지고 있는 것인데, 우리 사회도 이제 이런 징후를 많이 드러내고 있어 이를 극복할 필요성이 대두되고 있다.

신문을 펼쳐 보면 우리 사회에서 일어나는 도덕성 상실의 증거는 손쉽게 찾을 수 있다. 인신매매, 유괴사건, 살인사건이 보도되는 것은 물론이고 유산을 노려 자신의 직계존속까지 살해하는 범죄들이 연이어 일어나고 있다. 비윤리적인 차원의 범죄를 넘어서서 이제는 '인간이기를 포기한 범행'까지도 일어나고 있는 것이다. 이런 범죄들은 개인적인 품성의 문제로 그 원인을 돌리기에는 너무나 광범위해서 사회구조 자체에 대한 반성을 통해 원인을 규명할 필요성까지 요구하고 있다.

현대 산업사회는 적자생존의 원칙에 입각한 인간형을 만들어내기에 유리한 조건을 갖추고 있다. 물질만능주의나 인명경시 풍조는 이런 인간형 발생의 표출형태다. 산업사회의 진전에 따라 한탕주의가 팽배하고, 그 결과 인간은 그 자체로 존중되는 것이 아니라 다른 인간의 경제적 목적을 달성하기 위한 수단으로 전락하고 만다. 경쟁의 공정성이 문제가 되는 것이 아니라 경쟁에서 이겨야 한다는 의식이 중요시되고 그 결과의 성과물이 중요시된다. 이런 특성들은 특히 한국 사회의 경우에는 정경유착에 의한 경제 우선의 정책 추구, 전통윤리의 붕괴와 대체 윤리의 미확보, 단기간의 경제적 성공에 의한 퇴폐 향락산업의 범람 등의 개발도상국 특유의 문제점과 결합되어 그 위험수위를 더욱 높이고 있는 형편이다.

한국 사회의 도덕성 상실이 이와 같은 사회적 조건들에 의해 강화되었으므로 그 해결책 또한 이런 사회적 조건을 개선시키는 것으로부터 출발해야 할 것이다. 그러나, 산업사회 이전의 상태로


박지원

되돌아간다는 것은 산업사회의 성과조차 없애 버리기에 적절한 해결방안이 아니다. 도덕성 상실의 문제를 해결하기 위해서는 산업화에 따른 문제들을 최소화시킬 수 있는 방안이 마련되어야 한다.

우선 서구문화에 가리워진 전통문화의 재인식이 필요하다. 나보다는 우리를 소중히 여기고 협동을 중시하는 두레나, 도덕성의 문제를 향촌사회 전체의 관점에서 풀어 가는 향약의 전통은 이기적으로 변해 가는 현대 산업사회에 훌륭한 본보기를 제공할 수 있을 것이다. 분업 자체의 효율성보다는 협동의 정신이 보다 소중한 것임을 깨닫게 하는 교육의 역할이 여기서 강조될 수 있다. 동시에 이 교육은 단지 학교교육의 수준에서 그치는 것이 아니라 가정·사회의 차원으로도 범위를 넓힐 것이 요구된다. 그래야만 명분에 그치는 나무람이 아니라 사회구성원 모두가 실천하는 지침이 될 수 있을 것이기 때문이다.

로마가 멸망한 것은 생산물의 부족 때문이 아니었다. 오히려 생산물의 과잉과 균형을 맞추지 못한 정신과 도덕의 타락 때문이었다. 한국 사회는 서구적인 물질적 풍요와 합리적 정신을 배우면서 동시에 전통문화 속에 존재하는 도덕성을 찾아내고 실천함으로써 로마 멸망이 주는 역사적인 교훈을 현실 속에서 제대로 흡수할 수 있어야 할 것이다. 그것은 과거로의 퇴행이 아니라 발전의 길이기 때문이다.

# 춘향전

## 작자 미상

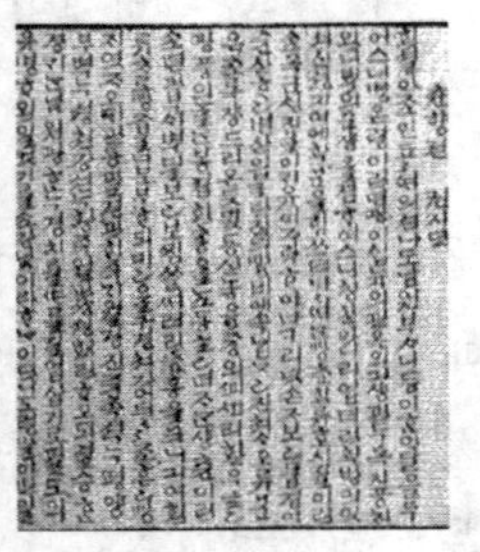

춘향전

『춘향전』도 다른 판소리계 소설들과 마찬가지로 판소리 『춘향가』에서 그 원류를 찾을 수 있다. 이는 『춘향전』이 판소리 『춘향가』의 사설을 차용하여 기록한 소설화 작업의 결과물이라는 의미이며, 따라서 언제 누가 지었는지 정확히 규정할 수 없는 것이다. 다만 숙종 말 영조 초에 판소리 열두 마당의 하나로 생성되었다고 추측할 뿐이다. 그 기원은 민간에 흘러 다니는 야담이나 설화를 광대가 판소리로 엮은 것으로 보인다.

『춘향전』과 유사한 설화를 숙종 이전의 문헌에서 상고해 보면 다음과 같은 것들이 있다. ① 선조 대의 이시발(李時發) 설화 ② 선조 대의 노진(盧禛) 설화 ③ 광해군 대의 성이성(成以性) 설화 ④ 현종 대의 김우항(金宇杭) 설화 ⑤ 영조 초의 박문수(朴文秀) 설화 등이 암행어사 설화로 야담 등에 보인다. 또 ① 남원의 민속 설화와 박색터 설화 ② 영남의 아랑(阿娘) 설화 ③ 선조 대의 심수경(沈守慶) 설화 등 신원(伸寃 : 억울하게 뒤집어쓴 죄를 씻음) 설화들이 야담과 민속 등에 보인다. 또 염정 설화로는 성세창(成世昌) 설화가 『동야휘집(東野彙輯)』에 전한다. 『춘향전』과 유사하거나 그 일부가 비슷한 많은 설화가 우리 야담이나 민속 등에 스며들어 있다는 것은, 현전하는 『춘향전』이 이러한 설화들을 종합적인 러브 스토리로 응집시켜 광대 시창자가 구성한 것임을 보여 준다. 하지만 본래 『춘향전』의 스토리의 뼈대는 매우 단순한 것이었다.

『춘향전』은 극적 구성의 기본적인 축을 에워싸고 서사적인 이야기와 서정적인 가요를 조화롭게 결합한 작품이다. 여러 가지 요소들이 복합적으로 얽혀 있어서 그 주제나 구성 등이 개인 창작의 소설과는 확연히 구별된다. 우리가 흔히 『춘향전』이라 일컫는 일군의 작품들은 여러 시대에 걸쳐 예술 생산자인 작자와 시대별, 지역별, 개인별 수용자에 따라 서로 다른 모습으로 창작 또는 향유되어 왔다. 그로 인해 『춘향전』 『별춘향전』 『열녀춘향수절가』 『남원고사』 『옥중화』 등 여러 이름으로 재창작이 이루어지기도 했다.

여러 이본에도 불구하고 『춘향전』의 줄거리는 대개 다음과 같다.

남원부사(南原府使)의 아들 이몽룡과 퇴기(退妓) 월매(月梅)의 외동딸 춘향이 서로 사랑에 빠졌을 때 이도령의 아버지가 한양으로 옮기게 되어 두 사람은 이별의 쓰라림을 맛보게 된다. 이때 새로 부임한 남원부사 변학도(卞學道)는 수청을 들지 않는다는 이유로 춘향을 옥에 가둔다. 춘향이 온갖 고초를 겪고 사경(死境)에서 헤매는 동안, 서울로 간 이몽룡은 과거에 급제하여 암행어사가 되어 내려온다. 부사의 생일 잔칫날 각 읍의 수령들이 모인 자리에서 통쾌하게 어사 출두를 한 이몽룡은 부사를 파직시키고 춘향을 구해 내어 백년을 해로한다.

『춘향전』의 기본 줄거리는 춘향과 이도령의 사랑이다. 이 사랑 이야기는 어떤 이본에도 다 들어 있으나 그 진행 과정에서는 상당한 차이가 있다. 『춘향전』이 우리 문학 최대의 고전(古典)으로 자리잡게 된 배경에는 그것이 한 여자와 한 남자의 단순한 연애담이기 때문이 아니라, 그들의 사랑이 상층신분과 하층신분의 결합이라는 데 있다. 또한 일정한 방향으로만 변하는 것은 아니지만 여러 이본들을 조사해 보면 후대로 갈수록 춘향의 신분이 상승하고 있다는 것을 확인할 수 있다.

소설 『춘향전』은 판소리 사설이 지닌 골격을 그대로 가져왔기 때문에 극적인 서사구조를 갖는다. 그래서 두 사람의 만남도 봄이라는 자연 배경하에 이루어지며 춘향의 고난을 보상하는 대목에서는 순애(純愛) 행위에 대한 휴머니즘적인 윤리를 통해 상층과 하층을 결합하는 사회적 의미로 주제가 확대되고 있다.

즉 전반부의 만남·사랑·이별의 대목에서는 사건이 춘향과 이도령의 개인적 차원에서 진행되는 반면, 후반부의 시련·출세·보상 대목에서는 사건이 변학도를 비롯한 관원들과 농민들이 중심이 된 남원 민중들의 공동 관심사가 된다. 이도령의 경우도 그의 개인적 출세보다 암행어사로서의 사회적 활동이 중시된다. 이러한 결과로 이도령과 춘향의 결합은 개인적 순애에 대한 보상인 동시에 사회적인 인정을 받는 결연으로 형상화된다.

　주인공 춘향의 처지를 보면 그녀는 보잘것없는 기생 집안의 여성으로서 이별의 슬픔을 견디고 사랑의 언약을 지켜야 하는 감당하기 어려운 처지에 놓여 있다. 게다가 춘향의 그러한 슬픔 위에 죄 없이 감옥에 갇힌 외딸의 시련을 지켜볼 수밖에 없는 어머니 월매의 설움이 다시 중첩되어 천한 신분으로 태어나 운명적인 한을 안고 있는 두 모녀가 겪는 비통스러운 모습이 수준 높은 비극성을 드러내고 있다.

　그러나 이 작품이 지향하는 바는 그러한 비극성에 있는 것이 아니라, 무한한 기다림과 소망을 향한 끈질긴 의지, 재난의 어둠을 어둠으로만 인식하지 않는 춘향의 모습에 있다. 춘향이 자신을 에워싼 숙명적인 절망으로부터 벗어나는 극적인 구성의 단적인 예가 어사 출두 장면인데, 이는 『춘향전』만의 독특한 매력이다. 이러한 『춘향전』의 주제는 순수한 사랑과 정의(正義)를 추구하는 인간의 노력으로 절망을 극복할 수 있다는 정신이며, 이러한 주제는 인물 설정 속에서 사회성을 띠게 된다. 게다가 흥(興)과 한(恨)이라는 정서적 반응을 결합시키는 판소리계 소설 특유의 다채로운 언어 표현은 한국적인 정신 세계를 미적 감흥에 실어 표현하는 『춘향전』의 또 다른 중요 요소가 되고 있다.

　『춘향전』이 판소리로 생성될 때부터 현재에 이르기까지 민중의 갈채를 받은 것은 사실이나, 그 문학적 비중은 『구운몽』에 미치지 못한다. 그러나 춘향이 이도령의 애인이 되어 신분 상승을 기대하는 모습이나, 변학도에 항거하여 이도령에게 신의(信義)를 지키는 모습은 모순을 내포하면서도 상승을 희구하는 조선 말기 민중의 자화상을 그린 것으로 보아도 틀림없다. 이도령이 극적으로 내려와서 변학도를 응징하는 모습은 현실적으로 있을 수 없는 것이지만 민중들의 신분 상승 의지를 실현시켜 주는 것이었으므로 열렬히 환영받았고, 춘향의 수절(守節)은 당시의 봉건적인 윤리에도 합치하는 것이라 『춘향전』은 양반이든 하층민이든 누구나가 쉽게 공감하는 국민 문학적인 폭을 지닌 민족 최대의 고전(古典)이 되었다.

그럼에도 불구하고, 『춘향전』의 이야기 구조 자체가 현실을 반영하는 모습으로 잘 짜여져 있는 것은 아니다. 물론 춘향과 이도령의 만남과 헤어짐은 연애 감정과 그것을 가로막는 현실의 힘이 그 근본적인 원인이다. 그러나 이도령이 춘향에게 빠지게 되는 과정이나 춘향이 변학도에게 수청을 거부하는 일, 이도령이 암행어사로 내려와 변학도를 징계하는 등의 이야기는 현실적으로 무리가 많고, 설화적 세계관을 벗어나지 못하고 있다는 느낌을 준다. 『춘향전』의 근원 설화 가운데 하나가 박색 설화(薄色說話 : 못생긴 여자가 한을 품고 죽어서야 소원을 이루게 되었다는 이야기)라는 점도 주목해 볼 필요가 있다.

〈작품 읽기 1〉은 『춘향전』의 이본들 가운데서 가장 길고 자세한 『남원고사』에서 춘향과 이도령이 이별하는 장면을 소개한다. 춘향과 이도령의 이별은 한 줄로도 요약될 수 있는 것이며, 소개되는 부분에서도 이야기 구성을 더욱 복잡하게 하는 것은 없다. 다만 춘향과 이도령의 대사가 끊임없이 확장되면서 감정을 고조시키고 있으며, 이것은 판소리의 영향과도 무관하지 않다. 다만 이것이 올바르게 현실을 그려낸 것인가 하는 점에 대해서는 생각해 볼 필요가 있을 것이다. 〈작품 읽기 2〉는 기생과 도령의 사랑 이야기를 다룬 한문 단편소설(漢文短篇小說)이다. 『춘향전』과 같이 사랑을 주제로 하고 있지만, 말투나 주제의 형상화 방식 등에서 큰 차이가 있으니 비교해 보기 바란다.

(가) 이렇듯이 노닐더니 흥진비래(興盡悲來)하고 호사다마(好事多魔)[1]는 자고상사(自古常事)라. 육리광음(陸離光陰)[2]이 물 흐르듯 지나가니 수삼춘추(數三春秋)되었구나.

남원부사 치민선정(治民善政)으로 묘당(廟堂: 조정)이 공론하여 공조참의로 승차(陞差)하니 승일상래(乘馹上來)[3] 올라갈 제 이도령의 거동 보소. 뜻밖에 당한 일이 마른하늘 급한 비의 된벼락이 내리는 듯, 모진 광풍에 시석(矢石: 화살과 돌)이 날리는 듯 정신이 어질하고 마음이 끓는 듯하여 죽을밖에 할 일 없다. 두 주먹을 불끈 쥐어 가슴을 쾅쾅 두드리며,

"이를 어이 하잔 말고. 옥 같은 나의 춘향 생이별을 한단 말인가. 사람 못 살 시운(時運)이라. 내직승차(內職陞差)[4]는 무슨 일인고? 공조참의 하지 말고 이 고을 좌수로나 주저앉았다면 내게는 아주 좋을 것을. 애고 이를 어찌할꼬, 가슴 답답 나 죽겠다!"

허둥지둥 춘향의 집 찾아가니, 저는 아직 몰랐구나. 반겨 와락 내달으며 드립다 허리를 덥석 안고 칠보잠(七寶簪)의 금나비같이 온몸을 바르르 떠는구나! 이도령의 거동 보소. 수심(愁心)이 첩첩하여 함비낙루(含悲落淚) 하는 말이,

"말을 하려 하니 기가 막혀 죽겠다! 네가 나질 말거나 내가 너를 몰랐거나 여러 말 할 것 없이 벗고 죽을밖에 할 일 없다!"

춘향이 옴짝 놀라 묻는 말이,

"이것이 무슨 말씀이오? 어제날 나오실 제 희색이 만면하여 나를 보고 반기실 제 해당화에 범나비같이 너훌너훌 노시더니 오늘은 별안간에 수색(愁色)이 만안(滿顔)하고 말씀조차 이리 맹랑하오? 안전에 꾸중을 들으셨소? 몸이 어디가 불편하오? 어찌한 곡절인지 자세히 아옵시다."

이도령이 울며 대답하되,

"떨어졌단다, 떨어져!"

춘향이 놀라 대답하되,

"어디가 낙상을 하셨단 말이오? 그래서 대단히나 다치지 아니하셨소?"

"뉘 아들놈이 내가 떨어졌다더냐? 어르신네가 끓았단다."

"끓아? 애고, 끓다니 사또 갈리셨나보오?"

"그렇단다."

"그러오? 애고, 그러면 왜 울기는? 더 좋지요. 내직으로 좋은 벼슬 승차하시거나 외직을 하옵셔도 광주 나주 목사 같은 것, 영변 영유 같은 데로 가시면 작히 좋을까? 나는 내 세간 다 가지고 삿갓 가마 타고, 도련님 뒤를 따라가지요."

이도령이 두 소매로 낯을 싸고 목이 메어 하는 말이, "잘 따라오너라, 잘 따라와! 그러할 터 같으면 뉘 아들놈이 기탄(忌憚)하랴."

춘향의 거동 보소. 실색(失色)하여 하는 말이,

"애고, 이 말이 웬 말이오? 이별 말이 웬 말이오?"

섬섬옥수(纖纖玉手) 불끈 쥐어 분통 같은 제 가슴을 법고(法鼓) 중이 법고 치듯 아주 쾅쾅 두드리며 두 발을 동동 구르면서 삼단 같은 제 머리를 홍제원 나무 장사 잔디 뿌리 뜯듯, 바드덩 바드덩 쥐어 뜯으며,

"애고 애고 설운지고. 죽을밖에 할 일 없네. 날 속이려고 이리 하나? 조르려고 기롱(譏弄)하나?"

깁수건을 끌러 내어 한 끝으론 나무에 매고 또 한 끝으론 목에 매고,

"뚝 떨어져 죽고지고. 청청소(靑靑沼)에 풍덩 빠져 세상을 잊고지고. 아무려도 못살겠네. 잡말 말고 나도 가옵시다. 꺼꺽 푸드덕 장끼 갈 때 아로롱 까투리 따라가듯, 녹수(綠水) 갈 때 원앙 가고 수탉 갈

때 씨암탉 가고 청개구리 갈 때 실뱀 가고, 운종용 풍종호(雲從龍 風從虎)[5]하고 구름 갈 때 비 가고 바늘 갈 때 실이 가고 봉이 갈 때 황이 가고 송별낭군 도련님 갈 때 청춘소첩 나도 가세. 쌍교(雙轎)는 과하니 말고 독교는 슬프니 말고, 가마를 꾸미되 가마꼭지는 왜주홍 칠하고 가마 뚜껑은 궁초(비단의 일종)로 싸고, 가마 청장대(靑帳臺)는 먹감나무로 하고 가마발은 화순·담양 들어가서 왕대를 베어다가 철궁에 뽑아 내어 당주홍 칠하여 색 고운 청면사로 거북 무늬로 얽어내어 당말액(唐抹額) 실로 금전지 달고 휘장은 백설이 풀풀 흩날릴 때 돈피(담비의 모피)로 두르고 가마 얽기는 생면주로 치고, 가마 치고 난 놈이라도 꼭뒤 상투는 세 뼘이오 헌거한 건장한 놈으로 좋은 전립 천은영자(天銀纓子) 넓은 끈을 달아쓰고, 외올 망건 당사끈에 적대모(赤玳帽) 고리 관자 양 귀밑에 턱 붙이고, 자지수 한단 절구통 저고리 통명주 당바지 삼승으로 물겹옷 지어 앞자락을 제쳐다가 뒤로 매고, 삼승 버선에 종이총 메투리(신발의 일종) 낙복지(落幅紙)로 곱걸어 들메이고, 팔대의 힘을 올려 끌 거두어 뒤채를 꼬눌 적에 워르렁 충청 걷는 말에 반부담(半負擔:말과 소에 싣는 짐꾸러미)하여 떵덩그렇게 날 데려가오. 그럴 터이 못 되거든 다 훌쩍 떨어 버리고 여복을 하지 말고 남복을 하되, 보라 동옷 당바지의 대님 매고 행전(行纏) 치고 갈매를 짙게 들여 긴 옷을 지어 입고, 머리 쌓아 궁초 댕기 석우황의 뒤로 출렁 늘이치고, 당차련 띠를 띠고 겹옷자락을 접어다가 어슥비슥 꽂은 후에, 두 푼짜리 쇠코 짚신 단단히 들멘 후에 오른손으로 채를 들고 왼손으로 견마(牽馬) 들어 도련님 올라가실 적에 나키 견마나 들고 가세!"

이도령 이른 말이,

"울지 마라, 울지 마라! 제발 덕분 울지 마라! 네 울음소리에 장부의 일촌간장(一寸肝腸) 다 녹는다. 이리 애를 쓰고 어찌하리? 너랑 죽어 물이 되되 천상의 은하수 지하의 폭포수 동해수 서해수 일대 장강

수(長江水) 다 후루쳐 던져두고 음양수(陰陽水)란 물이 되고, 날랑 죽어 새가 되어도 난봉, 공작, 두견, 접동 다 후루쳐 던져두고 원앙조(鴛鴦鳥)란 새가 되어, 그 새가 그 물을 보고 반겨라고 풍덩실 빠져 있어, 주야장천(晝夜長川) 세지 말고 어화 둥실 떠 있고저! 그렇지 못하거든 널랑 죽어 방아확(절구통의 안쪽 바닥)이 되고 날랑 죽어 방앗공이(방아찧는 공이) 되어 경신년 경신월 경신일 경신시 강태공의 조작처로 사시장천(四時長天) 가리지 않고 떨구덩 찧었고저! 그렇지 못하거든 널랑 죽어 암돌쩌귀 되고 날랑 죽어 숫돌쩌귀 되어, 분벽사창(粉壁紗窓) 열 때마다 제 구멍에 제 쇠가 박혀 사철 없이 빠드득 빠드득 하였으면! 그렇지 못하거든 널랑 죽어 강릉 삼척 들어가서 오리목 되어 서고 날랑 죽어 삼사월 칡넝쿨 되어 한없이 뻗어갈 제 진 데 마른 데 가리지 말고 들 건너 벌 건너 셔부렁섭적 건너가서, 그 나무 밑부터 끝가지 휘추리마다 낙거미 나비 감듯 외오 풀쳐 올우 감고, 올우 풀쳐 외오 감아, 나무 끝끝들이 휘휘칭칭 감겨 있어 상촌이 다 진(盡)토록 떠나 살지 말쟀더니, 인간에 일이 많고 조물(造物 : 조물주)조차 샘을 내어 신정(新情)이 미흡한데 애달플손 이별이야! 만금 같은 너를 만나 백년해로 하쟀더니 금일 이별 어이하리! 너를 두고 가잔 말가, 나는 아마도 못 살겠다!"

"내 마음에는 어르신네 공조참의에 승차 말고 이 고을 풍헌만 하시더면 이런 이별 아닐 것을, 생눈 나올 일을 당하니 이를 어이 하잔 말고. 귀신이 장난을 치고 조물주가 시기하니 누굴 탓하겠느냐마는, 춘향 속절 전혀 없다."

"네 말이 다 못 될 말이니 아무커나 잘 있거라!"

"우리 당초 광한루서 만날 적에 내가 먼저 도련님더러 살자 하였소? 도련님이 먼저 나더러 하신 말씀 다 잊어 계시오? 이런 일이 있겠기로 당초 마다 아니하셨소?"

"우리 당년 금석상약(金石相約) 오늘날의 다 허사로세!"

"이러구러 분명 못 데려가겠소? 진정 못 데려가겠소? 뜨개질로 이리 하오. 종래 아니 데려가시려 하오? 정 아니 데려가실 터이면 날 죽이고 가오! 그렇지 않으면 광한루서 날 홀리려고 명문(明文:증서)하여 준 것이 있으니 소지(所志) 지어 가지고 본관 원님께 이 사연으로 원정(原情) 백활(白活)하겠소. 원님이 만일 당신 키공자 역성 들어 낙송(落訟)시키시거든 그 소지 첩련(貼聯:관아에 서류를 낼 때 관련 서류를 붙임)하여 원정 지어 가지고 전주 감영 올라가서 순사또께 의송(議訟)하면 도련님은 양반인고로 편지 한 장만 부치면 순사또라도 같은 양반 편을 들어 나를 낙송시키거든 그 제사 또한 첩련하여 가지고 한양성중 들어가서 형한양사(刑漢兩司:형조와 한성부의 법사) 비변사(備邊司)까지 정하오면 도련님은 사대부로 여기저기 청탁의 결연으로 또 송사를 지우거든, 그 제사 모두 첩련하여 똘똘 말아 품에 품고 팔만장안 억만가호로 촌촌 걸식 다니다가 돈 한 푼씩 빌어 얻어 동의전에 들어가서 바리뚜껑 하나 사고 지전(紙廛)으로 들어가서 장지 한장 사 가지고 언문으로 상언(上言) 쓰되, 마음속에 먹은 뜻을 자세히 성문(成文)하여 가지고 이월이나 팔월이나 동교로나 서교로나 능행 거동 하실 때에, 문밖으로 내달아서 만인총중(萬人叢中) 섞였다가 용대가 지나치고 호위창 들어서고 홍양산이 따라오며 가교에나 마상에나 헌거로이 지나실 때 왈칵 뛰어 내달아서 바리뚜껑 손에 들고 높이 올려 땡땡하고 세 번만 쳐서 격쟁(擊錚)까지 하오리다.

애고 애고 설운지고! 그리하여 또 못 되거든 애써 말라 초조하여 죽은 후에 넋이라도 삼수갑산 제비되어 도련님 계신 처마 기슭에 집을 종종 지어 두고, 밤중쯤 집으로 드는 체하고 도련님 품으로 들어볼까. 이별 말이 웬 말이오? 이별 리(離) 자 내던 사람 나와 백 년 원수로다. 진시황 시서(詩書)를 불태울 때 이별 두 자 잊었던가? 그때에 나 살았다면 이 이별이 있을쏘냐! 박랑사(博浪沙) 쓰고 남은 철퇴 천하장사 항우를 주어 힘껏 둘러메어 깨치고저! 이별 두 자 옥황전(玉皇

殿)에 솟아올라 옥황상제께 발괄하여 벼락상좌 내려와서 때리고저!
이별 두 자 호지에 모자 이별, 남북에 군신 이별, 정로(征路)에 부부
이별, 운산에 붕우 이별, 이정(離亭)에 엽정비(葉正飛)하니 형제 이별,
살아 생이별, 죽어 영이별, 이 이별 저 이별 이별마다 섧건마는 이 이
별은 생초목이 불이 붙네. 사랑도 처음이요, 이별도 처음이라, 오장이
찢어지고 금심(琴心)이 녹아온다. 애고 답답 설운지고. 이를 어찌 하잔
말고!"

이도령 이른 말이,

"엣다, 춘향아, 말 듣거라! 애고, 춘향아, 말 듣거라! 모든 간장이 다
녹는다. 한때 이별 섧건마는 얼마 되리. 두고 가는 나의 모양 어찌 한
정하리? 함께 갈 마음이 불현듯이 있건마는 경성으로 올라가면 요긴
치 않은 친척들이 공연스레 공론하되, 아이놈이 작첩(作妾)하여 학업
전폐한다 하고 호적 밖에 빼내어 버릴 것이니 이런 까닭으로 뜻과 같
지 못하구나! 잘끈 참아 수삼 년만 견디어라. 밤낮으로 공부하여 입신
양명한 다음에 너를 찾아올 것이니 부디 부디 잘 있거라. 구구팔십
일광로(一狂老)는 여동빈을 따라가고, 팔구칠십 이적선(李謫仙)은 채
석강에 완월(玩月)하고, 칠구육십 삼노공[6]은 한태조를 차세(遮說)하고,
육구오십 사호선생 상산에서 바둑 두고, 오구사십 오자서(伍子胥)는
동문에 눈을 걸고, 사구삼십 육손이는 팔진도에 빠져 있고, 삼구이십
칠성단에 제갈제풍(諸葛制風) 하여 있고, 이구십 팔선녀는 성진이가
희롱하고 일구 굴원이는 멱라수에 빠졌으니, 너도 열녀 되려거든 삼
강수에나 빠지어라! 내 말일랑 다시 마라! 장부의 일언(一言)이 중천
금(重千金)이라, 천지가 개벽하고 산천이 돌변한들 금석 같은 내 마음
이 설마 너를 잊을쏘냐?"

(파리 동양어학교본 『남원고사(南原古詞)』 중에서)

  1) 호사다마(好事多魔) : 좋은 일이 있을 때일수록 나쁜 일도 생기기 쉬움을 비유.

2) 육리광음(陸離光陰) : 지나가는 세월.

3) 승일상래(乘馹上來) : 왕명으로 지방의 관리에게 역마를 사용하여 상경할 수 있게 하라는 유지(諭旨).

4) 내직승차(內職陞差) : 지방 벼슬아치가 경내직(京內職)으로 영전함.

5) 운종용 풍종호(雲從龍 風從虎) : 구름 가는 데 용이 따르고, 바람이 이는 데 범이 따르듯 끼리끼리 어울림.『역경(易經)』의 「건괘(乾卦)」에서 뽑아 온 말.

6) 칠구육십삼노공(七九六十三老公) : 칠구 육십삼과 세 노공(老公)을 연결시킨 숫자 어희(語戱).


(나) 어느 재상이 평양 감사로 있을 때 외아들이 따라가 있었다. 동갑짜리 동기(童妓 : 어린 기생)가 용모가 아리따워 서로 좋아지냈다. 어느덧 둘 사이의 두터운 정은 산 같고 바다 같은 것이 되었다. 감사는 임기를 끝내고 돌아가게 되었다. 이때 그의 부모는 아들이 기생과 쉽게 정을 끊고 떠날 수 있을지 걱정이었다.

"네가 아무것과 정이 든 모양인데, 장차 정을 끊고 훌훌히 돌아갈 수 있겠느냐?"

그 소년이 대답하는 말이,

"한갓 풍류 호사에 불과합니다. 무슨 미련이 있겠습니까?"

부모는 그렇다니 다행이고 반가운 노릇이었다.

정작 떠나는 날도 소년은 이렇다 할 석별의 정이 없는 듯싶었다.

소년은 책을 짊어지고 절로 들어가서 삼여지공(三餘之工)을 힘쓰게 되었다. 소년이 절에서 독서하던 어느 날 밤 큰 눈이 그치고 하얀 달빛이 뜰에 가득한데, 우연히 혼자 난간에 비끼고 앉았다가 쓸쓸히 사방을 둘러보니 모든 소리가 그치고 온 산천이 고요한데, 자신은 마치 구름 속에서 무리를 잃은 한 마리 학이 슬프게 울고, 바위틈에서 짝을 부르는 외로운 잔나비(원숭이)가 구슬피 부르짖는 심경이었다. 이때 평양의 그 기생이 문득 생각에 떠올랐다.

그 여자의 아리따운 자태와 아담한 용모가 눈에 선하게 떠올라 그리움이 샘솟듯 하였다. 잊을래야 잊히지 않고, 도저히 주체할 수 없는 감정이었다. 그대로 앉아서 새벽 종소리를 고대하다가, 옆의 사람도 모르게 살짝 빠져 나와 짚신발에 들메끈을 매고 약간의 노자를 차고 도보로 떠나 그 길로 평양을 향했다.

아침에 여러 중들과 글 읽던 동창들이 깜짝 놀라 수색해 보았으나 종내 그림자도 안 보여 그의 집으로 기별을 했다. 온 집안이 경황없이 산골을 이 잡듯 뒤져도 나오지 않아 결국 호랑이에게 물려간 것으로 생각하고 말았다. 그 애통한 형상은 이루 헤아릴 수 없었다.

소년은 고생고생 길을 가서 여러 날 걸려 평양성에 당도했다.

바로 그 기생집을 찾았으나 기생은 없고 기생 어미가 나오더니, 소년의 행색이 초라함을 보고 쌀쌀한 눈으로 대하여 전혀 반기어 맞는 기색이 아니었다.

"자네 딸이 지금 어디 갔는가?"

"시방 신임 사또 자제의 수청을 듭지요. 한 번 들어간 뒤로 통 못 나온답니다. 그런데 도련님은 무슨 연고로 천리길을 도보로 오셨습니까?"

"자네 딸 생각으로 창자가 끊어질 듯하네. 불원천리(不遠千里)하고 온 것은 한 번 만나기 위해서네."

기생 어미는 냉소하며,

"천리 타관에 공연히 허행을 하셨소. 내 딸은 이곳에 있건만 나 역시 상면조차 못하는 형편입니다. 하물며 도련님이야…… 어서 돌아가세요."

하고 말을 마치자 방으로 쑥 들어가더니 전혀 내다보지도 않았다.

소년은 개탄하여 나와서 올 데 갈 데 없이 망설이다가 감영(監營)

의 이방이 일찍이 친숙했고, 자기 아버지에게 허다한 은혜를 받았음을 생각해 내고, 그 집을 물어 찾아갔다. 이방은 깜짝 놀라 맞는다.

"도련님, 이게 웬일입니까? 키하신 몸으로 천리 머나먼 길을 도보로 오시다니…… 실로 꿈밖이올시다. 대체 무슨 일이 있으신지요?"

소년이 그 연유를 고백했다. 이방이 머리를 흔들며,

"난처하군요. 정말 난처해요. 요새 사또 제자가 그 기생을 독차지해서 촌보(寸步)도 곁을 못 떠나게 하옵기에 실로 상면할 도리가 없습니다. 어쨌든 우선 소인 집에 머무시며 기회를 엿보기로 합시다."
하고, 극진히 대접했다.

소년이 이방집에서 며칠을 묵는데 또 눈이 내렸다.

"상면할 기회가 바로 지금인데, 도련님이 능히 하실는지요?"

"여부 있소. 내 그 기생의 얼굴을 보게만 된다면야 죽음이라도 피하지 않겠소. 하물며 다른 일이야……."

"낼 아침 시중(市中)의 인부를 조발하여 감영 뜰의 눈을 쓸게 됩죠. 소인이 도련님을 눈 쓰는 인부로 충당하여 책실(冊室) 앞에서 눈을 쓸게 하오면 혹시 잠깐 상면할 기회가 있을지 모르겠네요."

소년은 흔연히 그 말을 좇았다.

그는 상놈의 복장을 하고 눈 쓰는 인부들 가운데 끼여 한 자루 비를 메고 책실 뜰로 간 것이다. 눈을 쓸면서 자주자주 눈을 들어 마루 쪽을 훔쳐보는데, 그 여자의 얼굴이 종내 나타나지 않았다.

한참 후에 방문이 열리는 곳으로 그 여자가 짙은 화장으로 난간에 나와 서서 설경(雪景)을 완상하는 것이 아닌가. 소년은 눈 쓸기를 멈추고 뚫어져라 바라보았다. 그 여자는 안색이 싹 변하더니 부리나케 방으로 들어가서는 다시 감감 소식이 없었다.

소년은 마음속으로 무한히 저주하며 낙심천만하여 돌아왔다. 이방이 물었다.

"그 기생을 보셨습니까?"

"잠깐 얼굴은 보았소."

하고, 그 여자가 한번 들어가더니 안 나오던 전말을 이야기했다.

"기생이란 본디 그런 거죠. 차고 덥고를 재어서 송구영신(送舊迎新)하게 마련이라 족히 책망할 것도 못 되구요."

소년은 자기 행색을 돌아보니 진퇴양난이라 내심에 몹시 민망했다.

그 여자는 소년의 모습을 보고는 그가 왜 내려왔는가를 마음으로 알아챘다. 나가서 만나고 싶었으나 책실이 한사코 곁에만 붙어 있으니 도리가 없었다. 몸을 뺄 도리를 곰곰이 생각하다가, 그 여자는 문득 눈물을 뚝뚝 떨어뜨리며 가장 슬픈 표정을 지었다. 책실이 놀라 묻기를,

"얘, 왜 이러니?"

그 여자는 울먹이며 대답했다.

"소인네는 다른 형제가 없는고로 소인이 집에 있을 때는 제 손으로 죽은 아비의 산소에 눈을 쓸었어요. 오늘같이 큰 눈 오는 날 눈 쓸 사람이 없어 슬픕니다."

"그거야 방자(房子)를 보내 쓸게 하면 그만 아니냐?"

그 여자가 고개를 외로 틀고,

"이것이 관청일이 아니온데, 이런 추운 날 방자를 시켜 소인의 선산(先山)에 눈을 쓸게 하오면, 소인의 죽은 아비가 욕설을 무한히 듣고 말걸요. 결코 안 될 말씀이에요. 소인이 잠깐 가서 쓸고 나는 듯이 돌아올 테니 보세요. 우리 아버지 산소가 성동 십 리 밖에 있으니 가고 오고 금방이에요."

책실은 그 사정을 딱하게 여겨서 허락했다.

그 여자는 자기 집으로 가서 어미에게,

"아무 도련님이 오시지 않으셨나요?"

하고 물었더니, 대답이

"며칠 전에 잠깐 들렀다가 가더라."

그 여자는 울먹이며 자기 어머니를 원망했다.

"엄마, 인정이 어디 이럴 수가 있어요? 그분은 양반댁의 키공자요, 천리 걸음이 오로지 날 보자고 오신 것 아녀요? 엄만 왜 만류해 두고 제게 기별은 못하나요? 엄마가 좀 쌀쌀히 대했길래 그렇지. 그분이 그냥 갔겠어요?"

하고 눈물을 그치지 않았다.

소년의 거처를 찾을래야 물을 곳이 없다. 문득 전에 이방과 친근했음이 생각나서 혹시 그 집에 가 있을까 싶었다. 그래서 바쁜 걸음으로 이방 집을 찾아갔다.

소년과 기생은 만나자 손을 맞잡고 슬픔과 기쁨을 교환했다.

(『계서야담(溪西野談)』 중에서)

통합형 문·답

> (가)와 (나)에 공통적으로 들어 있는 사건을 추출해 보자. 그리고 그 사건을 형상화하는 방식에서 어떠한 차이가 있는지 논해 보자.

(가)는 『춘향전』 중에서 이도령의 아버지가 한양으로 승진을 해 올라가게 되어 춘향과 이도령이 헤어지는 부분이다. (나)에도 동일한 상황이 포함되어 있다. 평양 감사의 외아들이 기생을 사귀다가 아버지의 임기가 다하게 되자 헤어지게 된다. 그러나 두 작품은 갈등이 생겨나는 설정은 비슷하지만 중심 인물이나 이후 사건 전개에서는 큰 차이를 보이게 된다.

(가)의 여주인공은 처음부터 적극적으로 부각된다. 춘향과 이도령이 모두 애정의 주체로서 동등한 비중으로 등장하며, 헤어짐에

임하는 춘향의 자세는 사뭇 비장하다. 따라서 (가)는 줄거리가 있다기보다는 헤어지는 장면에서 춘향과 이도령이 주고받는 대화로 구성되어 있다. 인물들의 행동을 재현하는 것이 아니라, 대화를 통해 분위기를 고조시키고 갈등을 사실보다 말잔치의 차원으로 이끌어 간다.

대화 속에서는 구체적으로 춘향이 이도령을 따라가고 싶은 심정, 춘향과 헤어지기 싫어하는 이도령의 심정, 헤어짐을 받아들일 수 없는 춘향의 심정, 역시 헤어지기 싫지만 어떻게든 후일을 기약하여 춘향을 달래는 이도령의 심정 등이 잘 나타난다. 이들은 모두 직유를 나열함으로써 구성되는데, 이로써 감정이 고조되고 이 장면에서 문제되는 갈등이 부각되는 측면도 있지만 지나치게 과장된 면으로 읽혀 현실감이 떨어지기도 한다.

(나)는 지방관의 자제가 그곳 기생과 사랑을 나누게 된다는 기본 설정은 같지만, 처음부터 여주인공이 부각되지 않는다. (가)에서 보는 바와 같은 헤어질 때의 남녀간의 갈등도 보이지 않는다. 이 점은 작품의 갈등을 전개하기 어렵게 할 것 같기도 하지만, 눈이 온 날 저녁 주인공 소년의 심리가 급변하는 과정에서부터 이야기의 재미가 시작된다. 실제로 (가)에서 장황하게 전개한 장면을 (나)에서는 '정작 떠나는 날도 소년은 이렇다 할 석별의 정이 없는 듯싶었다'로 간단하게 처리하고 만다.

(나)에서 심혈을 기울이는 부분은 특정한 장면의 감정이나 분위기를 고조시키는 데 있는 것이 아니라, 장면이 변화하는 현실적인 모습을 묘사하는 데 있다. 주인공 소년의 심리는 눈을 배경으로 해서 급격하게 변하며, 이것은 그로 하여금 공부를 중단하고 기생을 만나러 가는 일탈적 행위를 하게 한다. 주인공 소년의 행동은 그 자체로 엄청난 일이므로 (가)와 같은 어조를 유지하려면 상당한 지면을 필요로 했을 것이다. 그러나 (나)는 그 다음 장면

과 사건 전개를 향해 숨가쁘게 나아간다.

이후 소년과 기생의 만남에 이르기까지 여러 가지 곡절이 있다. 이는 (가)처럼 설화적 골격이 단순히 언어를 통해 확장되어 이루어진 작품에서는 찾아볼 수 없는 인물의 세부적 심리 묘사를 가능하게 했다. 그러한 심리 묘사는 결코 표현을 장황하게 한다거나 비유를 현란하게 구사함으로써 가능한 것이 아니라, 현실적으로 가능한 일상적 대화를 그대로 재현함으로써 가능하게 되었다. (나)에서 인물들이 주고받는 대화는 간결하면서도 사건의 전개를 충분히 설득력 있게 만들어 줄 수 있는 것이다.

이러한 형상화가 가능한 것은 인물들의 관계가 애정으로 맺어져 있고, 그 주변 인물들도 자기 성격을 명확하게 부각시키고 있기 때문이다. 이방의 우직함과 충성심, 신임 사또 자제를 속이는 기생의 기지, 기생 어미의 냉소적 태도 등은 현실적 면모를 보여 주며, 두 사람이 눈을 매개로 만나게 되기까지 견뎌야 할 긴장을 고조시키는 인물들이라고 할 수 있다. 이처럼 (나)는 (가)에 비해 현실 반영적 성격이 강하며, 그것이 사건을 형상화하는 데도 경제적 표현을 얻는 데 도움을 주었다고 볼 수 있다.

# 토별가

신재효

申在孝

고창현에서 관약방을 하던 부친 신광흡의 만득자로 태어난 신재효(1812~1884)의 자는 백원(百源), 호는 동리(桐里), 본관은 평산(平山)이다. 젊어서는 치산에 뛰어난 재질을 보였으며, 당대에 천석의 부자가 되었다고 전해진다. 45세를 전후해 호장을 그만두고 판소리의 사설을 정리하는 한편 창작 생활로 여생을 보냈다. 그는 판소리의 이론적 체계를 모색하여 「광대가(廣大歌)」란 단가를 지어 소신을 밝혔다. 그리고 광대들이 부르는 사설을 일일이 교정해 주었는데, 특히 장단과 가락 가운데 불합리한 것, 창법이 모순된 것, 너름새와 발림이 잘못된 것을 지적해 주었다. 그가 편(編)한 것으로는 판소리 사설 여섯 마당과 가사 및 단가가 있다. 판소리 여섯 마당은 「박타령(일명 흥부가)」 「변강쇠타령」 「심청가」 「적벽가」 「춘향가」 「토별가(일명 수궁가)」이다.

　『토별가』는 신재효에 의해 정리된 판소리 사설의 하나이다. 일명 『수궁가』라고도 한다. 원래 외국의 전래설화가 토착화되어 구토설화(龜兎說話)나 기타 구전설화(口傳說話)로 되고, 이것이 다시 판소리 사설로 되어 『수궁가』가 되었다가, 판소리 대본이 문자로 정착되는 과정에서 『토끼전』으로 소설화한 것으로 추측된다. 설화에서 판소리로, 판소리에서 소설로 변모해 가는 과정에서 설화적 기본구조를 바탕으로 상당한 부연 및 윤색이 가해지면서 소설로 확장되었는데, 이때 수궁과 육지라는 구체적인 세계를 설정하고 등장 동물을 다양하게 하고 그 수를 늘렸으며, 열거·반복·대조법 등 수사적 표현을 증폭시키고 다양한 사건들을 추가했을 것으로 짐작된다.

　따라서 『토끼전』 계열의 소설의 근원을 찾기 위해서도 판소리 『수궁가』의 형성과 전개 양상을 탐구해 볼 필요가 있다. 판소리는 대개 17세기 말경부터 존재했을 것으로 추정되는데, 『수궁가』 역시 그 형성 시기를 그 정도로 소급할 수 있다. 즉 이 시기에 구토설화류의 이야기를 광대가 민간 연희(演戱)에서 창으로 부름으로써 『수궁가』가 하나의 레퍼토리가 되었을 것이다. 이때의 판소리는 아직 독자성을 갖지 못하고 여러 민간의 연희 속에 혼재해 있던 것으로 보이며, 『수궁가』 또한 간결하고 단순한 토끼의 지략담(智略譚)이 그 중심을 이루는 짧은 내용이었을 것으로 추정된다.

　『수궁가』가 창으로 되는 것은 그로부터 한참 지난 19세기 초 내지 중엽이었다. 이때부터 명창들이 『수궁가』를 불렀다는 기록이 나타나며 『수궁가』를 감상한 느낌을 한시(漢詩)로 기록한 자료들도 전한다. 신재효가 『수궁가』를 『토별가』로 개작한 것도 이즈음이다. 신재효의 『토별가』는 소설본에 가까운 모습으로 『토끼전』을

정착시키는 데 기여했고, 이후 많은 사본이 유행하여 그 독자층을
넓혀 갔다. 신재효의 『토별가』는 1898년에 완판본(完板本)으로 간
행되기도 했다.

작품 구조는 대략 반복 구조와 대립 구조의 두 틀로 되어 있다.
먼저 반복 구조는 작품의 공간인 수궁과 육지의 반복, 작품의 사
건전개에서 위기와 극복의 반복으로 나타난다. 즉 '수궁→육지
→수궁→육지'로 그 공간 배경이 반복 회전하면서 이야기가 전
개되는 것이다. 또 위기와 극복의 사건전개는 전반에는 용왕의 위
기와 극복이, 후반에는 토끼의 위기와 극복이 반복적으로 이루어
지면서 긴장이 고조되고 흥미가 유발되며, 작품의 극적 효과를 점
층적으로 고양시키고 있다.

한편 대립 구조란 수궁계와 육지계의 대립을 말한다. 수궁계는
강자, 즉 통치자·지배자의 세계요, 육지계는 약자, 즉 서민층·피
지배층의 세계이다. 이들의 상호 대립이 심화되면서 갈등과 긴장
이 고조된다. 또 등장하는 동물들의 대립은 강자인 용왕과 약자인
토끼의 대립, 강자인 호랑이와 약자인 다람쥐 등의 작은 동물들의
대립으로 나타난다. 이때 용왕이나 호랑이는 현실계의 왕이나 수
령 등을 대변하고, 토끼나 다람쥐 등은 일반 피지배 서민층을 나
타낸다. 이와 같은 대립의 양상은 결국 약자가 최후의 승리를 거
두는 것으로 나타나는데, 이는 조선 후기의 역사적 현실에서 서민
들이 지니고 있던 현실적 불만과 욕구, 비판과 해학·풍자가 작품
의 의미로 표출된 결과이다.

당대의 정치·사회·윤리·도덕의 모순에 대해 지식계층의 선
비들은 개혁을 시도했고, 일부 과격한 서민과 천민층은 민란이라
는 과격한 수단을 사용했지만, 유식하지도 않고 과감하지도 못했
던 대다수의 서민층은 열악한 사회적 제약 속에서 한정된 소극적
방법에 안주하는 수밖에 없었는데, 그것이 바로 풍자와 해학의 길

이었던 것이다. 즉 자신들의 상대 계층을 야유하면서 웃음을 통해 욕구불만을 해소하려 했던 것이다. 그리고 여기에는 운명론적인 체념이 깃들여 있기도 하다.

신재효의 『토별가』는 특히 토끼의 입장보다 별주부에게 중점을 두고, 별주부의 충(忠)과 토끼의 지략을 잘 대결시켜 놓았다. 그러나 오히려 신재효가 추구한 것은 조선 말기의 사회상을 해부하고 풍자하는 데 있었다. 용왕의 무능은 당시 집권층의 무능을 비판한 것이고, 토끼 간을 구하려 할 때 서로 가지 않으려고 하는 모습은 권력층의 대립상을 풍자한 것이며, 동물 사회에서 권력이 정립되어 있는 모습은 곧 아전과 관리들의 수탈을 해부하고 풍자한 것이다.

〈작품 읽기 1〉은 토끼를 잡아 와야 하는 사명을 받아 육지로 떠난 별주부가 토끼를 만나 이야기를 주고받으며 논쟁을 벌이는 장면이다. 별주부와 토끼의 논쟁 방식에 주의를 기울이기 바란다.

〈작품 읽기 2〉는 『토별가』를 현실적 갈등의 산물로 읽는 관점을 더욱 확대하여, 그것을 사회적 투쟁 일반의 시각에서 볼 수 있는 자세를 마련해 보기 위한 것이다. 글을 쓴 이는 1930년대의 대표적 시인 정지용(鄭芝溶)으로, 대만에서 일어났던 지배층과 피지배층의 투쟁관계가 변천한 모습을 잘 그려 내고 있다. 토끼와 별주부를 백성과 관료의 관계로 볼 수 있는지, 토끼와 수궁의 갈등이 어떠한 현실적 의미를 가질 수 있는 것인지, 토끼가 고난으로부터 벗어나는 방식이 현실적으로 어떠한 효용성과 교훈을 가져다 줄 수 있는 것인지를 생각해 볼 수 있는 기회가 될 것이다.

(가) 실없는 토끼 소견(所見) 제가 주부(主簿 : 별주부) 속이기로 산림 풍월(山林風月) 자랑할 제,

턱없는 거짓말을 냉수 먹듯 하는구나.

"청산에 봄이 오면 만자천홍(萬紫千紅)[1] 그림 병풍,

앵가접무(鶯歌蝶舞)[2] 좋은 풍류 놀기도 좋거니와,

공자(孔子) 제자 오칠관동(五七冠童) 기수(沂水)에서 목욕하고,[3]

무우(舞雩)에 바람 쐴 때 따라가서 구경하고,

녹음방초 승화시(綠陰芳草勝花時)[4]에 공자(公子) 왕손(王孫) 답청(踏青)[5] 구경,

추천경출 수양리(鞦韆競出垂楊裏)[6]에 녹의(綠衣) 홍상(紅裳) 그네 구경,

기봉률올 화운승(奇峰砰硠火雲升)[7] 피서(避暑) 임천(林泉) 목욕 구경,

여름 석 달 다 보내고 가을 바람 일어나고,

옥로(玉露)[8]가 서리 되어 상엽홍어 이월화(霜葉紅於二月花)[9] 정거 좌애(停車坐愛) 하는 때와,

황화구일 용산음(黃華九日龍山飮)[10] 낙모취무(落帽醉舞) 좋은 구경,

천산조비(千山鳥飛) 끊인 겨울 나 혼자 맛에 겨워,

용문상설(龍門賞雪)[11] 하올 적에 구양수(歐陽修)[12]도 따라가고,

건려방매(蹇驢放梅)[13] 하올 적에 맹호연(孟浩然)[14]도 따라가서,

산간 사시(山間四時) 좋은 경(景)을 오는 대로 구경하여,

임자 없는 청산 녹수(青山綠水) 모두 우리 집을 삼고,

값 없는 청풍 명월(淸風明月) 나 혼자 주인 되어

암혈간(巖穴間)[15]에 살아가니 반고씨(盤古氏)[16] 적 시절인가?

나무 열매 먹었으니 유소씨(有巢氏)[17] 적 백성인가?

이러한 편한 신세 시비(是非)할 이 뉘 있으며,

이러한 좋은 흥미 앗아갈 이 뉘 있으리?

수궁(水宮)이 좋다 해도 이향즉천(離鄕則賤)[18]이라니 갈 수 없제 갈 수 없제.

회수(淮水)를 건너며는 유자(柚子)도 탱자 되니[19] 안 갈라네 안 갈라네."

주부가 들으면서 가만히 생각한즉,

저(토끼를 말함)를 훌쩍 추켰더니 좁은 소견 거만함이 저렇게 덤벙대니,

되게 한번 탁 찔러서 저놈 기를 꺾어 보자 천연(天然)히 물어 보아,

"여보, 토생원, 말씀 다하였소?"

"예. 다하였소."

"산에서 부는 바람 해풍(海風)보다 훨씬 세니 키가 시려 못 듣겠소.

수중에 있는 이는 산중(山中) 일을 모르기에 저렇게 과장하되

당신은 가련 신세 낱낱이 다 이를 테니 당신이 들으려오?"

"말씀하시오."

"천봉(千峰)에 바람 차고 만학(萬壑)[20]에 눈 쌓이어

땅에는 풀이 없고 나무에 과실 없어

여러 날 굶은 신세 어두컴컴 바위틈에

고픈 배 틀어쥐고 적막히 앉은 거동,

진(秦)나라 함곡관(函谷關)의 초회왕(楚懷王)의 신세런가.[21]

북해상(北海上) 큰 움 속 소중랑(蘇中郞)의 고생인가.[22] 무슨 정(情)에 상설 방매(賞雪放梅)?

이삼월 눈이 녹아 풀도 있고 꽃도 피면

주린 배를 채우려고 이곳 저곳 다니다가,

토끼 잡는 그물 빈틈없이 둘러치고,

규규무부(赳赳武夫)[23] 날랜 걸음 소리치고 쫓아오니,

짧은 꽁지 샅에 끼고 큰 구멍에 단내 풀풀 불변천지 도망할 제,

천만의외(千萬意外) 독수리가 중천에 높이 떴다 날아 내려 앞 막으니,

당신의 가긍정세(可矜情勢) 적벽강(赤壁江) 화전중(火戰中)의 목숨이 아니 죽고,

간신히 도망하다 화용도(華容道) 좁은 목에 관공(關公)[24] 만난 조조(曹操)로다.

어느 틈 무슨 경황에 기수(沂水) 목욕 무우(舞雩) 바람 바라는가?

사오뉴월 여름 되면 당신 신세 더 어떻고?

수풀 깊고 날이 더워 진드기와 왕개미가 만신(滿身)을 침질하니,

잡자 해도 손이 없고 두르려 해도 꽁지 없어,

볶이다 못 견디어 산밑으로 내려오니,

풋나무 초군(樵軍)[25]이며 김매는 농부들이

호미 들고 작대 들고 이목 저목 쫓아오니,

피호봉낭(避虎逢狼)[26] 저 정경 어떻다 하겠는가?

그네 목욕 구경 생각 어느 틈에 날 터이며,

칠팔구월(七八九月) 가을 되면 공산(空山)에 잎 떨어져 산과목실(山果木實) 가득하니,

물것 없고 밥 많아서 모족(毛族)[27]에게 좋은 때는 일년 중 제일이나,

봉봉(峰峰)에 앉은 것은 매 받드는 부엉이요,

골골이 뛰는 것은 내(범새) 잘 맡는 사냥개라.

몽둥이 든 몰이꾼은 양옆에서 몰이하고,

조총 든 명포수는 화문(火門)에 화승(火繩) 박아 목목이 앉았으니,

당신의 급한 사세 비상천(飛上天)을 할 터인가 종지출(從地出)을 할 터인가?[28]


신재요

단풍 구경 국화 구경 내 소견엔 할 수 없네.

우리 수궁 같았으면 태평행락(太平行樂) 할 터기에 모셔 가자 하였더니,

화망살(禍亡煞)이 사주내(四柱內)[29]라 못 가겠다 하시오니,

괵철(蟈徹)이 말 아니 듣고 종실(宗室)의 한신(韓信) 죽음,[30]

범려(范蠡) 편지 믿지 않고 월(越)나라 문종(文種) 죽음 선생 신세 불쌍하오.

내 행색이 바쁘니 부득이 가나이다."

---

어휘풀이 1) 만자천홍(萬紫千紅) : 온갖 꽃이 만발함.

2) 앵가접무(鶯歌蝶舞) : 꾀꼬리는 노래하고 나비는 춤을 춤.

3) 공자(孔子) 제자 오칠관동(五七冠童) 기수(沂水)에서 목욕하고 : 공자가 제자들에게 뜻하는 바를 물었을 때 증석(曾晳)이 재물이나 권력을 탐하지 않고 기수에 목욕하러 가는 것이 소원이라고 한 일이 『논어』에 나온다. 다음의 '무우(舞雩)'는 증석이 기수에서 목욕한 뒤 바람을 쐬리라고 한 곳이다.

4) 녹음방초 승화시(綠陰芳草勝花時) : 푸른 수풀과 돋은 풀이 꽃의 아름다움을 가릴 때.

5) 답청(踏靑) : 들을 거닒.

6) 추천경출 수양리(鞦韆競出垂楊裏) : 버들 사이에서 그네를 뛰는 모양.

7) 기봉률올 화운승(奇峰硉兀火雲升) : 기이한 봉우리의 돌 비탈에 여름 구름이 떠오름.

8) 옥로(玉露) : 이슬

9) 상엽홍어 이월화(霜葉紅於二月花) : 서리 맞은 잎이 이월의 꽃보다 더 붉음.

10) 황화구일 용산음(黃華九日龍山飮) : 국화 피는 9월 9일 용산에 가서 술 마시고 춤춤.

11) 용문상설(龍門賞雪) : 용문에서 눈 내린 경치를 감상함.

12) 구양수(歐陽修) : 송나라 시대의 유명한 시인.

13) 건려방매(蹇驢放梅) : 절뚝거리는 나귀를 타고 매화를 찾아가 구경함.


토별가

14) 맹호연(孟浩然) : 당나라 시대의 유명한 시인.

15) 암혈간(巖穴間) : 바위 구멍 사이. 토끼의 거처를 말함.

16) 반고씨(盤古氏) : 중국 신화의 인물. 천지개벽 시대의 천자(天子).

17) 유소씨(有巢氏) : 중국의 옛 성인(聖人). 주거의 방법을 가르침.

18) 이향즉천(離鄕則賤) : 고향을 떠나면 곧 비천한 신세가 됨.

19) 회수(淮水)를 건너며는 유자(柚子)도 탱자 되니 : 원산지를 벗어난 물건은 그 가치를 잃는다는 뜻.

20) 만학(萬壑) : 여러 골짜기.

21) 진(秦)나라 함곡관(函谷關)의 초회왕(楚懷王)의 신세런가 : 아주 딱한 처지를 비유한 것.

22) 북해상(北海上) 큰 움 속 소중랑(蘇中郎)의 고생인가 : 소중랑은 한(漢) 무제(武帝) 때 흉노족에 사신으로 갔다가 움집에 갇혀 19년 동안 고향에 돌아오지 못했다.

23) 규규무부(赳赳武夫) : 용맹스런 무사.

24) 관공(關公) : 관우.

25) 초군(樵軍) : 나무꾼.

26) 피호봉낭(避虎逢狼) : 호랑이를 피하다가 이리를 만남.

27) 모족(毛族) : 토끼.

28) 비상천(飛上天) 종지출(從地出) : 하늘로 날아오르거나 땅으로 솟아 나옴.

29) 화망살(禍亡煞)이 사주내(四柱內)라 : 화로 망할 운수라.

30) 괵철(馘徹)이 말 아니 듣고 종실(宗室)의 한신(韓信) 죽음 : 좋은 충고를 듣지 않아 실패한 경우의 비유.


신재효

제시문의 제재를 밝혀 보고, 그 제재를 표현하는 데 윗글과 같은 율문적(律文的)인 구성이 효과적인 까닭을 설명해 보자. (단 다음 조건을 지켜야 한다.)
① 제재에 대한 토끼와 별주부의 입장 차이를 밝힌다.
② 그러한 입장 차이가 생겨난 까닭을 설명한다.

윗글은 『토별가』에서 토끼를 잡아 와야 하는 사명을 받고 육지로 떠난 별주부가 토끼를 만나 이야기를 주고받는 대목이다. 별주부가 토끼더러 수궁으로 가자고 꾀자, 토끼는 자기의 산중 생활이 훨씬 좋다고 주장하고, 별주부는 이와는 반대로 산중 생활의 위험함을 지적하여 토끼를 회유한다. 각기 자기 나름대로 산중 생활의 장단점을 지적하는데, 그 설득의 방법은 논리적이라기보다는 설득적이며, 다분히 수사적(修辭的)이고 공격적이다. 오늘날의 논쟁에서는 현란한 논리가 중요한 설득의 방법이 되지만, 『토별가』의 이 대목에서는 현란한 말잔치가 전개된다.

두 동물이 자기의 발언에서 이야기하는 것은 산중 생활의 실제 모습이다. 토끼가 산중 생활이 즐겁다고 주장하는 것은 수궁으로 가지 않으려는 속셈 때문이다. 토끼가 주장하는 산중 생활의 장점은 사시사철 자연의 아름다움을 즐길 수 있다는 것, 먹고 자는 데 아무런 걱정이 없다는 점이다. 더 나아가 수궁에 갈 수 없는 중요한 이유 가운데 하나는 고향을 떠나면 고생하게 마련이라는 속담도 크게 작용한다.

별주부는 토끼의 말이 과장이라고 비판하고, 산중 생활의 어려운 점에 대해서 조목조목 지적한다. 겨울에는 눈이 쌓여 양식을 얻기 힘들고, 여름에는 온갖 벌레들에게 시달리는 것이 산중의 실상이라고 하고, 가을에는 먹을 것이 좀 있으나 사냥꾼들을 피해

다니기에 급급하므로 목숨도 부지하기 어렵다고 한다. 마지막으로 수궁은 태평한 곳임을 강조하고, 수궁을 거부한 것은 토끼의 책임임을 상기시키면서 더 권유하지 않는 척한다.

별주부는 토끼의 말이 과장이라고 했지만 별주부의 말도 그에 못지않은 과장이다. 그러나 두 동물들의 발언은 산중 생활의 여러 가지 모습에 대해 지적한 것이라는 점에서는 공통적이다. 토끼는 그것의 장점만을, 별주부는 단점만을 지적했다는 점이 다를 뿐이다. 이 두 가지 주장은 서로 양립할 수 없는 것이 아니라, 사태의 서로 다른 두 가지 면이다. 실제로 토끼들은 산중의 이러한 삶의 조건을 받아들이면서 살아가고 있다.

이와 같이 논쟁의 서로 다른 두 당사자가 각기 나름의 타당성을 가지고 있는 경우, 어느 한쪽의 양보를 얻어 내기 위해서는 감정적인 차원에 호소하는 것이 필요하게 된다. 윗글이 4·4조의 율문적 구성을 취하고 있는 것은 말에 리듬감과 속도감을 주고, 그를 통해서 상대방의 감각에 호소할 수 있도록 하는 장치이다. 아울러 이 글이 판소리의 사설이라는 점도 기억해야 한다. 판소리는 독서물이라기보다는 청중을 앞에 두고 실연(實演)하는 것이기 때문에, 즉흥적이고 감정적인 차원의 장치가 많이 필요하게 된다. 이러한 효과를 위해 대사에 리듬감을 주게 된 것이다.

【 작품 읽기 2 】

대만의 원주민은 애초에 한족(漢族)이나 일본인이 아니었다. 마래족(馬來族)의 일계인 우리가 일본인을 통하여 안 생번(生蕃)이나 숙번(熟蕃)이라는 족속이 대만의 원주민족이었던 것이다.

고박(古朴)하고 표한(慓悍)한 이 족속들은 얼마 되지 않는 지역에

신재효

서 농업·목축·어업·수렵 등을 주로 하여 자작자급(自作自給)하여 대륙을 부러워 아니하고도 태평한 생활을 누리었을 것이다. 그런데 대륙 남중(南中) 일대의 침략적 유랑민들이 대만으로 기어 올라오기 시작하였다. '문화'를 가지고 왔다.

어떠한 '문화'였던가? 화교상품과 무기와 금리와 행정을 가져왔다. 공자묘도 으레 따라왔을 것이다. 대만 원주민이 번인(番人)이 아니라 인민이 아닐 수 있었던 노릇이냐 말이다. 대만인민 번인들이 화교적 왕도(王道)에 점점 패잔하기 시작하였다. 문자를 갖지 못한 인민들이 왕도를 알 리 없어 우선 생사존망(生死存亡)을 위하여 화교적 모리(謀利)와 착취와 무기와 행정에 반항하기 시작하였다.

항전진지를 얻기 위하여 신고산(新高山)으로 올라갔다. 살기 좋은 평지는 모조리 침략자 한족에게 돌아가고 말았다. 산사람이 된 원주 인민들이 불의 습격 전술로 한족의 모가지를 떼어 가지고 달아나는 것이 몇 백 년 동안인지 몰라도 나중에는 습관이 되고 행사가 되고 제전이 되었다. 일년에 정기적으로 한족의 모가지를 떼지 않으면 산 사람들이 무슨 천재지변을 만난다는 미신에까지 이른 것이다.

일년에 목을 몇 개 떼일망정 평지의 한족은 점점 번영하고 산지의 인민들은 야만으로 대접받았다. 야만상태에서 철저히 비타협적인 항 쟁인민은 생번(生蕃)이 되고, 조금 연화(軟貨)하여 한족에 키순하여 산도 아니고 들도 아닌 변지(邊地)에서 오욕적 생존을 유지한 족속을 숙번(熟蕃)이라고 한다. 숙번이 되어 왕도(王道)의 군은(君恩)은 고사 하고 생활이 조금도 개선될 리 없었으나 생번은 산중에서도 신화를 구전하며 노래와 춤을 이어 가고 직조와 자수까지 부지런히 계속하 여 왔다. 강경하게도 도덕이 유지되어 도벽이 없고 사음 간통이 최대 죄벌로 되어 불의의 남녀를 잡아 내어 즉시 처형하여 버리는 까닭으 로 그러한 범죄자란 별로 없다는 것이다.

청일 전쟁 이후에 대만이 일본에 키속하게 되었다. 전승 일본인이 대만에 진주하니 침략 지배계급 한족은 본도인(本島人)으로 대접받고 숙번·생번은 역시 그대로 번인을 면치 못하였으나 생번만은 일본인에게까지 저항하였다. 일본 통치하에 문젯거리는 산중 인민 생번에 한한 것이었다. 일본군은 대만 생번을 향하여 전쟁을 걸었다.

생번들은 수제(手製) 무기로 대항하였다. 생번들은 무기보다도 유리한 맨발을 가졌던 것이다. 일본군이 착실히 손해를 보았으니, 최고 지휘관까지 죽이고 맨발로 달아나는 수에 당할 도리가 없었던 것이다. 일본군측에서는 자기가 토벌을 완수한 양으로 발표되었을 것이요, 생번측으로서는 자기네가 승전한 것일 것이다. 생번은 점점 산속으로만 들어갔다. 비교적 무난한 번지(蕃地)에 일본 선무반이 들어갔다. 공학교 교원이며 파출소 순사 등이 들어갔다.

다시 탈을 내기는 일본인 순사였던 것이다. '가타카나' '히라가나', 천조대신(天照大神), 왜사탕, 잡화 침입은 산사람들에게 그다지 중대한 사건이 아니었다. 초중대한 사변이 일어났다. 순사놈들이 산사람의 부녀자를 폭력으로 가욕(加辱)하기 시작하였다. 번인들은 부녀자의 정조를 생명으로 바꾸어 옹호했던 것이다.

일제히 궐기하였다. 파출소를 때려 부수고 순사를 죽이고 그의 가족을 없애 버리고 일본인 부락을 소멸(燒滅)시켜 버렸다. 일본 전토의 신문기사는 전시체제로 들어갔다. 고산 밀림 지대 상공에 일본 폭격기가 종횡무진으로 날았다. 전과(戰果)는 불분명하나 산사람 부대는 집과 기구와 화전을 버리고 아내와 누이의 손을 잡고 노인과 어린아이를 업고 산속으로 달아났다. 일본인은 산중 요소마다 전기철조망을 쳤다. 평지에는 한족과 숙번과 일본인이 평화롭게 살았다.

초기 원주민 대 한족 투쟁은 그것으로 토지와 생존을 위한 일종의 경제 투쟁이었던 것으로 생각되고, 번인 대 일본인 항쟁은 그것이 비장한 도덕 투쟁이었던 것이다. 번인들은 산속 생활에서 토지와 경제에 대한 권리까지 망각하고야 말았고 다만 부녀자의 정조와 도덕을


신재효

위하여 결사 궐기하였던 것이다. 독자 여러분은 한족·일인·숙번·
생번 중에서 어떤 족속이 가장 고결한 민족인 줄로 인정하실 것인가?
고결한 민족 생번들은 천험(天險) 신고산에서 여태껏 버티고 산다.
 (정지용,『정지용 전집』,「남의 일 같지 않은 이야기」(민음사) 중에서)




제시문을 읽고 토끼의 수난과 대만 원주민의 고난 사이의 본
질적인 차이를 지적해 보자. 아울러 『토별가』가 가질 수 있는
현실적인 의미를 생각해 보자.


　『토별가』에서 토끼가 수난을 당하는 것은 순전한 비현실적 설
정의 결과이다. 수궁의 왕이 병을 얻어 토끼의 간을 구해야 나을
수 있다는 설정 자체가 비현실인 것이다. 오직 이러한 이야기가
가능한 것은 『토별가』가 인간의 현실적인 갈등을 단순히 재현·
모방하는 데 목표가 있지 않음을 보여 주는 것이다. 즉 『토별가』
의 세계는 기본적으로 설화적 세계인 것이다.
　설화적 세계는 삶의 구체적인 모습과 그것을 움직이는 현실적
인 힘들에 관심을 갖지 않는다. 오히려 짧고 재미있는 하나의 사
건, 교훈을 담을 수 있는 에피소드 등을 중요시한다. 그것이 현실
적인가 아닌가는 별로 중요하지 않으며, 어느 정도의 정서적 효과
를 유발할 수 있는가가 중요시된다. 이런 의미에서 『토별가』는 극
단적인 상황에 처한 토끼의 지략, 또 다른 의미에서 극단적인 상
황에 처한 별주부의 충성심 등에 초점이 맞추어져 있다고 볼 수
있다.
　반면 정지용의 대만 이야기는 사실의 기록이며, 대만 원주민의

고난은 토끼의 경우와 달리 사실 자체이다. 이러한 사실의 재현과 반영을 목표로 하는 문학이 사실주의 소설이다. 소설은 사실을 바탕으로 한 허구를 통해 구체적인 삶의 모습을 재현하고, 그 속에 나타나 있는 다양한 힘의 관계들을 주목한다. 소설적 세계는 기본적으로 실제 사실을 기반으로 삼고 있으며, 따라서 정지용의 대만 이야기는 충분히 소설의 재료가 될 수 있는 내용이다.

『토별가』에서 토끼를 위협하는 세력이 단순한 상상의 산물인 반면에, 대만 원주민들을 침략하는 세력은 한족이나 일본인과 같이 막강한 힘을 지닌 역사적 실체이다. 따라서 이들에 저항하는 토끼와 원주민의 방법은 서로 다를 수밖에 없다. 토끼는 자신의 지략을 통해서 자신의 목숨을 온전하게 보전하는 데 반해, 대만 원주민들은 실제 투쟁을 통해서 자신들의 고난을 헤쳐 나간다. 그 안에서 실제적인 희생이 따르고, 상대방을 제거해야 하는 실존적 어려움에 처하게 된다.

『토별가』에서 갈등을 해소하는 방법은 설화적 세계의 갈등을 진정시키는 길을 찾음으로써 가능해진다. 꾐에 빠졌어도 다시 꾀를 써서 도망쳐 나오면 되고, 용왕이 병이 들었어도 화타로부터 약을 얻어 오기만 하면 된다. (−) 뒤에 (+)를 이어 붙이면 갈등은 해소되는 것이 설화적 세계의 특성이다. 거기에 부수되는 현실적 갈등은 보이지 않거나 무시되고, 오로지 초점에 놓여진 중심 사건의 전개와 해소에 강조점이 놓인다.

반면 정지용의 원주민 이야기는 그 자체가 현실이기 때문에, (−)를 보상하는 (+)를 가져옴으로써 갈등을 쉽사리 종결시킬 수 없다. 대만 원주민들에게 (+)는 한족과 일본군을 내치는 것이지만, 그것은 현실적으로 완결될 수 없는 과업이며, 투쟁은 오늘날까지 계속되고 있다고 한다. 여기서 일개인의 지략은 그다지 큰 힘을 발휘하지 못한다. 오직 지략만이 막강한 권능을 행사하고 갈등을 해소하는 요소로 강조된다면, 이미 그 세계는 설화적 세계로서, 현실적인 세계라고 말할 수 없을 것이다.

　이런 의미에서 『토별가』의 갈등 해소 방식이 현실적으로 갖는 의미는 크지 않다고 할 수 있다. 이러한 이야기가 가질 수 있는 의미는 설화적 세계관 아래에서 찾는 수밖에 없다. 물론 '현실'이란 무엇인가라는 관점을 수정할 수만 있다면 이는 의외로 큰 현실적 의미를 가질 수도 있다. 오늘날에도 설화적 세계는 근심을 해소하고 사람들의 호기심을 자극하며 현실의 무의미함과 괴로움을 잊게 하는 공간으로서 여전히 살아 있기 때문이다. 『토별가』의 토끼에게 상전보다 지혜로운 백성이라는 의미를 부여할 수 있지만, 그것은 재치를 통해 현실적으로 극복 불가능한 위기를 이겨낸 설화적 존재로서 그렇다는 것일 뿐이고, 실제로 토끼와 같은 방법으로 현실적 계급갈등이나 수탈의 문제가 해소될 수 있다고 말하는 것은 잘못이다.

# 흥부전

## 작자 미상

고전소설 작품들은 『구운몽』 『홍길동전』 등의 몇몇 작품을 제외하고는 대개 작자가 알려져 있지 않다. 이것은 작품을 처음부터 끝까지 책임지고 쓴 작가가 존재하는데 그 작자의 이름이나 신원이 자료의 미비(未備) 때문에 밝혀지지 않고 있다는 뜻이 아니다. 고전소설 작품은 대개 민중(民衆)들의 공동작(共同作)인 설화(說話)에 뿌리를 두고 그것이 발전해서 생겨난 경우가 많은데, 이는 특히 조선 후기에 나타난 판소리계 소설의 경우 특히 두드러지는 현상이다. 설혹 고전소설이 설화에 뿌리를 두고 있지 않다고 하더라도, 고전소설이 유통되던 시기에는 저작권의 개념이 없었으며, 저자가 책을 지어서 자기의 이름을 걸고 판매해서 이윤을 얻는 식의 유통은 이루어지지 않았다. 이것은 인쇄술이 발달하지 못했던 점, 인구의 상당수가 문맹이었다는 점, 책이나 종이 자체가 귀한 물건이었다는 점 등 옛 시대의 특수한 사정 때문이다. 따라서 고전소설은 읽기의 방식은 물론 남이 읽어 주는 것을 듣는 과정을 통해서도 많이 유통되었다. 일부 고전소설의 문장이 현대소설과 달리 리듬을 가져 율문적(律文的) 성격을 띠는 까닭도 여기에 있다. 또한 『흥부전』 『심청전』 『춘향전』 『토끼전』 등은 판소리 사설(辭說 : 오늘날의 대본)이 소설로 된 것이라고 알려져 있다.

　『흥부전』은 조선 후기의 대표적인 판소리계 소설로 당시 민중들에게 사랑받은 작품이다. 이 작품은 『흥보전』『장흥보젼』『흥부전(興夫傳)』『박흥보젼』『연(燕)의 각(脚)』『박타령』『박흥보가』 등의 이름으로 전해진다. 『흥부가』는 『춘향가』『심청가』 등과 같이 판소리 열두 마당의 대표작 가운데 하나로 『흥부전』은 판소리 사설인 『흥부가』가 약간의 변개를 거쳐 소설로 된 것으로 보인다. 판소리 사설 자체에 이미 등장인물과 사건의 전개가 있어 어느 정도 소설의 요건을 갖추고 있다고 할 수 있다. 또한 거기서 나온 판소리계 소설에도 오늘날의 소설에서 볼 수 없는 리듬감이나 화자의 개입을 찾을 수 있는데 이는 소설로 바뀐 뒤에도 판소리의 특징이 남아 있는 것이다.

　『흥부전』은 오늘날까지도 소설과 판소리로 전해져 오면서 이본(異本:동일한 제목으로 전해져 내려오는 서로 다른 책들. 고전소설은 전문적인 출판사와 유통망을 갖지 못한 채 산발적으로 필사, 목판인쇄, 활자인쇄 등의 방식으로 생겨났기 때문에 이본들이 매우 많다)에 따라 작품의 성격 차이가 상당히 큰 작품이다. 대체로 소설은 흥부의 가난과 선함, 형제간의 우애가 강조되고 논리적인 반면, 판소리는 제비의 노정기(路程記)와 박 타는 대목 등 장면들이 강조되면서 오락적인 성격이 크다.

　『흥부전』의 여러 이본들 가운데 특히 주목할 만한 것이 신재효 본(本)이다. 신재효는 흩어져 있는 판소리 사설을 개작, 정리한 인물로 알려져 있다. 신재효 본은 1870～1880년경에 기존의 『흥보가』를 채록하여 창자(唱者)들을 교육하기 위한 대본으로 계획, 개작한 이본이다. 이것은 민중문화로 이어져 온 판소리에 양반문화를 포괄하는 민족문화의 성격을 갖게 하는 계기였으며, 판소리가 소설로 되는 과정을 엿볼 수 있게 해주기도 한다. 예컨대 흥부 내외가 가난 때문에 자살 소동을 벌이거나, 도승이 나타나 명당을 점지해 주고 거기에 집터를 잡는 것 같은 대목은 신재효 개인이 창작한 것이다.

『흥부전』은 다른 판소리 계열의 소설과 마찬가지로 설화가 판소리로, 판소리가 다시 소설로 정착되는 과정을 밟아 왔으리라는 것이 통설이다. 그 근원 설화를 밝히는 데는 '방이 설화' '박 타는 처녀 설화' '황작보은(黃雀報恩) 설화' '혀 자르기 설화' 등 주장이 많았다. 요즈음에는 '선악형제담(善惡兄弟譚)' '동물보은담(動物報恩譚)' '무한재보담(無限財寶譚)'이라는 설화의 유형을 『흥부전』의 구조와 대비하는 시도도 이루어지고 있다.

『흥부전』과 유사성을 가지는 '방이 설화'와 '박 타는 처녀 설화'를 보자. 두 설화는 은혜 갚기와 원수 갚기, 선인과 악인의 대립, 타인의 행위 모방 등 『흥부전』과 비슷한 이야기 구조를 가지고 있고, 이웃사람 / 형제, 제비 / 동자군(童子群)의 대립이라는 점에서 『흥부전』과 다른 이야기 구조를 갖는다. 서로 다른 이야기 구조에도 불구하고 두 설화는 『흥부전』의 중요한 화소(話素)들과 접맥되어 있다. 즉 『흥부전』은 다양한 설화를 바탕으로 이룩되었으며, 여기에 다시 빈부의 대립과 형제의 대립이라는 더욱 복잡한 이야기 구조로 발달한 것으로 볼 수 있다.

『흥부전』의 구조는 선인과 악인이 대립하여 인물의 행위를 모방하고 반복하는 모방담 구조라는 주장이 있다. 이 모방담 구조는 선인이 우연한 기회에 선행으로 행운의 결과를 얻고, 악인이 선인의 행위를 모방하다가 악운의 결과를 얻는다는 민담 구조이다. 이 모방이 흥부와 놀부에 의해 『흥부전』을 이룬 것으로 볼 수 있다.

그런데 이러한 이야기 전개는 내용의 고정적인 부분이라고 할 수 있다. 반면 부분적으로 이러한 고정적 이야기의 틀을 벗어나 부분적인 독자성이 인정되는 단락들이 있다. 예컨대 장면 장면에서 가난하고 무력한 흥부가 권력을 쥔 관리들과 대립하거나, 흥부가 항상 선인으로 그려지지 않고 무능하며 허식을 좋아하고 무계획적인 인물로 그려지기도 한다. 집 짓는 장면이나 치장하는 장면, 그리고 가난하면서 자식을 십수 명이나 낳아 놓았다며 흥부를 비판하는 화자의 목소리를 찾아볼 수 있는 부분도 있다.

『흥부전』은 겉보기에 선량한 자가 복을 받고 비도덕적이고 탐욕에 눈이 어두운 자는 벌을 받는다는 주제를 드러내고 있는 것 같다. 그러나 부분의 독자성을 인정하고 숨겨진 주제를 찾아내 본다면 조선 후기에 천한 신분의 부자들이 대두함으로 인해 가난해져 버린 양반과 현실주의적으로 변한 민중이 등장하는 그 당시 사회에 대한 반영과 그에 대한 비판적 의식을 찾아볼 수 있다. 이처럼 『흥부전』은 한 사람의 개인작이 아니라 여러 사람의 손과 입을 거쳐 이루어진 적층문학(積層文學)으로, 조선 후기 민중들의 근대를 지향하는 의식과 전근대적 의식이 섞여 나타나고 있다.

『흥부전』의 줄거리를 살펴보면 다음과 같다.

충청·전라·경상도 접경에 살던 연생원은 놀부와 흥부 두 형제를 두고 죽는다. 형인 놀부는 부모의 유산을 독차지하고 동생인 흥부를 내쫓는다. 흥부는 아내와 십수 명의 자식을 거느리고 움집에서 헐벗고 굶주린 채 갖은 고생을 하면서 살아간다. 그리고 온갖 궂은일을 도맡아 해도 흥부는 여전히 가난한 생활을 한다. 그런 어느 날 흥부는 다리가 부러진 새끼제비를 주워다가 정성껏 돌본 후 날려 보낸다. 이듬해에 그 제비는 은혜에 보답하고자 흥부에게 박씨 한 개를 물어다가 주었는데, 가을이 되자 잘 여문 박을 거두어 켜게 된다. 그런데 뜻밖에도 박 속에서는 온갖 값진 보물들이 끝없이 쏟아져나와 흥부는 하루아침에 큰 부자가 된다. 그 사실을 안 놀부가 흥부에게 달려와 부자가 된 자초지종을 듣고는 자기도 새끼제비 한 마리를 잡아다가 다리를 부러뜨린 뒤 실로 동여매어 날려 보낸다. 그 제비 또한 이듬해 봄에 놀부에게 박씨를 물어다 준다. 그러나 놀부가 심어서 거둔 박 속에서는 온갖 괴물이 나타나 그의 재산은 순식간에 모두 없어지고 그의 집은 수라장이 된다. 마음씨 고운 흥부는 그래도 형 놀부를 지성으로 섬겨서 함께 행복을 누린다.

『흥부전』의 미적 특질로는 풍자와 해학을 내포하는 '웃음'을 지적할 수 있다. 작자는 작중인물의 무지함과 탐욕을 폭로하는 방법으로 해학이라는 미적 특질을 이용해 『흥부전』을 형상화한다. 놀부는 자신의 탐욕을 충족시키려는 부정적 인물로, 흥부는 선량하고 근면하며 현실에 적응하려 노력하는 긍정적 인물로 그려져 있다. 그러한 긍정과 부정이 풍자와 해학이라는 문학적 형상화 방식으로 표출된다. 놀부가 탄 박 속에서 그를 징계하는 요소들을 등장시키는 장면은 사회규범을 벗어난 반도덕적인 행태를 비판하는 풍자적 웃음을 선사하는 중요한 보기이다.

『흥부전』은 조선 후기 농촌 사회의 계층 분화 속에서 가난하게 살아가는 서민들의 현실의식과 정서, 오락성이 짙게 나타난 민중문학이다. 이것은 현세의 향락을 즐기고 현실과 비현실을 왔다갔다하는 『구운몽』이나 입신출세를 위해 신분을 초극하려 하는 투쟁을 보이는 『홍길동전』과 달리 『흥부전』이 갖는 특색이다. 이것은 『흥부전』이 판소리 문학으로, 근대적 문학에 매우 근접해 있음을 설명해 주는 요소가 된다.

(가) 흥부 이 말을 듣고 형의 집의 건너갈 제, 치장을 볼 것 같으면 편자 없는 헌 망건에 박쪼가리 관자 달고, 물렛줄로 당끈 달아 대가리 터지게 동이고, 깃만 남은 중치막 동강 이은 헌 술띠를 흉복통에 눌러 띠고, 떨어진 헌 고의(袴衣)에 청을치로 대님 매고, 헌 짚신 감발하고, 세 살 부채 손에 쥐고, 서홉들이 오망자루 꽁무니에 비슥 차고, 바람 맞은 병인같이 쓰는 쇄소(灑掃)같이 어슥비슥 건너 달아 형의 집에 들어가서, 전후좌우 바라보니, 앞노적 뒷노적 멍에노적 담불담불 쌓였으니, 흥부 마음은 즐거우나 놀부 심사는 무거하여 형제끼리 내외하여 구박이 태심하니, 흥부는 할 수 없어 뜰 아래서 문안하니, 놀부가 묻는 말이, "네가 뉜고?"

"내가 흥부요."

"흥부가 뉘 아들인가?"

"애고 형님 이것이 웬 말이요? 비옵니다. 형님전에 비옵니다. 세 끼 굶어 누운 자식 살려낼 길 전혀 없으니, 쌀이 되나 벼가 되나 양단간에 주시면, 품을 판들 못 갚으며 일을 한들 공할손가. 부디 옛일 생각하여 사람을 살려 주오."

애걸하니, 놀부놈의 거동 보소. 성낸 눈을 부릅뜨고 볼을 치며 호령하되,

"너도 염치없다. 내 말 들어 보아라. '천불생 무록지인(天不生無祿之人)이요, 지불생 무명지초(地不生無名之草)라.' 네 복을 누굴 주고 나를 이리 보채느냐? 쌀이 많이 있다 한들 너 주자고 노적 헐며, 벼가 많이 있다 한들 너 주자고 볏섬 헐며, 돈이 많이 있다 한들 궤목궤(槐木櫃)에 가득 넣은 것을 문을 열며, 가루 되나 주자 한들 북고왕 염소 독의 가득 넣은 것을 독을 열며, 의복이나 주자 한들 집안이 고루 벗었거든 너를 어찌 주며, 찬밥이나 주자 한들 새끼 낳은 거먹 암캐 부

엌에 누웠거늘 너 주자고 개를 굶기며, 지게미나 주자 한들 구중방(九
重房) 우리 안에 새끼 낳은 돼질 굶기며, 겻섬이나 주자 한들 큰 농우
가 네 필이니 너 주자고 소를 굶기랴? 염치없다. 흥부놈아."
하고 주먹을 불끈 쥐어 뒤꼭지를 꽉 잡으며, 몽둥이를 지끈 꺾어 손
잰 스님 매질하듯 원화상의 법고 치듯 아주 쾅쾅 두드리니, 흥부 울
며 하는 말이,
  "아이고 형님 이것이 웬일이요? 방약무인(傍若無人) 도척이도 이보
다는 성현(聖賢)이요, 무거불측(無據不測) 관숙(管叔)이도 이보다는 군
자로다. 우리 형제 어찌 이다지도 극악한가."
(경판본 『흥부전』 제25장 중에서)


  (나) 프리기아 산간에 가면 보리수와 나란히 선 아주 오래 묵은 참
나무가 한 그루 있네. 이 두 그루의 나무 가에는 나지막한 담이 둘러
져 있고, 이 나무가 있는 곳에서 그리 멀지 않은 곳에 연못이 하나 있
더군. 그곳 사람들 말로는 한때 그 연못 자리에 마을이 있었다는군.
내가 보았을 적에는 농병아리나 검둥오리 같은 늪지 새들이나 모이
는 연못이었지만…….
  옛날 주피터(Jupiter: 로마 시대의 제우스 신에 해당하는 神) 신께서
인간으로 모습을 바꾸시고 이곳으로 오셨다는 이야기네. 늘 최면장
(催眠杖: 최면술을 일으키는 지팡이)을 들고 다니시는 머큐리(Mercury:
로마 시대의 헤르메스 신, 전령의 신으로서 주피터의 아들) 신께서 날개
는 접어두고 아버님을 수행하셨다는 이야기는 나도 들었네.
  이 두 분 부자신(父子神)께서 이곳에 있는 마을로 들어오셔서 하룻
밤 쉬어 갈 수 있게 해달라고 애원하셨지만 그때마다 퇴짜를 맞으셨
대. 매정한 마을 사람들이 이 두 분 신의 면전에서 문을 닫아 버리거
나 대문의 빗장을 질러 버리거나 했던 것이지. 그런데 한 집만은 그
렇게 하지 않았네. 늪에서 나는 갈대를 엮어 지붕을 얹은 참으로 초

268

라한 집이었다네. 집주인은 필레몬이라는 영감과 그의 할멈 바우키
스…….

　마음씨 착한 이 노부부는 바로 그 초라한 집에서 결혼식을 올리고,
둘 다 백발이 될 때까지 그 집에서 살아온 사람들이었네. 이 노부부
는 가난을 있는 그대로 받아들이고 이에 만족하는 사람들이라서 가
난하지만 행복하게 살고 있었던 것이네. 이 집에는 주인과 종이 따로
없었지. 식구가 둘뿐이었으니 명을 내리는 사람이 따로 있고, 그 명을
받들어 좇는 사람이 따로 있을 턱이 없을 것 아니겠나.

　하여튼 두 분 신들께서 이 초라한 오두막에 이르셔서 고개를 숙이
고 상인방(上引枋)이 낮은 문으로 들어가시자, 노부부는 걸상을 내어
놓으면서, 여행에 얼마나 피곤하시냐, 편히 쉬시라, 이런 말을 했던 것
이네. 할멈인 바우키스는 부랴부랴 걸상 위에다 초라하나마 방석을
깔고 화로를 뒤져 불씨를 찾아내 그 위에다 나뭇잎과 잘 마른 나무
껍질을 얹고는 입으로 불어 불을 일으키는 등 나름대로 수선을 떨었
던 것이네. 그 동안 영감은 잘게 쪼갠 장작과 처마 밑에다 매달아 두
었던 마른 가지를 벗겨 잘게 부러뜨려 할멈의 범비 밑에다 넣어 주었
고……. 이 일이 끝나자 영감은, 마당에다 정성들여 가꾼 채소를 거두
어 와 겉의 시든 잎은 깨끗이 따 내었네. 그리고는 끝이 갈라진 막대
기로, 까맣게 그을은 대들보에다 오래오래 걸어 두었던 훈제 돼지의
옆구리 살을 벗겨 내고는 한 조각을 베어 범비에다 넣고 끓였네. 오
래지 않아 범비 속의 국은 하얀 거품을 내며 끓었네. 이러면서도 영
감과 할멈은 계속해서 수다를 떨어대었네. 왜?

　왜는 왜야? 기다리는 길손들이 지루해 할까봐 그랬던 것이지. 손잡
이가 못에 걸려 있는 너도밤나무 통에는 더운 물도 있었네. 영감과
할멈은 이 물을 아낌없이 길손에게 부어 주어, 이 물로 여행에 지친
손발을 씻으시게 했지.

　뼈대도 버드나무, 다리도 버드나무로 만들어진 안락의자 위에는 부


흥부전

드러운 왕골로 짠 방석도 놓여 있었다네. 바우키스와 필레몬은 이 안락의자 위에다, 명절이 되어야 까는 걸상보까지 내다 깔았네. 하지만 낡아서 험한 버드나무 의자가 어디 가는가? 초라한 걸상보는 초라한 안락의자에 잘 어울렸네.

이윽고 신들은 식탁 앞에 마주 앉았네. 바우키스 할멈은 떨리는 손으로 옷자락을 여며 질끈 동여매고는 두 분 신께서 보시는 앞에서 상을 차렸지. 식탁의 다리 네 개 중 한 개는 나머지 세 개에 비해 조금 짧았네. 하지만 바우키스 할멈이 기와 조각을 하나 주워 이 짧은 다리 밑에다 괴자 식탁은 평평해졌지. 식탁이 바로잡히자 바우키스 할멈은 박하 이파리로 이 식탁을 닦고는 여기에다 미네르바 여신께서 좋아하시는 알락달락한 딸기, 가을에 따서 겨우내 포도주에 절여 두었던 버찌, 꽃상추, 순무, 건락(乾酪) 한 덩어리, 뜨겁지 않은 재에다 구운 계란을 토기 접시에 얹어 내어놓았네. 무늬가 놓인 술병과 안에도 밀랍을 입힌 너도밤나무 술잔도 나왔네.

이윽고 식사가 시작되었네. 김이 모락모락 나는 음식 접시와, 오래된 것은 아니어도 그래도 질이 괜찮은 포도주가 든 술병이 몇 순배를 돌았지. 식사가 끝나자 바우키스 할멈은 상을 치우고 후식을 내어놓았네. 호도, 무화과, 쪼글쪼글하게 마른 대추, 자두, 향긋한 사과, 갓 딴 듯한 포도가 바구니에 담겨 나왔지. 식탁 한가운데엔 꿀이 묻어 반짝거리는 벌집도 나와 있었네만 뭐니뭐니해도 키하고 키했던 것은 유쾌한 어울림, 주인 내외의 따뜻한 대접이었네.

식사가 계속될 때의 이야긴데, 주인 내외는 자꾸만 따르는데도 따르는 족족 술병에는 새 술이 차는 데 놀랐지. 이런 기적이 일어나는 걸 보았으니 얼마나 놀랐으며 얼마나 두려워했겠는가? 그래서 두 사람은 손을 벌리고 신들께 빌었지. 신들이신 줄 모르고 허름한 음식을 대접한 무례를 용서해 달라고, 음식을 공들여 준비하지 않은 비례(非禮)를 용서해 달라고.

이 집에는 문지기 노릇을 하는 거위가 한 마리 있었네. 바우키스와 필레몬은 모처럼 찾아 주신 신들을 위해 이 거위를 잡으려고 했지. 그러나 거위는 날갯짓을 하면서 도망쳤다네. 노인들이 무슨 수로 이 거위를 따라잡을 수 있었겠나? 도망 다니던 그 거위는 마침내 신들 옆으로 달려가 신들의 눈치를 살폈다네. 그러자 신들께서는 거위를 잡지 말라면서 이렇게 말씀하셨네.

"우리는 신들이다. 나그네 대접할 줄 모르는 네 이웃들은 곧 큰 벌을 받을 것이다. 그자들은 큰 벌을 받아 마땅하다. 그러나 너희들은 이 재앙을 피할 수 있게 해주리라. 이 집을 떠나 우리와 함께 뒷산으로 오르자."

두 노인은 신들께서 말씀하시는 대로 지팡이에 몸을 의지하고 산을 오르기 시작했네.

꼭대기까지는 활 한바탕쯤 남은 곳까지 오른 두 사람은 뒤를 돌아보았지. 이들의 눈에 무엇이 보였겠는가? 온 마을이, 바우키스와 필레몬이 살던 집만 빼고 모조리 물에 잠겨 있었다네. 이들은 놀란 얼굴로 그 광경을 내려다보면서, 이웃해 살던 사람들이 가엾어서 하염없이 울었다네. 그런데 이어서 놀라운 일이 일어났네. 두 사람 살기에도 비좁던 그 오막살이가 신전으로 변하고 있었던 것일세. 나무 기둥이 있던 자리에는 거대한 대리석 기둥이 솟았고, 갈대 지붕은 황금빛으로 변했으며, 문이라는 문은 모두 부조 장식이 붙은 신전 문이 되었고, 흙바닥은 대리석 판석(板石) 바닥이 되었던 것일세. 그제서야 주피터 신께서는 근엄한 목소리로 말씀하셨네.

"선한 영감과, 선한 영감에 어울리는 역시 선한 할미야. 내게 말하여라. 너희가 내게 무엇을 구하느냐?"

바우키스와 필레몬은 속닥속닥 뭘 한참 상의한 끝에 필레몬이 대신(大神)께 바라는 바를 말씀드리기로 했네.

"저희들은 대신의 신전을 지키는 신관(神官)이 되고자 하나이다.


흥부전

저희들은 한평생을 사이 좋게 살아왔은즉 바라옵건대 죽을 때도 같은 날 같은 시에 죽고자 하나이다. 제가 할미의 장사 치르는 꼴을 보지 않고, 할미가 저를 묻는 일이 없었으면 하나이다."

이들의 소원은 이루어졌네. 그래서 세상을 떠나는 날까지 신전을 돌볼 수가 있었던 것이네.

그런데 어느 날 말일세. 세월의 무게로 허리가 꼬부라진 이들은 신전 계단에 서서 옛날 거기에서 일어났던 일들을 이야기하고 있었네. 이런저런 이야기를 하던 바우키스는 필레몬의 몸에서 잎이 돋아나는 것을 보았고, 필레몬은 바우키스의 몸에서 잎이 돋아나는 것을 보았네. 이윽고 머리 위로 나무가 뻗어 올라가기 시작하자 이들은 마지막 인사를 서로 나누었네. 말을 할 수 있을 때 마지막 인사를 해 두어야 했던 것이네.

"잘 가게, 할미." "잘 가요, 영감."

이들이 이러는데 얼굴이 나무 껍질로 덮이면서 이들의 입을 막아 버렸지.

프리기아 농부들은 지금도 나란히 서 있는 이 두 그루의 나무, 한때는 부부지간이었던 이 나무를 보면서 옛이야기를 한다네. 내게 이런 이야기를 들려준 사람은, 나를 속여서 득될 것도 하나도 없는 노인이었네. 나는 이 나뭇가지에 화환이 걸려 있는 것을 직접 보았고, 화환을 하나 만들어 직접 여기에다 건 사람이네. 나는 화환을 걸면서 이런 말을 되뇌었네.

"신들을 사랑하는 자가 신들의 사랑을 입고, 신들을 드높이는 자는 사람들로부터 드높임을 받는 법이거니."

(오비디우스,『변신 이야기』(민음사) 중에서)

**제시문 (가)와 (나)의 공통점과 차이점을 지적해 보자.**

(가)와 (나)는 갑자기 나타난 손님에 대한 접대 장면이 공통된 내용으로 포함되어 있다. (가)는 『흥부전』의 초반 한 장면으로, 흥부가 먹을 것을 얻으려고 형님인 놀부의 집에 갔다가 되려 봉변을 당하는 모습이다. (나)의 출전(出典)인 『변신 이야기』는 로마 시인 오비디우스가 그리스 신화를 로마인의 시각에서 서술한 라틴어 장편 서사시다. 주피터 신과 머큐리 신이 나그네의 몸이 되어 여염집에 먹을 것을 얻으러 갔다가 매번 문전박대를 당하고, 가장 허름한 한 집에서 겨우 쉴 곳을 얻게 된다는 이야기다.

어려운 처지에 있는 사람을 돌보아 준다는 것은 동서고금을 막론하고 좋은 미덕이다. 이것은 그 자체가 좋은 일이기 때문일 뿐만 아니라, 사람은 누구나 도움이 필요한 처지에 빠질 수 있기 때문에 역지사지(易地思之)해야 한다는 뜻에서 그렇기도 할 것이다. 따라서 어려운 처지의 사람이 적극적으로 도움을 요청하는데도 그것을 저버리는 것은 나쁜 행동으로 간주된다. (가)의 놀부의 행동이나 (나)의 마을 사람들의 행동은 그러한 예이다. 『흥부전』에서 놀부가 저지르는 악행 중 가장 중요한 것은 재물이 탐나 제비의 다리를 부러뜨린 뒤 그것을 고쳐 주는 일이지만, 이미 이 장면에서 놀부의 악업(惡業)이 쌓이기 시작한다고 볼 수 있다.

(나)에서 도움을 청한 두 신을 맞이해 준 필레몬과 바우키스 부부를 제외한 사람들은 모두 홍수로 죽는다. 이러한 결말에 따라 본다면 (가)의 놀부도 어려운 이웃을 외면한 죄로 비참한 최후를 맞이해야 할 것이다. 실제로 『흥부전』에서는 놀부가 전재산을 잃는 톡톡한 대가를 치르기 때문에 사건을 보는 두 작품의 관점은

비슷하다고 볼 수 있다.

그러나 『흥부전』의 경우 도움을 요청한 사람이 요청받은 사람의 친동생이라는 점이 다르다. 동생임에도 불구하고 재물에 눈이 어두운 형 놀부는 동생 흥부를 도와 주지 않은 것이다. 이로써 보면 (가)의 장면의 중요성은 매우 커진다. 놀부의 행동은 단순히 (나)의 경우처럼 손님을 내친다는 것만이 아니라 형제간의 우애를 저버린다는 의미까지 갖고 있기 때문이다. 『흥부전』은 선을 권장하고 악을 징계한다는 주제를 강화하기 위해 선악 대립의 당사자를 형제 관계로 설정한 것이다.

반면 (나)에는 형제간의 우애라는 문제가 나타나 있지 않다. 또한 (가)에서는 악인의 극악한 행동에 초점을 맞추어 서술한 데 비해 (나)에서는 선인들의 정성스럽고 갸륵한 행동에 초점을 맞추어 서술하고 있다. 어느 경우에나 선과 악의 거리를 더욱 멀게 하는 효과를 가져오긴 하지만 그 효과를 일으키는 방법이 서로 다른 것이다. (나)의 이야기가 감동을 주는 것은 신의 설정이나 마을의 유래에 대해서 이야기해서가 아니라 하찮은 손님도 온 정성을 다해 맞이해 주고 여러 가지 면에서 세심한 배려를 아끼지 않는 노부부의 자세가 잘 묘사되어 있기 때문이다.

# 심청전

## 작자 미상

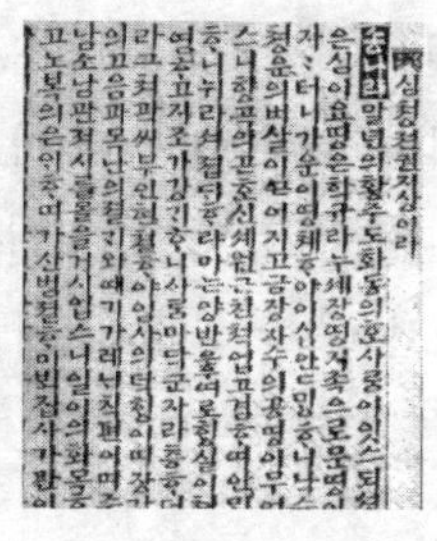

심청전

『심청전』의 근원이 되는 설화로는 여러 가지가 지적되었다. 가난한 딸이 눈먼 어머니를 봉양하고자 종으로 몸을 팔았다는 『삼국사기』의 '효녀지은(孝女知恩) 설화', 바다에서 희생제물로 던져졌다가 용왕의 딸과 혼인하여 고국으로 돌아왔다는 『삼국유사』의 '거타지(居陀知) 설화' 등 국내 설화들의 영향이 언급되었다. 국외 설화로는 불교적 신통력과 효행으로 아버지의 눈을 뜨게 한 인도의 '전동자(專童子) 설화', 악신에게 희생제물로 바쳐진 처녀가 위기를 모면하고 다시 살아나 어머니의 눈을 뜨게 했다는 일본의 '소야희(小夜姬) 설화' 등도 근원설화로 추정된 바 있다. 이밖에도 『심청전』과 내용상으로 유사한 설화들은 얼마든지 찾아볼 수 있다. 따라서 『심청전』은 어떤 특정 설화를 소설화(小說化)한 작품이 아니라 세계적으로 유포되어 있는 효행과 희생의 설화 유형들을 기본 골격으로 삼아 만들어진 작품이라고 보는 것이 합당할 것이다.

『심청전』은 작자와 창작 연대를 알 수 없는 고전소설이지만 다음 내용만큼은 잘 알려져 있다.

주인공 심청(沈淸)은 생후 7일 만에 어머니를 잃고 눈먼 부친 심봉사 밑에서 자랐으며 효성이 극진했다. 15세 때 아버지의 눈을 뜨게 하기 위하여 공양미(供養米) 300석에 뱃사람들에게 몸이 팔려 인당수(印塘水)에 빠져 죽는다. 한편 심청이 집을 떠나간 후 심봉사는 뺑덕어미라는 음란한 여자와 살면서 세속적인 인간으로 변하고, 물에 빠진 심청은 죽지 않고 수정궁에서 지내다가 연꽃이 되어 인당수에서 선원들에게 발견된다. 선원들이 황제에게 꽃을 바치자 심청은 꽃에서 환생하여 황후가 된다. 황후가 된 심청은 맹인잔치를 열어 아버지를 만나게 되고, 심봉사는 너무 큰 반가움에 눈을 뜨게 된다.

심청이 인당수의 물귀신을 위해 제물이 되는 화소(話素)는 '인신공희(人身供犧) 설화'에서 유래한 것이다.

심청 설화의 원형이 불경(佛經)에서 온 것이라는 추론도 있으나 확실치 않다. 전남 옥과현 관음사 '연기(緣起) 설화'도 『심청전』과 유사한 점이 있어 주목된다. 주제는 불교적인 각도에서 파악되기도 하지만, 지극한 효성(孝誠)을 내세운 것이라고 보는 것이 일반적이다. 현실적 고난을 유교 윤리를 통해서 해결하려는 심청의 시련은 비장한 것이지만, 뺑덕어미와 세속화된 심봉사의 골계(滑稽)스런 행위는 유교 윤리를 부정하고 현실을 긍정하자는 것이어서 이중의 주제를 갖는다고 지적되기도 한다. 이러한 이중의 주제는 특히 완판본 『심청전』에서 두드러진다.

『심청전』의 이본(異本)을 그 내용에 따라 구분하면 크게 두 계열이다. 하나는 문장체 소설에 가까운 경판본(京板本) 계열이고, 다른 하나는 판소리의 영향을 많이 받은 완판본(完板本) 계열이다. 완판본 계열에 골계적인 요소가 많은 것도 판소리의 민중적·서민적인 성격이 반영된 결과이다. 경판계와 완판계는 작품의 기본 구조 면에서는 대동소이(大同小異)하지만, 생성과 전승 과정이 다르기 때문에 어휘, 문체, 수사법 등에서 상당한 차이를 보인다.

『심청전』의 인물이나 구성은 여타의 고전소설에 비해서 단조로운 편이다. 작품의 등장인물은 여타의 고전소설에서처럼 선인과 악인으로 나뉘어 다투거나 어떤 문제를 두고 심각한 갈등을 벌이지 않는다. 완판본에 등장하는 뺑덕어미가 악인의 형상을 하고 심봉사와 인간적인 갈등을 벌이지만, 그것은 판소리에서 청중들의 흥미를 돋우기 위해 그려진 삽화일 뿐이고 『심청전』의 핵심 구조를 이루는 것은 아니다.

『심청전』은 그 연원을 고대로부터 전승되어 오는 범(汎)세계적인 설화에 두고 있으면서도 우리 민족의 감정과 정서를 절실하게 담고 있는 작품이다. 이 작품은 조선 후기에 생성되어 서민사회에서 이야기로 구연되기도 하고, 소설로 읽히기도 하고, 판소리로 공연되기도 하면서 서민적 정서를 그 안에 수용해 왔다. 개화기에 와서 『심청전』은 신문학 비평가들로부터 '눈물 교과서'라는 혹평을 받기도 했지만, 창극이나 신소설 등으로 재구성되어 광범위한 독자층으로부터 계속 읽혀지고 애호를 받았다.

각설 이때 무릉촌 장승상댁 부인이 심소저(沈小姐)의 글을 벽상의 걸어두고 달마다 증험하되 빛이 변치 아니하더니, 하루는 글 족자에 물이 흐르고 빛이 변하여 검어지니,

'이제 심소저 물에 빠져 죽은 것인가?'

하여 무수히 애탄(哀嘆)하더니, 이윽고 물이 걷히고 빛이 도로 황홀하여지니 부인이 고이히 여겨,

'누가 구하여 살아났는가?'

하여 십분 의혹하나,

'어찌 그러하기 쉬우리오?'

그란 밤에 장승상 부인이 제전(祭奠 : 제물)을 갖추어 강상(江上)에 나아가 심소저를 위하여 혼을 불러 위로코자 하여 제사를 바치려고 시비를 데리고 강가에 다다르니, 밤은 깊어 삼경인데 첩첩이 쌓인 안개 산악에 잠겨 있고, 첩첩이 이는 안개 강물에 어리었다. 편주(片舟 : 조각배)를 흘리 저어 중류에 띄워 놓고 배 안에서 설워하고, 부인이 친히 잔을 주어 오열하는 정(情)으로 소저를 불러 위로하는 말이,

"오호애재(嗚呼哀哉), 심소저야. 죽기를 싫어하고 살기를 즐겨함은 인정에 당연커늘, 일편단심에 양육하신 부친의 은덕을 죽기로써 갚으려 하고 이로써 잔명을 스스로 자단(自斷 : 스스로 끊음)하니 고운 꽃이 흐려지고 나는 나비 불에 드니 어찌 아니 슬플쏘냐? 한 잔 술로 위로하니 응당이 소저의 혼이 아니면 없어지지 아니하리니 속히 와서 흠향함을 바라노라."

눈물 뿌리며 통곡하니 천지미물인들 어찌 아니 감동하리. 뚜렷이 밝은 달도 구름 속에 숨어 있고 사납게 불던 바람도 고요하고 용왕이 도왔던지 강물도 고요하고 백사장의 놀던 갈매기 목을 길게 빼어 꾸룩 소리하며, 고기잡이 어선들은 가던 돛대 머무른다. 뜻밖에 강 가운

데서 한 줄기 맑은 기운 뱃머리에 어렸다가 잠시 뒤에 사라지며 날씨가 화창하니, 부인이 반겨하며 일어서서 바라보니 가득 부었던 잔이 반이나 없는지라 소저의 영혼을 못내 슬퍼한지라.

하루는 광한전(廣寒殿: 하늘에 있다고 전해지는 전각) 옥진부인(玉珍夫人: 하늘나라에 살고 있는 선녀)이 오신다 하니 수궁(水宮)이 뒤눕는 듯, 용왕이 겁을 내어 사방이 분주하니 원래 이 부인은 심봉사의 처 곽씨부인이 죽어 광한전 옥진부인이 되었더니, 그 딸 심소저가 수궁에 왔단 말을 듣고 상제께 말미 얻어 모녀 상면하려 하고 오는 길이라. 심소저는 뉘신 줄 모르고 멀리 서서 바라볼 따름이러니, 오운(五雲)이 어리었고 오색 채교를 옥기린에 높이 싣고, 벽도화 단계화는 좌우에 벌여 꽂고, 각궁 시녀들은 시위하고, 청학 백학들은 전배하고 봉황은 춤을 추고 앵무새는 벌여 섰는데 보던바 처음일러라.

이윽고 가마에 내려 섬뜰에 올라서며,

"내 딸 심청아!"

부르는 소리에 모친인 줄 알고 왈칵 뛰어 나서며,

"어머니요, 어머니 나를 낳고 초칠 일 안에 죽었으니 지금까지 십오 년을 얼굴도 모르오니 천지간 끝없이 깊은 한이 개일 날이 없었더니, 오늘날 이곳에 와서야 모친과 상면할 줄을 알았더면, 오는 날 부친 앞에서 이 말씀을 여쭙거든 날 보내고 설운 마음 저윽이 위로했을 것을, 우리 모녀는 서로 만나보니 좋거니와 외로우신 아버님은 뉘를 보고 반기시릿가? 부친 생각이 새로워라."

부인이 울며 왈,

"나는 죽어 키하게 되어 인간 생각이 아득하다. 너의 부친 너를 키워 서로 의지하였다가, 너조차 이별하니 너 오던 날 그 정상(情狀)이 오죽하랴. 내가 너를 보니 반가운 마음이야 너의 부친 너를 잃은 설움에다 비길쏘냐? 묻노라, 너의 부친 궁곤(窮困)에 싸이어서 그 형용(形容)이 어떠하며 응당이 많이 늙었으리라. 그간 수십 년의 면환(免

鰥:홀아비가 재혼함)이나 하였으며 뒷마을 귀덕어미 네게 아니 극진하냐?"

얼굴도 대어 보며 수족(手足)도 만져 보며,

"귀와 목이 희었으니 너의 부친 같기도 같다. 손과 발이 고운 것은 어찌 아니 내 딸이랴. 내 끼던 옥지환도 네 지금 가졌으며 수복강녕(壽福康寧) 태평안락(太平安樂) 양편에 새긴 돈 붉은 주머니 청홍당사 벌매듭도 아고 네가 찼구나. 아비 아별하고 어미 다시 보니 쌍전(雙全)키 어려울손 안간 고락이라. 그러나 오늘날 나를 다시 이별하고 너의 부친을 다시 만날 줄을 네가 어찌 알겠느냐? 광한전 맡은 일이 직분이 허다(許多)하여 오래 비우기 어렵기로 다시금 이별하니 애통하고 애연하나 임의로 못하느니, 한탄한들 어찌할쏘냐? 일후에 다시 만나 즐길 날이 있으리라."

하고 떨치고 일어서니 소제 만류치 못하고 따를 길이 없는지라. 울며 하직하고 수정궁에 머물더라.

이때 심봉사는 딸을 잃고 모진 목숨 죽지 못해 근근 부지 살아갈제, 도화동 사람들이 심소저의 지극한 효성으로 물에 빠져 죽음을 불쌍히 여겨 타루비(墮淚碑)를 세우고 글을 지었으되,

앞 못 보는 아버지 위해(只爲其親雙眼廢)
제 몸 바쳐 효도하러 용궁에 갔네(殺身誠孝行龍宮)
안개 어린 바다에 마음만 떠 있으니(煙波萬里常心碧)
봄 풀에 해마다 한이 서린다.(芳草年年恨不窮)

강가의 내왕하는 행인이 비문을 보고 뉘 아니 울 이 없고, 심봉사는 딸 곳 생각나면 그 비를 안고 울더라.

마을 사람들이 심맹인의 전곡(錢穀:돈과 곡식)을 착리취리하여 섯세가 해마다 늘어가니, 본촌에 서방질 일쑤 잘하여 밤낮없이 흘레하

는 개같이 눈이 벌겋게 다니는 뺑덕어미가 심봉사의 전곡이 많이 있는 줄을 알고 자원(自願) 첩이 되어 살더니, 이년의 입버르장머리가 또한 보지 버릇과 같아 혼시 반때도 놀지 아니하려고 하는 년이라. 양식 주고 떡 사먹기, 베를 주워 돈을 사서 술 사먹기, 정자 밑에 낮잠 자기, 이웃집에 밥 부치기, 동인(洞人 : 마을 사람)다려 욕설하기, 일꾼 들과 쌈 싸우기, 술 취하여 한밤중에 와 달석 울음 울기, 빈 담뱃대 손에 들고 보는 대로 담배 청하기, 총각 유인하기, 제반 악중을 다 겸하여 그러하되, 심봉사는 여러 해 주린 판이라 그 중의 실락(實樂)은 있어 아무런 줄을 모르고 가산(家産)이 점점 퇴패(頹敗)하니, 심봉사 생각다 못하여서,

"여보소, 뺑덕이네, 우리 성세(盛勢) 착실하다고 남이 다 수군수군하더니, 근래에 어찌한지 성세가 치패(致敗)하여 도리어 빌어먹게 되어가니, 이 늙은 것이 다시 빌어먹자 한들 동인도 부끄럽고 내 신세도 악착하니, 어디로 낯을 들어 다니겠나?"

뺑덕어미 대답하되,

"봉사님 여태 자신 게 무엇이오? 식전마닥 해장하신다고 죽 값이 여든두 냥이오, 저렇게 갑갑하다니께. 나서 키우도 못한 것 밴다고 살구는 어찌 그리 먹고 싶으던지 살구 값이 일흔석 냥이오, 저렇게 갑갑하다니께."

봉사 속은 타고 헛웃음 웃으며,

"햐 살구는 너무 많이 먹었다. 그렇지마는 '계집 먹은 것 쥐 먹은 것'이라니 따져 쓸데없다. 우리 세간 기물을 다 팔아 가지고 타관(他官)으로 가세."

"그도 그리하오."

여간 가물 다 팔아 지고 남부여대(男負女戴 : 남자는 짐을 지고 여자는 짐을 머리에 인다는 뜻)하고 유리출타(遊離出他)하니라.

(완판본 『심청전』 중에서)

제시문은 서로 다른 세 장면을 포함하고 있다. 각 장면의 주요 등장인물과 일어난 사건을 설명하고 각자의 생각을 정리해 보자.

위 제시문은 내용상 세 부분으로 나뉜다. 첫째 부분은 '각설 이때 무릉촌 장승상댁 부인이 ~ 소저의 영혼을 못내 슬퍼한지라'이고, 둘째 부분은 '하루는 광한전 옥진부인이 오신다 하니 ~ 울며 하직하고 수정궁에 머물더라'이며, 셋째 부분은 '이때 심봉사는 딸을 잃고 모진 목숨 죽지 못해 ~ 남부여대하고 유리출타하니라'이다.

먼저 첫째 장면은 심청이 선원들에게 팔려 가기 전부터 심청의 딱한 처지를 알고 지원을 해주던 장승상댁 부인이 팔려 간 심청을 애도하는 부분이다. 실제로 장승상댁 부인은 심청이 공양미 300석 때문에 인당수로 팔려 간다는 소식을 듣자 자기가 300석을 대신 내어 주겠다고 제의하기도 한 선한 인물이다. 불쌍한 처지에 놓인 심청을 수양 딸로 삼고 돌보아 주던 장승상댁 부인에게서 '낳은 정' 못지않은 '기른 정'의 일단면을 엿볼 수 있다.

그 다음 둘째 장면은 심청이 인당수에 빠진 뒤 용왕에 의해 수정궁으로 옮겨져 생활하다가 자기를 낳고 일주일 만에 죽은 어머니이자 심봉사의 처인 곽씨 부인을 만나는 부분이다. 곽씨 부인은 죽어서 하늘나라 광한전의 옥진부인이 되었는데, 심청이 수궁에 왔다는 소식을 듣고 옥황상제에게 말미를 얻어 수궁을 방문, 딸을 만나게 된 것이다. 흔히 『심청전』에서는 부녀상봉 장면만이 강조되지만, 여기서 보는 것처럼 이본에 따라서는 모녀상봉 장면도 포함되어 있다. 비록 낳은 지 일주일 만에 세상을 떠 심청을 직접

기르지는 못했지만, 곽씨 부인의 심청을 향한 애절한 정은 가슴을 뭉클하게 한다.

마지막 셋째 부분은 심청이 물에 빠져 용궁에 머무르는 동안 심봉사가 지상에서 저지르는 행각을 그리고 있다. 이에 의하면 심봉사는 심청의 죽음을 잠시 슬퍼하다가 뺑덕어미라는 요망한 여자를 만나 재혼하고, 심청에 대한 걱정은 하지 않는 인물로 나타나 있다. 심청에 대한 걱정을 하지 않는다기보다는 그러한 문제가 아예 나타나지 않는다고 보는 편이 적절할 것이다. 뺑덕어미는 음탕할 뿐만 아니라 재물을 물쓰듯하는 여자이며, 심봉사는 딸의 목숨으로 살아가는 자신의 처지를 잊고 뺑덕어미와 놀아나는 모습으로 그려져 있어 앞의 두 부분과 상당히 어긋나는 지향을 보여 주고 있다.

이와 같이 위 세 장면은 서로 다른 양상을 보인다. 첫 장면이 '기른 정'의 애틋함을, 둘째 장면이 '낳은 정'의 애절함을 그리고 있는 반면에 셋째 장면은 심봉사가 뺑덕어미의 횡포에 눌려 딸 심청의 비참한 처지를 잊고 지내는 다소 무심한 아버지로 나타나 있다.

■ 작품 읽기 2 ■

(가) 어언간에 장사꾼이 정한 날이 닥쳐, 청이 끝내 부친을 속이지 못함을 헤아리고, 이에 부친 슬하에 나아가 엎드려 애애(哀哀)히 통곡하니, 공이 놀라 급히 연고를 물으니, 청이 설움이 가슴에 쌓이어 능히 말을 이루지 못하는지라. 공이 또한 통곡하며 여아를 어루만져 그 슬퍼하는 연고를 묻거늘, 청이 겨우 정신을 수습하여 가로되,

"저즈음께 백미 삼백 석이 동리 장자(長者)의 것이 아니라, 여차여

차 상인에게 몸을 팔려 얻었더니, 이제 데리러 왔는지라. 당초 소녀 바로 고하지 못함은 그 사이 부친 심사(心思)를 앓으실까 염려함이러니, 금일은 하직을 당하여 천고영결(千古永訣 : 영원히 이별함)이오매 진정을 고하옵나니, 슬프다! 우리 부녀의 정리는 남에게서 십 배나 더함이 있는지라. 부친이 어미 없는 소녀를 양육하심과, 소녀 겨우 세상을 알매 부친이 안폐(眼廢)하시고 가계 영락하여 능히 구복(口腹)을 채우지 못하오니, 우리 부녀 같은 인생이 없는지라. 이제 또 병부(病父)를 버리고 수중원귀(水中怨鬼 : 원통하게 물에 빠져 죽은 귀신) 되옴을 감심하니, 망극한 심회를 어찌 측량하리오?"
하며 실성통읍(失聲痛泣)하거늘, 공이 청파(聽罷 : 다 들음)에 문득 대성 통곡 왈,

"내 아이야. 이 말이 어인 말이냐? 부처를 속이고 억만 번 지옥에 들어 천만 년 환도(還途 : 불교에서 말하는 윤회설에 따라 한 번 죽었다가 다시 세상으로 돌아나옴)치 못한들, 네 어찌 차마 이런 의사를 내어 나를 급히 죽게 하느냐? 네가 있어도 설운 일이 많거늘 하물며 나 혼자 누굴 의지하여 살라 하느뇨? 다만 너를 좇아 함께 죽으리라."

(경판본『심청전』중에서)

(나) 이런 일들이 있은 뒤에 하느님께서 아브라함(이스라엘 민족의 시조)을 시험해 보시려고 "아브라함아!" 하고 부르셨다. "어서 말씀하십시오." 하고 아브라함이 대답하자, 하느님께서는 이렇게 분부하셨다. "사랑하는 네 외아들 이삭을 데리고 모리야 땅으로 가거라. 거기에서 내가 일러주는 산에 올라가 그를 번제물로 나에게 바쳐라."

아브라함은 아침 일찍 일어나 나귀에 안장을 얹고 두 종과 아들 이삭을 데리고 제물을 사를 장작을 쪼개 가지고 하느님께서 일러주신 곳으로 서둘러 떠났다. 길을 떠난 지 사흘 만에 아브라함은 그 산이 멀리 바라보이는 곳에 다다랐다. 아브라함은 종들에게, "너희는 나

키와 함께 여기에 머물러 있거라. 나는 이 아이를 데리고 저리로 가서 예배 드리고 오겠다." 하고 나서 번제물로 사를 장작을 아들 이삭에게 지우고 자기는 불씨와 칼을 챙겨 들었다. 그리고 둘이서 길을 떠나려고 하는데, 이삭이 아브라함을 불렀다.

"아버지!"

"얘야! 내가 듣고 있다."

"아버지! 불씨도 있고 장작도 있는데, 번제물로 드릴 어린 양은 어디 있습니까?"

"얘야! 번제물로 드릴 어린 양은 하느님께서 손수 마련하신단다."

말을 마치고 두 사람은 함께 길을 떠나 하느님께서 일러주신 곳에 이르렀다. 아브라함은 거기에 제단을 쌓고 장작을 얹어 놓은 다음 아들 이삭을 묶어 제단 장작 더미 위에 올려놓았다. 아브라함이 손에 칼을 잡고 아들을 막 찌르려고 할 때, 하느님의 천사가 하늘에서 큰 소리로 불렀다.

"아브라함아, 아브라함아!"

"어서 말씀하십시오."

아브라함이 대답하자 하느님의 천사가 이렇게 말하였다. "그 아이에게 손을 대지 말라. 머리털 하나라도 상하게 하지 말라. 나는 네가 얼마나 나를 공경하는지 알았다. 너는 하나밖에 없는 아들마저도 서슴지 않고 나에게 바쳤다." 아브라함이 이 말을 듣고 고개를 들어 보니 뿔이 덤불에 걸려 허우적거리는 숫양 한 마리가 눈에 띄었다. 아브라함은 곧 가서 그 숫양을 잡아 아들 대신 번제물로 드렸다.

(『구약성서』, 「창세기」 중에서)

제시문 (가)와 (나)는 자식의 죽음을 수수방관(袖手傍觀)해야 하는 아버지의 비참한 처지가 공통적으로 나타나 있다. 둘 사이의 결정적인 차이점을 찾아보고, 그 이유를 생각해 보자.

『심청전』이 '인신공희(人身供犧) 설화'를 기반으로 하고 있다는 것은 쉽사리 생각할 수 있는 것이다. (나)에서 아브라함이 그의 아들 이삭을 제물로 바치려 했다는 이야기 또한 사람을 제물로 바치는 의례를 포함하고 있다. 희생제물을 바친다는 의미의 이러한 이야기들은, 어떠한 결과를 얻기 위해서는 반드시 그에 합당한 대가를 치러야 한다는 관념이 인간에게 보편적으로 뿌리박혀 있기 때문일 것이다. 세계적인 관점에서 그리스도교는 세계의 구원이 하느님의 아들인 예수 그리스도의 인신공희를 통해서 가능하다고 믿는다. 이처럼 인신공희란 상당히 보편적인 사고방식임을 알 수 있다.

그러나 『심청전』이나 아브라함의 이야기에는 인신공희 외에도 인신공희의 주체와 대상이 서로 혈육으로 맺어져 있다는 특이한 사실이 끼여든다. 이유야 어쨌건 인신공희는 그 자체로 처참한 느낌을 주는 사건이 아닐 수 없다. 거기에다 인신공희의 대상이 사랑하는 자식이라면 그것의 고통은 이루 말할 수 없는 것이 될 것이다. (가)에서 심봉사의 절규는 그러한 끔찍한 상황에 대한 반응일 것이다. 그런데 (나)의 경우에는 자식을 바치러 가는 아브라함의 태도에 조금의 흔들림도 없다.

(가)의 경우 표면상 심봉사는 이 장면에서 처음으로 자기 딸이 자기를 위해 팔려 가는 것임을 알게 되는 것으로 되어 있다. 인신공희를 선택한 것은 심봉사가 아니라 심청 자신이었고, 처음에는

심청이 공양미 300석을 다른 사람의 도움으로 얻었다고 속였다는 것이다. 따라서 이런 이야기를 처음 들은 심봉사의 정신적 충격은 이루 말할 수 없이 클 것이고, 그에 따라 심봉사의 반응도 이처럼 격앙된 것이라고 볼 수 있다. 이에 비해서 (나)에서는 아브라함이 스스로 하느님의 명령에 따를 것을 결심했고, 그 때문에 마음의 평정을 얻기도 훨씬 쉬웠을 것이라고 추측해 볼 수 있다.

그러나 둘 사이의 차이를 이렇게 설명하고 마는 것은 불충분하다. (가)의 인신공회는 분명히 심봉사의 개안(開眼)이라는 특정한 결과를 예상하고 있다. 반면 (나)의 그것은 아브라함의 신앙심에 대한 종교적 시험이라는 성격이 짙다. 종교적 시험인 이상 그에 부합하는 어떠한 반대급부도 기대할 수 없는 행위이다. 죽음에 임하는 심청의 비장감(悲壯感)은 말할 수 없이 큰 것일 테지만, 그녀에게는 아버지의 눈이 떠질 것이라는 기대가 있다. 그러나 아브라함에게는 그런 것조차 없다. 그럼에도 아브라함은 아무런 주저함도 없이 아들을 바칠 준비를 한다.

(나)에는 나타나 있지 않지만, 아브라함이 자식인 이삭을 얻은 것은 그의 나이 백 살 때였다. 그가 아들을 얻은 것은 거의 기적에 가까운 일이었다. 즉 그것은 그의 힘으로 이루어진 일이 아니었다. 신앙의 힘으로 가능했던 일이다. 신앙의 관점에서는 자기의 아들조차도 자기의 것이 아니라 신이 만드신 것이 된다. 따라서 그 아들을 다시 바치는 데에도 그처럼 주저함이 없었다. 사람은 자기 것을 내주는 것을 잠시 자기 손에 들어왔던 것을 내주는 것보다 훨씬 어려워한다. 아브라함에게 이삭은 전자라기보다는 후자였던 것이다.

이처럼 표면적으로는 유사한 두 가지 이야기가 실은 전혀 다른 세계관적 기반을 갖고 있음을 알 수 있다. 『심청전』의 이야기에서 인신공회는 효행 설화적인 수준에 머물러 있는 반면에, 아브라함의 인신공희는 종교적인 관점 속에서만 이해될 수 있는 것이다. 『심청전』이 설화적(說話的)이라는 것은 그것의 결말을 보아도 알 수 있다. 『심청전』의 결말은 심청의 소생과 아버지의 개안, 그로 인한 행복한 삶이라는 완결된 구성을 이루고 있기 때문이다.

# 동명일기

## 의유당 남씨
### 意幽堂 南氏

의유당 의령 남씨(1727~1823)는 숙종 때 대사간을 지낸 남도규의 아들 남직관과 여필용의 딸 사이에서 막내딸로 태어났다. 신립의 8대손인 신대손과 결혼하여 젊은 시절 남편을 따라 지방을 다녔지만 늙어서는 외로운 삶을 보냈다. 「동명일기」는 의유당의 나이 46세인 영조 48년(1772)에 지어진 것이다.

　「동명일기(東溟日記)」는 조선 영조 시절 의유당 남씨가 함흥 판관으로 부임하는 남편을 따라 함께 행차하면서 그 일대의 명승고적을 둘러보고 느낀 바를 기록한 국문 기행 수필이다. 귀경대에서 일출을 구경하기까지의 여정이 사실적으로 묘사되어 있는데, 일출의 장관에 대한 기대와 기다림을 서술한 부분과 해돋이 광경의 아름다움을 서술한 부분으로 이루어져 있다. 특히 해돋이 광경을 묘사한 부분은 여성 특유의 섬세한 필치와 사실적 묘사 능력으로 인해 탁월한 문학적 효과를 드러내고 있다는 평가를 받는다. 국문 수필과 여성문학의 백미에 해당하는 작품이라 할 만하다. 이 작품은 작가의 문집인 『의유당관북유람일기(意幽堂關北遊覽日記)』에 실려 있다.



　붉은 기운이 퍼져 하늘과 물이 다 조요하되 해 아니 나니, 기생들이 손을 두드려 소래하여 애달와 가로되,

　"이제는 해 다 돋아 저 속에 들었으니, 저 붉은 기운이 다 푸르러 구름이 되리라."

　혼공하니, 낙막(落寞)하여 그저 돌아가려 하니, 사군(使君)과 숙씨(叔氏)셔,

　"그렇지 아냐, 이제 보리라."

하시되, 이랑이, 차섬이 뱅소하여 이르되,

　"소인 등이 이번뿐 아냐, 자로 보았사오니, 어찌 모르리이까. 마누하님, 큰 병환 나실 것이니, 어서 가압사이다."

하거늘, 가마 속에 들어앉으니, 봉의 어미 악써 가로되,

"하인들이 다 하되, 이제 해 일으려 하는데 어찌 가시리요. 기생 아해들은 철 모르고 즈레 이렁 구는다."

이랑 박장(拍掌) 왈,

"그것들은 바히 모르고 한 말이니 끝이듣지 말라."

하거늘, 돌아 사공다려 물으라 하니,

"사공셔 오늘 일출이 유명하리란다."

하거늘, 내 도로 나서니, 차섬이, 보배는 내 가마에 드는 상 보고 몬저 가고, 계집 종 셋이 몬저 갔더라.

홍색이 거록하여 붉은 기운이 하늘을 뛰노더니, 이랑이 소래를 높이 하여 나를 불러,

"저기 물 밑을 보라."

외거늘, 급히 눈을 들어 보니, 물 밑 홍운을 헤앗고 큰 실오리 같은 줄이 붉기 더욱 기이하며, 기운이 진홍 같은 것이 차차 나 손바닥 넓이 같은 것이 그믐밤에 보는 숯불 빛 같더라. 차차 나오더니, 그 우흐로 적은 회오리밤 같은 것이 붉기 호박(琥珀) 구슬 같고, 맑고 통랑(通郎)하기는 호박도곤 더 곱더라.

그 붉은 우흐로 훌훌 움직여 도는데, 처음 났던 붉은 기운이 백지(白紙) 반 장 넓이만치 반듯이 비치며, 밤 같던 기운이 해 되어 차차 커 가며, 큰 쟁반만 하여 불긋불긋 번듯번듯 뛰놀며, 적색(赤色)이 온 바다에 끼치며, 몬저 붉은 기운이 차차 가새며, 해 흔들며 뛰놀기 더욱 자로 하며, 항 같고 독 같은 것이 좌우로 뛰놀며, 황홀히 번득여 양목(兩目)이 어즐하며, 붉은 기운이 명랑하여 첫 홍색을 헤앗고, 천중(天中)에 쟁반 같은 것이 수렛바퀴 같하여 물 속으로서 치밀어 받치듯이 올라붙으며, 항, 독 같은 기운이 스러지고, 처음 붉어 겉을 비추던 것은 모여 소혀처로 드리워 물 속에 풍덩 빠지는 듯싶으더라. 일색(日色)이 조요하며 물결에 붉은 기운이 차차 가새며, 일광(日光)이

청랑하니, 만고천하에 그런 장관은 대두할 데 없을 듯하더라.

짐작에 처음 백지 반 장만치 붉은 기운은 그 속에서 해 장차 나려고 우리어 그리 붉고, 그 회오리밤 같은 것은 짐짓 일색을 빠혀 내니 우리온 기운이 차차 가새며 독 같고 항 같은 것은 일색이 모딜이 고온고로, 보는 사람의 안력이 황홀하여 도모지 헛기운인 듯싶은지라.

(『의유당관북유람일기』, 「동명일기」 중에서)

통합형 문·답

「동명일기」는 뛰어난 문학성을 보인 국문수필이라 평가되고 있다. 어떤 점에서 그런지 구체적인 예를 들어 설명해 보자.

「동명일기」는 전체적으로 섬세한 필치가 돋보이는 작품이다. 특히 순수한 우리말 표현으로 이루어졌다는 점에서 그 의의가 크다고 하겠다. 무엇보다 「동명일기」의 문학성은 사실적 묘사와 다채로운 비유를 통해 드러나고 있다. 이러한 묘사와 비유의 특장은 특히 일출 광경을 서술하는 부분에서 극치를 보인다.

'물 밑 홍운을 헤앗고 큰 실오리 같은 줄이 붉기 더욱 기이하며, 기운이 진홍 같은 것이 차차 나 손바닥 넓이 같은 것이 그믐밤에 보는 숯불 빛 같더라. 차차 나오더니, 그 우흐로 적은 회오리밤 같은 것이 붉기 호박 구슬 같고, 맑고 통랑하기는 호박도곤 더 곱더라'에서 보이듯이, 해뜨는 광경을 사실적이고 섬세한 관찰에 힘입어 예리하게 포착하였고, 게다가 '손바닥' '숯불' '호박' '밤' 등의 구체적 사물을 동원하여 적절한 비유를 활용함으로써 감각적 표현을 극대화시켰다. 그러한 모습은 그 뒤의 문장에도 계속 이어져 나타난다.

'그 붉은 우흐로 홀홀 움직여 도는데, 처음 났던 붉은 기운이 백지(白紙) 반 장 넓이만치 반듯이 비치며, 밤 같던 기운이 해 되어 차차 커 가며, 큰 쟁반만 하여 불긋불긋 번듯번듯 뛰놀며, 적색(赤色)이 온 바다에 끼치며, 몬저 붉은 기운이 차차 가새며, 해 흔들며 뛰놀기 더욱 자로 하며, 항 같고 독 같은 것이 좌우로 뛰놀며, 황홀히 번득여 양목(兩目)이 어즐하며, 붉은 기운이 명랑하여 첫 홍색을 헤앗고, 천중(天中)에 쟁반 같은 것이 수렛바퀴 같하여 물 속으로서 치밀어 받치듯이 올라붙으며, 항, 독 같은 기운이 스러지고, 처음 붉어 겉을 비추던 것은 모여 소혀처로 드리워 물 속에 풍덩 빠지는 듯싶으더라'에서 확인할 수 있듯이, 자세하고 섬세한 묘사와 관찰뿐만 아니라 다양한 비유어들이 계속 등장하고 있다. '쟁반' '항' '독' 등은 여성생활을 구성하는 중요한 요소이므로, 생활용품들을 동원하여 비유적 표현을 창출하는 수법이 놀랍다고 할 수 있다.

# 송 인

## 정지상
### 鄭知常

정지상(?~1135)은 고려시대의 문신이다. 초명은 지원(之元)이었고 호는 남호(南湖)라 하였다. 평양 출신으로, 묘청·백수한 등과 함께 삼성(三聖)이라는 칭호를 받으면서 서경 천도 및 황제 호칭 사용과 새로운 연호 마련을 주장하였다. 1135년 묘청의 난 때 이에 관련된 혐의로 김부식에게 피살되었다. 고려시대 한시의 대가로 인정 받고 있으나, 현재까지 전해지는 한시는 그다지 많지 않다. 그림·글씨에도 능했으며, 저서로는 『정사간집』이 있다.

　「송인(送人)」은 고려시대의 시인 정지상의 칠언절구이다. 이별을 노래한 한시 가운데 절창으로 널리 알려져 왔기에 후세 사람들의 차운시도 최고를 기록할 정도이다. 결구의 '첨록파'는 원래 '첨작파'였던 것을 뒷날 이제현이 그렇게 고치도록 하였다 한다. 「송인」은 앞 사람들의 작품에서 모방한 구석이 적지 않지만, 훌륭한 이별의 노래로 재구성한 솜씨가 가히 일품이라 할 수 있다. 더욱이 3구의 반전 수법은 이 시에서 가장 돋보이는 곳이기도 하다. 저 강물 다하는 날이면 아예 이별 같은 것도 없으련만, 도리어 이별하는 눈물로 해서 해마다 푸른 강물만 더 불어나게 한다는 구상은 이별의 슬픔을 더 깊이 있게 나타냈다 하겠다.

　다양한 종류의 한시체가 있지만, 정지상은 그 가운데서 특히 절구에 뛰어난 재능을 보였다. 「송인」도 물론 절구의 하나이다. 구사하는 시적 언어들이 맑고 전아하였으며, 어려운 한시의 음악적 감각에도 탁월한 능력을 발휘하였다. 한시 이외에도 정지상은 변려문에도 뛰어나 많은 글을 지은 것으로 전해지고 있다.



(가) 雨歇長堤草色多　비 개인 긴 둑에 풀빛 고운데
　　 送君南浦動悲歌　남포에서 님 보내며 슬픈 노래 부르네
　　 大洞江水何時盡　대동강 물이야 언제 마르리
　　 別淚年年添綠波　해마다 이별 눈물 푸른 물에 보태나니

(『동문선』, 「송인」)

(나) 대동강가 연광정에는 고금의 시인들이 지은 시가 수없이 많이 걸려 있었다. 그런데, 중국 사신이 오면 모두 걷어치우고 정지상의 「송인」만 남겨 두었다 한다. 이 작품만은 중국에 내놔도 손색이 없겠다는 자신이 있었던 때문이었다. 과연 이 시를 본 중국 사신들은 하나같이 뛰어난 작품이라 찬탄하였다.

정지상의 「송인」은 사랑하는 사람을 떠나 보내는 안타까운 심정을 절묘하게 포착한 작품이다. 떠난 이를 그리며 흘리는 눈물로 대동강 물이 마를 날 없다는 엄살은 허풍스럽기는커녕 그 곡진한 마음새가 콧날을 찡하게 한다. 이 섬세한 시선만으로도 과연 신운절창(神韻絶唱)의 감탄은 있음직하다. 그러나, 중국 사신들이 결정적으로 무릎을 치며 감탄해 마지않는 것은 바로 2구의 '送君南浦'라는 표현에 있었다. 이 구절은 흔히 님을 남포로 떠나 보내며 슬픈 노래를 부른다고 해석하여, 남포를 대동강이 황해와 서로 만나는 진남포쯤으로 생각하기도 하나, 그런 것이 아니라 남포는 현재 두 사람이 헤어지는 장소이다.

남포라는 단어에는 오래된 연원이 있다. 굴원은 일찍이 『구가』의 「하백」에서 '그대의 손을 잡고 동으로 가서, 사랑하는 님을 남포에서 보내네'라고 노래한 바 있다. 이 뒤로 많은 시인들이 실제 헤어지는 포구가 동포이든 서포이든 북포이든 간에 남포라고 말하곤 했으므로, 굴원의 이 노래가 있은 뒤로 남포란 말은 중국 시인들에게 으레 이별을 떠올리는 단어가 되었다.

1구에서는 비가 개자 긴 둑에 풀빛이 곱다고 했다. 겨우내 먼지를 뒤집어쓰고 있던 긴 둑에 봄비가 내리자, 그 아래 어느새 파릇파릇 돋아난 봄 풀이 마치 갑자기 땅을 헤집고 나온 것처럼 제 빛을 찾았던 것이다. 지루했던 겨울의 묵은 때를 말끔히 씻어 내리는 봄비를 맞는 마음은 설레는 흥분이 아닐 수 없었겠다. 그런데 그 춥고 길었던 겨울이 끝나고 이제 막 생명이 약동하는 봄을 맞이하면서 나는 사


정지상

랑하는 사람을 떠나 보내고 있으니, 그 처참한 심정이야 어찌 말로
다할 수 있으랴.

　김동환은 「강이 풀리면」에서 '강이 풀리면 배가 오겠지. 배가 오면
은 임도 탔겠지. 임은 안 타도 편지야 탔겠지. 오늘도 강가서 기다리
다 가노라. 임이 오시면 이 설움도 풀리지. 동지섣달에 얼었던 강물도,
제멋에 녹는데 왜 아니 풀릴까. 오늘도 강가서 기다리다 가노라'라고
노래한 바 있다. 봄이 오면 동지섣달에 얼었던 강물이 풀리듯 내 마
음의 시름이 풀려도 시원찮은데, 오히려 나는 거꾸로 님을 떠나 보내
며 슬픈 노래를 부르고 있는 것이다. 이 대목은 다시 고려가요 「동동」
의 제2연을 떠올린다. '정월ㅅ나릿 므른 아으 어져 녹져 ㅎ논듸, 누릿
가운디 하나곤 몸하 ㅎ데올로 녈셔. 아으 동동다리.' 정월의 강물은
녹으려 하는데, 그와 같이 내 시름을 녹여 줄 님은 오실 줄 모르고 나
는 어이해 한 세상을 홀로 살아가느냐는 탄식이다.

　…〈중략〉…

　이 시는 하평성(下平聲)의 가운(歌韻)을 쓰고 있다. 이 운목에는
'가(歌)·다(多)·라(羅)·하(河)·과(戈)·파(波)·하(荷)·과(過)' 등 시
에서 자주 쓰이는 운자가 많이 포진하고 있어, 고금의 시인치고 이
운으로 작시하지 않은 이가 거의 없으니, 이를 가지고 새로운 표현을
얻어 내기란 지극히 어려운 일이 아닐 수 없다. 실제 이 작품 뒤로도
아예 '다·가·파'의 운을 그대로 써서 차운한 시가 적지 않으나, 어
깨를 나란히 할 만한 작품은 눈을 씻고 찾아보아도 얻기 어렵다. 이
제 와서 운자는 한시 감상에서 고려의 대상이 안 되게 되었지만, 이
러한 운자 사용의 산뜻함도 의미가 깊다.

　필시 뒷사람의 부회일 듯싶지만, 정지상이 홍분(紅粉)이란 기생과
헤어지며 지었다는 이 시는 뒷날까지 재미있는 일화를 남기고 있다.
조선시대 어떤 서울 나그네가 평양감사로 있던 친구를 찾아가 노니
는데, 기대에 비해 대접이 시원치 않았다. 술맛은 꼭 맹물 맛인데다가


송 인

수청하는 기생은 이별의 즈음에도 눈물 한 방울 비치지 않았다. 이래 저래 서운했던 그는 감사를 향해 다짜고짜 '대동강 물이 며칠 못 가서 마르겠네'라고 하였다. 감사가 영문을 몰라 '무슨 말인가?' 하고 되묻자, 서울 나그네 왈, '술잔에는 첨주(添酒)의 물이 있는데, 사람은 첨파(添波)의 눈물이 없으니 어찌 강물이 마르지 않겠는가?' 참으로 야무진 독설이다.

(정민, 『한시 미학 산책』(솔출판사) 중에서)

통합형 문·답

> 「송인」의 문학적 우수성은 시상의 전개에서 찾을 수 있다. 제3구는 특히 그러한 성향이 잘 드러난 구절이다. (나)에서 설명하는 내용을 참고로 하여, 제3구의 우수성을 나타내는 내용을 서술해 (나)의 〈중략〉 부분을 메워 보자.

「송인」은 일단 비 온 다음의 정경을 그리는 데서 시작한다. '비 개인 긴 둑에 풀빛 고운데 / 남포에서 님 보내며 슬픈 노래 부르네'가 그러한 내용을 담고 있다. 그러다가 갑자기 시상의 반전이 생겨난다. 대동강 물이 어느 때 마르겠느냐는 3구는 앞의 정경 묘사와 대비해 보면 좀 엉뚱하다. 슬픈 노래를 부르다 말고 갑자기 강물이 언제 마르겠는가 하고 질문하니 그렇다는 말이다.

한시의 기승전결 구성이 갖는 묘미가 바로 이 대목에서 한껏 드러난다. '기'는 글자 그대로 대상을 보면서 생각을 일으키는 것이고, '승'은 이를 이어받아 보충하는 것이다. '전'에서는 시상을 틀어 전환해야 한다. 그렇게 되면 1·2구와 3구 사이에는 단절이 온다. 그 단절에 독자들이 의아해 할 때, 4구 '결'에 가서 그 단절


정지상

을 메워 묶어 줌으로써 하나의 완결된 구조를 이루게 된다. 3구에서 강물 타령으로 화제를 돌려 놓고, 4구에 가서 설사 강물이 자연적 조건의 변화로 다 마를지라도, 강가에서 이별하며 흘리는 눈물이 마르기 전에는 강물은 결코 바닥을 드러내는 일이 없을 것이라고 한 것이다.

　눈물을 제아무리 많이 흘린들 도대체 그것이 대동강의 유량에 무슨 영향을 줄 수 있단 말인가. 비록 그렇기는 하나, 이를 두고 허풍 좀 그만 떨라고 타박할 독자는 없을 것이다. 왜냐하면 그 엄청난 과장은 시인의 슬픔이 그만큼 엄청난 것임을 표현하기 위한 것일 뿐이니 말이다. 이처럼 4구의 진술은 3구의 반전과 긴밀하게 연계되어 있다. 「송인」의 3구가 탁월한 표현이라고 하는 이유가 여기에 있다. 갑작스런 시상의 전환이 생겨서 당혹감을 느낄 정도지만, 정지상은 그 당혹감을 자연스럽게 4구와 연결시킴으로써 해소한 것이다. 「송인」 전체가 뛰어나지만, 그 가운데서도 3구는 한시 절구의 일반적 묘미를 느끼게 해주면서 동시에 시상의 단절과 자연스런 연결을 모두 잘 이루어냈다는 점에서 특히 탁월한 시상의 운영이었다고 할 수 있다.

# 정주중구한상명부

## 정몽주
### 鄭夢周

정몽주(1337~1392)는 고려 말기의 문신이자 학자이다. 자는 달가(達可), 호는 포은(圃隱)이다. 고려 말기에 이성계 일파를 제거하려다 선죽교에서 태종 이방원의 부하에게 살해되었다. 성리학에 조예가 깊어 동방의 이학지조(理學之祖)로 불렸으며, 향교를 세워 유학을 크게 일으켰다. 목은(牧隱) 이색과 야은(冶隱) 길재와 함께 고려 시대 삼은(三隱)으로 일컬어지기도 했다. 태종 이방원과 주고받은 「단심가」가 시조로 유명하나, 뛰어난 한시 작가이기도 했다. 문집에 『포은집』이 있고, 「정주중구한상명부」는 여기에 실려 있다.

　「정주중구한상명부(定州重九韓相命賦)」는 함경도 정평에서 중양절을 맞아 재상 한방신과 함께 높은 곳에 올랐다가 그의 명을 받아 지은 작품이다. 일반적인 중양절 시와는 달리, 눈앞에 보이는 북방의 변경을 서술하고 변방을 지키는 사나이의 기개를 시원스레 그리고 있는 점이 이 시의 두드러진 특징이다.

　이 시 이외에 「춘흥(春興)」도 유명한 작품이다. '봄비 가늘어 방울로 맺히지 않아 / 밤중에도 조그맣게 소리 들리네. / 눈이 녹아 남쪽 개울물 불어났겠고 / 풀 싹은 얼마쯤 돋아났겠지'라는 내용의 「춘흥」은 가랑비 내리는 봄날 밤에 비 소리를 통해 자연의 이치를 찾아 내는 과정을 보여 준다. 이 시는 사실만을 바탕으로 시를 구성하고 있을 뿐이지 꾸미거나 정서를 토로하는 일은 하지 않았다. 정몽주의 유가적 면모를 확인할 수 있는 작품이다.



| (가) | 定州重九登高處 | 정주에서 중양절에 높은 곳을 오르니 |
|---|---|---|
| | 依舊黃花照眼明 | 국화꽃 예와 같이 눈앞에 환하네 |
| | 沛澤南連宣德鎭 | 개펄은 남으로 선덕진에 이어졌고 |
| | 峰巒北倚女眞城 | 산봉우리는 북으로 여진성에 기대었네 |
| | 百年戰爭興亡事 | 백 년 동안의 전쟁은 흥하고 망하는 일 |
| | 萬里征夫慷慨情 | 만리에 온 병사는 강개로운 정일세 |
| | 酒罷元戎扶上馬 | 술 끝나자 대장이 말 위에 올려 주니 |
| | 淺山斜日照紅旌 | 얕은 산 빗긴 해가 붉은 깃발 비추네 |

(『포은집』, 「정주중구한상명부」)

(나) 地僻秋將盡　　땅이 궁벽하여 가을도 가려 하는데
　山寒菊未花　　산이 추워 아직도 국화가 피지 않았네
　病知詩愈苦　　병이 드니 시 짓기 더욱 피로운 줄 알겠고
　貧覺酒難賖　　가난할 때 술 사오기 어려움 깨닫네
　野路天容大　　들길엔 하늘이 크고
　村墟日脚斜　　마을 빈터엔 햇발이 비꼈네
　客懷無以遣　　나그네 회포 풀 길이 없어
　薄暮過田家　　어둑한 저녁에 전가를 지나네

(정포(鄭誧), 「계미중구(癸未重九)」)

## 통합형 문·답

(가)와 (나)는 중양절을 시간적 배경으로 한다는 점에서는 공통되지만, 시의 분위기는 전혀 다르다고 할 수 있다. 각 작품을 읽어 보고, 그 차이를 설명해 보자.

(가)는 시인의 감각적 정서를 풀어 내기보다는 자신의 활달한 기상을 드러내는 작품이다. 1~2구에서 중양절에 높은 곳에 올랐음을 알리고, 3~4구에서는 눈앞에 보이는 북방 변경의 정경을 서술하였다. 5~6구에서는 변방을 지키는 사나이의 기개를 시원스레 그리고 있다. (가)는 단지 사실만을 기술하고 있을 뿐 과다하게 꾸미거나 정을 풀어 넣는 일은 하지 않았다. (가)에서 시인의 기상이 가장 잘 드러나는 구절이 7~8구이다. 술자리가 끝나자 대장이 부축하여 말에 올려 주었을 때 시인은 눈앞에 펼쳐져 있는 산을 낮은 산이라 하였다. 실재의 산이 높은 산이건 낮은 산이건 관계없이, 말에 오른 시인에게 산은 얕은 것이다.


정몽주

　(나)는 (가)와 마찬가지로 중양절을 시간적 배경으로 하고 있다. 물론 작품을 읊는 상황은 서로 다르다. (가)는 술자리지만 (나)는 떠도는 나그네의 처지에 시인의 위치가 놓여 있다. 중양절이 되어 가을이 이미 깊었음에도, 땅이 외지고 추워 아직 국화꽃도 피지 않은 상황이다. 나그네인 시인은 외롭고 쓸쓸한 자신의 감정을 공간적 배경에 투영하고 있다. 나그네의 회포를 달랠 길 없는 시인의 모습이 (나)에 담겨져 있다. 1~2구에는 풍경을, 3~4구에는 감정을, 5~6구에는 다시 정경을, 7~8구에는 다시 서정을 배치하였다. (가)처럼 웅장한 기상을 펼치지 않고 곱고 매끈하게 시인 자신의 감정을 풀어 놓았다. (가)가 호탕한 기상을 노래한 시라면, (나)는 비애를 품은 아름다움을 그려 놓은 작품이라고 할 수 있겠다.


정주중구한상명부

# 경 설

## 이규보
### 李奎報

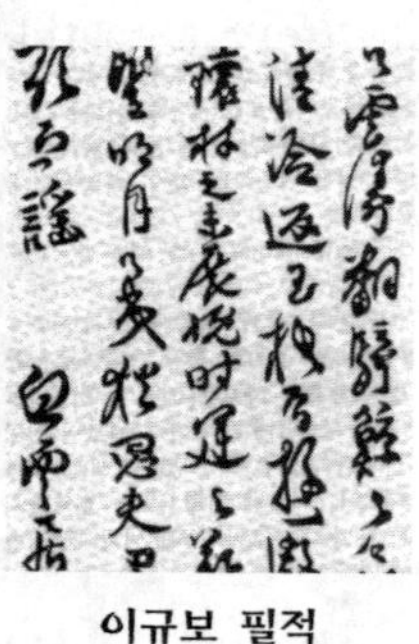

이규보 필적

이규보(1168~1241)는 고려 중기의 문신이다. 1189년 사마시, 이듬해 문과에 급제, 1199년 전주목사록 겸 장서기가 되고, 1202년 병마녹사 겸 수제를 거쳐 1207년 최충헌에 의해 권보직한림에 발탁되었다. 이후 줄곧 여러 관직을 역임하면서 일생을 보냈다. 걸출한 시호로서 호탕 활달한 시풍으로 당대를 풍미하였고, 특히 벼슬에 임명될 때마다 그 감상을 읊은 즉흥시로 유명하였다. 초기에는 도연명의 영향을 많이 받았으나 개성을 살려 독자적인 시격을 이룩했고, 몽고군의 침입을 진정표로써 격퇴한 문장가였다. 저서에 『동국이상국집』 『백운소설』 『국선생전』 등이 있다.

「경설(鏡說)」은 거사와 손님 두 사람을 등장시켜 거울에 대한 논란을 벌이는 내용으로 이루어진 글이다. 이규보 특유의 상식을 뒤집는 논리가 잘 드러난 작품으로, 사람들의 일반적 통념을 풍자하고 있다. 거울을 외양을 비추어 보는 수단으로만 이해하는 태도를 뒤집어, 삶과 사물에 대한 근원적 의미를 발견하고자 했던 것이다. 세상에는 결함이 있는 사람이 더 많은 것이 당연함에도 지나치게 결백하고 깨끗한 사람들의 고답적 태도를 비판한 것이다. 그렇지만, 이 글은 단순히 한 가지 의미만을 담고 있는 글이라 보기는 어렵다. 직접적으로 문면에 드러난 의미말고도 다양한 각도에서 해석할 수 있는 의미가 숨어 있다.



(가) 거사(居士)가 거울을 한 개 가졌는데, 먼지가 끼어서 흐릿한 것이 꼭 구름에 가리운 달빛과 같았다. 그러나, 아침과 저녁으로 들여다보고 얼굴을 가다듬는 것같이 하였다. 손님이 보고 묻기를, "거울이란 얼굴을 비추는 것이요, 그렇지 않으면 군자가 이것을 보고 그 맑은 것을 취한다. 지금 그대의 거울은 흐린 것이 안개 끼인 것과 같은데도 그대는 오히려 늘 비춰 보고 있으니 그것은 무슨 까닭이냐?" 하였다.

거사는 말하기를, "거울이 맑은 것은 잘생긴 사람은 좋아하지만 못생긴 사람은 싫어한다. 그러나 잘생긴 사람은 적고 못생긴 사람은 많기 때문에 만일 한 번 보면 반드시 깨뜨려서 부숴 버리고야 말 것이니, 먼지에 흐려진 것만 못하다. 먼지로 흐리게 된 것이 그 겉은 부식

되었을지라도 그 맑은 바탕은 없어지지 않았으니, 만일 잘생긴 사람을 만난 뒤에 다시 갈고 닦을지라도 늦지 않다. 아, 옛적에 거울을 보는 사람은 그 맑은 것을 취했으나, 나는 거울을 보며 그 흐린 것을 취하나니, 그대는 무엇을 이상스럽게 여기는가?" 하니, 손님은 대답할 말이 없었다.

(이규보, 『동문선』, 「경설」 전문)

(나) 이 글은 여러 가지 각도에서 읽을 수 있다. 거울에 대해서 묻는 손님, 거울을 가지고 있으며 손님의 물음에 대답하는 거사, 그리고 거울, 이 셋이 등장한다. 이 중에서 어느 쪽을 주체로 삼고 어느 쪽을 객체로 삼아서 읽는가에 따라서 이 글이 달라진다. 주체는 독자가 자기와 동일시하는 쪽이고, 객체는 그 상대방이다. 생각이 서로 다른 사람들 사이에서 논란이 벌어지고 있는 작품을 읽을 때, 독자는 어느 쪽을 주체로 삼아서 주체의 입장에서 객체의 주장을 듣고 논박하는 것이 당연한 이해 방식이다. 그런데 주체를 한쪽으로만 고정시켜 두는 것은 바람직한 태도가 아니다. 주체로 삼았던 쪽을 객체로 삼고, 객체로 삼았던 쪽을 주체로 삼는 전환을 겪으면서 작품을 거듭 읽어야만 깊은 뜻까지 알아낼 수 있다. 이러한 원리에 따라서 이 작품을 이해한다면 주체와 객체는 다음과 같이 거듭 설정할 수 있다. 거울은 논란을 벌이는 사람은 아니지만, 거울까지도 주체로 삼을 수 있어야만 입체적인 이해가 이루어진다.

(1) 손님을 주체로 하여 읽을 수 있으며, 거사는 객체가 된다.

(2) 거사를 주체로 하여 읽을 수 있으며, 손님은 객체가 된다.

(3) 거사를 주체로 하여 읽을 수 있으며, 거울은 객체가 된다.

(4) 거울을 주체로 하여 읽을 수 있으며, 거사는 객체가 된다.

(조동일, 『문학연구방법』(지식산업사) 중에서)

아래에서는, (나)에서 제시한 네 가지 방법 가운데 (1)과 (2) 두 가지 방식을 설명하고 있다. 아래의 글을 참고하여, (3)과 (4)의 방식으로 (가)을 읽는다면 그 의미를 어떻게 해석할 수 있는지 설명해 보자.

(1)의 방식 : 손님은 흐릿한 거울을 들여다보는 거사를 나무랐다. 거울은 맑아야 거울일 수 있으며, 군자는 맑은 것을 취해야 하는데, 흐린 거울을 들여다보는 것은 납득할 수 없는 일이다. 거사의 행동을 따지는 손님의 논박은 당연하다.

(2)의 방식 : 거사가 '나는 거울을 보며 그 흐린 것을 취하나니, 그대는 무엇을 이상스럽게 여기는가?' 하고 되물으니, 손님이 할 말이 없게 되었다. 맑은 거울이라야 거울일 수 있다고 하는 것은 잘못된 생각이며, 거울을 보고 반드시 맑은 것을 취해야 한다는 것도 동의할 수 없는 전제이다. 맑은 거울이라야 거울일 수 있다고 한다면 이 글은 쓸 필요가 없다. 손님은 상식에 사로잡혀 있고 거사는 상식 이상의 것을 들여다보고 있다. 상식 이상의 것을 들여다보아야만 글다운 글을 쓸 수 있을 것이다.

제시문에서 (3)의 방식은 거사를 주체로 하고 거울을 객체로 하는 것이다. 이 방식에 의거하여 해석하면 다음과 같다.

거사는 거울을 들여다보고 얼굴을 가다듬는 것같이 하였다고 한다. 실제로 얼굴을 가다듬었다는 말은 아니다. 세상에는 못생긴 사람들이 많고 잘생긴 사람들이 적다고 했는데, 거사는 자기가 못생긴 사람이라고 하지 않았다. 못생긴 사람이라면 맑은 거울을 원하지 않고 흐린 거울을 원하는 것이 당연한 일이라고 하였는데,

거사가 흐린 거울을 원한 것은 자기가 못생겼기 때문이 아니고 세상에는 못생긴 사람들이 많기 때문이다. 자기는 거울을 맑게 하고 싶지만 세상의 못생긴 사람들이 거울을 깨뜨려 버릴까 염려해서 흐린 채로 둔다는 것이다. 그래서 자기에게는 당장 소용되지 않는 거울을 지니고 있으며, 얼굴을 가다듬는 것같이 하고 '그 흐린 것을 취하나니'라고 하는 것은 자기를 위한 행동이 아니고 거울을 위한 행동이다. 거사는 그만큼 세상 형편을 잘 알고 도량이 넓은 사람이기 때문에 흐린 거울이라도 소중한 것처럼 지니고 있다. 상식에 사로잡혀 있는 손님으로서는 이러한 행동을 이해하지 못한 것이 당연하다. 거사는 세상 이치에 통달한 사람이면서도 그렇지 않은 듯이 지내 왔는데, 손님이 물으니 손님의 막힌 소견을 깨우쳐 준 것이다.

다음은 (4)의 방식, 즉 거울을 주체로 하고 거사를 객체로 하는 방식에 기대어 해석하면 다음과 같다.

거울은 겉은 부식되었지만 그 맑은 바탕은 없어지지 않았다고 했는데, 겉이 부식된 것도 거사가 그렇게 하도록 한 것이 아니고 맑은 바탕이 없어지지 않은 것도 거사의 가르침에 따라 그렇게 될 수 있었던 것이 아니다. 거울 스스로 겉은 흐리고 속은 맑다. 거울이 무엇을 비추는 것도 거사 때문에 그럴 수 있는 것이 아니고 거울이 스스로 지니고 있는 본성이다. 흐린 것은 흐리게 비추고 맑은 것은 맑게 비추는 것이야말로 거울의 지혜이다. 거울은 거울이고, 거사는 거사인데, 거사가 세상에 통달한 사람인 것처럼 행세하는 것은 거울을 들여다보고 거울의 지혜를 어느 정도 터득했기 때문에 그렇게 될 수 있었던 것이고, 거사 자신이 대단해서 그렇게 될 수 있었던 것은 아니다. 거울은 거사가 가지고 있다고 하지만, 거사의 거울은 아니다. 거사만의 거울이라면 세상에 잘생긴 사람은 적고 못생긴 사람은 많다는 사실이 문제가 되지 않을


이규보

것이다. 거사의 거울이면서 사실은 모든 사람의 거울이므로, 거울의 속은 맑지만 겉은 흐린 것이다.

　이와 같이 어떠한 현상이나 사물을 이해할 때 어떤 관점에서 읽느냐에 따라 그 의미가 확연하게 달라진다. 어느 한쪽만으로 치우친 시선보다는 쌍방의 관점에서 파악하는 것이 올바른 태도라고 여겨진다.

# 의산문답

## 홍대용
### 洪大容

홍대용(1731~1783)은 조선 후기의 실학자이다. 본관은 남양이고, 대사간 홍용조(洪龍祚)의 손자이다. 지전설과 우주무한론을 주장하였으며, 이러한 자연관을 근거로 화이론을 부정하여 민족의 주체성을 강조하고 인간도 대자연의 일부로서 다른 생물과 마찬가지라는 주장을 폈다. 김원행(金元行)으로부터 배웠고, 박지원과도 깊은 교분이 있었다. 1766년 초 북경 방문을 계기로 서양과학의 영향을 깊이 받았다. 홍대용이 북경을 방문한 것은 연행사의 서장관으로 임명된 작은아버지의 수행군관이라는 명목으로 이루어졌는데, 60여 일 동안 북경에 머무르면서 두 가지 중요한 경험을 하였다. 하나는 항주 출신의 중국 학자들과 교분을 가지게 된 일이고, 다른 하나는 서양 선교사들을 찾아가서 서양문물을 구경하고 필담을 나눈 것이다. 북경인사들과는 귀국 후에도 편지를 통한 교분이 계속 이어졌다. 그의 사상은 『담헌서』에 집대성되어 있으며, 『의산문답』은 그 일부를 이루고 있다.

　조선 후기 실학자 중에서 서양과학의 영향을 가장 많이 받은 사람은 담헌(湛軒) 홍대용이었다. 그는 과학기술에 남다른 관심을 보여 자기 집에 농수각(籠水閣)이라는 천문관측소를 만들어 놓고 그 안에 혼천의(渾天儀)와 서양식 후종(候鐘 : 일종의 자명종)을 만들어 두기도 하였다. 홍대용의 자연과학에 대한 이와 같은 관심은 서양 자연과학의 영향 때문에 더욱 고조되었다. 그는 북경을 방문하여 유송령(劉松齡, Hallerstein)·포우관(鮑友管, Gogeisl) 등의 서양 선교사들과 자주 만나고 자명종·요종(鬧鍾)·풍금 등의 과학기재를 많이 보고 돌아와서『의산문답(醫山問答)』을 썼다.「의산문답」은 19세기 이전에 씌어진 과학에 관한 한국인의 글 중에서 가장 긴 것이었다(12,000자). 그는 「의산문답」 속에서 지구설(地球說)·지전설(地傳說)·무한우주설(無限宇宙說)·다세계설(多世界說) 등 서양 자연과학 지식을 널리 소개하고 있다. 이러한 자연과학 지식은 실학자들의 중국 중심 사상을 깨뜨리는 데 큰 공헌을 하였다.

　『의산문답』은 허자와 실옹이라는 두 사람의 문답체로 구성되어 있다. 은거 생활을 하며 독서로 30년을 보낸 허자는 전통적인 조선의 유학자를 대변하는 인물이다. 허자는 북경까지 가서 학문을 토론해 보았으나 아무런 소득이 없이 돌아오는 길에 의무려산(醫巫閭山)에서 은거하는 실옹을 만난다. 실옹은 서양과학을 받아들인 새로운 학자를 대변하는 인물로서, 이들은 서로의 의견을 주고받는다.

(가) 실옹(實翁)은 말하기를,

"천체가 운행하는 것이나 지구가 자전하는 것은 그 세가 동일하니, 분리해서 설명할 필요가 없소. 다만 9만 리의 둘레를 한 바퀴 도는 데 이처럼 빠르며, 저 별들과 지구와의 거리는 겨우 반경(半徑)밖에 되지 않는데도 몇 천만억의 별들이 있는지 알 수 없는데, 하물며 성계(星界) 밖에도 또 다른 별들이 있지 않소. 공계(空界)가 끝이 없으니, 별의 숫자 역시 한정이 없을 것이오. 별들이 우주 한 바퀴 도는 것을 가지고 말한다면, 너무나 멀어서 헤아릴 수가 없소. 하루 동안에 운행하는 빠른 속도를 계산해 보면 번갯불이나 탄환으로도 이에는 비하지 못할 것이니, 정교한 역산가(曆算家)로서도 능히 계산할 수 없고 지극히 말 잘하는 자로서도 능히 설명할 수 없는 것이오. 천체가 운행한다는 말이 이치에 맞지 않음은 굳이 설명할 필요가 없소.

다시 또 묻겠소. 세상 사람들이 천지를 말할 때에 지구가 공중의 중앙에 위치에 있어서 삼광(三光 : 日·月·星辰)에 둘러싸여 있다고 보는 것이 아니겠소?"

하였다. 허자는 대답하기를,

"칠정(七政 : 日·月·金·木·水·火·土)이 지구를 둘러싸고 있다는 것은 절후를 측정해 보면 증거가 있으니, 지구가 우주의 한복판에 있다는 것은 의심이 없을 듯합니다."

하였다. 실옹은 말하기를,

"그렇지 않소. 하늘에 가득한 별들이 각기 계(界) 아닌 것이 없소. 성계(星界)로부터 본다면, 지구 역시 하나의 별에 불과할 것이오. 헤아릴 수 없이 수많은 계들이 공중에 흩어져 있는데, 오직 이 지구만이 공교롭게 중앙에 위치해 있다는 것은 이럴 이치가 없소.

이렇기 때문에 계 아닌 것이 없고 자전 않는 것이 없다고 하는 것


홍대용

이오. 딴 계에서 보는 것도 역시 지구에서 보는 것과 같을 것이니, 딴 계에서 각기 저마다 중앙이라 한다면 각 성계가 모두 중계(中界)일 것이오. 또 칠정이 지구를 둘러싸고 있다는 것은 지구에서 보면 참으로 맞는 말이오. 만일 지구가 칠정의 한복판에 위치했다고 한다면 가능하겠지만, 뭇 별의 한복판에 위치했다고 한다면 이는 우물에 앉아 하늘을 쳐다보는 격이오. 이렇기 때문에 칠정의 체(體)가 수레바퀴처럼 자전함과 동시에 맷돌을 돌리는 나귀처럼 둘러싸고 있소. 지구에서 볼 때, 지구에서 가까워 크게 보이는 것을 사람들은 해와 달이라 하고 지구에서 멀어 작게 보이는 것을 오성이라 하지만, 사실은 모두가 동일한 성계인 것이오.

대개 오성(五星)은 해를 둘러싸고 있어 해를 중심으로 삼고, 달은 지구를 둘러싸고 있어 지구를 중심으로 삼으니, 금성과 수성은 해와 거리가 가깝기 때문에 지구와 달은 이 포권(包圈)의 밖에 있으며, 삼성은 해와 거리가 멀기 때문에 지구와 달은 포권의 안에 들어 있소. 따라서 금성과 수성의 안에 있는 수십 개의 작은 별들은 모두 해를 중심으로 삼고, 삼성 주변에 있는 4∼5개의 작은 별들은 모두 각 위성(緯星)을 중심으로 삼고 있소. 지구에서 보는 관점이 이러하니, 각 계에서 보는 관점도 미루어 알 수 있소.

이렇기 때문에 지구는 해와 달의 중심은 될 수 있지만 오성의 중심은 될 수 없으며, 해는 오성의 중심은 될 수 있지만 중성(衆星)의 중앙은 될 수 없는 것이오. 해도 중심이 될 수 없는데, 하물며 지구이겠소."
하였다.

(홍대용, 『의산문답』 중에서)

(나) 곡정(鵠汀)은 말하기를,
"우리 유학자들도 요즘에 와서는 땅이 둥글다는 학설을 대부분 믿

습니다. 땅은 모나고 움직이지 않으며, 하늘은 둥글고 순환한다는 것
이 우리 유학의 명맥이었는데, 서양 사람들이 이 이론을 뒤흔들어 놓
았습니다. 선생은 어떤 학설을 따르십니까?"
하고 물었다. 나는,
"선생은 어느 학설을 믿으십니까?"
하고 반문하였더니, 곡정은 대답하기를,
"나는 비록 육합(六合:우주)의 등마루를 손으로 직접 매만져 보지
는 못하였지만 지구가 둥글다는 학설을 꽤 믿고 있습니다."
하였다. 나는 말하기를,
"하늘이 만들어 낸 것치고 모난 물건은 없습니다. 비록 모기 다리
나 누에 똥구멍, 빗방울, 눈물, 침 따위들까지도 둥글지 않은 것이 없
습니다. 저 산하나 대지, 일, 월, 성신 모두 하늘이 만들어 낸 것인데,
아직까지 모난 별들을 보지 못하였으니, 지구가 둥글다는 것을 의심
할 것이 없습니다. 나는 비록 서양 사람들이 저술한 책을 아직 읽어
보지는 못했습니다만, 일찍부터 지구가 둥글다는 것은 확신했었습니
다.

지구의 모양은 둥글지만 덕(德)은 모나며 사공(事功)은 동(動)하지
만 성정(性情)은 정(靜)하다고 생각합니다. 가령 태허(太虛)한 공중에
이 땅덩이를 정착시켜 놓게 하고 움직이지 않고 자전(自轉)하지도 않
은 채 우두커니 한갓 공중에 매달아 놓기만 한다면, 이는 썩은 물과
죽은 흙에 불과한 것으로, 바로 썩어 없어질 것이니, 어찌 저다지 오
래도록 머물러 있으면서 많은 물건을 지고 싣고 있으며, 저처럼 깊고
넓은 하수(河水)와 한수(漢水)를 담고 있어도 물 한 방울 새지 않을
리가 있습니까. 이 지구는 면마다 구역이 열리고 가지가지 물건들이
발을 붙여서, 하늘로 머리를 두고 땅에 발을 디딘 것이 우리 인간과
똑같을 것입니다.

서양 사람들은 이미 지구가 둥글다는 것은 인증하면서 지구가 자


홍대용

전한다는 것은 말하지 않았으니, 이는 지구가 둥근 줄은 알면서도 둥근 것이 반드시 자전하는 이치는 모른 것입니다. 그렇기 때문에 나는 망령되이 '지구가 한 번 돌면 하루가 되고 달이 지구를 한 번 돌면 한 달이 되고 해가 지구를 한 번 돌면 1년이 되고 세성이 지구를 한 번 돌면 1기(紀：12년)가 되고 항성(恒星)이 지구를 한 번 돌면 일회(一會：1만 8백 년)가 된다고 생각합니다.

저 고양이의 눈동자만 보아도 지구가 자전한다는 것을 증험할 수 있습니다. 고양이 눈동자는 12시간에 따라 변하고 있으니, 한 번 변하는 동안에 지구는 벌써 7천 리 이상을 달리는 것입니다."

하였다. 지정(志亭)은 크게 웃으면서,

"토끼 주둥이에 건곤(乾坤)이 달려 있고 고양이 눈에 천지가 돌아간다고 할 만하다."

하였다. 나는 다시 말하기를,

"우리 나라 근대 선배인 김석문(金錫文)은 삼대환(三大丸)이 공중에 떠 있다는 학설을 주장했으며, 나의 친구 홍대용은 지구가 자전한다는 논리를 창안했었습니다."

하였더니, 곡정은 붓을 멈추고 지정을 향하여 수군거리는데, 마치 홍대용의 자(字)와 호(號)를 말하는 듯하였다. 지정은,

"담헌 선생이 바로 김석문 선생의 제자입니까?"

하고 물었다. 나는 대답하기를,

"아닙니다. 김 선생이 별세한 지가 벌써 1백 년이나 되었으니, 스승으로 섬길 수가 없습니다."

하였다. 곡정은,

"김 선생의 자와 호는 무엇이며, 저술한 책은 몇 권이나 됩니까?"

하였다. 나는 대답하기를,

"그의 자와 호는 모두 기억되지 않으며, 일찍이 저술한 책도 없습니다. 홍대용 역시 저술한 책은 없지만 내가 일찍부터 그의 지전설을

믿었으므로 나에게 자기를 대신하여 책을 저술하라고 권한 적은 있습니다. 내가 국내에 있을 때 시간이 없어, 아직까지 하지 못했었는데, 어젯밤 우연히 기공과 함께 달을 구경하다가 갑자기 친구 생각을 하게 되었으니, 환경에 따라 감회가 일어나 억제할 수 없었습니다.

대체로 서양 사람들이 지구가 자전한다고 말하지 않은 것은, 내 의견으로는 그들 생각에 만일 지구가 자전한다면 모든 전도(躔度)를 더욱 추측하기 어려우므로 이 지구를 한 곳에다 정착시켜 놓아 마치 말뚝을 꽂아 놓은 것과 같이 한 다음에야 추측하기 편리하다고 해서가 아니겠습니까?"

하였더니, 곡정이 말하기를,

"나는 본래 이 학문에는 어둡지만 일찍이 한두 가지 생각해 본 것이 있었습니다. 그러나 마치 일곱 잔의 차를 마신 듯이 다시 정신을 쓰지 않았었는데 이제 선생의 논리를 들어 보니, 서양 사람들이 발명한 것도 아니므로 나는 대번에 그대로 믿을 수도 없으며, 또한 대번에 틀렸다고 배척할 수도 없습니다. 요컨대 아득하여 상고하기가 어려운데, 선생의 말씀은 매우 정밀하여 마치 고려(高麗)에서 만든 송납(松衲) 꿰매는 바늘구멍처럼 선과 길이 하나하나 분명합니다."

하였다.

(박지원, 『열하일기』 중에서)

316

홍대용

(가)와 (나)에는, 중국 중심주의 ─ 화이론(華夷論)을 비판하고 상대주의적 인식을 주창한 홍대용의 사상이 설명되어 있다. (가)와 (나)만을 놓고 보자면, 홍대용 사상의 근간에는 자연과학적 인식이 자리하고 있다. 따라서, 자칫하면 자연과학적 사고 방식만이 참된 과학이고 진리에 이를 수 있는 유일한 방법이라는 독단론에 빠질 수도 있다(홍대용도 자연과학만을 맹신하지는 않았다.) 자연과학이란 인간이 진리에 도달하기 위해 선택할 수 있는 다양한 경로 가운데 하나일 뿐이고, 근대 사회 이후 대체적으로 인간이 공유하기 시작한 하나의 약속 체계에 지나지 않는다고 볼 수도 있다. 다음은 일반적으로 '과학의 특성'이라고 지적되는 속성들에 대한 내용을 담고 있다. 이 문제에 대해서, '과학의 속성은 절대적인 것이 아니라 상대적인 것일 뿐이다'라는 입장에서, 아래 예문에 담긴 견해를 비판해 보자.

일반적으로 '과학'이라고 하면 항상 머리에 떠오르는 특성들이 있는데, 그러한 특성으로 다음의 세 가지를 들 수 있다.

① 경험적·실험적 성격:과학은 항상 외부 자연 세계의 사물과 현상을 다루며 실험에 의해서 새로운 지식을 획득한다.

② 논리적·체계적 성격:과학은 개념, 법칙, 가정, 이론 등의 형태로 어떤 체계를 이루며 그 체계성에 의해 진리로 인정될 수 있다.

③ 객관적·가치중립적 성격:과학은 반드시 객관적이고 가치중립적인 영역이어야 하며 주관적 가치에 영향을 받으면 더 이상 과학이라고 할 수 없다.

이러한 과학의 특성은 과학을 과학일 수 있게끔 만드는 '절대적인 속성'들이다.

일반적으로 과학이라고 하면 '객관적' '가치중립적'이라는 말
이 연상되는데, 단순한 연상에 그칠 뿐만 아니라 사람에 따라선
과학의 본질이라고까지 강조하기도 한다. 이러한 관념들은 아주
널리 퍼져 있고, 과학에 대한 사람들의 태도에 직접적으로 영향을
미친다. 가령, 과학은 인간 사회의 윤리나 가치 등의 문제와는 완
전히 무관하다고 보는 태도가 그런 경우에 해당한다. 일부 자연과
학자들은 과학이 인간 세계와는 동떨어진 별세계를 다루는 학문
이라고 생각하기도 하며, 인문·사회과학자들 가운데 일부도 과학
의 연구는 인간의 다른 창조적 문화 활동과는 전혀 성격이 다른
기계적이고 맹목적인 일이라고 믿고 있다. 이런 사람들의 관념에
따르면, 과학자들은 사회나 인류에 대한 책임감이나 도덕심을 전
혀 가질 필요가 없게 된다. 원자탄을 만든 과학자, 환경 오염 유발
상품을 개발한 연구자, 살인 무기로 활용되는 물건을 제조한 과학
자 등은 아무런 사회적 책임감을 가지지 않아도 되는 것이다.

위 예문은 과학의 절대적 가치를 주장하고 있지만 많은 허점을
보이고 있다.

첫째, 과학의 경험적·실험적 성격에 관한 것이다. 과학이 경험
적이라는 것은 그것이 외부 자연 세계의 사물과 현상에 대해서
다룬다는 점에서 당연한 일이다. 아무리 훌륭한 과학적 이론이나
설명도 궁극적으로는 자연 세계를 대상으로 해야 하기 때문이다.
그러나 이러한 생각을 절대적인 것이라 믿으면 잘못이다. 과학자
들이 항상 실험에 의해서 새로운 지식을 얻어 낸다고 하는 생각
이 좋은 예이다. 왜냐하면 많은 경우에 실험은, 모르고 있던 사실
을 알아 낸다기보다는 이미 알아 낸 사실을 확인하는 과정이기
때문이다. 실험을 할 때는 언제나 특정한 결과를 예상하고서 시작
하며 그러기에 '예상 외의 실험 결과'라는 말이 있는 것이다. 그
리고 이렇게 예상하지 못했던 결과가 얻어지면 그것을 받아들이


홍대용

기보다는 거의 예외 없이 그 결과를 믿지 않고 실험 도중에 무슨 잘못이 있었을 것이라 의심하여 세밀한 검토를 하게 된다. 이것은 결국 실험이 항상 새로운 지식을 얻게 해준다는 생각의 잘못을 지적해 주며 과학의 연구에 이론적 사고가 더 중요한 경우가 많음을 보여 준다. 과학이 실험에서 얻어 낸 사실들을 단순히 논리적으로 체계화하는 것이라는 생각도 역시 비슷한 잘못을 내포한다. 실험에서 얻어진 결과가 항상 분명한 사실을 말해 주지는 않는다. 실험 결과는 대개 자료에 불과하며 이것이 의미를 가지기 위해서는 반드시 과학자의 '해석'을 거쳐야 한다. 그리고 이 해석은 결국 과학자의 머릿속에서 진행되는 것이며 여기에는 단순히 경험적 지식을 바탕으로 한 논리 전개만이 아니라 기존 이론에 의한 선입견이나 과학자의 취향·가치관 등이 작용하는 것이다.

둘째, 과학의 논리적·체계적 성격에 관한 것이다. 과학이 논리적·체계적이라는 점도 대체로 사실이다. 과학이 경험적 지식들의 단순한 나열만은 아니며 이것들이 과학의 여러 개념·법칙·가정·이론 등의 형태로 어떤 체계를 이루고 있는 것이다. 그리고 이러한 자연과학 지식의 체계들은 일정한 논리적 구조를 가지고 있다. 즉 여러 개념이나 법칙·가정·이론 등이 제각기 독립적으로 존재하는 것이 아니라 서로 논리적 연관을 가지는 전체 체계의 일부를 이루고 있는 것이다. 그러나 교과서나 논문을 통해 과학의 '논리적·체계적' 지식을 받아들이는 사람은 단순히 논리적·체계적이라는 이유 이외의 다른 이유에서 그 지식을 받아들이는 일이 많다. 예를 들어 교과서나 논문의 저자의 권위가 큰 몫을 하기도 하며 일반적 조류에 부합되어 받아들이기도 한다. 더구나 어떤 과학자가 새로운 사실을 처음 알아 내게 되는 것은 전혀 논리적·체계적일 수 없는 과정을 통해서이다. 과학자는 대체로 어떤 구체적 문제를 푸는 동안에 새로운 생각을 해내고 그것을 여러 가지로 검증한 후 확인하게 되며 그 후 그 생각을 세상에 알리는 과정에서 논리적·체계적 논의를 제시하게 된다. 예를 들어 코페르니쿠스가 논리적·체계적 고찰의 결론으로 지구와 태양의 위치를 바꾼 것이 아니라, 일단 무슨 이유인가에 의해 지구와 태양의 위치를 바꾸어 볼 생각을 한 후 그것을 여러 모로 검토한 끝에 받아들인 것이다.

　셋째, 과학의 객관적·가치중립적 성격에 관한 것이다. 과학이 객관적이고 가치중립적 성격을 그 본질로 한다는 믿음도 통상적인 상식으로 인정되고 있다. 즉, 외부 자연 세계를 기술하는 데 있어 얻게 되는 과학의 법칙이나 이론이 인간의 가치에 관계되는 결정이나 선택을 내려 주지 못한다는 의미에서이다. 그러나 과학을 다른 방향에서 볼 때는 아주 깊게 가치에 영향받음을 알 수 있다. 과학의 어떤 이론이나 가정을 받아들이느냐 않느냐 하는 결정, 혹은 여러 이론이나 가정 중에서 어느 한 가지를 받아들이는 선택은 실제 자연 현상과 어느 것이 잘 부합하는가를 논리적으로 분석해서 기계적으로 결정지을 수는 없다. 그러한 결정에는 그 이론이나 법칙이 가지는 일관성·체계성·정확도·간결성·예측 능력·수식화 등 여러 가치 척도가 개입한다. 과학자들은 이론이나 법칙의 수용과 선택에 있어서 그러한 성격들을 많이 갖춘 것을 취하고 자신의 논리 전개에 있어 그런 성격을 더 많이 갖도록 도모한다. 그리고 과학자들이 위에 열거한 성격들을 높이 평가하지만, 과학자들의 취향이나 가치관에 따라 특히 선호하는 성격이 있으며, 과학자들마다 그 종류가 다를 가능성이 높다. 결국 이런 성격들은 과학에서 받아들이고 중요시하는 가치 척도들일 뿐만 아니라, 과학자 개인마다의 가치 판단에 따라 그러한 척도들은 취사 선택되는 상대적인 것이므로, 과학의 객관성이나 가치중립성에 대한 맹신은 문제가 많다고 하겠다.



홍대용

# 고대설화

수로부인 / 연오랑 세오녀
선덕여왕의 지기삼사 / 노힐부득과 달달박박

설화는 문학사에서 문학의 다른 영역보다도 포괄적인 의의를 가진다. 상하층
이 함께 향유하며 다채로운 내용을 담고 있는 설화는 서사문학의 근간을 이
루면서 전개되어 왔다. 설화의 전통을 바탕으로 후대에 소설이 발생할 수 있
었다. 여기서 다루는 설화들은 모두 『삼국유사』에 실려 있다. 『삼국유사』는
신이한 것을 존중하는 관점에서 편찬한 문화사라 할 수 있어서 전편이 설화
집이라고 해도 과언이 아니다.

　「수로부인」 이야기는 「헌화가」의 배경설화이기도 한 것으로, 앞서 「헌화가」 편에서 이미 살펴보았다. 「연오랑 세오녀」는 태양 숭배 사상이 일본으로 옮겨 가는 과정을 담고 있다. 동해 바닷가에 살던 이들 부부가 바위 같은 것을 보고 일본으로 가 버리자 신라의 해와 달이 빛을 잃었고, 사자를 일본에 보내 세오녀가 짠 비단을 가져다가 제사를 지내니 해와 달이 빛을 찾았다고 하였다. 연오랑은 일본의 왕이 되었다고 하니, 이들 부부의 이야기는 일본의 건국신화와도 연결이 된다. 세오녀는 태양과 긴밀한 관계가 있는 존재이다. 세오녀의 존재 유무가 태양에 심대한 영향을 미친다는 설화의 내용은 그 점을 잘 보여 주고 있다. 「선덕여왕의 지기삼사(知幾三事)」는 선덕여왕이 지닌 탁월한 능력을 들려 주는 이야기다. 유명한 모란 이야기, 개구리 울음소리 이야기, 자신의 묘자리 이야기 등이 모두 선덕여왕의 선경지명과 예지력을 보여 준다. 선덕여왕은 최초의 여왕이기 때문에 국가의 수장 노릇을 하는 데 난관이 많았을 것이고, 그러한 난관을 타개하기 위해서는 비범한 능력을 소유한 인물로 칭송될 필요가 있었을 것이다. 「노힐부득과 달달박박」은 주인공 두 사람이 보살의 도움으로 해탈하게 되는 이야기다. 그런데 그 두 사람은 해탈에 이르기까지의 과정이 서로 다르다. 한 사람은 성속(聖俗)의 구분을 엄격히 하였고 다른 사람은 덜 하였기에 해탈의 순서에 차이가 생겼다. 이런 유의 대조나 대립 이야기는 원효와 의상의 차이를 나타내는 설화에서도 확인할 수 있다.

(가) 성덕왕 때에 순정공이 강릉태수로 부임을 할 때 바닷가에서 점심을 먹었다. 그 곁에 있는 바위의 봉우리가 바다를 병풍처럼 둘러쳐서 굽어보고 있었는데 그 높이는 천장(千丈)이나 되고 그 위에는 철쭉꽃이 만발하였다. 공의 부인 수로가 그것을 보고 좌우를 둘러보고 말을 하였다.

"어느 누가 저 꽃을 꺾어다 나에게 주겠는가?"

종자들이 대답하였다.

"저곳은 사람의 발자취가 이르지 못하는 곳입니다."

그리고 모두 할 수 없는 일이라고 하였다. 그때 한 노옹이 암소를 몰고 그곳을 지나다가 부인의 말을 듣고 꽃을 꺾어 가지고 와 노래를 지어 바쳤다. 그 노인이 어떤 사람인지는 알 수 없었다.

또 이틀을 순행하며 임해정에 다다라 점심을 먹을 때 바다의 용이 나타나 홀연히 부인을 끌고 바닷속으로 들어가 버렸다. 공이 땅을 치며 주저앉았으나 아무런 계책이 없었다. 이때 한 노인이 나타나서 말했다.

"옛사람이 말하기를 여러 사람의 입이면 쇠도 녹인다 하였으니 바닷속의 짐승이 어찌 여러 사람을 두려워하지 않겠습니까? 마땅히 계내(界內)의 사람을 모아 노래를 지어 부르면서 막대기로 언덕을 치면 부인을 찾을 수 있을 것입니다." 하였다. 공이 그 말을 좇아 행하였더니 용이 부인을 받들고 나와 바치었다. 공이 바닷속의 일을 물으니 부인이 대답하였다.

"7보(寶)로 장식된 궁전에 음식은 달고 향기로운 것이 인간의 음식은 아니었습니다."

부인의 몸에서 기이한 향기가 풍기었는데 세상에서 맡아 보지 못


수로부인 외

한 향기였다. 수로부인은 그 용모가 세상에서 견줄 이가 없었으므로 번번이 깊은 산이나 큰 못을 지날 때는 신물(神物)들에게 붙들림을 당하곤 하였다. 여러 사람들이 「해가(海歌)」를 불렀는데 가사는 다음과 같다.

> 거북아 거북아 수로부인을 내어 놓아라
> 남의 부인을 앗아간 죄가 얼마나 큰지 아는가.
> 만약에 거역하여 놓지 않는다면
> 그물로 너를 잡아 구워 먹으리.

노인의 「헌화가」는 다음과 같다.

> 붉고 짙은 바위 가에
> 잡은 암소 놓게 하고
> 나를 부끄럽다 아니하시면
> 꽃을 꺾어 바치오리라.

(『삼국유사』, 「수로부인」 전문)

(나) 제8대 아달라왕이 즉위한 4년(158년)에 동해의 바닷가에 연오랑과 세오녀라는 부부가 살고 있었는데, 어느 날 연오가 바닷가에 나가 해조를 따고 있던 중 갑자기 바위 하나가 연오를 싣고 일본으로 가 버렸다. 그 나라 사람들은 연오를 보고 '이는 범상치 않은 사람이다.' 하고 그들의 왕으로 삼았다. 세오는 남편이 돌아오지 않음을 괴이하게 여기고 여기저기를 찾아보다가 남편이 벗어 놓은 신이 있음을 보고 그곳에 있는 바위에 올라가니 바위는 다시 그전처럼 세오를 싣고 갔다. 그 나라 사람들이 이를 보고 놀라 왕께 아뢰니 부부가 다시 서로 만나게 되고 이로써 세오는 귀비가 되었다.

이즈음 신라에서는 해와 달이 광채를 잃었다. 일관이 아뢰기를, "해와 달의 정기가 우리 나라에 있던 것이 일본으로 가 버렸기 때문에 이러한 괴변이 일어난 것입니다." 하였다. 왕이 일본에 사신을 보내어 두 사람을 찾으니 연오가 말하기를, "내가 여기 온 것도 하늘이 시킨 일이거늘 어찌 그냥 돌아갈 수 있겠소. 나의 아내가 짠 고운 명주가 있으니 이것을 가지고 하늘에 제사를 지내면 될 것입니다." 하면서 그 비단을 주었다. 사신이 돌아와서 아뢰었다. 그 말대로 제사를 지냈더니 해와 달이 그전과 같이 되었다. 그 비단을 임금의 창고에 잘 간직하여 국보로 삼고 그 창고를 커비고(貴妃庫)라 하였다. 또 하늘에 제사를 지낸 곳을 영일현 또는 도기야(都祈野)라고 하였다.

(『삼국유사』,「연오랑 세오녀」 전문)

(다) 제27대 덕만의 시호는 선덕왕으로 성은 김씨이며 아버지는 진평왕이다. 정관 6년(632년)에 왕위에 올라 나라를 다스린 지 16년 동안에 미리 안 일이 세 가지 있었다. 그 첫째로, 당 태종이 홍색, 자색, 백색의 세 가지 색으로 그린 모란과 그 씨 석 되를 보내 왔다. 왕이 그 그림을 보고 말하기를, "이 꽃은 향기가 없을 것이다." 하였다. 그리고 씨를 뜰에 심도록 하였는데 과연 꽃이 피었다가 떨어질 때까지 왕의 말과 같이 향기가 없었다.

둘째는 영묘사 옥문지에 겨울임에도 많은 개구리가 모여서 3~4일 동안이나 울어댄 일이 있었다. 나라의 사람들이 이를 괴이하게 생각하여 왕께 고한즉 왕은 급히 각간 알천, 필탄 등을 시켜 정병 2천을 뽑아 속히 서교로 나아가 여근곡을 수색하면 필히 적병이 있을 것이니 엄습하여 죽이라고 하였다. 두 각간이 명을 받들어 각각 군사 1천 명씩을 거느리고 서교에 가서 물으니 부산 아래에 과연 여근곡이 있고 백제의 군사 5백 명이 거기에 와서 숨어 있으므로 이들을 모두 죽여 버렸다. 백제의 장군 오소란 자가 남산 고개 바위 밑에 숨어 있으


수로부인 외

므로 이를 포위하고 활로 쏘아 죽여 한 사람도 남기지를 않았다.

그리고 셋째는 왕이 아무런 병도 없는데 여러 신하에게 이르기를, "나는 아무 해 아무 날에 죽을 것인즉, 나를 도리천 속에 장사를 지내도록 하여라." 하였다. 여러 신하들이 그곳의 위치를 몰라 물으니 왕이 말하기를 "낭산 남쪽이다." 하였다. 그 달의 그날에 이르니 과연 죽였으므로 신하가 낭산의 양지 바른 곳에 장사 지냈다. 그 후 10여 년이 지난 뒤 문호대왕이 사천왕사를 왕의 무덤 아래에 세웠다. 불경에 사천왕천의 위에 도리천이 있다고 하였으니 그제야 대왕의 신령하고 성스러움을 알 수 있었다.

당시에 여러 신하가 왕이 죽기 전에 어떻게 모란꽃과 개구리 우는 소리를 듣고 일이 그렇게 될 줄을 알았는가를 묻자, 왕이 대답하기를 "꽃을 그렸는데 나비가 없으니 향기가 없는 것을 알 수 있었고, 이는 당나라의 임금이 나의 배우자가 없음을 희롱한 것이다. 그리고 개구리가 노한 형상은 병사의 형상이며, 옥문이란 곧 여자의 음부를 말하는 것이다. 여자는 음(陰)이고, 그 빛이 백색이며 백색은 서쪽을 뜻하니 군사가 서쪽에 있음을 말함이다. 또한 남근이 여자의 생식기에 들어가면 죽게 되므로 잡기가 쉬운 것을 알 수 있었다." 여러 신하가 왕의 성스럽고 슬기로움에 감복을 하였다.

(『삼국유사』, 「선덕여왕의 지기삼사」 전문)

(라)『백월산 양성 성도기』에 이런 기록이 있다. 백월산은 신라 구사군의 북쪽에 있었다. 이 산의 동남쪽 3천 보쯤 되는 곳에 선천촌이 있고, 마을에는 두 사람이 살고 있었다. 한 사람은 노힐부득이니 그의 아버지는 이름을 월장이라고 했고, 어머니는 미승이었다. 또 한 사람은 달달박박이니 그의 아버지는 이름을 수범이라고 불렀고, 어머니는 범마라 했다.

이들은 모두 풍채와 골격이 범상치 않았으며 역외하상(域外遐想:

326

고대설화

속세를 초월한 높은 사상)이 있어 서로 좋은 친구였다. 20세가 되자 생의마을 동북쪽 고개 밖에 있는 법적방(法積房 : 절이름)에 가서 머리를 깎고 중이 되었다. 그 얼마 후 서남쪽의 치산촌 법종곡 승도촌에 옛 절이 있는데 서진(栖眞 : 정신을 수련함)할 만하다는 말을 듣고, 함께 가서 대불전과 소불전 두 마을에 각각 살았다. 부득은 회진암에 살았는데 혹은 이곳을 양사라고도 했다. 모두 처자를 거느리고 와 살면서 산업을 경영하였으며, 서로 왕래하며 정신을 수양하여 방외지지(方外之志 : 속세를 떠나고 싶은 마음, 방외는 세상 밖)를 잠시도 폐하지 않았다.

그들은 몸과 세상의 무상함을 느껴 서로 말했다. "기름진 밭과 풍년 든 해는 참으로 좋으나, 의식이 생각대로 생기고 저절로 배부르고 따뜻함을 얻는 것만 못하다. 또한 부녀와 집이 참으로 좋으나, 연지화장(蓮池花藏 : 비로자나불이 있는 功德無量 廣大莊嚴의 세계)에서 여러 부처나 앵무새 공작새와 함께 놀며 서로 즐기는 것만 못하다. 하물며 불도를 배우면 응당 부처가 되고, 참된 것을 닦으면 필연코 참된 것을 얻는 데 있어서랴! 이제 우리들은 이미 머리를 깎고 중이 되었으니 마땅히 몸에 얽매여 있는 것을 벗어 버리고 무상의 도를 이루어야 할 터인데, 이 풍진 속에 파묻혀서 세속 무리들과 함께 지내서야 되겠는가?"

이들은 마침내 인간 세상을 떠나 장차 깊은 산골에 숨으려 했다. 그런 어느 날 밤 꿈에 백호(白毫)의 빛이 서쪽에서 오더니 빛 속에서 금빛 팔이 내려와 두 사람의 이마를 쓰다듬어 주었다. 꿈에서 깨어 이야기하니 두 사람이 똑같은 꿈을 꾼지라 이들은 모두 오랫동안 감탄하더니 드디어 백월산 무등곡으로 들어갔다. 박박사는 북쪽 고개에 있는 사자암을 차지하여 판잣집 8자방을 만들고 살았으므로 판방이라고 하고, 부득사는 동쪽 고개의 돌 무더기 아래 물이 있는 곳에서 역시 방을 만들어 살았으므로 뇌방이라 했다. 이들은 각각 암자에 살면


수로부인 외

서 부득은 미륵불을 성심껏 구했으며, 박박은 미타불(아미타불)을 경례 염송(念誦)했다.

3년이 채 못 되어 경룡 3년 기유(709) 4월 8일은 성덕왕 즉위 8년이다. 바야흐로 날은 저무는데 나이 20세에 가까운 한 낭자가 매우 아름다운 얼굴에 난초와 사향의 향기를 풍기면서 문득 북암에 와서 자고 가기를 청하며 글을 지어 바쳤다.

갈 길은 아득한데 해지니 온 산이 저물고,
길 막히고 성은 먼데 사방이 고요하네.
오늘 밤 이 암자에 자려 하오니,
자비하신 스님이시여 노하지 마오.

박박은 말했다. "절은 깨끗해야 하는 것이니, 그대가 가까이 올 곳이 아니오. 이곳에서 지체하지 말고, 어서 다른 데로 가 보시오." 하고는 문을 닫고 들어가 버렸다. 낭자는 남암으로 가서 또 전과 같이 청하자 부득은 말했다.
"그대는 이 밤중에 어디서 왔는가?"
"담연(湛然 : 정적의 경지, 즉 우주의 근원)함이 태허(太虛 : 역시 우주의 근원)와 같은데 어찌 오고 감이 있겠습니까? 다만 어진 선비의 바라는 뜻이 깊고 덕행이 높고 굳다는 말을 들었기로 장차 도와서 보리를 이루고자 해서일 따름입니다." 그리고는 게(偈 : 불교에서 가요 성가 등을 말함) 하나를 주었다.

깊은 산길 해는 저문데
가도가도 인가(人家)는 보이지 않네
송죽(松竹)의 그늘은 한층 그윽하고,
골짜기의 시냇물 소리 더욱 새로워라.

길 잃어 갈 곳을 찾음이 아니라,
존사(尊師)의 뜻 인도하려 함일세.
부디 나의 청만 들어주시고,
길손이 누군지는 묻지를 마오.


　부득사는 이 말을 듣고 몹시 놀라면서 말했다. "이곳은 여자와 함께 있을 곳이 아니나, 중생을 따름도 역시 보살행의 하나일 것이오. 더욱이 깊은 산골에서 날이 어두웠으니 어찌 소홀히 대접할 수 있겠소." 이에 그를 맞아 읍하고 암자 안에 있도록 했다. 밤이 되자 부득은 마음을 가라앉히고 지조를 닦아 희미한 등불이 비치는 벽 밑에서 고요히 염불했다. 날이 새려 할 때 낭자는 부득을 불러 말했다.
　"내가 불행히도 마침 산고가 있으니 원컨대 스님께서는 짚 자리를 준비해 주십시오." 부득은 불쌍히 여겨 거절하지 못하고 촛불을 들고서 은근히 대했다. 낭자는 이미 해산을 끝내고 또다시 목욕하기를 청한다. 부득은 부끄럽기도 하고 두렵기도 했으나, 가엾게 여기는 마음이 그보다 더해서 마지못하여 또 목욕통을 준비하였다. 낭자를 통 안에 앉히고 물을 데워 목욕을 시키는데 잠시 후에 통 속의 물에서 향기가 풍기면서 그 물이 금액(金液)으로 변했다. 이에 부득은 크게 놀라니 낭자가 말했다.
　"우리 스님께서도 이 물에 목욕하는 것이 좋겠습니다." 마지못해 부득이 그 말에 좇았다. 그러자 갑자기 정신이 상쾌해짐을 느끼게 되고 피부가 금빛으로 변했다. 그 옆을 보니 문득 연대(蓮臺)가 있었다. 낭자가 부득에게 앉기를 권하며 말했다.
　"나는 관음보살인데 이곳에 와서 대사를 도와 진리를 이루도록 한 것이오." 말을 마치더니 이내 보이지 않았다. 한편 박박은 생각했다. '부득이 지난밤에 반드시 계를 더럽혔을 것이므로 가서 비웃어 주리라.' 하고 가서 보니 부득은 연화대에 앉아 미륵존상이 되어 금빛으


수로부인 외

로 단장된 몸에서는 광채를 발하고 있었다. 박박은 자기도 모르게 머리를 조아려 절하고 말했다.

"어떻게 이렇게 되었습니까?"

부득이 그 까닭을 자세히 말해 주자 박박은 탄식하며 말했다. "다행히 부처님을 만났으나 불행히도 나는 마음속에 가린 것이 있어서 만나지 못한 것이 되었습니다. 큰 덕이 있고 지극히 어진 그대가 나보다 먼저 뜻을 이루었군요. 부디 지난날의 교분을 잊지 마시고 나도 함께 도와 주셔야겠습니다."

"통 속에 금액이 남았으니 목욕함이 좋겠습니다." 부득이 말하자 박박이 목욕을 하여 부득이 같이 무량수를 이루니 두 부처가 엄연히 서로 마주보고 있었다. 산 아래 마을 사람들이 이 말을 듣자 다투어 달려와 우러러보며 감탄하였다. "참으로 드문 일이로다!" 두 부처는 그들에게 불법의 요지를 설명하고는 온몸이 구름을 타고 가 버렸다.

(『삼국유사』,「南白月二聖, 노힐부득과 달달박박」 전문)

**통합형 문·답**

> 제시문 (가)~(라)는 여성이 중요한 역할을 담당한다는 점에서 공통점을 보이고 있다. 남성 중심의 가부장적 사회에서는 여성이 주로 '가정'이라는 제한된 공간에서 그 역할이 규제된다고 한다면, (가)~(라)에서 보이는 여성의 특성 즉 여성성은 전혀 다른 기능을 하고 있다. (가)~(라)에서 여성성이 어떠한 역할을 하고, 어떠한 영역과 결합하는지 생각해 본 다음 내용의 전개과정에 나타난 유사점을 설명해 보자.

가부장적 질서 속에서 여성의 위치는 주로 가정과의 연관을 통해 자리잡는다. 대개 여성성과 모성성의 통합이라는 방식에서 연

유한다. 그러나, 이런 형태로 여성의 존재가 규정된 지는 그리 오래되지 않았다. 이백 년에서 길어야 오백 년 정도이다. 그 이전 시기에 성이 창출되는 구조, 즉 그 핵심 근간으로서 남성과 여성이 관계 맺는 방식이 어떠했는가를 정확히 알기는 어려우나, 어렴풋하게나마 여성성이 신성함과 결부되었음은 드러난다.

(나)를 보면, 해와 달의 정기로 여겨졌던 연오랑과 세오녀가 일본으로 건너가 왕과 왕비가 되면서, 신라에서는 해와 달이 빛을 잃고 말았다. 신라는 사신을 보내 이들을 데려오려 했으나, 세오녀는 가지 않고 그 대신에 자신이 짠 베를 가져다가 하늘에 제사지내면 괜찮아질 것이라고 했다. 신라 사신이 그 베를 가져와 제사지내니 해와 달이 예전처럼 되었다. 그 베를 보배로 여겨 창고에 보관하였다. 세오녀가 전해 준 베는 분명 제의에 사용되는 물건이다. 물론, 세오녀 이야기는 특정한 지방에 제한되는 제의일 가능성이 높지만, 여성성이 종교적 신성성과 결부되었음을 보여 준다.

(라)도 유명한 이야기로서, 노힐부득과 달달박박이 보살의 도움으로 부처가 된다는 내용을 담고 있다. 원래의 노힐부득과 달달박박은 남자로서 여성을 멀리하였다. 남자의 깨우침에 여자가 방해가 된다는 점에서 여자는 신성함과 반대되는 존재이다. 그렇지만, 이 이야기는 그러한 인식을 뒤집어 역전시키는 내용을 담고 있다. 관음은 중생의 소원을 들어주는 신성한 존재이다. 우리 역사에는 이런 관음이 여성의 모습으로 나타나는 경우가 많다. 여기서도 관음은 여성의 모습으로 변하여 두 사람의 성불을 도와 주고 있다.

아이의 출산이라는 모티프와의 관련 속에서 두 사람의 수도승을 성불시키는 관음(여성성)은 곡식의 생산을 담당하는 지모신의 모습을 함께 담고 있다. 농경생활의 종교적 심성이 불교와 통합된 결과로 추측된다. 고대 사회에서는 여성(성)이 가정이라는 범주에 속박된 것만은 아닌 듯하다. 종교적 신성함이라는 영역과 서로 결합되어 있었을 것이다. 물론, 현대에서도 여성과 생산의 이미지는 쉽게 결합하지만, 과거에는 구체적인 자식과의 상관성보다는 생산이라는 그 행위 자체와의 연관이 더 중시되었다는 점에서 차이가 있다. 이는 자식을 낳지 않더라도 유지될 수 있는 여성성의 문제이다.

(다)의 선덕여왕 일화에서도 이 점 역시 뚜렷이 확인된다. 선덕여왕은 우리 역사상 최초의 여왕이다. 선덕여왕에 관한 이야기로 '지기삼사(知幾三事)'가 있다. 이 이야기는 선덕여왕의 비범하고 신비스런 능력을 전해 주고 있다. '향기 없는 모란꽃 이야기' '여근곡에 숨어 있는 적병을 찾아낸 이야기' '미래의 일을 예측하고 자신의 장지를 결정한 이야기'가 그것이다. 그 내용은 결국 여왕의 신성한 능력을 드러낸다. 이 내용이 다 사실이라고 믿기는 어렵다. 그러나 이를 통해서 여성성과 신성성이 쉽게 결부되어 있음을 다시 확인할 수 있다. 선덕여왕은 자식이 없었지만, 실제 자식의 유무가 여성성의 의미를 검증하는 기준은 아닌 것이다.

(가)의 「헌화가」 배경 설화에 등장하는 수로부인이라는 존재도 의미심장하다. 수로부인은 이미 결혼한 여인으로 빼어난 미모를 갖추고 있었다. 남편의 부임지인 강릉으로 남편과 함께 가는 길에, 바다 용왕에게 붙들려 갔다가 다시 돌아오기도 하고, 어느 노인이 절벽에 핀 꽃을 꺾어다가 바치는 대상이 되기도 한다. 그 노인은 소를 끌고 가고 있었는데, 그 모습은 불교에서 깨달음에 이르는 신성한 길을 상징한다. 어찌 보면 낭만적 구애와 폭력적인 겁탈이 함께 행해진 존재라 할 수 있음에도, 그 수로부인은 묘하게 신비로운 분위기에 싸여 있다. 그 사건 자체가 남편에 의해 전혀 문제시되고 있지도 않다. 앞의 이야기와 다른 점이 있다면, 수로부인 자신이 신성성을 발휘하지 않고 그 반대로 신성한 힘이 찾아드는

존재로 드러난다는 점이다. 그렇지만, 이 이야기 속에서도 여성성과 신성성의 결합이 확인되는 것은 분명하다.

이런 양상은 후대로 올수록 점점 약화된 모습이다. 그럼에도 그 명맥은 확실히 이어지고 있다. 그 대표적인 경우는 종교 행사에서 찾아볼 수 있다. 고려시대에 여성들은 사찰의 종교 행사를 주관하는 데 깊숙이 관여하였다. 「쌍화점」에는 사주에게 손목을 잡히는 여인의 모습이 나오는데, 이런 맥락에서 이해가 가능하다. 조선시대에 들어오면서 여성의 종교적 활동은 크게 위축된 것이 사실이다. 법적으로 여성들의 문밖출입이 통제되었으니, 그 정도를 짐작할 수 있다.

그렇다고, 그 명맥이 절연된 것은 물론 아니다. 조선 중기 이후 조상의 제사는 주로 적장자를 중심으로 이루어졌지만, 그 제사의 흠향 대상은 실상 너무도 제한적이라 할 수 있다. 적장자 중심의 제사에서 배제되는 '귀신'들은 주로 무속을 통해 받들어졌는데, 무속 제의의 주재자와 지원자는 주로 여성들이었고 그 대상들은 주로 그러한 사회질서 속에서 배제된 '귀신 낙오자들'이었다. 그 종교적 신성함이 영향력을 발휘하는 사회적 영역은 현격히 축소되었고 공식적으로는 철저히 억압되고 배제되었지만, 여성들을 중심으로 명맥은 계속 이어져 현대에도 여전히 유효한 힘을 발휘하고 있다고 볼 수 있다.



수로부인 외

# 시집살이 노래

## 작자 미상

「시집살이 노래」는 부요(婦謠) 중 봉건사회 속에서 우리 부인네들이 겪어야 했던 삶의 애환을 바탕으로 한 민족 정신을 가장 잘 나타낸 민요이다. 시집살이를 그린 민요는 지방에 따라 널리 산재하므로 어느 한 작품을 특정지어 이르지 않고, 시집살이를 노래한 민요를 두루 가리킨다. 여성 생활의 불행을 여성 자신이 표현한 점으로 보아서는 내방 가사(內房歌辭)와 같으나, 도덕적 구속을 항거한 점에서는 다른 면모를 보여 주고 있다. 부요는 부녀층(婦女層)에서 불리어진 노래로, 남요(男謠)와는 달리 좀더 섬세한 감정으로 생활을 깊이 있게 표현한다. 양적(量的)으로 보아서는 남요보다 부요가 더 풍부하다.

「시집살이 노래」는 출가한 여성이 시집살이의 애환을 읊은 여성민요의 하나이다. 이 노래는 내용에 따라 여러 유형으로 나뉘나, 4음보이며 후렴이 없는 긴 노래라는 형식적 공통점을 가지고 있다. 옛날 유교도덕이 지배하던 시대에는 여성에게 삼종지도와 칠거지악이 적용되어 남성에게 순종하고 봉사하는 생활을 해야만 했다. 사회제도가 구속적이므로 남성들의 여성에 대한 태도가 고답적이어서 시집살이는 한결 고되게 마련이었다. 옛날의 혼인이 당사자의 선택이나 의견에 의해서 결정되지 않고 부모의 결정에 따라야 했기에 얼굴 한번 보지 못하고 시집을 갔으며, 조혼제도가 유행하여 16세가 되면 시집을 가야만 하였다. 초면부지의 새 환경에서 남편 하나 믿고 살아야 했으나 남편이 연하의 어린 소년인 경우가 많아서 보호자의 구실을 제대로 못하였다. 시집살이의 서러움은 컸으며 더욱이 방아를 찧고 베를 짜서 가족의 옷을 마련해야 했고 아이 기르는 데 전념해야 했으므로 심신의 고통이 날로 심해질 수밖에 없었다. 이러한 시집살이의 고난 속에서 생활의 애환을 읊어 노래한 것이 「시집살이 노래」다. 「시집살이 노래」는 노래의 내용에 따라 여러 유형으로 나눌 수 있다.

먼저 남편의 사랑을 받아 만족하고 아내로서 남편을 찬미하는 유형이 있다. 남편의 장원급제는 가문의 영화이거니와 아내로서 가장 큰 기쁨이었다. 그리고 「시집살이 노래」의 태반을 차지하는 것으로, 시어머니와의 갈등과 불화, 시누이와의 알력 등 시집식구들과의 불화를 노래한 것이 있다. 며느리는 새 가족이니 화합해야 했으나 「시집살이 노래」 내용을 보면 고통스런 장면이 많아서 정신적인 갈등이 심화되어 있었음을 알 수 있다. 시집살이에 있어 남편과 제 자식만 찬양의 대상이 되고 나머지 가족들과는 불편한 사이에 있었다. 그 다음 시집살이의 생활고를 노래한 것이 있다. 고대로 올라갈수록 며느리를 얻는 목적은 노동력의 보충에 있었으며, 손자를 본다는 것은 종족을 번식시키고 모자라는 일손을 보충하기 위한 것이었으므로, 시집 온 며느리는 삼 일이 지나면 부엌에 들어가 가사를 맡아야 했다. 밭을 매고 베 짜고 바느질을 하기에 바빠서 늘 노동에 시달려야 했다. 생활고는 며느리의 시집살이를 한층 고통스럽게 했다. 노동에 시달리니 심신이 피곤하고 밤잠을 제대로 이루지 못하여 졸음이 자주 왔다. 아기를 가진 젊은 부인은 졸음에 견딜 수가 없었다. 며느리가 졸면 흉이 되고 시집 식구들의 조롱거리가 되기 때문에 애써 자지 않으려고 하나 잠은 염치없이 찾아왔다. 그래서 「시집살이 노래」에는 졸음과 싸우는 애타는 며느리의 모습이 나타나 있다. 그 밖에 이별의 쓰라림과 고독을 읊은 노래도 많다. 남편이 공부하기 위하여 절에 가 있고, 과거를 보러 서울에 가고, 벼슬을 해서 외지에 가 있으니 생이별의 고독이 있었고, 또 남편이 죽으면 청상과부로 재가할 수가 없으니, 다시 만날 수 없는 이별의 고독을 읊은 구슬픈 노래가 시집살이의 외로움을 한층 더해 주었다. 그리고 또 한 유형의 「시집살이 노래」에는 비록 출가외인일지라도 혈육의 정은 남아 있어 기쁠 때나 외로울 때면 친정을 그리워하는 내용도 많다. 시집살이에 시달리니 말미를 얻어 갈 수가 없기에 친정은 더욱 그리운 곳이기만 한 것이다.

이렇듯 여성의 애환이 깃들인 「시집살이 노래」는 우리의 가족제도와 사회제도의 부산물로서 여성문학의 애절한 일면을 보여 준다.

(가) 여시가 꽝꽝 물어갈 시누애기야
　　어느 절에 내다봤냐
　　시어머니가 썩 나서더니
　　물의 골부랭이도 값 있단다 값을 내라
　　시어머니 받을 밥상 밀쳐 놓고
　　가슴을 두다리며 썩 나서더니
　　물의 골부랭이도 값 있단다 값을 내라
　　글을 읽던 서방님이 되창문을 반만 열고
　　외씨 같은 버선발로 오동통통 뛰어나와
　　찌질년아 발길년아
　　배고프면 집에 와서 밥을 먹제
　　부모가 힘써서 붙을 주어 가꿔논 오이밭을
　　네 맘대로 다 먹었느냐

(영천 지방「시집살이 노래」)

(나) 사랑에 범 같은 시아버니 하는 말이
　　어제 왔던 새미늘아 고고라사 일이라고
　　점심때도 덜 돼 왔나 에라 오년 물러쳐라
　　큰방에라 들어오니 시어머니 하는 말이
　　에라 요년 물러쳐라 몇 줄이나 매고 왔노
　　삼시골을 매고 나니 점심때가 당해 왔소
　　고고라서 일이라고 점심때가 덜 돼 왔나
　　미구 같은 시누애씨
　　어제 닔든 올키야 아래 왔든 올키년아
　　고기라사 일이라고 점심때가 덜 돼 왔나

채칼 같은 시아버니 에라 요년 바삐 가라
너 같은 년 우리집에 망하고야 말겠고나
슬프다 내 팔자야 점심이라 주는 것은
삼 년 묵은 보리밥을 식기굽에 뭉쳐 주고
칠 년 묵은 꼬탕장을 중치 끝에 발라 주네
숟가락이라 주는 것은 장서방네 맏딸애기
통시웃달 수꾸대를 꺽애설랑 던져 주고
할길 없이 돌아가네

(칠곡 지방「시집살이 노래」)

(다) 시집 갔든 삼 년 만에 목매달아  죽었다네
울도 담도 없는 집에 시집 삼 년 살고 나니
시어머님 하신 말씀 야야 아가 며늘아가
진주낭군 볼라거든 진주 남강 빨래 가라
진주 남강 빨래 가니 물도 좋고 돌도 좋네
빨래를 빨랴 하니 어디선지 말굽 소리
왈각달각 들려온다 옆눈으로 살짝 보니
하늘 같은 관을 쓰고 용마 같은 말을 타고
못 본 체로 지나간다
흰 빨래 희게 빨고 검은 빨래 검게 빨아
집으로 돌아가니 시어머님 하신 말씀
야야 아가 며늘아가 어서 낭군 오셨단다
사랑방에 드가 봐라
그 말 들은 며느리는 반갑기 한이 없어
외씨 같은 버선에다 홍갑사 치마에다
은화장 커고리에 채북단장 곱게 하고
사랑방에 들어가니 집 나가 삼 년 만에

338

어사 되어 오신 낭군 기생첩을 옆에 두고
오색 가지 술을 놓고 말 한마디 아니하고
부어라 마시어라 세월이로세
윗방으로 올라가서 심중에 있는 말을
아홉 장에 다 써 놓고 명주 세 필 내어다가
목매달아 죽었다네
술 마시던 어사 낭군 죽었단 말 얼른 듣고
보선발로 뛰어나와
사령 사령 내 사령야 어찌하여 죽었든고
첩의 정이 삼 년이면 본처 정이 백 년인데
어찌하여 죽었난고 어찌하여 죽었난고

(대구 지방 「시집살이 노래」)

통합형 문·답

「시집살이 노래」에는 남성과 여성이 대등한 관계를 유지하지 못하고 여성이 더 열악한 위치에 존재했다는 사실이 두루 나타나 있다. 남녀의 불평등한 관계는 현대 사회에도 대부분 그대로 유지되고 있어, 커다란 사회 문제가 되고 있는 실정이다. 여성에 대한 차별을 둘러싼 논란은 다양하게 진행되고 있는데, 다음 예문은 여성 문제에 대한 '보수주의적 견해'를 담고 있다. 민주주의의 근본 이념에 비추어 이 견해를 비판해 보자.

남성과 여성의 심리적 차이는 직접적이든 간접적이든 간에 인간의 생물학적 본성에서 초래된 것이다. 따라서 이러한 차이는 자연적인 것이며 바뀔 수 없는 것이다. 여성에게 남성보다 열등한 영역들이 존재하는 것은 명백하다. 여성들은 이런 영역을 남성에게 맡기고 여성적인 것에 전념하는 것이 자연스러울 뿐만 아니라 효율적이기도 하다. 그렇게 하면 모든 사람들이 훨씬 더 행복해질 것이다. 수천 년 동안 지속되어 온 남성과 여성의 역할 분담에는 그 나름의 근거가 있는 것이다.

이 문제는 최근에 중요한 사회 문제로 부각되고 있는 성차별에 대한 것이다. 성에 관한 문제는 너무나 뿌리 깊은 구조적 문제인 까닭에 그 해결 방안도 구체적인 차원에서는 그리 간단치 않으며 장구한 시일을 요한다. 그러므로 정작 중요한 것은 구체적인 해결 방안이 아니고 우리가 성차별 문제를 해결함에 있어 견지해야 할 대원칙이다. 이러한 원칙은 '차별의 합리성'에 대한 것으로서 민주주의의 이념 중 평등 이념의 실현과 직접적으로 관련되는 것이다. 그렇다면 위에 인용된 보수주의적 견해는 합리적 근거 위에서 있는가? 너무나 오랫동안 우리를 지배해 온 이 견해에 대한 검토야말로 인간 합리성의 시험대라 할 것이다.

차별이란 인간을 정당한 이유 없이 부당하게 차등적으로 대우하는 것을 가리키는데, 모든 인간은 자유로울 뿐만 아니라 평등해야 한다는 것이 민주주의의 근본 이념이므로 민주주의는 인종·종교·재산·성을 이유로 한 차별을 금하고 있다. 성차별이란 성을 이유로 한 불평등을 가리키며 대개 여성에 대한 억압으로 나타난다. 모든 고등생물은 종족의 유지를 생식에 의존하며 그것은 양성의 존재로 가능하다. 인간이란 종족도 남성과 여성으로 이루어져 있으며 양성 간에는 생물학적 차이가 존재한다. 이러한 생물학적 성(sex)은 사회적 성(gender)으로 발전하여 성 역할(sex roles)이 나누어져 왔고 이러한 사회적 성은 체제화되면서 성차별의 근거로 제시되어 왔다. 따라서 성차별 문제에 대한 견해는 생물학적 성의 차이가 사회적 성의 차이로, 그리고 여성 억압적인 성차별로 나타나는 과정에 대한 견해에 따라 나누어진다.

우선 예문에 제시된 보수적·생물학적 견해에 따르면 성별에 따른 심리적·사회적 차이는 생물학적 차이에 의해 필연적으로 결정되며, 그렇기 때문에 여성과 남성의 차등적인 사회적 위치는 자연스러운 것이고 변경될 수 없는 운명이 된다. 이에 반해 여성해방론은 보수주의에 입각한 생물학적 결정론이 남성과 여성의 모든 성차가 고정불변하는 자연스러운 속성이라고 주장함으로써 이를 여성 억압 체제의 근거로 삼고 있음을 비판한다.

현대 자유민주주의의 기본 이념으로 인간의 존엄성 존중, 자유와 평등 및 복지의 실현, 개개인의 자아 실현 등을 들 수 있다. 성차별의 문제는 이러한 이념들 중에서도 특히 평등의 이념과 직접적인 관련이 있으며, 정의로운 사회 즉 공정한 사회의 원칙에 비추어 고찰해 볼 수도 있다. 모든 개인은 원칙적으로 타인의 권리를 침해하지 않는 한 자신의 삶을 스스로 결정할 동등한 권리를 가지며 이것은 자유 민주주의의 최소한의 조건이 된다. 그리고 이것은 곧 자유와 평등 및 복지의 실현을 요구하며 그 근저에는 인간 존엄성의 존중에 대한 요청이 있다. 즉 여성이라고 하여 남성과 다른 삶의 양식을 택해야 할 이유는 없는 것이다. 그러나 정당한 이유가 있는 차별은 인간의 존엄성이 존중되는 한도 내에서 허용된다. 그렇다면 보수주의적 견해는 차별의 정당한 이유를 제시하고 있는가?

여성의 사회적 지위와 역할은 여성의 생물학적 운명에서 결정되어 왔으므로 자연스러운 것이라는 보수주의적 견해는 위에서 보았듯이 다양한 여성해방론에 의해 비판받고 있다. 즉 '여성은 여성으로 태어나는 것이 아니라 여성으로 길러진다'는 명제로 대표되듯이 생물학적 성이 사회적 성으로 나타나는 과정에는 여러 가지 사회적 요인이 작용한다는 것이다. 여기에는 학문적 논란이 계속되고 있지만 만약 이것이 사실이라면 보주주의적 견해는 완전히 폐기되어야 할 것이다.

그러나 만일 보수주의적 견해대로 여성의 생물학적 특성이 존재하고 또 여성에게 열등한 영역이 존재한다면 그 사실은 차별의 정당한 이유가 될 수 있을까? 그렇지 않다. 첫째, 남녀의 심리학적 차이의 원인이 무엇이든 간에 사회적 조건화가 이 같은 차이를 강화하거나 약화시킬 수 있기 때문이다. 그러한 차이는 절대적 불변의 것이 아닌 것이다. 둘째, 남녀간의 심리적 차이의 원인이 무엇이든 간에 그러한 차이는 오직 평균적으로만 존재한다. 따라서 평균적인 여성이 평균적인 남성보다 열등한 영역에서 우월할 수 없으리란 법은 없으므로 모든 여성을 그 영역에서 원천적으로 배제하는 것은 부당하다. 셋째, 자연적이다 또는 자연스럽다는 것이 반드시 옳은 것을 의미하는 것은 아니다. 질병은 자연스러운 것이지만 고치지 말아야 하는 것은 아니듯이. 따라서 만일 남녀간의 차이가 자연적 근거를 가지고서 오랫동안 지속되어 온 관습을 낳았다고 하더라도 이성적으로 부당하다는 판단이 내려지면 의식적인 노력으로써 그 관습을 고쳐 나가는 것이 옳다. 이때 판단 기준이 되어야 하는 것이 인간의 존엄성이며 그 실현을 위한 민주주의 이념들인 것이다. 여성이 불리했던 영역에서 오히려 여성에게 우선권을 부여하는 역차별이 가능한 것도 바로 실질적인 평등 이념의 중요성과 인간 이성의 능동적 힘에 대한 신뢰를 잘 보여 준다고 할 수 있다.

인류의 절반이 다른 절반에 의해 부당한 차별을 받음으로써 결과적으로 양성이 모두 비인간화되었던 불행한 역사를 청산하기 위한 노력은 아직도 시작 단계에 불과하다고 볼 수 있다. 약육강식의 적나라한 폭력 논리가 문명의 발달로 제어되어 왔듯이 남성

과 여성 간의 불가피한 생물학적 차이가 억압과 차별의 원인이
되는 시대도 종식되어야 한다. 인간의 자기 이해 심화에 따라 양
성 간의 조화로운 관계 설정을 구축해 가는 데 있어서 양성 간의
상호 이해와 협력과 사랑은 보다 확대되어야 하며 인류가 확보해
온 민주적 이념과 이성에 대한 신뢰는 이에 소중한 받침이 될 것
이다.

# 봉산탈춤

## 작자 미상

노장춤 마당

중요무형문화제 제17호인 「봉산탈춤」은 약 200여 년 전부터 황해도에서 발전하여 전역에 퍼진 가면극으로, 해서 탈춤에 속하며 산대도감(山臺都監) 계통의 극이다. 「봉산탈춤」의 특징은 양주 별산대 등에는 없는 사자춤이 들어 있는 것이다. 그 연회 형식은 다른 가면극과 마찬가지로 피리, 대금, 북, 장구, 해금으로 구성된 이른바 3현6각(三絃六角)으로 연주되는 염불·타령·굿거리곡 등에 맞춘다. 주가 되는 것은 춤이고, 이에 몸짓과 동작과 재담과 노래가 따르는 가면 무극이다. 가면은 양주 별산대 가면보다 요철 굴곡이 심하며 눈망울이 크다. 의상은 무당의 옷을 징발하여 썼다 하며, 몹시 화려하다. 대사는 어느 가면극보다 한시(漢詩)와 풍자가 많고 단오 명절에 많이 연회되었다. 연회자는 모두 남자였고, 지방 이속(吏屬)들이어서 사회적으로 천시되지 않았고, 연기는 세습되었다.

　「봉산(鳳山)탈춤」은 황해도 봉산에서 전승되다가 1915년경 사리원으로 옮겨 전승되던 탈춤이다. 이 놀이는 단오에 악귀를 쫓고 복을 비는 행사로서, 혹은 하지의 축제로서 행하여졌다.

　탈춤은 크게 7과장으로 나누어진다. 제1과장 '4상좌춤'은 사방신에 대한 배례로 벽사(酸邪)의 의식무이다. 제2과장은 '8목중춤'으로, 목중춤과 법고놀이로 이루어져 있다. 목중춤은 여덟 목중이 주로 사설과 춤으로 각각 자기 소개를 하고, 법고놀이는 목중 1·2가 법고를 가지고 재담을 한다. 제3과장은 '사당춤'으로 일곱 명의 거사들이 화려하게 치장한 사당을 업고 등장하고 홀아비거사가 사당을 희롱하다가 쫓겨나며 일곱 명의 거사들은 놀량가를 합창하며 질탕하게 논다. 제4과장은 '노장춤'으로, 제1경 '노장춤'과 제2경 '신장수춤'과 제3경 '취발이춤'으로 나누어진다. '노장춤'은 생불(生佛)이라 칭송받던 노장이 소무에게 유혹되어 파계하는 대목으로 파계승에 대한 풍자가 나타난다. '신장수춤'은 노장이 소무의 신을 외상으로 사자, 신발값을 받으려고 신장수가 원숭이를 보냈다가 장작전으로 오라는 노장의 편지에 장작찜을 당할까봐 급히 피하면서 퇴장하는 대목이다. 현실적인 인물이 된 노장의 급격한 변화 모습을 보여 준다. '취발이춤'은 취발이가 노장과 대결하여 노장을 물리치고 소무와 사랑을 나눈 뒤 아이를 얻고서 자문자답으로 아이를 어르고 글을 가르치고 신세타령을 하는 내용이다. 노장과 취발이의 대결은 늙음과 젊음, 겨울과 여름의 대결로도 해석할 수 있으며, 취발이가 소무에게 하는 모의적인 성행위와 출산은 풍요제의적 성격을 띤다. 제5과장은 '사자춤'으로 파계승들을 벌하기 위해 부처님이 보낸 사자가 내려와 목중을 잡아먹으려고 하다가 회개하겠다는 목중들의 말을 듣고 용서하고 함께 춤을 추는 대목이다. 제6과장은 '양반춤'으로서 주로 말뚝이와 양반 3형제의 재담으로 이루어진다. 말뚝이는 독설과 풍자로써 양반들을 신랄하게 욕보인다. 제7과장은 '미얄춤'으로 난리중에 헤어졌던 영감과 미얄할미가 서로 만나는데, 영감이 데려온 첩 덜머리집 때문에 다툼이 일어나고 미얄은 영감한테 맞아죽는다. 남강노인이 등장하여 무당을 불러 지노귀굿을 해준다. 서민생활의 곤궁함과 일부다처제로 인한 여성의 고통을 보여 주며, 마지막 굿은 탈춤의 기원이 굿에 있음을 알려 준다. 이로써 연희는 모두 마친다. 배역들은 가면을 벗고 소각하는 소제를 치르면서 풍년과 동네의 평안을 기원한다.

■ 작품 읽기 ■

(가) 생원 : 여보게 동생. 우리가 본시 양반이라, 이런 데 가만히 있자니 갑갑도 하네. 우리 글이나 한 수씩 지어서 심심풀이나 하세.

서방 : 형님, 좋은 말씀이오. 형님이 먼저 지으시오.

생원 : 그러면 동생, 운자를 부르게.

서방 : '산(山)'자 '령(嶺)'자외다.

생원 : 아 그것 어렵다. 여보게 동생, 되고 안 되고 내가 부를 것이니 들어 보게. (영시조로) 울룩줄룩 작대산(作大山)하니 황산풍산동산령(黃山豊山洞仙嶺)이라.

말뚝이 : 샌님, 저도 한 수 지을 터이니 운자를 하나 불러 주시오.

생원 : 재구 삼 년에 능풍월이라드니 네가 양반집에서 몇 해를 있더니 기특한 말을 다 하는구나. 우리는 두 자씩 불러 지었지마는 너는 단자로 불러 줄께 한 자씩이나 달고 지어 보아라. 운자는 '강'자다.

말뚝이 : (곧 영시조로) 썩정바자 구녕에 개대강이요, 헌 바지 구녕에

346

좋대강이라.

　생원 : 아 그놈 문장이로고나. 운자를 내자마자 지어 내는구나. 자알
지었다.

(「봉산탈춤」, '양반과장' 중에서)

(가) 大寒漢高祖　너무도 추운 방이라(한고조 유방의 이름이 '방')
　　陶淵明不來　잠이 오지 않는구나(도연명의 이름이 '잠')
　　欲擊始皇子　부쇠(부싯돌)를 치고자 하나(진시황의 아들이 '부소')
　　囊無項將軍　주머니에 (부시)깃이 없구나(항장군은 항우로 '羽＝
　　　　　　　　　깃')

(김삿갓, 한시)


　　可憐門閥皆佳族　슬프구나, 문벌은 모두 아름다운 족속으로
　　虛老風塵獨可悲　풍진에 속절없이 늙어 감에 홀로 슬퍼한다
　　五老峯下論理坐　오로봉 아래에서 이치를 논하고 앉아 있으니
　　世人皆稱道也知　세인이 모두 도를 안다고 칭송하더라

(작자 미상, 한시)


　(다) 방자 입시(入侍) 보내고 빈 방안에 문을 닫고 그 여자에게 잘
뵈려고 다시 의관을 차릴 적에 외올 망건(網巾) 정주당건(定州宕巾)
쾌자(快子) 전립(氈笠) 광대띠에 폐동개를 제법하고 빈 방안에 혼자
우뚝 서서 독개비 들린 듯이 혼자말로 두런거리며 습의(習儀)하는 말
이,

　"가만가만 걸어가서 여자 문전에 들어서며 기침 한 번을 가만히
하면 그 여인이 기수채고 문을 펄쩍 열었다. 걸음을 한 번 대학지도
(大學之道)로 이리 걸어 들어가 수인사(修人事) 후에 대천명(待天命)
이라 하니 여자에게 한 번 이리 군례(軍禮)뵈렸다."

347
봉산탈춤

한창 이리 습의할제 방자놈이 뜻밖에 문을 펄쩍 열며,

"나리 무엇 하오."

배비장 깜짝 놀라, "너 벌써 왔느냐."

"예, 군례(軍禮) 전에 대령하였소."

"이놈, 내 깜짝 놀라 바로 땀이 난다."

하며 폐동개 한 채로 썩 나서니 오제산월락(烏啼山月落)하고 어화수
(漁火水)에 불 비친다. 전계(前溪)에 인귀(人歸)하고 춘풍에 학이 운다.
전 기약 맺은 낭자 차야(此夜)중에 어서 가자 거들거려 갈 제 방자놈
이른 말이,

"나리 소견 바이 없소. 밤중에 유부녀 통간(通姦) 가오면서 금의야
행(錦衣夜行)으로 저리 하고 가다가는 될 일도 못 될 것이니 그 의관
다 벗으시오."

"벗기는 초라쿠나."

"초라커든 가지 마옵시다."

"이 애야, 요란이 구지 마라. 내 벗으마." 활짝 벗고 알몸으로 서서
어떠하니,

"그것이 원 좋소마는 누구 보면 한라산 매 사냥꾼으로 알겠소. 제
주인물 복색으로 차리시오."

"제주 인물 복색은 어떤 것이냐."

"개가죽 두루맥이에 노펑거지를 쓰시오."

"그것은 과히 초라쿠나."

"초라커든 그만두시오."

"그러하단 말릴다. 개가죽이 아니라 도야지 가죽이라도 내 입으마."
하더니 구록피(狗鹿皮) 두루마기에 노펑거지를 쓰고 나서서 앞뒤를
살펴보며,

"이 애야, 범 보면 개로 알겠다. 군기총 하나만 내어 들고 가자."

"무섭거든 가지 마옵시다."

　"이 애야, 그러하단 말릴다. 네 성정 그러한 줄 몰랐구나. 정 못 갈 터이면 내 업고라도 가마."

　배비장 뒤를 따라가며 하는 말이 기약 둔 사랑여자 어서 가 반기 보자. 서죽입창(西竹入窓) 돌아 들어 동편송계(東便松階) 다다르니 북창에 밝게 켠 불 고등은 일점이오, 야색은 삼경이라. 높은 담 궁글 찾아가서 방자 먼저 기어들며,

　"쉬, 나리 잘못하다가는 일 날 것이니 두 발을 한데 모아 묘리 있게 들이미시오."

　배비장이 방자 말을 옳게 듣고 두 발을 모아 들이미니 방자놈이 안에서 배비장의 두 발목을 모아 쥐고 힘끝 잡아 다리니 부른 배가 딱 걸려서 들도 나도 아니하는지라. 배비장 두 눈을 희게 뜨고 이를 갈겨 좀 놓아 다고 하면서 죽어도 문자는 쓰던 것이었다.

　"포복불입(飽腹不入)하니 출분이기사(出糞而幾死)로다."

　방자 안에서 웃으며 탁 놓으니 배비장이 곤두박질하여 일어 앉으며 하는 말이,

　"매사가 순리로 아니 되니 대패로다. 산모의 해산법으로 말하여도 아해를 머리부터 낳아야 순산이라 하니 내 상투를 들이밀 것이니 잘 잡아다려라."

　방자놈이 배비장 상투를 노펑거지 쓴 채 왈칵 잡아다리니 아무리 하여도 나온 줄 모르겠다. 사지부생(死地復生)이라. 원명(元命)이 재천(在天)이로다. 뻥하고 들어가니 배비장이 아프단 말도 못하고,

　"어허, 아마도 내 등에 꼰질 곤자 판을 놓았나 보다."

　그리할 제 방자 여짜오되,

　"불켠 저 방으로 들어가서 욕심대로 얼른 잠깐 하고 날새기 전에 나오셔요." 하고 은신하여 엿본다.

(『배비장전』 중에서)

봉산탈춤

(라) "이 애 방자야. 네 말 그러하면 창기가 분명하니 한 번 보면 어떠하냐?"

방자 여짜오되, "그런 분부 두 번 마소. 사또 만일 아시면 소인 볼기에 널 디리 놓고 오는 해 창고자를 거지 중천 떠나가니 그 아니 원통하오. 죽으면 죽었지 못하겠소." 떨떠리고 돌아서니 도련님 성화나서 방자를 달래는데,

"내 말을 들어 보아라. 탐화 광접 미친 마음 아무래도 죽겠구나. 네 나를 살려 주면 내년 수로 갈 테이다. 어서 바삐 불러다오."

방자놈 여짜오되, "도련님 그러시오. 반상분의 내버리고 형우제공 하옵시다."

도련님 욕심에 계관하여, "그래주마."

"그리하면 나보다 손아래니 호형하소." 이도령 그 말 듣고,

"이 애, 이것은 소조로다. 을축갑자 어떠하냐?" 방자놈 도라날여 반심을 못 버리고,

"오입이란 무엇이오. 싫거든 그만두오." 도련님 기가 막혀 참말이지 난중하다.

"이럴 줄을 알았다면 모년이나 하여 볼걸. 천하천지 몹쓸 놈아. 이다지도 조르느냐?"

방자놈 뿌리치며, "다시는 말을 마오." 이도령 급한 마음 죽으면 대수냐.

"형 님."

방자놈 돌아서며, "왜 내 아우야."

이도령 무안하나, "인제 어서 불러다오."

"그리하오."

(『춘향전』 중에서)

**1** (가)와 (나)는 엄격한 형식의 준수가 요청되는 한시를 장난 스럽게 만들어 버림으로써 웃음을 야기하고 있다. 각기 어떤 방식으로 한시(한문학)를 희화화하였고, 그 둘의 차이는 무엇 인지 설명해 보자.

(나)의 첫째 한시는 김삿갓이 지은 한시로 알려져 있고, 둘째 한시는 김삿갓의 한시와 비슷한 종류의 한시로서 세상에 전해지 던 한시이다. 두 작품은 모두 겉으로는 한시의 형식을 취하고 있 지마는 자세히 따져 보면 한시를 통해 '웃음'을 만들어 내고 있 다. 이른바 장난으로 지은 '희작'이다. 김삿갓의 한시는 중국 역사 상 유명한 인물의 이름을 우리말 음에 맞추어 희롱한 것이다. 한 고조는 이름이 유방인데, 그 이름의 '방'을 따와 '房'으로, 도연명 은 본명이 '잠(潛)'인데 우리말 '잠(睡)'으로, 시황의 아들은 이름 이 '부소'인데 그 음을 따와 부쇠(부싯돌)로, 항장군은 유명한 항 우인데 그 이름이 한자로 '깃 우(羽)'라서 그 뜻을 취해 깃이라는 의미로 풀면 된다. 즉, 수수께끼 비슷한 장난인데 다른 특별한 의 도가 있다기보다는 그냥 웃음을 유발하기 위한 희작이라고 하겠 다.

둘째 한시는 겉으로는 좋은 칭송의 뜻을 가진 듯이 풀이된다. 그러나 매구 끝의 두세 음절을 우리말 소리에 따라 그 뜻을 이해 하면 전혀 다른 의미를 담고 있음을 알아차릴 수 있다. '皆佳族 = 개가족(개가죽)' '獨可悲 = 독가비(도깨비)' '論理 = 노리(노루)' '道也知 = 도야지(돼지)'. 이렇게 위 한시를 소리내어 읽으면 칭 송의 의미가 아니라 비난의 소리임을 알 수 있다. 이 시는 문벌을 뽐내고 도학자임을 자부하는 어떤 인물에게 지어 준 것으로 전한다. 겉으로 드러난 뜻은 문벌 출신 도학자의 외양이지만, 거기에는 개가죽이나 도깨비, 돼지 등이 그 사람의 참 모습임을 은근히 풍자하고 조롱하는 뜻이 숨어 있다. 김삿갓의 한시가 단순히 웃음을 유발하기 위해서 지어진 것이라면, 둘째 한시는 문벌이나 도학자들을 공격적으로 풍자한다는 점에서 차이가 있다. 그러나 두 한시는 여전히 한시의 형식 내부에서 발생한 것이라는 점에서는 같은 유형에 해당한다. (나)의 두 한시와는 다르게, 한시의 형식을 갖추지 않고 희작한 예가 바로 (가)이다.

생원이 지은 것은 우리말과 한자를 혼합한 것이고 말뚝이가 지은 것은 일종의 음담패설이다. (나)의 두 한시는 소리나 뜻을 빌어다가 희작한 것이어서 한시의 형태를 그런대로 답습하였지만, (가)에서는 외형마저도 완전히 붕괴되어서 우스운 꼴이 되고 말았다. 말뚝이가 읊은 것은 우리말의 나열을 한시와 비슷하게만 하였을 뿐 실제 모양은 전혀 다른 종류라 하겠다. 이러한 희작은 곧 한시라고 하는 전통적 문학 양식의 와해를 암시하는 것이다. 조선 후기로 넘어가면서 하층세력이 성장하여 기존의 질서를 풍자하고 붕괴시키거나 새로운 형식을 창출하고자 하는 노력을 많이 보여 주었다. 한시의 희작화 경향은 이러한 역사적 흐름의 한 단면을 보여 주는 좋은 예로 취급할 수 있겠다.

> **2** (다)와 (라)도 '웃음'을 유발하고 있지만, 그 방식은 (가)·(나)와는 다르다. (다)·(라)는 어떤 방식으로 웃음을 유도하는지 설명하고, 그 방식을 문학사적인 시각에서 검토해 보자.

문학 작품에 나타난 웃음을 살피려고 할 때 가장 대표적인 작품이 바로 「배비장전」이다. 제주도 관아에서 근무하게 된 배비장이, 스스로 9대에 걸쳐 외도를 해본 일이 없는 집안 출신이라고 당당하게 자랑하는 인물로 등장한다. 작품은 이런 배비장을 훼절(절개를 꺾음)시키기 위해 제주 기생 애랑과 제주목사가 공모하여 골탕먹이는 내용으로 되어 있다. 제시된 「배비장전」 장면은 방자가 배비장을 골려먹는 상황을 그려 놓은 것인데, 이처럼 특정한 대상을 비하시키고 왜소한 인간의 모습으로 그림으로써 웃음을 만들어 내고 있다. 배비장이라는 인물의 파탄 과정이 위와 같은 방식으로 희극적으로 묘사되고 있는 것이다.

「배비장전」의 방자와 유사한 기능을 하는 인물이 바로 『춘향전』의 방자이다. 잘 알려져 있다시피 『춘향전』의 방자는 이도령과 춘향이 인연을 맺기까지 이도령의 심복과도 같은 존재로 기능한다. 그러나 상전인 이도령의 보조자 역할에 머무르지 않고 상전의 잘못을 힐난하고 야유하는 일을 맡기도 한다. 방자의 이러한 입장은 작중에서 벌어지는 사건과의 비판적 거리를 통해서 얻어진다. 이야기 진행에 중요 인물로 참여한다는 점에서 방자도 『춘향전』에서 뺄 수 없는 인물이지만 동시에 관객과 비슷한 위치에서 등장인물의 행위를 비판하는 기능까지도 아울러 담당하고 있다.

(라)에서 확인할 수 있듯이, 이제 이도령은 더이상 신성한 위엄이나 권위를 과시하는 상전이 아니다. 신분 관계—위계적 질서의 역전이 유발하는 웃음은 단순히 한 차례의 즐거움이라기보다는 지배계층에 해당하는 인물을 다소 공격적으로 비웃는 관점이라 할 수 있으므로 '풍자'라고 하겠다. 이러한 웃음은 특히 판소리와 판소리계 소설들에서 자주 나타나는 웃음의 창출 방식이다.

문학 작품에서 웃음이 중요한 역할을 하는 시기가 조선 후기이다. 조선 후기에 접어들면서 기존의 양반 사대부 문화는 더 이상 현실의 변화를 감당하기 힘들어졌고 하층민들(중인, 평민, 천민 등)의 의식이 점차 성장하였다. 이런 역사적 흐름은 문학 장르에도 큰 영향을 끼쳤다. 한편으로는 기존 질서와 이념의 한계를 비판하는 경향과, 다른 한편으로는 성장하는 하층민의 의식을 적극적으로 표현하는 경향이 크게 대두하였던 것이다. 이런 맥락에서 주목할 만한 조선 후기의 문학 장르가 판소리와 사설시조였다. 판소리와 사설시조는 기존 질서를 비판하는 내용을 많이 담고 있다. 그런데 판소리와 사설시조에서 기존 질서를 비판하는 방식은 주로 풍자에 의한 것이었다. 풍자란 공격적인 자세로 대상을 웃음거리로 만드는 수법이다. 방자가 이도령이나 배비장을 웃음거리로 만드는 예에서 쉽게 확인할 수 있듯이, 기존의 지배계층을 비판적으로 공격하면서 동시에 성장하는 하층민에게 즐거움을 제공할 수 있는 대표적인 수법이 풍자이므로, 조선 후기 문학 작품에는 풍자에 의한 웃음의 창출이 많이 나타난다. 이러한 양상을 미리 알고 있으면, 조선 후기 문학의 특징을 이해하는 데 좋은 길잡이로 활용할 수 있을 것이다.

김병연이 '김삿갓'이라는 이름으로 불리는 것은 늘 삿갓을 쓰고 다녔기 때문이라 한다.

병연은 본래 명문 장동 김씨의 후손이었으나, 할아버지 김익순이 홍경래의 난 때 성을 빼앗기고 항복한 때문에 온 집안이 죄를 받았으므로, 어머니는 병연에게 집안 내력을 숨겼다. 가난한 산골에서 자란 병연은 이윽고 자라 과거를 치르러 갔다. 글제는 홍경래에게 항복한 김익순의 죄를 논하라는 것이었다. 김익순이 자기 할아버지임을 알 리 없는 병연은 일필휘지로 글을 지어 장원으로 뽑혔다.

그러나 의기양양하게 집에 돌아와 보니 어머니는 뜻밖의 이야기를 들려주는 것이 아닌가. 부질없는 공명심과 하잘것없는 재주로 조상을 욕되게 한데다, 어차피 죄인의 후손이라 현달하지 못할 것을 깨달은 병연은 이때부터 세상에 부끄럽다고 삿갓을 쓰고 방랑으로 세월을 보냈다고 한다.

김병연이 천하를 방랑하는 동안 고향집에서는 두 아들이 무럭무럭 자라고 있었다. 둘째 익균은 아버지를 찾아 세 차례나 길을 나섰다. 이미 유명해진 뒤였으므로, '김삿갓'이라는 사람의 자취를 찾기는 어렵지 않았던 것이다. 그러나 병연은 그때마다 아들 몰래 도망을 쳤다. 이미 나그네 물이 든 병연으로서는, 혈육의 인연까지도 불편하고 구차했는지 모른다. 세번째 찾아왔을 때는 아들이 잠시도 감시를 소홀히 하지 않았다. 아버지를 모시지 못하는 불효를 갚겠다고 별렀던 것이다. 그러자 궁리 끝에 병연은 길을 가다 말고, '뒤 좀 봐야겠구나.' 하고 삿갓과 죽장을 벗어 놓은 채 보리밭 속으로 들어갔다. 그리고 기다리고 있는 아들을 뒤로 한 채 보리밭 속을 기어 끝내 도망을 치고야 말았다.

# 주요용어 보기

경기체가(景機體歌) : 고려 후기 새로운 세력으로 등장한 신흥 지식인들에 의해 형성되어 16세기까지 지속되었던 정형 시가의 한 양식. '한림별곡' '관동별곡' '죽계별곡' 등이 있다.

골계 : 평범한 수준을 넘어서는 비범한 상태를 기대하였지만 막상 체험한 것이 훨씬 왜소한 것으로 받아들여질 때 느끼는 미적 체험이다. 진지하고 긴장된 상태에서 우습고 이완된 상태로 급작스레 전환하는 장면에서 즐겨 만날 수 있다. 골계는 기본적으로 '웃음'과 긴밀하게 연계되는 것으로, 민요, 탈춤, 설화, 판소리 등에서 자주 나타난다. 엄숙한 지배 질서와 문화를 풍자하는 데 활용되는 긴요한 대응 방식이라고 볼 수 있다. 「허생전」 「양반전」 「배비장전」 「의산문답」 「봉산탈춤」 「토별가」, 김삿갓의 한시가 좋은 예들이다.

서정적 자아 : 시 작품 속에서 말하는 사람을 가리키는 용어이다. 보통 작자가 시적 화자가 되지만, 허구적 인물을 등장시켜 특별한 효과를 창출하는 경우도 많다. 작품이 언어로 이루어지므로, 언제나 말로 표현될 수밖에 없다. 그렇기에, 서정적 자아(혹은 시적 화

자)는 어느 작품에나 존재한다. 작품을 통해 드러나는 정서는 대개 서정적 자아의 정서적 태도에 의해 지배된다. 이에 따라 작품의 분위기가 전혀 달라진다. 정지상의 「송인」, 정철의 「사미인곡」 「속미인곡」은 모두 여성을 서정적 자아(시적 화자)로 설정하였기에 작가가 남자임에도 여성적 어조로 이루어진다.

**설화** : 서사문학의 근간을 이루는 구비문학이다. 신화·전설·민담을 모두 일컫는 말이다. 구비문학이기에 자연발생적이고 집단적이며 민중적인 성격이 강하다. 일상의 삶에 담긴 다양한 층위들이 모두 문학적으로 전환될 수 있기에, 가장 포괄적인 문학이라고 볼 수 있다. 특별한 제약이 없이 만들어진다. 『삼국유사』는 고대설화의 모습을 확인할 수 있는 대표적 저술이다. 「공무도하가」「구지가」「황조가」 같은 고대가요나 시가 문학인 향가도 모두 배경설화로 감싸져 있다.

**속요(俗謠)** : 고려시대 주로 평민들이 부르던 시가. 민요에서 형성된 것으로 추측되는데, 그 운율이 무척 아름답고 표현이 소박하면서도 세련되었다. 여요(麗謠) 또는 장가(長歌)라는 이름으로 불리기도 한다.

**악장** : 궁중의 의식과 행사 때 연주되던 노래 가사를 지칭하는 용어이다. 고전문학에서는 특히 조선 초기의 송축가들을 주로 악장이라고 부른다. 조선 건국의 정당성을 합리화하려는 「용비어천가」나 문물 제도의 찬양과 왕·국가의 번영을 기원하는 노래들이 주류를 이룬다. 「월인천강지곡」도 악장에 해당하는 작품이다.

**운** : 반복적으로 드러나는 소리를 지칭하는 용어이다. 한시를 읽으

면 특히 짝수 구절에서 같은 성질 혹은 같은 부류의 소리가 반복
되는 양상을 확인할 수 있다. 국문 시가에서 운을 쓰는 경우는 극
히 드물지만, '언문풍월'이라고 하여 운을 맞추는 경우도 있다.
「봉산탈춤」편 제시문에서 그 양상을 만날 수 있다.

**잡가(雜歌)** : 조선 후기에 발생하여 개화기까지 민중에게 불리던
창곡(唱曲)의 한 형태. 민요와 밀접하게 관련된 소리 갈래에 속하
며 내용이나 형식은 일정하지 않으나, 전대(前代)의 가사와 유사
한 점이 많으며, 서정적인 소리와 교술적인 소리를 두루 수용하고
있다. 유산가(遊山歌), 제비가, 배따라기, 육자배기, 새타령 같은 것
이 많이 불리어졌다.

**전(傳)** : 한문 문체의 일종이다. 주로 사람의 일생을 서술하는 데
활용된다. 중국 『사기』의 '열전(列傳)'이 대표적인 모범 형태이다.
원래 역사 서술의 형태로 형성되었다. 한 사람의 일생을 서술하면
서 찬양과 비판을 겸한다. 사람의 일생을 다루는 글이라 소설의
명칭으로 전용되어 즐겨 사용되었다. 「춘향전」「흥부전」「심청전」
등이 대표적인 예이다.

**전기(傳奇)** : 한문 산문의 하나로 중국 당나라 시절부터 본격적으
로 생산되기 시작하였다. 주인공들이 주로 재자가인(才子佳人)이
고, 화려하고 수식이 많은 문언체 한문으로 되어 있으며, 초현실적
세계가 주요한 요소로 등장한다는 점에서 공통된 성격을 갖추고
있다. 『금오신화』가 대표적인 '전기' 작품이다.

**향찰(鄕札)** : 고대 문자 또는 이두로 된 글. 신라 때 우리 말을 한
자를 사용하여 표음식으로 표기하던 글이다.

희화(戱化) : 패러디와 마찬가지로 특정한 작품을 우스꽝스럽게 만든 것. 방법은 고상한 주제를 장난스럽게 품위 없는 양식이나 문체로 다루는 것이다.



희화(戱化) : 패러디와 마찬가지로 특정한 작품을 우스꽝스럽게 만든 것. 방법은 고상한 주제를 장난스럽게 품위 없는 양식이나 문체로 다루는 것이다.